草到安国方成药　药经祁州始生香

本书中故事纯属虚构，如果有雷同之处，请不要对号入座！

祁州药人

马世昌 著

河北大学出版社·保定

祁州药人

QIZHOU YAOREN

出 版 人：刘相美
封面绘图：陈 笠
责任编辑：袁慧敏
装帧设计：杨艳霞
责任校对：蔡文涛
责任印制：常 凯

图书在版编目（CIP）数据

祁州药人 / 马世昌著．-- 保定 ：河北大学出版社，2024.6（2024.10 重印）
ISBN 978-7-5666-2347-8

Ⅰ．①祁… Ⅱ．①马… Ⅲ．①长篇小说－中国－当代 Ⅳ．① I247.5

中国国家版本馆 CIP 数据核字（2024）第 092687 号

出版发行：河北大学出版社
地址：河北省保定市七一东路 2666 号 邮编：071000
电话：0312-5073019 0312-5073029
邮箱：hbdxcbs818@163.com 网址：www.hbdxcbs.com
印 刷：涿州市般润文化传播有限公司
幅面尺寸：170 mm × 240 mm
印 张：20.75
字 数：310 千字
版 次：2024 年 6 月第 1 版
印 次：2024 年 10 月第 2 次印刷
书 号：ISBN 978-7-5666-2347-8
定 价：79.00 元

文学与药人的交响

——马世昌其人及其文学作品印象浅谈

（代序）

一、初识马世昌

认识文学爱好者马世昌，纯属是偶然中的必然。

印象中在2019年的仲春，那天是一个被暖阳浸泡的日子，阳光明媚通透。我们一行五人坐文友李琼的老公开的一辆八人座的面包车，应《唐河文学》杂志主编、唐县文学艺术创作协会会长——“板凳诗人”康书乐的邀请，到文学大县唐县参加唐河文学艺术中心举办的“唐县青龙山香山生态园采风作品”颁奖会。车上的五个人，都是2018年深秋时节参加了这个活动并且作品获了奖的人。一路上，在春光沐浴下我们兴高采烈，欢声笑语。毫无疑问，获奖成了点燃我们此行快乐烈焰的活性火把，话题也就一路热烈奔放地围绕我们各自参赛的写作专题展开。我们的参赛作品当时产生的历史背景被我们整箩筐抬出来，在车厢里不厌其烦地晾晒着，从当初的创作动机到灵魂深处的联想思程，生怕漏掉什么。

到了颁奖会的召开地点——唐县二中，我们几个先是走进大门，走到广场处，被校园里两株树干粗壮的歪脖子柳树震撼了。只见树身茂密的柳枝在枝丫处用力地伸展着胳膊腿，柳芽儿斜倚在粗细不一的枝梢上，蹁跹舞蹈，随风自由地摇摆起韵味十足的旋律来，在湛蓝的天际自然形成诗画相宜的画卷，伴着清脆的叽叽喳喳的鸟鸣，供我们远观近读。可惜参会的缘故，我们没有太多时间，去欣赏这些生灵展演给人间的妩媚和妖娆。

在大会场里，我找到了写有自己名字的桌牌，然后在座位上坐下，参与了相关的会议程序和领奖仪式。散会后，市作协副秘书长刘娟给我介绍了她认识的近 10 位各县区的文学爱好者和获奖者，印象中当时就有安国市的小说作家马世昌。但因当时参会的人太多，并且关注点都在与会议相关的内容上，所以对马世昌的印象不深，只是看到了他高大魁梧的身材和深邃的目光。因为没有读过他的作品，也就没有留下他和文学相关的任何印象，只知道他比我们大个五六岁，是来自药都安国市的文学爱好者，目前正在准备作品，好加入保定市作家协会。刘娟给我介绍时，我们尊称他“马大哥”。

随时间慢慢地推移，我了解到马大哥是个“一根筋儿”似的文学爱好者，他也是做药材生意的人——在安国简称“药人”。药人马大哥邀请我们有时间去安国走一走，了解一下世称“中国药都”的安国市的风土人情和地形地貌。考虑到文学写作是个大筐，作品中什么人都有可能写到，再者因为一个文学写作者对“药都”之称的好奇和想将来带领大家去采风的多重考虑，我就爽快答应了。

就这样在 2019 年的 4 月 6 日——“博野梨花节”将宣告尾声的日子，我和刘娟等四人坐车来到药都安国市，和马大哥在中药材交易大厅正门口郑重其事地见了面。随他一起和我们见面的还有安国中学的语文教师、中青年诗人——传说中诗歌写得出神入化的王亚迪老师。那时只见马大哥不仅神采奕奕，双目炯炯有神，且言谈举止之间透露着睿智和聪慧，不像个药人，倒像一个饱读诗书、学富五车的老学者、老教授。

他们先是把我们领到最早的药材交易大厅，带我们见证了著名的安国市中药材大市场的壮观和宏伟，让我们看到了药人们千姿百态的交易风采和为了生意场红红火火各自的奔忙。在这个交易大厅门口，我们不仅看到了“草到安国方成药；药经祁州始生香”的巨幅对联，且通过在大厅里来回地观瞻看到了形状各异的药材，深深地体会到了这幅对联的玄奥，明晰了其广阔的外延……与此同时，我仿佛闻到了安国大地上飘动的空气里，流淌着的药材的浅浅的沁香……

那时，说实在的，我还真没感受到马大哥对文学的执着，只看到了他津津乐道于各式各样的中药材的性能、形状、用量，尤其是桑葚、金银花、连翘、黄连、当归、红花、麦冬等。

记得他当时极自然地站到一家商户门前的一大麻袋黑黢黢的药物旁边，随手捧起一把看着已僵化的小虫儿样的药材，顿时像得了宝贝，用乡音背书般滔滔不绝讲起来："看见了呗你们？这些个看起来像紫黑色毛毛虫样儿的东西儿叫桑葚，又叫桑椹子、桑蔗、桑枣、桑果、桑泡儿、乌椹等，是桑树的熟果儿，像还没长芒儿的小麦穗……"

介绍完桑葚，他接着捧起了这家商户的另外一个大麻袋里装的条条弯弯状的东西展示。因为有一年夏天我感冒，大夫给开的药里有这个代茶饮，我喝过这个东西，所以不用他介绍，我知道他捧的是金银花。

随后，他又捧起长得不好看的小眼睛珠子一样的东西，说是连翘，在《伤寒论》里又叫连轺……

听着他口若悬河地介绍各种药材，我在心里暗自认定，这个把药材说得像书上解说得那么详尽的人，是一个地地道道、彻头彻尾的药人。至于马大哥他对文学的执着，我是在初识他以后的日子才发现的。

二、再识马世昌

1. 对文学的虔诚笼罩着马世昌

随后的时光里，因为知道了我在纯文学杂志《荷花淀》曾经编辑过小说，马大哥就把他的两篇小说习作通过微信发给了我：一篇比较短，三千多字，小说名字叫《想入非非》；另一篇比较长，两万多字，小说名字叫《恪守》。他极谦逊地说："望老师过目后，辅导、点评、斧正，为盼！"之后他关于文学侃侃而谈："这一年以来我读了不少的刊物，觉得读文学作品，不要光看作品的语言华丽与否，更要看其内涵，看作者刻画的人物形象真实与否。人物形象刻画得真实生动，才是好作品，光语言华丽，更显华而不实，再说每个作者都有自己的创作风格，有喜欢白描朴素写法的，有喜欢娇柔粉饰写法的，因人而异。我每读完一篇作品，印象最深刻的是作品的人物形象及内心世界。我认为我写的东西与贵刊某篇作品相比，并无天地之别，看作品要看其整体效果!”他在用朴实无华的语言表述着自己的创作观点及对自己作品和别人作品粗浅的看法，这种倾诉一发不可收，他一口气表达完了自己的想法。

可能是担心我没时间看他的小说，他还极简练地向我介绍了他的小说《恪守》的故事梗概，并且在微信里写出《恪守》的中心思想，分三段向我认真地进行了最接地气的理论阐述。

零零散散地挤出几段时间，我看完了他的《恪守》小说，感觉他写的这个故事不是很新颖，这个主题好多人已经写过，我希望他做一个修改，所以郑重其事地回复了他：“这个小说主题老旧，但人物形象塑造还挺好，需要再思考一下怎么修改。马大哥你考虑一下，我抽空也琢磨琢磨。”他回答说：“旁观者清，当局者迷，我写的东西，还是老师一眼就看出瑕疵，还是老师修改为盼。”我也很客观地回答了他：“两码事，马大哥。你这个稿子需要突破主题，在原有基础上进行再创作，只有你修改好之后，我才能再从编辑的角度说话。”他马上回复说：“我自己挺难取舍，觉得文字中潜在的东西，正是我想表达的。”我回复他：“那就沉淀一下再说吧！文学作品的主题有新旧之分，大家都写过的你再写就没有太多新意了，自然旧了。”

他也许是希望我再给他个别的理由解释一下他的小说：“《荷花淀》上，还刊过一篇打日本鬼子的小说（或许他认为这是“旧”吧——我俩说的不是一码事），我的《恪守》，与人雷同呀？……”“老师烦请你有时间看看《恪守》的后半部分，我觉得精彩之处在文章的后半部分，无论是语言还是内容，前四部分写郝妈妈，比较平庸，无论语言还是内涵，有点冗，但作为完整一篇，没有前面的铺垫，是难以完成的，假如没有郝妈的错误，家里娶了个泼妇，也不会有后面的矛盾冲突，盼望老师劳神看完，读透为好。谢谢您的支持与帮扶！无论此篇发表与否，丝毫不影响咱们的师生感情。谢谢合作!”他急忙回复了我。此时此刻，我觉得好多作者迫不及待的心情是可以理解的，因为我也是从这样的状态下走过来的，但是好的文学作品大多是反复修改得来的，目前这些问题和观点不好马上和他沟通，一两句话说不清楚，所以后来我就把与马大哥沟通小说《恪守》的事情暂时放在了一边。确实是因为这种题材的作品我们发得不少，所以最后他的这篇小说被搁置了。

之后他又给我发过来一篇小说《舞伴》，谈了他关于短篇小说《舞伴》的一些见解，并极为友好地说："老师您好！最近又写了一篇小作《舞伴》请您过目，望指点为盼！请指教！"因为忙于工作，所以我草草地看了他的作品后，感觉故事有些老套，但是主题还可以，于是给他回了消息："马大哥，把你这短篇作品修改一下，合适的时机我找几个文友给你点评点评。"我没有想到的是他这样说："老师您见得多，麻烦您给修改一下吧，共计一万多字，请您在百忙之中，务必读完。"

又过了将近半年，他给我发了一组诗歌，并且言明："第一次打字打得错字太多，闲来无事重打一遍，但还是出了点错，请老师在百忙中过目，望为拙作指导点评为盼！"为了文学他下太大的功夫，虔诚和迫切溢于言表。

"游山逛水踏异春，桃梨李花乱纷纷。总有几多美不足，还是故乡花更新。"这首《家乡的桃园》他以微信的形式给我发过来。我发现了马大哥利用旅游的机会和空档，他也会把文采展现在古诗词的创作上。

后来，经他的推荐，我在一个公众号读到他的一首诗作，看了上面写的作者介绍我才知道，马大哥的全名叫马世昌——原来只知道他的微信名字叫"繁荣昌盛"，介绍中说他出生于河北省安国市东方药城，生于 1959 年，现为东方药城经理，喜欢文学，有文字散见微刊，现为思源文字坊签约作者。

在这个一来一往的过程中，我深深地知晓了他对文学的执着、偏爱和情有独钟。

2. 马世昌的长篇小说《祁州药人》突袭我的视野

寒来暑往，我们都在各自的岗位上忙碌着，转眼到了 2021 年 9 月中旬的一天，我突然接到了马大哥这样一条微信："您好，史老师。我写了一个 20 万字的长篇《祁州药人》，烦请帮忙联系一家出版社。"

紧接着他把整部小说以电子文档的形式发给我。电脑统计，不算标点符号，小说共有 206 795 个字符，是一部标准的长篇小说。我忍不住肃然起敬起来。

我知道马大哥的打字速度不快，上次到安国拜访他时，他总是说打字还不如手写快呢，所以手写成为他创作的常态。据他说他这个稿子连修带改一共折腾了三遍，也就是说相当于是 60 万字的工作量，这沉甸甸的字数让我这个小说编辑很是吃惊。想到这些，我感慨：先不说这文稿文学性是不是强、文字水平处在什么级别，单就说这三年以来他码字的速度和写作状态，就很让人刮目相看了。

三、较深刻认识马世昌

我打开马世昌给我发过来的长篇小说《祁州药人》，随意翻开书稿的一个页码，一行行对故事细节的描述展现在我的视野。

首先，刻画人物的文字跃入眼帘。这些文字好像在我的视野扎了根，一时难以拔出来，尤其是读到第二章描述的主人公冯有良刚刚踏进药人行列的这些文字：

> 姑娘见他不善言辞，便说道："哥，我喜欢你身上的味道，更喜欢你这又白又长的大脚丫子。"姑娘一边说一边用手轻轻地挠了冯有良脚心一把，顺势把白嫩的脸贴在冯有良的胳膊上。冯有良立刻将胳膊移开，去拿毛巾准备擦脚。姑娘抢过毛巾，给他擦完脚，要去倒洗脚水。冯有良抢过盆说自己去，顺便上趟厕所。
>
> 他来到厕所，装作蹲茅坑，琢磨着，姑娘对自己这般热情，估计就像老板娘说的为打赏小费——她在为赚小费而大献殷勤。既然是那样，我回屋后马上给她，要她离开就是啦！
>
> ……

这个让我爱不释手的情节，把还没有入道的药人冯有良与将来在故事中注定要成为主人公的小红初相识及初期了解的过程描绘得极富画面感，让人如临其境，人物形象活灵活现，跃然在眼前。

其次，浓郁的描述地方特色的文字也细腻有加，穿插展现在字里行间，让读者随着主人公一起喜怒哀乐，忧思恐伤，使读者的心行走在他书稿描述的特色分明的祁州大地，行走在只有祁州才有的药王庙的廊檐下。

这是冯有志第一次进入药王庙，以前，曾经有无数次从庙旁边路过，但从未进去过，笃信药王的有志媳妇倒是来烧过好几次香。十年前，爹有病，她来庙里烧香求药王为爹治病，然而爹不久还是死了。前两年，媳妇又为她的娘烧香求福，也没有能留住。就在去年，最小的儿子生了病，她又来庙里求过药王爷，也没见有什么效果，最后还是送到县医院给治好了。所以，冯有志对烧香拜药王爷不怎么信。可是，有什么一灾二难的，媳妇仍然要来这里烧香，祈求药王保佑——女人在这方面，可真是一根筋。

药王庙坐东朝西，规模宏大，三进院落，分前、中、后院。庙门前有一近三层楼高的木质牌楼，牌楼为三栋四楹庑殿顶，琉璃瓦面。那逼真的浮雕、优美的木质透花图案、技艺精湛的苏式彩画、九彩四昂的斗拱无不引人入胜，牌楼两面有“显灵河北”“封加南宋”八个大字。牌楼两侧有对称的两尊石狮和两根铁质旗杆，杆上各有两条盘龙，每杆有三个吊斗，各悬十三个风铃，微风吹过，便发出“丁零零”的响声，给人以威严肃穆之感；杆上展翅欲飞、引颈而鸣的凤凰，瑰丽无比，有诗赞曰：

阵阵铃声脆，夜夜铁凤鸣。

更深悄入户，风吹到全城。

另外，旗杆上还挂有一副对联：

铁树双旗光射斗；神麻普荫德参天。

二人穿过牌楼，便看到了药王庙正门，两扇朱红大门上浮嵌着七十二枚铜钉，门楣上悬“药王庙”横匾。

他们跨过正门，进入马殿。该殿是硬山顶叠梁式结构，六檩后出廊，殿内南北各立泥塑战马一匹，南白北赤，造型生动。每匹马前各有二马童，二童赤面，二童白面，各随马色。

最后，夫妻二人来到药王庙正殿。正殿面阔三间，进深三间，八角大柱，正位上有泥塑药王像，左右塑有文臣武将。

……

这些情节描写，把农民想做药人，急于改变生活困境的迫切心情表现得淋漓尽致，把他们从思想上希望做成功药人的愿景勾勒得生动、形象。

再次，《祁州药人》具有填补中国中药业药人作品空白的重大意义和巨大价值，《祁州药人》是一批药人的生活写照，好多药人从最初土里刨食、拿着镰刀锄头的起家，在亲朋好友的帮助下，背井离乡闯荡市场，经过金钱、美色、诈骗等事件的磨砺，一个个成长为有着丰富社会经验的药人，他们所经历的艰难困苦、诱惑磨难一例例展现在这本书的细节中，其中的酸甜苦辣咸以及人们最初因此付出的时间、经济和尊严的代价，只有他们自己知道。他们在经营药材的生意中，不仅解决了基本生活需求问题，相当一部分人进而成为能在城里拥有门脸继续扩大经营项目的真正药人，实现了率先一步富裕起来的梦想，同时给中国一个个缺药的偏远地区的百姓带来了采购药材方面的便利，给大家带来了福音。这种从地道的庄稼汉转换成生意人的"迁徙"过程和人生体验的描写，是长篇小说少有的题材。当然这种心理同构的体验，马大哥是深有体会的，因为他本人就是这样成长起来的，他是最有发言权的。

最后，《祁州药人》对马世昌本人来说，是一部具有标志性的代表作品，也是他本人写的第一部长篇小说。小说通过塑造冯有良这个人物来串联药人的成长历史，主要讲述改革开放后，主人公冯有良从一个庄稼汉到药人的转变过程。做药人致富以后，他先是为偏僻落后的家乡茂营村修公路，后来他的几百亩中药材种植基地被安国市政府推荐为形象工程，后来更名为药博园。每当春夏秋季到来的时候，药博园的花儿们就像竞赛似的，万紫千红，争奇斗艳，药香四溢，芳香远播，引来全国各地的游客到此观赏游玩，收到了显著的社会效益。主人公冯有良还履行自己当初的诺言，帮助东北姑娘小红圆了她的少年梦——开办幼儿园。主人公冯有良的善举，与政府先富带后富的政策不谋而合，可谓天意。

这篇小说在有关文学的发展史上有着深远的参考价值和意义。至于它将来可以作为基础作品被改编成影视剧或其他形式，那就是我们对这篇小说的设想和期待了。

我衷心地期待着马大哥的这篇文学作品进一步升华，不断变幻出崭新的艺术形式，谱写出非凡的乐章，进入不同的艺术领域，不断超越作品本身的原有价值……

史春霞

2023 年 6 月 9 日

目录

祁州药人

第一章

二十世纪八十年代初，改革开放的春风徐徐吹遍了中华大地，大江南北掀起了发家致富奔万元户的经商热潮。

坐落在冀中平原的安国县茂营村也不例外。有一天，村里像开了锅的水，沸沸扬扬地传送着一个新闻：有个叫张万财的人跑了一趟新疆，买回三吨药材，拉到安国药材市场上卖了，净赚一万一千元，第一个万元户在茂营村出现了。

不甘贫穷的老乡们，坐不住了。

这几天，冯有良的女人王玉梅总给自己的丈夫吹耳旁风："你看咱村张八月也不修表了，去县城租房经营药材去了；李达思也不修自行车了，去药市鼓捣药材去了，听说他们不到半年就赚了几千元。"

冯有良若有所思地回答："他张万财也没长三头六臂，我也不比他缺胳膊少腿，至于张八月和李达思，上小学时都是我同班同学，学习成绩还不如我呢！我还当过三年兵呢，见的世面不比他们大？我觉得，如果做生意，未必不如他们，可是，张八月、李达思与咱情况不同，人家兄弟多，分家后老人也没和自己在一锅抡马勺，即使赔点钱也能撑得住，可咱家六七口人吃饭，娘又病病恹恹的，咱妹妹还读高中，咱两个孩子又小，我若一走，剩下你和咱爹种十几亩地，若把爹身子累坏了……"

女人说："如今国家已经改革开放了，鼓励少数人先富起来。如果这个机会咱抓不住，将来怪不着别人。人家在县城有了房有了家，咱家的妻儿老小都在村里过苦日子，可都怪咱当家的没出息！再说了，现在男孩子结婚，必须有三间新瓦房才勉强达到标准，可是，现在咱们一家人仍然住在这土坯房里，你不做些生意攒些钱，等孩子大了，拿什么给孩子盖房娶媳妇？他们要是都打了光棍，看你这当爹的脸往哪儿搁！"

冯有良听了女人的话，有些羞恼，可又觉得很有道理——玉梅虽说是个女人，可有时候比男人的理念还超前，于是说："好，那就听你的！我先去药市跑跑看，行就干，不行就撤退！"

女人说："只许前进不许后退！还没干呢，就产生了撤退的心，怎么可能成功？放心吧，家里有我呢，我就是你的坚强后盾！"

"好，我晚上给爹娘商量商量。"冯有良说。

冯老汉听了儿子的话，哈哈一笑，说："二赖子想发财，扔下锄头做买卖！"

开了句玩笑，冷静下来后，有良爹继续说："有良，你有想法我不反对，不过，咱这十几亩地可千万不能扔，全家七八口人吃饭可全靠着它呢，不种地，人吃什么呢？做买卖有赔有赚，挣了好说，万一赔了，全家人跟着一起喝西北风？"

"爹，请放心，我先试试看，不行我立即回来种地。"接着他一转话题，问："爹，咱家还有多少钱？做买卖得先下本钱的。"

冯老汉说："大概有个六七千块，前两年你大姐夫借走了！听你大姐说，你大姐夫挺有两下子，前年在天津买回几十吨棉籽皮，卖给乡下养银耳的专业户，一笔就挣了不少钱，然后在县城安国药市买了个门脸房，现在地也不种了，成正式经营药材的专业户了。如你想做药人，就先到你大姐夫那取取真经，然后把他借咱的钱要回来，你当本钱，我想你大姐会帮你的。"

冯有良把爹说的话回屋给媳妇一说，女人说："爹有所不知。大姐是亲姐，可姐夫的为人你又不是不知道，你若顺着他，比大熊猫还绵；一旦变了脸，比暴风骤雨来得还猛。依我看，你想在大姐家立足，就甭给他提钱的事，倘若一提钱，他肯定会给你翻脸，甚至……"

冯有良说："好，听你的，咱在人家手下学手艺，就得忍着点，等咱用钱时，自己再想办法。"

第二天，冯有良将自行车从屋里推出来，打足了气，正准备去县城，娘呻吟着把他喊住了："你看咱家那四棵大槐树上的槐花已开了一半了，再不掰下来，等全开了，那么好的槐米不就糟蹋了？槐米也是药材啊，去年你掰下的干槐米，卖了四五百块，你走啦，让你爹上树啊？他已是六十来岁的人啦！"

冯有良觉得娘说得很有道理，也许这四五百块钱，就够坐火车跑大半个中国了，再说娘有心脏病，不依娘的，万一把娘气坏了，自己更难离开家了。于是，冯有良把自行车支在院子里，然后，他像猴子一样，三爬两窜站到大槐树杈上，咔嚓咔嚓用铁钩拽起槐米来，媳妇在树下捡着。

就在这时，从门外传来“突突突”的摩托车声，还未等冯有良反应过来，姐夫邸伍安骑着川崎 125 进了院。他风风火火地对冯有良说：“我这一阵财星极旺，连着签了几份大药材合同，一个是往吉林四平发三十吨黄芪，另一个是湖北宜昌的二级站要二十吨生地，一南一北，我忙不过来，请你去给我帮几天忙吧。”冯有良心想：我正想学做药材经营，正要去找你，想不到你不请自到，正合我意！于是，他胡乱地将树上的槐米掰了一通，就愉快地坐着邸伍安的摩托车，去安国药市了。

到了安国，姐夫吩咐说：“你去东北的四平药材公司送货吧，东北人直爽，说话也好听懂；我去南方，南方人说话像鸟语，唧里哇啦的，简直像说外国话，你从没与他们打过交道，他们说什么你都听不懂，你说的话他们也听不很明白，如何做生意。”

邸伍安最后几句叮嘱的话，冯有良听了既不顺耳又让人莫名其妙：“有良呀，你到了四平药材公司，可千万别和人家订合同。再说你根本就不是做买卖的料。俗话说，‘猪往前拱，鸡往后刨’‘什么虫蚀什么木’，你天生地里刨食的料，做不了买卖，等姐夫我做大了——难道你没听人说过‘大河里有水还愁小河里干’——将来你只要缺钱花了尽管开口。”

冯有良听了，一边“嗯嗯”答应着一边想：姐夫这个人真是心胸狭隘，从他的话里话外不难听出，怕小舅子去了抢了他的生意。按这种性格来推测，等他有了大钱他肯让别人花？别逗了，那简直是做白梦。人常说“自己的被子自己盖”，还是自己挣钱自己花着才方便。靠他？……记得邸伍安和大姐结婚之前，爹娘看出此人不太厚道，可他三天两头往这跑，今天送把笤帚，明天送个脸盆，后天送个擀面杖，大后天送把水壶，就这样三来四去地把娘心中那块冰渐渐给融化了，最后把一个如花似玉的大姑娘娶回邸家。可是，令人想不到的是，婚后，邸伍安就把他婚前送来的小家小什连擀面棍都没有留下一根，一一带回家去，理由是他家兄弟多，刚刚分家，暂时经济困难，先拿去用一用，等往后宽绰了再送回来。记得当时娘给爹说，这真是个口是心非的人，用着人了磕头烧香，不用了就过河拆桥。冯有良当时对父母开玩笑说："姐夫应该改名，甭叫邸伍安了，咱叫他'邸无安'吧!"爹娘听了儿子的话哈哈大笑，冯有良从父母的笑声中听到了尴尬和无奈。从此，私下里，全家人都叫他"邸无安"。

第二章

冯有良在四平医药药材采购站，检完斤交了货，拿到了收货单据，一切都很顺利。忙活了一天，加之来时坐了一天一夜的火车，而且连个硬座票都没买到，为了急着交货，不得不委曲求全地在车厢连接处蹲了一夜，身体特别疲劳。傍晚时分，他来到四平火车站，想吃点东西，然后找个小旅店好好睡一觉，明天一早回安国。

他不由自主地走进一家酒店，只见门口站着一个服务员，亮开东北人热情好客的大嗓门儿高呼："来亲喽！老弟吃点啥?"一边说一边把菜单递给他。

冯有良翻开看了看，没有十元以内的菜，最少是三十元以上的，什么红焖羊肉、酱牛肉、红烧鲤鱼、小鸡炖蘑菇……这也太豪奢了吧，一盘菜相当于一程的火车票，来时从天津坐火车到四平才花了二十八块钱。虽然来之前姐夫大大方方给了他两百块钱，可他也得省着花：自己世代为农，过惯了节俭日子，花钱从不敢大手大脚。

于是，他脑子一动，对老板娘说："我后边还有几个伙伴，我马上邀他们来点菜!"一边说一边匆匆从酒店退了出来，心里不由自主地叹息：这样的饭店是大老板、大领导去的地方，咱可去不起!

他拐弯抹角，找了个黑不溜秋的小包子铺，点了一屉包子、一碗小米稀粥、一碟小咸菜，共花了不到十块钱，吃得热热乎乎。填满了肚子，他打着饱嗝走出小包子铺，不由打起了瞌睡——困得够呛了，该好好休息了。于是，他背着大挎包，朝站前旅店奔去。到了登记室，一看墙上的价目表，他望而却步：单人间一百元一位，双人间八十元一位，三人间五十元一位。

看他犹豫不定，女服务员问他到底住不住。他撒谎说："我是给领导来打前站的，我马上喊领导过来登记。"一边说一边退出站前旅店，自语道："这东北的站前旅店也太贵了，动不动百八十的。我上个月在建筑队干了一个多月，起早贪黑一天才挣五块钱，累得手脚发麻，最后一共才拿到一百八十五块钱的工资。如果在这儿住一宿就干掉我半个月的工资，怎么让人接受得了？不行，坚决不住，找个便宜的，十块八块的能睡一夜安稳觉就知足了。”

他边想边在站前广场上走着。他望了望天空，已是傍晚时分，白昼渐渐地被夜幕吞噬。就在此刻，突然有一个彪形大汉朝他走来，二话没说，在他挎包的胳膊上硬塞了一个东西。

冯有良感到莫名其妙，忙拿起那东西仔细一看，原来是一沓彩色照片，他问那个陌生人：“你要干啥?”那东北大汉没有吱声，只是用手一挥，意思是跟他走。冯有良不得不让人牵着鼻子走，因为他手上有人家的东西。

大汉带着冯有良向广场一个偏僻的角落走去。到了那个角落，大汉停下了。冯有良问：“你要干啥?”

那个大汉说：“给你照相!”

“我不照相，我想住旅店!”

那大汉说：“你抢了我的照片，不照就赔我钱!”

“明明是你硬塞给我的，怎么能说是我抢你的，真是无赖!”

那大汉说：“我就是要无赖，你敢怎样？小子，你睁开眼仔细看看，这广场上没几个人，你如果不老实，我就弄死你!”大汉一边说一边从腰里摸出一把半尺多长的匕首，在冯有良眼前晃一晃，说：“今天你想照也得照，不想照也得照!”

冯有良觉得很窝火——自己也是个男子汉，一米八几的个头儿，况且还当过三年兵，扛过枪，练过拼刺刀，不行就和大汉干一仗，不一定谁弄死谁呢!可他摸了摸口袋，手无寸铁，更主要的是，这是在人家的一亩三分地上，这家伙附近怕是还有同伙。冯有良心想，如果打起来了，那大汉一声呼哨，招来一群地痞流氓，到那时，自己肯定是要吃大亏的，否则他哪里敢如此嚣张？他只好把满腔怒火强压下来，语气平和地说：“同志，我出门已一个多月了，身上只剩几十块钱，我还得买火车票回家。”

大汉问：“你说的是实话?”

“当然，我可以对天发誓!”

"'南蛮子'，别磨叽了，既然遇着本爷，总得给个见面礼吧!"

冯有良只好从口袋里摸出二十元给他，无可奈何地站在广场的路灯下，拍了两张照片。

大汉说："留个地址，半个月内给你寄回去。"于是，冯有良只好拿过大汉递过来的笔，将自己的地址留下……

冯有良回到安国后不久，照片居然真的寄过来了。这两张照片，现在已过三十余年，冯有良还保存着。每当看到这两张照片，他便想起了那段流金岁月，同时脸上浮现出五味杂陈的笑容。那是自己从一个农民走向一位药商的第一步啊，真是挺有纪念意义的！也亏了那位强逼人照相的东北汉子，否则，当时自己断然不会拍照的。而那位汉子，居然也信守诺言，真的将照片寄了过来，也算是个讲信义的人。

当然这都是后话。

照完相的冯有良，继续寻找比较小的价格低廉的旅店。

走着走着，迎面走来一位大姑娘，拦住他的去路，"大哥！住宿吗？我是接站的!"姑娘用一口流利的东北话和颜悦色地说着。朦胧之中，他看不到姑娘的面容和衣着的颜色，但从她温柔的语气中能感受到一种和谐和安全的信息，他刚才受到大汉威胁后的紧张、惊悚、忐忑、恐慌，在柔声细语的姑娘面前一下得到了缓解，释放出了所有的压力。

他定了定神，问道："住一宿多少钱?"

"单人间十元，双人间八元，三人间五元，四人间四元。"姑娘很干脆地回答道。

冯有良对住宿的价格十分满意，但不知旅店的环境如何，正踌躇间，姑娘说："大哥，跟我走吧!"

"有多远?"

"没多远，一会儿就到。"

二人边走边唠嗑，"大哥！你是南方人吧?"姑娘问道。

"不是，是河北省安国县人。安国过去叫祁州，是北方最大的一个中药材集散地，也是北方首屈一指的中药材市场。"

姑娘说："河北不是南方吗?"

冯有良解释道："河北不是南方，我们读书时老师说长江以南才是南方，比如，湖南、广东、江西、福建等才是南方。"

姑娘哈哈一笑说："我们东北人称关里人都是南方人。"

冯有良说："明白了。"

接着姑娘一转话题，"大哥你身高多少?"

"一米八八。"

"大哥你的身材真苗条，真让人羡慕。"

冯有良听到姑娘的夸奖，一下脸红到耳根了，多亏是黑夜，看不清对方的容貌。姑娘又问道："大哥是做什么生意的?"

"药材……不，不……是走亲戚的。"他突然想起媳妇的嘱咐，出了门对陌生人不要讲实话，于是，他真话说了半截儿突然又改了口。

姑娘听他说话不是很坦荡，忙说："大哥别紧张，我们东北人都很好，脾气性格都直爽，很开朗，很热情好客！别看有时候表面上凶，可内里不使鬼心眼儿。"

冯有良说："你说的是真的？我看未必!"接着，他把刚才在广场上遇到的东北大汉硬逼自己拍照的事给姑娘学了一遍。

姑娘听完，咯咯一笑说："没事，他是吓唬你的，是怕你不照，为了多挣你几个钱而已，他不是坏人，不会真伤害你。"

他怼道："为了赚钱就不择手段，那还算作好人?"

姑娘答道："如今，国家已经改革开放了，有的人为了养家糊口，为了钱来得快，不择手段的人会越来越多——倘若不信我的话，你走着瞧!"

冯有良辩解道："照你这话说，将来就没好人啦?"

姑娘回答："我指的是有的人会那样，但绝大多数还是好人。"

二人边走边唠，不知不觉已走出车站二三里路，拐弯抹角才来到一个偏僻的小巷，最后，他跟姑娘来到一户独门独宅的四合大院。

一进院，他见正门上方亮着一盏霓虹灯，在微弱的灯光下，隐隐约约可看见几个大字：宾客来云仙阁。

冯有良四处寻找，既没有看到“××宾馆”的字样，也没寻到“××旅社”的招牌。正疑惑间，姑娘带他来到一处登记室，高喊一声：“阿姨，来亲戚了！请来登记。”

只见从屋内走出一位老妇人，看上去六十多岁的样子，穿一件蓝紫色底的，大红花、大黄花配绿叶的旗袍。她双耳之下垂一对银光闪闪的大耳环，白色的耳环足有鸡蛋那么大，摇头时，耳环便在她两个红脸蛋上晃来晃去；嘴上涂的口红也太艳了点，红得像刚刚流出的血浆一样。老妇人走到冯有良近前，借着灯光仔细打量一番，眼睛眯地笑成一条缝，暧昧地说道：“小伙子，你是我开馆几年来见到的最漂亮的一位美男子，今天的床费只收半价，一会你玩高兴了，多给小红打赏些小费吧！”

冯有良一愣，不太明白老妇人后半句话的含义，不过听说只收半价的床费，心中不由一喜，于是他一边交钱一边说：“谢谢老板娘的关照。”

老妪给姑娘做了个鬼脸，说：“小红姑娘，你还愣着干啥，快领帅哥上楼去吧。”

冯有良很想去自己的房间休息，因为这两天，又是坐汽车、火车，又是检斤药材，抬麻袋入库，一路的疲劳，加之刚才在广场上的不幸遭遇，他早已精疲力竭，特别渴望躺在床上睡到天亮。

他跟小红姑娘来到二楼，才发现不是自己想象的房间，而是一个特别豪华的地方。首先映入眼帘的，是一个敞开着的月亮门，以及月亮门上三个金光闪闪的大黄字——云雨阁。睁大眼睛，四处观看，云雨阁里没有床，地上铺着大红地毯，地毯上铺一床红色百合花的大被子，被上平平坦坦地摆着一对鸳鸯图案的刺绣枕头。

他看到这豪华的一幕，立刻止住脚步，停在云雨阁的门外浮想联翩：好像《红楼梦》中曹雪芹描写大观园里的红男绿女，缠缠绵绵，暧昧之笔常用“云云雨雨”之类的字眼。他暗忖：难道我走错地方了？不可能，不可能……改革开放才几年，难道“云云雨雨”引进得如此之快？外国的洋风俗真的兼收并蓄在我们这个大国扎了根？不过也真是说不准，前几天日本描写南洋姐的电影《望乡》已在全国广大农村热播了，里面的风情情节还历历在目。他虽然第一次出门，不了解外面的花花世界，但联想到刚才老妪给小红姑娘又是挤眉弄眼，又是“打赏些小费”之类的话语，加之云雨阁里的鸳鸯枕，使此时此刻的他忽然有所感悟，于是他心中筑起一道“防火墙”：任凭风吹浪打，我自岿然不动。

冯有良暗暗拿定了主意。

正当冯有良在月亮门外惴惴不安之际，小红姑娘一把拉住他的手，将他拽进云雨阁：“哥，刚才路上太黑看不清你的尊容，现在让我仔细瞧瞧。”她一边上下打量一边嘀咕着：“嗯，起码一米八的身材，够挺拔，够苗条，长脸膛，高鼻梁，一双杏仁眼，是我遇到的美男子中最最理想的一位帅哥，像古代的罗成，像现代的影星王新刚。”姑娘边说边踮起脚，伸长脖子想吻冯有良。

冯有良将脖子向上伸了伸，姑娘没有吻到，急得她双手搂住他的脖子用力往下拉。

冯有良说：“别急，我累了，想洗洗脚。”

“好，我马上去给你打水。”

姑娘离去的一瞬间，冯有良瞅了一眼姑娘的背影：她穿一件六分长连衣裙，白色的裙体上印着五颜六色的花，白的牡丹花、红的月季花……配绿色的叶子，脚穿一双白色高跟皮鞋，显得格外引人注目。

望着她飘飘然妖娆多姿的倩影，冯有良突然想起刚从老家看过的朝鲜影片《卖花姑娘》，她就像那个卖花姑娘的扮演者——那时的朝鲜女影星竟是中国青年人追星一族的偶像。

水打回来后，冯有良对姑娘道声谢，先洗了洗脸，然后把鞋袜脱下，将双足浸入温水之中，顿时，冯有良觉得特别舒服，浑身的疲劳感顿时消散了不少。

姑娘说：“我来帮你洗。”便伸出一双又白又嫩的手摸搓他的脚心和脚背。

“哥，舒服吗?”姑娘笑着问道。

他刚想说舒服，话到嘴边又收了回去，因为他忽然想起娘的教导：“出了门别跟别的女人走得太近。”

姑娘见他不善言辞，便说道：“哥，我喜欢你身上的味道，更喜欢你这又白又长的大脚丫子。”姑娘一边说一边用手轻轻地挠了冯有良脚心一把，顺势把白嫩的脸贴在冯有良的胳膊上。冯有良立刻将胳膊移开，去拿毛巾准备擦脚。姑娘抢过毛巾，给他擦完脚，要去倒洗脚水。冯有良抢过盆说自己去，顺便上趟厕所。

他来到厕所，装作蹲茅坑，琢磨着，姑娘对自己这般热情，估计就像老板娘说的为打赏小费——她在为赚小费而大献殷勤。既然是那样，我回屋后马上给她，要她离开就是啦！

然而，当他回到房间，准备给她付钱时，姑娘立刻拒绝了。

“谁说要你的钱了？”

“你忘了我刚来时，老板娘说要我给你打赏小费？”

“老板娘说要可我就是不要。”

“为什么不要？”冯有良问。

“因为我喜欢你——我们东北人说话就是这样直爽。”

“我累了，想睡了，你回屋休息去吧。”

听到冯有良下了逐客令，姑娘怼道：“我不想回屋独守空房，我想和你多聊会儿，我想和心上人在一起，我想做一次真正的女人……”

冯有良答：“你也不问我什么来历、什么背景，我已是有妇之夫了，我做人有原则，我不想占你的便宜，我觉得做人应该对得起良心……”

姑娘反驳道：“我不管你什么背景，我就知道今天能遇上你，就是缘分，古人说，‘有缘千里来相会’，今生今世你我邂逅是命中注定，我若与哥相依相伴，哪怕是一夜之欢，我也无怨无悔……”她边说边把门关上并锁了内锁，然后立刻把连衣裙脱下来，随手扔在地毯上。丰满的体态，赤裸裸地暴露在灯光下。

冯有良见她将要把仅剩的遮羞布也要脱下，吓得连忙把头扭转过去，不敢面视她白条鸡一样的肉体，他倒退几步，退到墙边的沙发上坐下。

姑娘四平八稳地躺在地毯上，温柔地说：“哥，你过来看看，比较一下，我们朝鲜族女人的身体和你们汉族女人哪个更美丽。”

冯有良心想：奸生杀，赌生盗，况且自己出门在外，万不敢染指这类事，否则，祸起萧墙之间，可不是闹着玩的，没准老家都回不了呢！主意已定，他既不看，也不听姑娘的话，一言不发，一头倒在沙发上，闭上了眼，装作睡觉的样子，不一会儿就睡着了，居然打起呼噜来。

姑娘等得着急，听到对面如雷的鼾声，猜不透他是真累了，睡着了，还是为了敷衍别人而故作姿态，便起来走到冯有良身边，给他解开胸前的扣子，露出他雄壮的胸膛，将自己炽热的脸伏贴在他的胸前。她的左手抚摸着他的头，右手紧紧和他的左手握在一起，自语道："今生今世，我不能做你的妻，我不甘心，即使做你的小三、情人……只要能和你在一起，我死而无憾。"姑娘趴在他身上，陶醉在幸福朦胧的睡意中。

突然，"咚咚咚"，传来几声急促的敲门声，"小红，还没完事呀，你老铁詹局长来了!"

小红听到老板娘的叫声，急忙穿上裙子，连内裤都忘了穿，将门打开了。

从老板娘身后出来一个穿公安制服、戴大檐帽的年过半百的男人，喷着满口的酒气喊道："哪儿来的小白脸，居然敢在老子一亩三分田里耍流氓？你身上有多少钱，都给我交出来!"

冯有良从睡梦中惊醒，揉了揉惺忪的眼睛，惊慌地说："干吗呀？我一直在睡觉，我什么都没干。"

"你的话，连鬼都不相信，孤男寡女在屋里拴着门干什么?"

冯有良辩解道："我一直在沙发上睡觉，连衣服都没脱。"

小红也帮言道："我做证，他是一直在睡觉。"

"放狗屁！你看中小白脸了，他比我年轻，比我漂亮是吧?"他一边说一边从地毯上捡起姑娘的红裤头，一把塞进小红的手里，骂道："他妈的这玩意儿都丢地上了，还想狡辩!"

小红此时无言以对，一边尴尬地往外走，一边对冯有良说："都怪我，让哥受委屈了。"

"把钱给我交出来，我是公安局的!"詹局长边说边把工作证拿出来，在冯有良面前晃了晃，叫嚣道："你不交钱，我就拘你半个月，让你单位的领导或者你家人拿钱来保你。"

冯有良暗想：还是吃了哑巴亏吧，这叫胳膊折了往袖子里装！不交钱万一真拘留半个月，让家人来保释，岂不是将绯闻闹得沸沸扬扬，一旦传到乡亲们耳朵里，那些快嘴老太太们逢人便会说，冯有良在东北四平乱搞女人，被公安拘留了。到那时，就是浑身上下都是嘴也说不清。想明白之后，冯有良把身上仅有的一百多块钱交给了那个虎视眈眈的公安局局长。

此时老板娘和小红来圆场，老板娘一边拉着公安局局长往外走，一边说：“詹局长请消消气儿，一会儿让小红姑娘好好陪你玩玩，保证让你幸福得像上了天堂。”

詹局长说：“看在老妈的分上就不拘你了。”说着随老板娘走向另一个房间，“小红，我等你，你马上过来陪陪我。”

老板娘和詹局长走后，冯有良吓得出了一身冷汗，一屁股蹲在沙发上，悲叹道：“我身无分文怎么回家呀！俗话说，‘麻绳专挑细处断，厄运总缠苦命人’，这话说得敢情一点儿不假！我这还是什么都没干，如果真干了，还不知落个什么下场呢，还是娘说得对，出门在外，就得离女人远点，可我还是考虑得不够周到，当时就应该想到这一点，不跟这个女人来这里住旅馆就好了，这个女人、老板娘，还有这个什么詹局长，都是串通好了的，搞了一场‘仙人跳’，讹自己的钱的……”

小红问：“大哥，你真的没钱了？”

“不信？我把所有的衣兜都翻开给你看看。”冯有良气得直打哆嗦，但也只好强忍着，心里直骂：这个臭婊子，把钱都给你们了，你还不信，正像村里有些常出门的人所说的，进了这种地方，不把你的钱弄个一干二净，是不会放你出门的！

小红说：“不用翻了，我相信你的话，从你的眼神中能看出来，你是一个不会撒谎的人。大哥你别着急，先休息一会儿，待会儿我给你想办法。”说完快步走了出去。

冯有良这几天太累了，小红离开后，他反锁上门，就又躺下了，很快就睡着了。

凌晨四点钟，冯有良被一阵敲门声惊醒了。他打开门。小红急匆匆地走了进来，只见她从胸罩中摸出几张五十元的人民币，说：“大哥，这钱，你先拿着当路费。”

冯有良边接过钱边说：“谢谢你小红妹妹，我错怪你了，我以为……下次来四平我一定还给你。”

小红深情地说：“哥，这钱不要你还，是小红我送给你的，你是我最喜欢的人，我这辈子虽然不能和你走到一起，但我求你下次来东北一定来看看我。”说完，她把一个手提袋递给他，说：“这里有点吃的东西和几包香烟，你拿着路上用吧。”

冯有良一边接过包一边说：“那我马上走吧，不然那个公安……”

小红说：“天还不亮，没事，我愿意和你多待会儿，昨天晚上他折腾了我大半夜，快累死他个老王八了，他这一觉还不得睡到中午呀……大哥你看我现在的样子，你一定从心里瞧不起我，其实我原来并不这样……”小红给冯有良讲述起自己坎坷的往事来。

“我上专科学的是幼儿教育，我的理想是毕业后回家开办一所幼儿园，可是快毕业时，父母出了车祸走了，留下我和唯一的弟弟跟着奶奶过。奶奶身体不结实，年纪也大了，供不了我们两个读书。我只好辍学回家挣钱供弟弟读书。为了开办幼儿园的理想早日实现，我恨不得马上挣到一笔钱。一个朋友说，四平有一份好工作，每月工资七八百元，她邀我来这里试试，原来却是让人包养。这个男人比我大二十多岁，我和他姑娘一般大，他整天把我关在包房里，不让我出门逛街，快把我活活憋死啦！一旦发现我偷偷出门，他就连骂带打……我恨死他了。”

冯有良问：“那公安局的怎有那么多钱包养女人？”

小红说：“还用说，每次抓了放，放了抓，光那帮小偷就把他养肥了，每年年底那些混混头头不给他‘上供’？我给你的几盒中华烟就是‘供品’。”

冯有良说：“怪不得四平的社会治安这么乱，原来是这样……”

二人愈聊愈投机，不知不觉到了天亮，冯有良想马上离开这是非之地。离别前小红姑娘要吻一吻他，他没有再拒绝，主动蹲下来让她吻个够。一瞬间，小红的泪水浸湿了他的脸颊，她喃喃地说：“哥，到四平来了一定来看我……”

“我一定来还你的钱，一定来！”

第三章

冯有良匆匆忙忙从小巷走出，来到火车站的售票大厅时，售票窗口还没开门，他便坐在椅子上等着买返程的车票。这时他饿得肚子咕咕直叫，无意中打开小红给他的手提袋，看到里面有几盒烟、两瓶饮料，还有几根火腿肠和几个面包。他拿出一瓶饮料和一个面包，一边吃一边想：大姐家的活干完了，我就这么利利索索返回去？不！不！他忽然想起来之前媳妇的鼓励："我支持你！相信你不是等闲之辈，相信你在不懈的努力之下能成为一个合格的药人。"他又想起来东北的前一天姐夫邸伍安的一番警告——你去了东北四平药材公司，可千万别跟人家谈业务，你拙嘴笨舌的，根本就不是做买卖的料。

"难道我冯有良真像老邸所说的那么无能，那么草包，那么不争气？就是一辈子给别人打工的命？我冯有良比别人不少胳膊不少腿，我要立志和张八月、李达思甚至你邸大老板比一比、试一试，看我比你们究竟差多少？"冯有良暗暗下定了决心。

于是冯有良匆匆吃完面包，走出候车室，立刻登上了去东丰的长途汽车。上午十点多，到了东丰，他在车站广场上让擦皮鞋的把脚上一双半旧的皮鞋，重新打了油。经过擦鞋师傅的精心打扮，一双旧鞋比新的还亮。他又去站前商场买了一条红领带扎上。他的一身蓝色西服，配上大红领带，穿上半高跟皮鞋，加之一米八八的高挑身材，在陌生人眼里，根本就不是什么老农民，而是一个非常有气质、有内涵的大经理或大老板。

由于第一次来东丰，不知道此地药材公司的地址，他打了辆出租车，只过了大约十几分钟，便到了目的地。他走进东丰县药材公司供应科，看到一位中年人正俯在办公桌上做采购计划，便立刻从包里拿出一盒中华烟，打开递给主人一支烟，说："您好！打扰了，我是安国光达药材加工厂的，来贵公司联系业务。"

主人一边接烟，一边问："安国的老板，您贵姓?"

"我姓冯，名有良。"他一边打着火给主人点着烟一边问："先生贵姓？在公司应是负责人。"

"我姓康，负责本公司采购工作，兼公司副经理。"

"康经理您好，请问贵公司目前的采购计划?"

康经理一边给冯有良让座，一边说："我公司的确正准备采购几吨中药材，以前没有安国药商来过，所以也没用过安国市场上的货，真不知你们安国药材的质量……"

冯有良点着一支烟，端端正正坐在椅子上吸了一口，不急不慢地说："安国的药材好与赖，康经理用一次先试试，我敢对康经理保证，我给你的货是地道的中药材，正宗、干净、无虫蛀无腐蚀，保证质量。"

康经理说："看来冯老板是个诚实守信之人，这样吧，马上要下班了，等下午我和我们总经理研究研究。"

冯有良想：既然对方没有拒绝，就有希望，那就应该趁热打铁。二十世纪八十年代初，商业圈有句俗语，"研究研究"的谐音就是"烟酒烟酒"，当然请客也中。人们求人办事或推销产品时，只要听到对方嘴里说出研究研究的字眼，基本上就成了，就等求人的一方上"供品"或设宴款待了。想到这儿，冯有良说："我初来乍到，还靠康经理多多关照，我有个想法不知当讲不当讲?"

"你说!"

"我想在你的引荐之下，中午和贵公司的几位领导一起坐坐，吃个便饭，我来做东，借此机会与贵公司的领导认识一下，建立一个长久的业务关系。"

康经理说："既然冯经理有这份诚意，那就恭敬不如从命喽!"

冯有良又从手提袋里摸出一盒中华烟递给康经理，"拿着给同事们抽。"

康经理接过烟，上下瞅了一眼冯有良，说："还是安国的大老板有气派，常常吸大中华，我们上班每月拿三四百元的工资，是舍不得买好烟的。"

是呀，八十年代上班的工作人员，也就吸个两三块钱一盒的烟，种地的老农民吸个三五毛钱一盒的就不错了，有的甚至连三毛一盒的也抽不起，干脆捡些旧报纸，自卷旱烟抽——能吸上一支中华烟就算品尝到奢侈品了。小红给的烟在业务洽谈时派上了用场，虽是借花献佛，但提升了他的身价，给他这一次业务顺利谈成做出了贡献。

在这次宴席上，冯有良结识了东丰药材公司的张总经理及公司会计、质检科长、仓库保管员等人，为他以后在这个公司扩展业务打下了坚实的基础。宴席结束，冯有良在东丰药材公司拿到了六吨中药材供货合同。当时他非常高兴，虽然这份合同按当时在安国药商圈来说是笔小买卖，可对冯有良来说，是处女作，是开业大吉，是他经商之路的万里长征迈开的第一步。

他没有在东丰逗留，当晚买了返程的火车票，虽然车票无座号，他硬是在车厢连接处站了三十个小时。第三天早晨他回到家，顾不上旅途劳顿，忙让媳妇给计算一下上货需要多少本钱，利润有多大。

女人说："我先给你做碗鸡蛋打卤面，吃了再算也不迟。"

饭做熟了，他一边吃一边说："你拿笔写着：生地两吨，混等合同价每公斤十五块六；怀山药两吨，混等合同价每公斤十六块五；祁白芷两吨，混等合同价每公斤十四块八。"

女人算完了六吨货，总货款十万元左右。

冯有良说："再算算咱们安国的上货价。"

"安国市场生地混等每公斤上价七至八块，怀山药混等每公斤七至八块，祁白芷每公斤六至七块。"

冯有良一边说，女人一边算。冯有良说完，女人随即把账算出来了，说："上货需四万五左右，除了上税、运费、包装、掉秤等杂费和耗损，咋也得挣个几万块——好哇！我的大丈夫长出息了，今晚好好犒劳犒劳你，吃完了饭，你先好好洗个澡……"说完，女人的脸微微红了。

冯有良说："别高兴得太早了，订合同时，我报价都低，最后人家买方负责人在原来报价的基础上每公斤都又上调两块钱，当时我百思不得其解，不知为什么光这六吨货就多给一万多块钱，估计其中有猫腻，咱第一次签合同没这方面的经验，等明天去安国问问大姐吧。"

媳妇说："上这六吨货需要本钱四五万，咱哪有那么多钱呀！"

冯有良说："听爹说咱姐家这几年挣了不少钱，我想先借用一下，明天咱俩都去安国吧，如果借到本钱，你帮我上货。”

媳妇高兴地伸手点了一下丈夫的脸蛋，说：“我的大丈夫，但愿你一年订十份八份这样的合同，一年咱挣个几十万，然后在安国药市买个门脸房，也和大姐夫家一样转成一个药材经营专业户。”

冯有良说：“有你做我的坚强后盾，我们树立一个共同的革命理想和目标，我们朝着这个目标一直迈进，不管前进道路上遇到什么坡坡坎坎，只要我们团结一心，同舟共济，勇往直前地走下去，就一定能排除万难，就有可能把理想变成现实。”

第四章

第二天，冯有良小两口起了个大早，开着自家的农用东方红 150 型拖拉机，来到安国大姐家。冯有良的女人想得很细，临行前说：“给大姐家带上一袋白面和一袋花生，你以后常做药材生意，少不了给大姐家添麻烦。”

大姐见弟弟弟妹登门拜访，还带了两大袋农产品，高兴地说：“来就来呗，还带这么多东西干啥!”

有良媳妇说：“都是自家地里产的，又没花钱专门买。”

大姐问：“咱爹娘还好吗?”

“好，好!”

大姐又问：“有良不是去东北交药材了吗? 怎么这么几天就回来了?”

冯有良答：“昨天回来的，因车上没座号，站了一道太累，没在安国落脚，就直接回家了——姐夫去南方没回来吗?”

“还没回来。”

“姐，我去东北时和吉林省东丰县医药药材公司康经理坐在一节车厢一排座号，我们二人一见如故，谈得很投机，他问我安国有什么药材……最后我俩签订了一份购销合同。”

冯有良长这么大，从来没说过一句瞎话，今天却给大姐说了一句，他是这样想的：姐夫出门前嘱咐他去东北不要订合同，万一姐夫回来怪罪下来，他先给姐一个下台阶的说法，让姐给姐夫一个辩驳的理由。

姐问：“订了几吨货?”

“六吨。”

“拿合同来我看看。”

冯有良拿出合同，一边递给大姐一边问：“大姐，有个问题我弄不明白——难道签合同时报的价低了，最后人家在我报价基础上每公斤又上浮一两块钱。”

大姐说："什么报低了，你真是外行，上浮的钱都是人家给自己留的回扣钱，你只能挣你报价之内的利润，人家的回扣等货款回到你的账户上，你再设法给人家当事人汇去或下次去交货时亲自给人家带去，你应该知道东北人虽好说话，性格直爽，但吃得狠了些。"

"姐，我明白了，姐，你看我这份合同下本四五万，我暂时手底下没有那么多钱怎么办？姐，你给老弟想个办法。"

大姐说："办法倒是有，只要你货到后，对方在两三个月内能保证把钱给汇过来，我找经纪人给你上货，让他们给赊着货。让他们担两三个月的账没问题，只要肯给人家出百分之一的跑合费就成。"

冯有良的女人高兴地说："还是大姐在药市里熟人多，有面子。"

大姐说："我们这次上了三四十万的货，全赊着，只花个包装费，短途运输费、长途运输费全由购方承担！好，我马上去找跑合的，六吨货一天就能上完，咱随上随发。"

上午跑合人拉过来两吨生地，冯有良两口子验完货，检完斤，拴上标签拉到了配货站。吃过中午饭跑合人又拉过来两吨怀山药，大姐帮着把关看质量，检完斤，冯有良两口子又拉到公铁联运站去发了。

半下午，跑合的又拉来两吨祁白芷。当冯有良小两口拉到配货站时，联运站的人说："定州火车站来电话了，三天之内没货位了。"

冯有良问："多会儿再拉过来？过几天才能发？"

公铁联运负责人说："三天以后再说。"

冯有良小两口只好把两吨药材又拉回大姐家。大姐问："为什么又拉回来了？"

"站里人说火车皮紧张，三天以后才能发。"

"那就把它放在后院仓库吧。"大姐说。

大门离小仓库有三四十米远，冯有良小两口一麻袋一麻袋往后院仓库里抬。那一麻袋药材有五六十公斤，俩人抬了十几袋，女人已累得满头大汗。冯有良怕媳妇累坏身体，劝她休息一会儿，女人说："看天阴了，还很闷热，说不定要下雨，咱快点卸完了马上赶回家，毕竟还有三四十里的路要赶。"

冯有良说："不急，三四十里路，咱有拖拉机，用三四十分钟就跑到家了。"

这时大姐拿出两瓶饮料，让弟弟和弟妹喝，"休息一会儿吧，你们也舍不得雇佣工人，若是你姐夫，早花几十元让装卸工干了。"

有良说："姐夫是大老板。"

玉梅接着说："我们家底子薄，像刚刚学走路的娃娃，怎么能跟大姐夫比。"

冯有良两口子每人喝了一瓶饮料，稍事休息后，一鼓作气，把车上剩下的十几袋药材全部抬到了后院仓库。二人正在后院扫地上的垃圾，只听前院有个男人和大姐说话："谁的拖拉机？"

"有良的。"

"他不是去东北了吗？"

大姐说："他去东北正好和吉林省东丰县药材公司康经理坐同车厢同排，挨肩座号，人家康经理主动邀他签订了几吨的药材合同。"

"我不信，天下哪有那么巧的事儿，他骗你行，可骗我还毛嫩点儿——他肯定是给咱交完货，乘汽车从四平去东丰找上人家订的合同。"

大姐说："甭管怎么说，他已经给人家订了合同，已发走四吨啦，还剩两吨过几天就发。"

"他临去东北前我一再嘱咐，不让他订合同，他却偏偏跟我对着干，东丰、辽源那是我未开垦的荒地，万一哪天四平做败了，我可以到那里去继续做，可他捷足先登，岂不等于抄了我的后路？再说他做了药人以后，孩子姥姥借给咱们的钱，孩子姥爷还不要回去给他儿子做垫底呀！"

大姐怼道："钱是人家的，人家借给咱是情分，人家收回去是本分，再说咱刚起步时，若没有你老丈人家的资金做垫底的话，咱能发展这么快吗？你之前说四平药材公司有亳州人供货，那东丰、辽源就没有亳州人供吗？即便没有亳州人，也许早有安国人把那块地开荒了，再说你想一个人独吞整个吉林省，你供得起吗？"

大姐的良言相劝，邸伍安不仅听不进去，反而越说火越旺，"……我就反对他订合同，他若再想订合同，我就让他把两吨药材拉走。"

大姐说："你敢！"

邸伍安说："你看我敢不敢!"边说边往里走。

大姐拦住了他的去路，邸伍安亮开震天雷一般的嗓子，"你再敢挡我，我就踢死你!"

正当冯大姐与邸伍安两口子的"战争"将要全面爆发之际，冯有良走了过来，不急不慢地说："大姐你不要拦他，让他对我来吧，我想听听他到底想给我说什么，我此时正等着姐夫大人的赐教!"

邸伍安说："我要你向我保证，保证你从此后，不在东北订药材合同，再不做药人……你的两吨药材，甭说在我仓库存三天，就是放三年，我也不会给你拉出去；如果你一意孤行的话，请你把药材马上拉走，走得越远越好，咱们井水河水两不犯。"

冯有良点燃一支烟，吸了一口，说："姐夫大人，我百思不得其解，为什么你百般反对你的小舅子做药材买卖！我们村有我两个同学，一个叫张八月，一个叫李达思，去年就做了药人，你为什么不去管，不去制止他们？安国是个巨大的药材市场，光靠你一个人能撑得起吗？再说全国有几千家药材公司和中药厂，光靠你一个邸伍安能供得起吗?"

没等邸伍安回答，冯有良继续说："我今天向你表明我的态度，药人我必须要做，合同我一定要签——我冯有良也是个大男人，只要我认准的路，我一定要走下去的，不管前进的道路上遇到多少坡坡坎坎，我也要下定决心，排除万难，去争取胜利!"

邸伍安不听便罢，听后非常生气，立刻暴跳如雷，"马上把两吨药材给我拉走，越快越好，我一分钟也不想让你在我家待，我见到你就有气。马上滚蛋!"

姐夫和小舅子二人的争吵已到胶着状态，这时冯有良的女人上来打圆场："姐夫！大人不记小人过，看在咱爹娘的分上，就让有良再存放个三天五天的吧，顶多五天，就发走了——再说天快黑了，又是阴天，万一在半路上下起雨来……"

这时冯有良大姐说："弟妹呀，你姐夫是给有良逗着玩呢，说几句玩笑话，何必认真，就放这儿吧。"

邸伍安说："放这儿必须答应我的条件。"

冯有良问：“什么条件?”

“当然是你今后不做药人，不订合同的那个条件了，必须马上向我作保证。”

冯有良指着姐夫的鼻子说：“邸伍安你听好了，任何人都休想剥夺我做药人的权利，任何力量都阻挡不住我勇往直前的脚步!”言毕，他将一个六七十公斤的麻袋扛在肩上，一鼓作气，用了不到一小时，就把两吨药材全装车上了。

冯有良所住的村庄是离县城最边缘最偏僻的地方，东南与衡水的安平县交界，西南与石家庄的深泽县相邻，距安国县城有四十多里路，其中三十五里是柏油路，下了柏油路还有三五里的乡间小路——小路仍是土路。这条小路，自从实行联产承包后愈来愈窄，原来宽三米，现在只剩两米五。路两旁的责任田承包人恐怕有机动车轧到自己的庄稼地里，便在路旁挖了一道一米深、两尺宽的防护沟。路左边的见右边的挖了一道沟，于是在自己那边也挖了一道对称的沟，加之路两旁的农户不自觉地堆积杂草，使这条小路中间凸成崎脊形，天好时车辆基本上还能通过，一旦有个下雨下雪天，拖拉机或三马子等机动车在此路过都寸步难行。

冯有良小两口开着拖拉机，拉着两吨药材刚从县城回来，正想从柏油路上下来时，天上下了几滴小雨。细心的女人让丈夫停下车，自己去邻村商店，买了一块五米长方的塑料布，刚刚盖好车上的药材，雨又停下了。

冯有良说：“走吧，不下了。”

女人说：“万一走到土道上，雨下起来怎么办?”

冯有良说：“这点小雨儿刚下个地皮湿，估计没啥事，只要老天爷开眼，给咱十分八分的时间咱就算到家啦。”他边说边拿起手摇拐，猛摇几圈，将车发动着，夫妻两人重新上了车，拖拉机“突突突”向前驶去，不一会儿就进入了乡间小路。

在小路上刚走出没二百米远，忽然一道闪电，一阵惊雷，伴随着一阵狂风，瓢泼般的大雨从天而降。

冯有良加大油门，想迅速赶回家，结果欲速则不达。要知道，在泥泞中行进的车轮，尤其是重载的车，油门愈大滑得愈厉害。此时冯有良驾驭的方向盘也和主人对着干：他向左打方向盘，车斗后面的轮却向右边滑；他向右边打方向盘，车斗后面的轮却向左边滑。突然，只听见“滋溜”一声，车轮掉进左边的沟里，一瞬间，车上的药材随侧翻的车斗掉在了路边的烂泥里。

小两口怕把药材浇湿了，冒着瓢泼的雨，头顶寒凉的风，脚下踩着泥泞的地，两人合力往车上抬。若是平时好天好地的，冯有良那一米八八的高大身材，自己扛几袋药材和玩一样，可是现在下着滂沱大雨，脚下又泥泞，天又黑，他们往车上抬一袋，都得使出吃奶的劲。当把掉地的药材全部抬上车时，二人早已经成了落汤鸡，然而，他们仍不敢稍微消停一下，赶紧一起将塑料布蒙在药材上面，并从路边寻一些石头，将塑料布压好了。

这时有两个本村人路过，他们是骑自行车去邻村的，回来时赶上下雨，自行车别说骑着走，就是推着走都走不动，因为车轮上粘的泥太多，只能把自行车扛在肩上走。冯有良和他们打招呼，派媳妇和他们一起回家去搬救兵。他嘱咐媳妇：“雨停后，叫二姐夫开着拖拉机，带着钢丝绳和铁锹来拖车。”

过了一个多小时，雨停了，冯有良看到二姐夫驾驶拖拉机朝自己开来，非常激动，心想有救了，马上可以把陷在泥中的拖拉机给拖出来了，然后可以回家卸药材了，等卸完药材，把湿衣服换了，吃碗热面，舒舒服服睡一觉，解一解一天来上货的劳顿，还有与姐夫郧伍安的纠结以及雨中跋涉的艰辛。可是事与愿违，二姐夫把自己拖拉机的后牵引用钢丝绳拴在冯有良拖拉机前杠上，一加油门，前面的拖拉机四轮光在泥道上打滑，后边的拖拉机一动不动，挣扎了几次，反而将二姐夫的拖拉机也滑到路边的沟里了。二姐夫也被弄得像个泥猴，很是生气，嚷嚷道：“你不知道这下雨天车开不动吗？还让他妗子把我叫来，活折腾人，你自己在这受罪吧，我回去了。”

冯有良抱歉地说：“对不起二姐夫，我真不该叫你来，都怪我料事不周，谢谢二姐夫！很抱歉让你为我受罪了！”

“我倒没什么，只是你在这湿漉漉的露天里过夜才真是受罪，一会儿我给你送点吃的，再带件干衣服给你换上。”

冯有良说：“谢谢，不用二姐夫操心了，估计一会儿玉梅就送过来了。”

二姐夫刚走不一会儿，冯有良的女人背着一个筐走来了，筐头里装了满满的干麦秸，麦秸上有一件旧的军棉大衣，大衣上面是两件干衣服。

冯有良忙换上干衣服，披上棉大衣，一屁股蹲在筐头的麦秸上，问：“谁给你想的这个好办法，让我坐在这干燥的麦秸上过夜的？又软又暖和。”

“是娘呗，只有自己的爹娘才会设身处地地为自己的宝贝儿子着想。”女人深情地回答。

“你回去吧，告诉爹娘，我没事，别让二老跟着操心了——可怜天下父母心啊！”

说着话，媳妇从挎包里拿出两个馒头，两个腌鸡蛋，还有两块疙瘩咸菜，忙说：“趁热吃吧，馒头是娘在锅里馏过的。”

冯有良接过馒头大口大口地吃着，女人给丈夫剥了个咸鸡蛋，递给他，说：“我的大丈夫，为了咱们能过上好日子，为了咱两个读书的儿子，为了这个家，让你受苦了！”媳妇边说边抹泪。

冯有良站起来，用粗壮的大手给女人擦了把眼泪，紧紧将她搂在怀里，说：“我是全家的顶梁柱，我不吃苦谁吃苦，爹娘都老了，孩子还小，咱今天吃点苦受点罪，是为了将来过上好日子。你曾说过，咱挣了钱，将来在安国药市买个门脸房，让两个孩子都进城读书，爹娘也住进县城，过过好日子。爹娘辛苦了大半辈子，五八年国家兴修水利，挖河打堤、修水库、平山造田、平丘开荒，他们饿着肚子，披星戴月地干活，咱爹的老驼背，就是工地上风餐露宿落下的病，我们今天吃点苦，比爹娘一辈子吃的苦，差得太多了……”

媳妇非要陪他在露天里过夜不可，冯有良硬把她撵了回去，“这有我呢，你放心走吧，家里俩孩子要娘照顾，再说娘有心脏病，别让二老挂念，快回家告诉爹娘，我这儿没事，请爹娘放心。”

女人走后，他就天当房，地当炕，旧棉大衣当被，筐头里的麦秸当睡床。当然，这炕太泥，太湿，既不能躺，又不能卧，只好一屁股蹲在筐头的麦秸上。由于连日的劳累，不一会儿他趴在两腿的波棱盖儿上进入了梦乡。他梦见自己开了个规模宏大的制药厂，年产值上亿元，产品畅销全国，招来农村上万名员工，每年给国家纳税上千万……

第二天一大早，二姐夫又找来他邻居的拖拉机，把冯有良的拖拉机拖回了家。天晴后，冯有良两口把淋了雨的药材，重新晒干后，又拉到安国县城发走了。

过了一段时间，东丰药材公司的货款汇来了。冯有良这是第一次做生意挣钱，想不到就获得了很大成功——利润两万元。两口子做梦都没见过这么多钱，他们捧着到手的这些钱，激动得眼泪都流下来了，心中不由暗暗惊叹道：几天的时间，居然能挣到这么多钱呢？这比在地里刨食好几年都挣得多啊！以后一定继续在药材市场上多下功夫，多挣些钱，争取早日实现在安国县城买门面房的愿望。

一家人都沉浸在喜悦之中，然而，天有不测风云，冯妈妈的心脏病突然发作。天不亮，冯有良和二姐夫开着拖拉机，将她送到县医院急诊室，医生根据病情下了病危通知书。

医务人员的紧张抢救，也未能把她留在人间。冯妈妈临终前让二姐把大姐两口子叫到病床前嘱咐道："我走后最放心不下的就是有良，他有两个儿子，还小，比你们肩上担子都重，看在娘的分上，帮帮你弟弟！……"

大姐眼含泪水，说："娘，您放心，我们是打断骨头连着筋的亲兄弟亲姐妹，我们的关系，以后会相处得愈来愈好的……"

娘呻吟着说："你是没事，可他……"

这时屋里的几个亲人都把目光投在邸伍安身上。此时邸伍安心领神会，忙走到老丈母娘的病床前，毕恭毕敬地说："娘，请您老放一百个心，我向您老表个态，我药市的门市房，此后他舅随便占，愿占多久占多久，我的家就是冯有良弟弟的家……"

一听到姑爷的表态，她就永远闭上了眼睛。

出殡那天，邸伍安不得不把借老丈母娘家的钱还给了冯家。之后，邸伍安每次上坟祭祀见到冯有良，都抱歉地说："以前是我脾气不好，别和我一般见识，今后你在业务方面遇到困难，就去找我，我一定帮你做好药人，保证让你在三年内在安国药市买一套门市房。"

冯有良没吱声，玉梅倒是先搭了腔："是呀，姐夫说得对，有良毕竟刚刚起步，在做买卖方面还比较幼稚，以后希望姐夫多多指教，多多帮助。"

邸伍安说："应该的，应该的。"

从此以后，冯有良和姐夫邸伍安那段不愉快的往事，总算在他娘遗言的感召之下画上了句号。

第五章

随着日月的更新，新的生活将有新的开始。

一年一度的中国秋季药材交流大会，定于十月十九日在江西省樟树市召开。全国各地医药界同人上万人云集于此，安国药市参加这次药交会的药商也不下七八百人。这给石家庄火车站及南下的列车造成很大压力。冯有良和本村的同人——张八月、李达思结伴坐公交车来到石家庄火车站，见售票窗口早已挂出了无座号的牌，他们只能买站票上车，因为他们怕耽误参加会议。一旦耽误了参加交流会，也就订不上药材销货合同，订不上合同就等于白去一次南方，如果白去了就等于赔了路费。做买卖的人，在那刚刚起步的时期，赔点路费是很让人心痛的，不像现在人们条件好了，特意花钱去旅游。

张八月对冯有良说："樟树离咱家三四千里路，要坐几十个小时的火车，没座号站着到樟树，可要遭八辈子罪了。"

冯有良说："累了咱坐过道间，没座咱可坐自己的行李箱，或者买几张报纸，铺在人家的座位下边躺着睡会儿。"

李达思说："有时超员太多，过道上都挤满了人，若你想在过道上蹲一会儿，来来往往上厕所的、去餐厅的、上车的、下车的人都得从咱头上迈过去。甚至人家有座位的座位底下都让无座的人挤满了，弄得人家有座伸不开腿，就用脚踢下边的人，你说无座之人多受委屈!"

冯有良说："人活在世界上受环境和生活所迫，一旦条件好了就没有享不了的福，一旦生活寒酸薄凉就没受不了的罪！咱才四十岁不到，三十五有余，正是身强力壮、能抗击打的年纪，受些苦算得了什么！听说咱安国祁宇药材行去年有一个七十六的老药人，从石家庄上车后，因没买到座号，一直站到长沙，长沙仍没有抢到座号，又从长沙站到樟树。老人吃苦耐劳的精神，给我们年轻人树立了好榜样。"

张八月开玩笑说："有困难了咱就念一段名人语录：下定决心，不怕牺牲，排除万难，去争取胜利！"

安国这些做药材生意的人们，他们是这样说的，也是这样做的：登上无座位的南下列车，肚子饿了就啃老婆临行前烙的大饼，口渴了就打开自己的水壶喝几口家乡的水。

夜深人静了，旅客们都困了，有座的人便将头伏在桌子上睡大觉。冯有良一行人，便把自己的行李搁在过道的地板上，一屁股蹲下去，休息片刻，困了就把头趴在双腿膝盖上悄悄睡一会儿。此刻他们最担心有旅客去厕所时把他们从梦中惊醒——有的客人踩着他们的脚硬往前走，甚至用脚从他们的头上迈过去。他们就像生在地上的小草一样，任人随便踩踏，但他们内心很平静，为了谋生，他们无怨无悔。

国营药材公司的经理和业务主办们，去参加樟树药材交流会时，提前就订好了卧铺火车票，饿了就在列车上吃大鱼大肉、喝大酒，困了立刻在卧铺上睡大觉，下了火车早有人给订了豪华的宾馆。而安国那些农民出身的、刚起步的、农商兼顾的合伙或个体经营户，与国营药材公司的生活条件完全不可同日而语。

冯有良一行人到达樟树，顾不上旅途劳累，先到面馆每人吃一碗江西风味的青菜辣椒原汤面。接着，他们七八个人在老百姓家合租了一间屋子，每人平均一天一夜只交十块钱的住宿费。晚上七八个小伙子盖上一床大棉被在炕上一起睡，倒也快活。江西一带的大棉被，都是按着炕的大小做的，炕有多大被就有多大，七八人睡在一起，有说有笑，好不热闹……

冯有良到会第二天，先找到吉林省东丰县药材公司康副经理，把上次做业务的账核对了一下，然后悄悄地给康经理放下五百元现金，说是给人家的路费和盘缠。冯有良这样做，一来是对旧账自己主动积极做结，二来是想订下一份供货合同，三是暗示主人把上次的货款及时承付，好钢用在刀刃上，起到一箭三雕的作用。

康经理说："冯经理前期发的货全部收到，质检合格已入库，回去后你到银行把托收办了，我们会计收到托收马上承付于你。"

冯有良说："谢谢康经理的关照，请问康经理，这次参会计划采购哪些中药材？"

康经理答："冬储计划已完成，我们这次来樟树主要想摸摸市场行情。"接着，康经理一转话题，说："我有个同学，姓王，是吉林省药材公司总经理，如果你有兴趣与他做生意的话，我可以给你引荐一下，他们是省公司，业务规模很大，若你能同他们建立业务来往，那你……"

冯有良说："我非常愿意与吉林省药材公司建立业务关系，多谢康经理热情引荐。"

当晚，冯有良请吉林省公司的王经理，在樟树一家最豪华的大酒店共进晚宴，当然有中介人康经理作陪。仨人喝了两瓶樟树产的白酒，康经理给王经理介绍了冯有良的情况，说："冯经理为人忠厚、善良，以前已经给我们公司做了很多业务，药材的质量很好。"

王经理说："我就喜欢和诚实的人打交道，这样吧，你明天上午去我住的宾馆，咱们研究研究……"

冯有良很高兴，觉得自己走上药材经销这条路虽然才短短一两年的时间，但已和吉林省东丰药材公司建立了稳定的业务关系，这次药交会通过东丰的康经理介绍，又结识了吉林省药材公司王总经理，况且王经理与他很投缘，邀明天去他们公司驻樟树办事处研究业务事宜，一定会有更大的商机：他觉得自己在药材经销行业的前途一片光明。

冯有良回到旅店已是夜间十一点半了，小伙伴们都钻被窝了，然而他仍然特有精气神儿，一点睡意也没有。他拿出安国市场中药材行情价格表，认认真真看了两遍，把来之前写的供应品种、价格目录重新审阅了一遍。同伴李达思一觉醒来见冯有良还在灯下查看，说："冯大经理要做大业务啦！看把你忙得夜不能寝。是哪家公司？"

冯有良答道："吉林省药材公司王总经理约我明天见面洽谈，今夜我不得不认真备备课，把作业好好做一做，还要把药材品种和价格背得滚瓜烂熟，不然到了那儿，人家大经理一问，咱回答得磕磕绊绊的，人家不笑话咱是外行人，起码说咱业务不熟。"

李达思哈哈一笑，说："我认为业务熟不熟不是关键问题。"

冯有良问："那什么是关键问题?"

李达思答："关键是咱们个体经营户有优惠政策。"

冯有良问："什么优惠政策?"

李达思说："比如说某公司给咱们订一份购货合同，当事人立即要回扣的话，咱个体户马上就能兑现，倘若以公对公就没有这种优越性，所以咱们个体经营户便成了国营公司的人想吃的'唐僧肉'。"

冯有良开玩笑说："那咱安国药人都当'唐僧肉'让人家瓜分了，咱该怎么过呀!"

李达思扑哧一笑，说："没听咱祁州老药人说过的几句俗语吗?'京油子，卫嘴子，斗不过安国的药鬼子。'他如果要烟，咱给他买大中华；如要酒，咱给他最好的茅台或五粮液——估计将来，人家的胃口愈来愈大，恐怕好烟好酒解不了人家的饥渴了。他给咱要大红包咱毫不吝惜，咱给他——但是他得让咱挣钱，互惠互利，剃头担子一头热不行，咱安国人也不会干吃哑巴亏，咱有咱的反制措施……"

没等李达思继续说下去，冯有良急忙问："什么反制措施?"

李达思说："现在不便告诉你，这是一门学问，颇有技术含量，你若想知道还得拜师学艺……下来有时间，摆一桌请请我，我就教你几招。"

冯有良明白李达思是在开玩笑，但知道他上路比自己早，经验也比自己丰富，便说："只要李哥肯教我几个绝招，甭说摆一桌，就是摆个十桌八桌，我也毫不吝惜，我心甘情愿拜你为师。"

第二天上午，按照约定，冯有良来到吉林省药材公司驻樟树办事处，和王经理洽谈了一个多小时，成果非常显著：他们签订了一份十八万元的中药材购销合同。王经理当时就向冯有良借一万元的路费——说"借"好听，说白了就是要回扣。冯有良知道自己口袋里没那么多钱了，但也不愿在王经理面前认从，便说："我带来了几万元现金，只是让原来的几个老客户借去了，如果王经理回长春路过安国，不妨到安国药市玩上几天，顺便拿些盘缠返程岂不更好嘛!"

王经理说："好，等樟树会下来，我正想去安国药市转一转，顺便想给我们领导买些补品带回去。有机会再去你家看看。"王经理心里暗想："目前，你们个体经营户，还拿我们国营公司当神一样地供着，当爷一样哄着，你不知道我们的日子也很不好过，几乎让三角债拖垮了，其实是外强中干，我何不借题发挥，捞一笔是一笔，一直到捞不动了，到公司垮台、员工各奔东西为止。"

第六章

冯有良回到自己的住所，心里既喜又忧：喜的是十八万的销售合同毛利赚七八万，除去给王经理路费一万元，给国家缴税五六千元，再给跑合的运杂费等，自己最后咋也能挣上五万来元；忧的是自己没那么些本钱上货，这口肉很肥很诱人，但是自己吞不下。十万元本钱到哪儿去借？那个年代村里万元户都寥寥无几，别说十万元了。于是他想出第二套方案来：记得娘去世前，姐夫邸伍安口口声声说有困难去找他，等回到家把合同让他看，他愿与我合作就合作，他不合作再找别人——能赚钱的一笔好买卖，谁不愿意干呀！不愁找不到合作伙伴。

主意已定，他这几天便也不想再去参会签订合同了——再订了也没本钱发货，便清闲地在旅店好好休息两天，等大家的业务都谈好了，和本村几个人同路返回也不迟。

傍晚时分，参加药交会的伙伴都回来了。冯有良吃过晚饭，刷刷牙，洗洗脸，这几天先是坐火车一路劳顿，来到樟树后又有活动应酬，他觉得有些困乏，便躺在炕上，迷迷糊糊地睡着了。忽然，有个姑娘拍打着他的大腿把他吓醒了。姑娘柔声细气地说："大哥！你要妹子吗？"

他吓得"嗖"一下坐了起来，说："我不要妹子，不要不要！"逗得屋里的七八个小伙子哄堂大笑起来。"妹子喜欢上你啦，看把你吓得那样儿。"李达思笑嘻嘻地说。

冯有良吓得出了一身冷汗，说："我可没要妹子。"

那姑娘撇着赣语说："他们说你要妹子。"

冯有良驳道："我可没要妹子，是你认错人了。"

姑娘说："今天下午，在大街上碰到一位哥，他让我到这里来，他说有哥要，难道我走错地方了？"边说边往外走。

“姑娘慢走，请等一等!”李达思把姑娘拦住，说道，“请问姑娘，你多大年纪？身高？学历?”

姑娘答：“今年二十一岁，身高一米六五，在读大专二年级。”

“好，我给我们经理找一个，他要的是没结过婚的，身高在一米六以上，学历大专，看来这几个条件你都具备，可就是不知道你结过婚没有?”

姑娘说：“我现在还在念书呢，怎么会结婚!”

李达思说：“我不信正在读书的学生会出来干这种事。”

姑娘说：“我也是万般无奈，年前我爹出了车祸，丧失了劳动力，失去了双腿，今年我妈又得了败血症……”

李达思打断姑娘的话：“少说那些没用的，咱们萍水相逢，谁知你说的哪句是真话哪句是假话。”

姑娘说：“你不信，我也没办法。”

冯有良说：“李达思，我看姑娘说的是真话。”

李达思问：“为什么?”

冯有良答：“你看姑娘穿的那双白运动鞋，灰土土的，快露出脚指头啦，若是行业小姐，哪个不是描眉画眼，打扮得花枝招展的？你再看这姑娘的旧衣服，袖口都磨出毛茸茸的絮，衣衫褴褛，便知她生活在薄凉之家。”

李达思说：“你别被表面现象所迷惑，如今城市套路深，咱办事须认真。”

随后，他转身对姑娘说：“我要检查一下。”

姑娘说：“你不信，我也没办法。”一边说一边往外走。

李达思拦住她，道：“那姑娘咱们一言为定，明天上午过来陪好我们经理，我是不会亏待你的。”

第二天吃过早饭，药行的伙伴们都去药交会交流中心做业务去了，屋里只剩下冯有良和李达思。李达思磨磨叽叽地对冯有良说：“你说姑娘今天还能来吗？会不会嫌我昨天有点不太礼貌，太粗鲁了，伤害了人家的自尊心?”

冯有良说：“生活所迫，万般无奈，该来的总要来的。”

二人话音未落，姑娘已默默地走进屋来。

李达思高兴地说：“姑娘早！——冯经理，你给姑娘沏壶茶水，我马上去宾馆找胡经理来，姑娘你稍等！”那时候连个手机也没有，李达思需要步行出去叫胡经理。

冯有良倒了杯茶水，一边递给她一边说：“姑娘请喝茶吧。”

姑娘一边接水一边说：“谢谢大哥！”

冯有良借姑娘端水之机，认真打量了她一眼。还是昨天穿的那身旧衣服，上身穿的白色运动服，不知穿了多少年，已经分不清是白的还是灰的了，下身一件磨得起毛的牛仔裤，脚上还是昨天穿的白色运动鞋，右脚尖已被大脚指头顶开了个洞，大脚趾恨不得马上从里边钻出来。

冯有良问：“姑娘，你一个大学生不好好上学，为什么出来干这？”

姑娘一边抹眼泪一边说：“去年爹出了车祸失去双腿，因肇事司机家里穷，只赔偿一点钱就倾家荡产了，父母也不好再逼人家要钱了。爸爸已失去劳动力，靠妈妈打工养活着我这个读书学生已是非常不易。祸不单行的是，今年春天妈妈又得了败血症，医生说要想治好妈妈的病，得交几万的医疗费。为给妈妈治病，我四处借钱，亲戚朋友都借遍了才筹到几千块钱——为了给妈妈治好病，我还要什么脸面，只要挣钱快就行，于是我就……”

冯有良打断姑娘的话，说：“我全明白了。”一边说一边从公文包里拿出一沓十元面额的人民币，说：“姑娘请收下吧，这是我给你妈治病的，虽然钱不多，也是我一点心意。”

姑娘接过钱，一边说“谢谢大哥”一边把钱装进包里。只见姑娘一转身脱了鞋躺在炕上，等冯有良过来。

她没想到冯有良一把抓住她的手，扬手打了她一个耳光，随即将她从炕上拉下来，说：“姑娘你理解错啦！我给你的钱是帮老人治病的！我妈前不久因心脏病去世，老人家在世之前经常教我多做善事，积善成德，只有做人有了德才能做好自己的事业——我也是从农村出来的，刚刚走上经商之路，家境也不宽裕，拿这点钱是不多，聊表我真诚的心……”

此时姑娘激动得连声“谢谢”都说不出口了，只好张开双臂抱住冯有良，“大哥你是天底下最好最好的好人……”此时她的泪水浸湿了衣衫。冯有良一边将姑娘推开一边说：“姑娘去洗洗脸，客人马上要来了。”

姑娘刚洗完脸，李达思领着一个南方口音的中年男人走进来。只见这南方人上身穿一件雪白雪白的衬衫，系一条粉红色的领带，下身穿同样颜色的喇叭裤，脚穿一双半高跟的浅灰色皮鞋，左手中指上戴一颗杏核般的蓝宝石戒指。

李达思忙给姑娘介绍："这是药材公司胡总经理。"又转身对胡经理说："这是我给你物色的最年轻最漂亮的妹子，你俩先熟悉一下，我们出去办点儿事。"他一边说一边和冯有良退出去，将屋门关得严严实实。

冯、李两人出来后，从房东屋里拿出两个凳子，在院里一棵银杏树下坐定，冯有良问："你为什么给胡经理找女人，他自己不会找吗?"

李达思蔑视地看了看冯有良，笑了一笑，说："这叫投其所好懂吗？我的客户胡经理最爱吃这一口，咱就喂他这一口，只要把胡经理伺候得舒舒服服，打置得痛痛快快，咱在他公司遇到的所有难题便可迎刃而解——换句话说，如果人家经理好赌钱的话，你和他打一桌麻将，你听牌了也甭和，你把和让给他，往后什么事儿就好办啦——这叫投其所好，咱不怕他有爱好，就怕他什么爱好也没有，油盐不进的主儿最难伺候。"

冯有良说："还是李哥懂得多，学问比我大多了，以后希望你老人家多多指教。"

李达思说："你想拜我为师的话，就得先请我好好喝几盅。"

"没问题!"冯有良说。

大约两小时后，胡经理才从屋里出来，累得满头大汗，一边用手帕擦头上的汗一边说："李大经理你真有眼力，这姑娘非常可爱……简直让人终生难忘。"

李达思说："你若喜欢这姑娘，明天约她再来。"胡经理哈哈一笑说："李经理你真善解人意，好，入乡随俗，一切行动听李经理指挥——下午你去我公司驻樟树办事处，我们还有几十万的购货计划，全给你啦！你去订一下合同。"

"遵命！胡经理慢走。"李达思点头哈腰地将胡经理送了出去。

胡经理走后，李达思得意地说："冯经理，你看见没有，几十万的购销合同，不费吹灰之力便唾手可得，你跟着我长学问了吧?”

“投其所好也算学问?”冯有良开玩笑地说，“这是投机取巧，这是不走人间正道!”

这时，姑娘披头散发地从屋里出来了，愁眉不展地对李达思说：“李经理，把工资给结算了吧。”

李达思说：“急什么？不就是几百块钱吗？明天一块算。”

姑娘说：“明天我不想陪他了。”

“为什么?”

“这个人太强悍，好像吃了什么药，明天我不来了，你另请高明吧。”姑娘对李达思说。

“我们胡经理非常喜欢你，他愿与你继续‘合作’。”李达思笑着劝道。

“他喜欢我，我不喜欢他，他嘴里冒出的烟酒臭味，我闻到就恶心，快给我结账，我走人。”姑娘说。

“倘若你明天不来陪胡经理，今天就甭想从这里拿走一毛钱!”李达思说。

“明天来得工资翻倍。”姑娘不情愿地说。

姑娘要加工资，李达思有点不愿意。冯有良说：“李经理是大老板，几百块钱对他是小意思。”

“对！对！冯经理说得对，我李达思什么都没有，就是有钱，你明天只管来，我给你工资加到五百元，有冯经理做证你还担心什么?”

第二天，胡经理来得很早，等屋里人都去药交会后，他偷偷对李达思说：“昨天东北一个药材公司的赵经理送给我两盒三鞭丸，今天我来之前吃了四丸。”

“说明书上三鞭丸一次让吃几丸?”李达思问。

“一次只让吃一丸，”胡经理说，“年岁大了力不从心，所以就……”

胡经理话音未落，姑娘走进院来，胡经理见到姑娘就像老鼠见到大米一样，一把拉住姑娘又鲜又嫩的小手，就往屋里拖。

李达思低声对冯有良说：“胡经理见了女人就不要命了，一次吃了四粒三鞭丸，人家三鞭丸的说明书上说一次只能吃一丸——难道他想把姑娘一口吞到肚里才罢了?! 哈哈哈……”

“胡经理有点变态——真是色胆如天!”冯有良说。

冯有良和李达思在院里的樟树下，一会说东一会说西：一会说怎样才能做好药材生意，一会又说怎样才能当好药人。在二人的交谈中不知不觉过了两个小时。突然，姑娘惊慌失措地从屋里跑出来，一边抹眼泪一边说：“胡经理怎么也不动弹了，好像死了一样……可千万别怪我……”

李达思、冯有良听罢一惊，随姑娘进屋一看，只见胡经理一动不动地躺在炕上。

李达思忙喊道：“胡经理！胡经理！你醒醒!”尽管李达思千呼万唤，胡经理仍一动不动。李达思上去用手摸他的心脏，然而他的心脏早已停止了跳动。李达思和冯有良忙给他穿上衣服。

李达思吓得出了一身的冷汗，有点当局者迷，问冯有良该怎么办。冯有良说这里没有座机电话，你只有马上去找胡经理药材公司的同事来收尸或处理此事。

姑娘见李达思要走，忙说：“我要走，你把工资先给开了吧!”

“出了这么大的事，你还想要工资?”

“你昨天的工资一分没给，我单等用钱给妈治病呢。”姑娘哭着说。

“你的命还不一定能不能保住，还给你妈治病!”李达思说。

“我一没打他，二没骂他，是他自己猝死的，他的死与我一毛钱关系也没有。”

“估计是他吃补肾壮阳药吃得太多了，憋死的!”李达思说。

“他的死百分百与姑娘无关。李经理你立刻给姑娘钱，让她走吧。”冯有良说。

“真是乱弹琴！冯老弟你给她二百元，打发她走。”李达思说。

姑娘说：“昨天二百元，今天你不说给五百吗？合一起是七百才对。”

李达思说：“我求求你，我的姑奶奶，你就别添乱啦！赶紧拿二百走吧。”一边说一边拿出二百元扔在地上，就去公司找人了。

此时姑娘拿不够钱不想走，还一直哭：“他李经理说话不算数，他骗人!”

冯有良忙从公文包里拿出五百元钱，再拾起地上的二百，一起递给姑娘，劝道：“姑娘你快走吧，离这是非之地越远越好，别再干这一行了，太危险，为娘治病你可以想想别的办法。”

姑娘一边接过钱一边说：“谢谢冯哥哥两次给钱。”临走前双膝跪地，给冯有良磕拜。冯有良一边将姑娘从地上拉起来一边说：“快走吧，你妈盼你早日回家呢。”姑娘一边走一边不时地回头，眼中泪花饱含着对冯有良依依不舍之情。

姑娘走后不久，胡经理药材公司的几位同事来了，有位刘副经理问李达思事发的前因后果。李达思只好把胡经理吃壮阳药的实情讲述了一遍。刘经理若有所思地撇着粤语说：“就算是吃药过量导致猝死的，我们也不能立刻将遗体拉走，一旦他的家人追究责任，我们可担当不起。”

李达思问刘副经理怎么办，刘经理说必须马上报警做尸检，只有这样做，我们所有人才能获得一身清白。尸检报告未出之前，李达思和冯有良被拘留到樟树派出所待了几天。等刘经理拿到尸检报告（公安法医报告结果），证实胡经理的确是因药物中毒而死，与其他人无关，派出所才肯放他们离开。

李达思和冯有良走出派出所的那天，也正是药交会结束之时，二人在返乡的列车上感触颇深。李达思对冯有良说：“记住这次血的教训吧，往后再不能这样干了。”

冯有良问：“那用什么？”李达思说：“用钱。金钱万能，你给了他钱，他可以自己去找，即使他出了天大的事，也与咱无关。估计往后我在这个公司的业务不好做了，我和刘经理的关系没处好……”

冯有良从樟树回来后，没有先回老家，而是直接去安国药市了，他拿出同吉林省药材公司签订的那份合同给大姐看了，大姐说：“你这份合同利润还行，只是要下十万元本钱。”

冯有良说：“我手下拿不出那么多钱，东丰的货款还没有汇来。”

大姐问：“你想怎么办？”

冯有良说：“我想找个合伙人，你跟姐夫商量一下。”

大姐拿出合同去找邸伍安，他看了合同笑笑，说：“这份合同总金额十八万，除去给经理路费一万，再除去税和杂费一万，下十万元本净挣个六七万没问题，如能两三个月把款汇来，二一添作五一分，每人赚三万，是值得一做的好买卖。原来咱说有良不会做买卖，看来咱不能小瞧人家啦！真没想到，这小子还真是一块做买卖的料，你马上去告诉他，这份合同咱们与他合作，让他去跑一跑吧。”

大姐把合作的事告诉了弟弟，冯有良听了非常高兴，给大姐说吉林省药材公司王经理等樟树药交会结束后，要到安国来看一看，已经告诉他咱的地址了，估计明天就到。

这时，邸伍安从后院走出来，说：“来吧，咱热烈欢迎，关系户来得越多越好，咱不惜请客人吃喝玩乐，明天客人来了，咱请他去最豪华的酒店搓一顿，不行给他来个“一条龙”服务。咱不吝啬在大经理身上花费。今天咱在人家身上花一万，明天人家让咱挣十万，最后还是咱划算。”

第七章

第二天，吉林省药材公司王经理来到安国，冯有良陪他到药都大酒店搓海鲜，虽然那螃蟹、大虾之类并不新鲜了，但钱没少花，两千元一桌，在当时也算安国最高档次了。吃饱喝足后，王经理要去洗澡，说身上太刺痒了，于是，冯有良又陪王经理去了最豪华的洗浴中心。王经理洗完澡说坐了几天几夜火车，身上太疲劳了，冯有良心领神会，那就再做个全身按摩缓解一下疲劳。

冯有良带王经理进了按摩间，只见那些服务员都是二十岁左右的大姑娘和三十岁以下的小媳妇，冯有良一看价目表——普通按摩四十五分钟一百元，足疗四十五分钟一百元，踩背三百元，台式按摩五百元，澳式按摩一千元，港式按摩两千元，吃了一惊，“妈呀，真他妈的贵啊!”他是第一次来这种场所。

王经理穿一身睡衣躺在床上，此时走来两个花枝招展的大姑娘，其中一个漂亮又苗条的来到王经理床前，柔声细语地问：“老板您好！您想做什么式的?”

王经理说：“先做个普通按摩，看看手法——如果好再做其他的。”

另一个美女对冯有良说：“这位大老板请上床，尝尝本姑娘的手法。”

冯有良说：“我前天做过了，不是轻就是重，手法都不如我媳妇做得好，一会儿我回去让她给我做。”

姑娘一努嘴儿，说：“真没劲!”一边说一边扬长而去。

“冯经理既然来了就做一个呗!”王经理劝道。

“那个姑娘手脚太重，上次给我踩背，把我的筋骨给踩伤了，疼了一个月，吃了红药又吃消炎药，到现在还有点疼，要是再做，弄不好又惹麻烦了。”冯有良舍不得花这种钱，不得不找个理由搪塞掉。

王经理说："既然有伤就甭做了，免得犯病。"

冯有良一边答应着一边想：我哪有花成百上千元享受这种按摩的资格，省下来一百块对冯家也是顶用的，老爹常年下地，一年都吃不上几顿猪肉，媳妇养着两个儿子念书，一年一年的连个新衣服都舍不得买，还天天下地干农活。用我省下的钱回去给老爹买几斤肉吃，给媳妇买件新衣裳穿，给孩子们买个新书包，他们该多么高兴啊。

"我做的你感觉舒服吗？你浑身感到松弛吗？"姑娘问王经理。

姑娘和王经理的交谈打断了冯有良的思绪，他正在对面的沙发上坐着，定神一瞧，王经理的上衣不知什么时候脱掉了。姑娘只穿一件又薄又透的连衣裙，一边做一边给王经理解释："这叫台式，一会再让你尝尝港式手法。"

王经理一边眯着眼享受，一边招呼冯有良过来，下命令一般地说："冯经理，你去问问有没有其他更好的活儿！"冯有良走出房间，忽然想起前不久胡经理死的那一幕，吓得他出了一身冷汗。他在外面等了会，然后进房间对王经理说："大堂经理说找得太晚了，服务员都进包房了，没一个剩闲的姑娘了……"

王经理不情愿地说："那算了。"

王经理在安国玩了一天，住了一夜，花去冯有良几千块钱，也未能满足他的欲望，临走前他又借了冯有良一万元的路费。

冯有良大姐对王经理的所作所为很不满意，她对丈夫说："我就讨厌这种人，买卖还没做就牛气哄哄地大吃大喝不算，还到洗浴中心去又是按摩又是'三陪'的，真不要脸，依我看让这样的人当公司经理，公司早晚得倒闭——咱们的货还没发，他就糟咱一万多！"

邸伍安不赞同女人的说法，他怼道："女人就是头发长，见识短！人家王经理是吉林省药材公司大经理，吃着国家的饭，穿着公家的衣，手中握着经济大权，给谁点儿买卖做，谁能忘掉人家的情！估计一年下来光吃回扣不得个百八十万的？——别说是王经理了，我坐在那个位置上比他捞得还多，玩得更开心！"

大姐半开玩笑地说："你和王经理是一丘之貉，最后都不会有什么好下场。”

冯有良和大姐忙了几天。给吉林省药材公司上完货发走后，冯有良来到长春，和省药材公司员工将货质检、检斤、过磅入库，一切都很顺利。王经理立刻给会计批了个七万元电汇条，冯有良和会计一同去银行把钱汇了出去。王经理说：“这几天账面太紧，外边欠我们上千万的账，一下儿要不来，你先拿回这点钱，余下的等账面有了钱，我让会计给你汇去，用不着你来回地跑了。”

冯有良觉得王经理说得很有道理，心里也很满意，货刚发到就给了整七万，他也不好意思说别的。临走前他给王经理说了几句客套话：“今后的事全靠王总费心了，谢谢王总关照！”

生意上的事办完了，他觉得既然到了长春，就不能不去看看自己的恩人——东丰县药材公司的康副经理。若没有康副经理的牵线搭桥，哪能做上吉林省药材公司这笔肥业务呀！

他乘公交汽车来到东丰县药材公司时，康副经理说：“上次的几万元货款全部汇安国银行了。”

康副经理请他吃了午饭，又和他签订了几万元的购货合同。冯有良没打算在东丰住宿，想去火车站买返程车票。他来到东丰火车站广场时，忽然看到广场上有辆东丰至四平的大客车，此时车上的女服务员正亮开东北女人那特有的大嗓门高喊：“东丰到四平！东丰到四平！有去的赶紧上，就要发车了，东丰到四平……”她突然看到迎面走来的冯有良，连忙叫道：“哥，去四平吗?”

冯有良不由自主地上了去四平的大客车。他坐在车上想：必须去四平还了小红姑娘的二百块钱，若上次在四平没有这个她的二百块钱做路费，还有几盒中华烟借花献佛，抬高了身价，怎能与东丰县药材公司做成了第一笔买卖，挣到了属于自己努力奋斗的第一笔钱？这样一想，更坚定他去四平还小红人情的信心。娘常说，‘滴水之恩，涌泉相报’，人家借咱二百元，咱还人家四百元，不，还姑娘四千元。此时他恨自己挣的钱太少——如果成了大款，就能给小红一大笔钱，让她马上回家乡开一所幼儿园，去实现属于姑娘自己的梦想，彻底从詹局长这个色狼的包围圈中解放出来，过上正常人自由自在的生活。

冯有良来到云雨阁时，正见那个风流老妪在扫地，冯有良忙走到她跟前打招呼："阿姨，您好！好久不见，最近生意很红火吧。"

老妪抬起头，一看是冯有良，感觉有些意外，继而没好气地回答："红火什么！倒八辈子血霉啦！"

冯有良问为什么。

老妪说："五天前，小红姑娘在詹局长的杯里放的安眠药太多了，人就这样睡过去了——永远醒不来了。詹局长家人坚决要公安局查办此案，这不，昨天把小红姑娘逮公安局审讯去了，估计这回小红偿不了命也得在监狱里过一辈子了！你说小红姑娘也是不知好歹，跟着詹局长吃香喝辣多么享福，这回可完蛋了——他们都走了，我扫一扫院中的晦气。"

冯有良没见到小红，还不了姑娘的钱，报不了姑娘的恩，他于心不忍，便立刻乘公交车到四平公安局去找小红。可公安局门警说，审讯阶段不让当事人与外界的人见面，他不得不怀着百感交集的心情坐上了返乡的列车。在列车上他吃不下饭睡不好觉，怀着对小红姑娘无比感激的心情拿出笔和本，写了几句不知是日记还是诗的文字：

满腔热血志未酬，
花季年华情悠悠。
不知玫瑰何处开，
却因迷路入风流。

冯有良写着写着，不知不觉间，几滴热泪掉在纸上……

第八章

邸伍安对冯有良这次长春之行很是失望，他满以为王经理前几天来安国大吃大喝大消费，走之前又拿去一万元路费，冯有良去了怎么也得给个十三四万，余下个三五万的尾巴，下次再一次性汇过来，但出乎预料的是只给了几万元，他对冯有良说：“看来王经理这人办事不讲究，自己该得到的都得到了，就不管别人的死活了——要不就是公司经营不景气，账面上没几个钱了。”

冯有良说：“王经理说目前公司的三角债成了大问题，外边欠了他们公司千八百万呢，他们派去好多人追债，收效甚微。”

邸伍安说：“越是这样，越不能松懈马虎，过几天你再去催催账，不然将会夜长梦多。”随后，邸伍安一转话题说：“昨天我表弟吴见能来找我，想与我合伙做买卖，他说他能贷出五十万元的款。虽说是借款，但毕竟人家有那层关系，若是别人也许连五万都借不来，他很想与我合伙，我以与你合作为理由拒绝了他。这次就看你的表现了，如果吉林省公司这笔钱你能尽快追回来，算你有两把刷子，如果追不回来，则说明你一没能力，二没本钱，我不得不另找合作伙伴，吴见能就是备胎。他是十分理想的候选人，请你多动脑子考虑考虑吧！”

邸伍安一再给冯有良施加压力，此时冯有良感觉压力山大。

冯有良将东丰县药材公司订的几万元的小合同上完货发走后，过了十来天，估计货已发到，他便又坐上去东北的列车，这时已经进入腊月中旬，接近年关了。

去之前，他到烟草公司批发了四条中华烟，到了东丰县药材公司后，给了康副经理两条。

康副经理很高兴，说：“请冯经理放心，农历年前，你的这几万块钱我想办法给你汇去。现在公司日子也很不好过，三角债成了大问题，国营企业面临着被个体企业户挤垮或吃掉的危机，我们给药厂的原料都换不回来钱，药厂一律给中成药顶账，我们工人的工资都三个月没开了，不过也别害怕，我们经理说年前公司要贷一笔款，先发工资后还账。”

冯有良听康副经理这番话饱含苦辣酸甜的味道，从内心切实感到与国营公司做买卖潜藏着一种危机，他怕两条烟诚意不够，又给康副经理放下个红包，说：“马上过年了，给孩子们先发个红包。我不知给小孩买什么东西，只好拜托康经理代劳。”冯有良离开东丰之前仍心存疑虑，于是对康副经理说：“这边的事全靠康经理费心了，拜托啦！”

康副经理说：“我保证年前给你把钱汇去，请冯经理一百个放心。”

冯有良说：“谢谢康经理格外开恩。”

冯有良离开东丰，坐了几小时大客车来到长春，到省药材公司后，先到王经理办公室，王经理不在。他向工作人员打听，有人说王经理出门了。他又来到财会办公室，问财会科长自己的货款什么时候汇。

科长回答：“我们财会科说了不算，必须有王经理的亲笔批条，如果拿不来王经理的批条，讨账户一概不予受理。”

冯有良见不到王经理，万般无奈，只好眼睁睁地看着人家几个东北人讨账——一个女的拿走五万元现金支票，一会儿又来一个小伙子拿着王经理的批条，拿走十万元的现金支票。

冯有良来到长春讨账，一晃半个月了，也没见到王经理的身影，究竟王经理是讨债去了还是在躲债，讨债的人们众说纷纭，都不得而知。

冯有良刚到长春时住了个宾馆，本想住几天向王经理要回钱立刻回家过年，可没想到这一住就是半个月，眼下已是农历腊月二十八了，马上要过年了，他身上的钱也快花光了。他不得不节衣缩食，从宾馆退房，走大街串小巷，找到一个小旅店住下。小旅店当然与大宾馆环境差得太多，阴森的房间整日见不到一丝阳光，水泥地面上返出的潮气与小屋的污浊味交织在一起，发出刺鼻的霉臭味。上下铺三层他住最上层，离房顶只有半米空间，小矮人能凑合坐起来脱衣穿衣，冯有良一米八八的个子，穿衣脱衣只好躺着完成。

那白色被罩已经久不换洗，让不知多少人的汗水和口水染得污渍斑斑，一钻被窝那种骚味更是呛得人要死，他不得不天天晚上穿着衣服钻被窝睡。一日三餐变成了一日一餐，一次仅吃一袋方便面，火腿肠也舍不得买一根。

冯有良心中的愁绪如东北原野里的漫天大雪一样，铺天盖地而来。世界很大，漫无边际，而自己却像大地上的一个沙粒，渺小到可以忽略不计，已经被云雾与大雪彻底掩埋在这冰天雪地之中了，连呼吸都觉得有些吃力，渐渐地几乎要窒息了。

那个年代没有手机，打个长途还得去邮局，冯有良此时很想回家过年，但又怕没要到钱受姐夫的埋怨，只好到邮局给姐夫打电话。邸伍安对他下了死命令："一定要设法见到王经理，年前把钱要回来，不然你就永远别想回家过年。"

冯有良想：见不到王经理的面，拿不出钱，即使在这里过年又有什么用？于是他想分两步走：第一步是马上见到王经理；第二步，如果年前找不到王经理，年三十也得坐火车回家，因为家中的妻儿老小在等着他——老爹为儿子的渺无音讯和外出不归而担心挂念，孩子们等爸爸回去买过年的鞭炮，妻子盼丈夫回家帮忙，扫屋子、煮肉、蒸豆包。

想到这儿他又来到省药材公司。看门的老师傅说："公司昨天都放假了。"

冯有良问："这几天王经理来过吗？"老师傅说他昨天下午来过。冯有良想，王经理既然回来了，自己的事就有眉目了，只要想法找到王经理，他总得给个合理的解释。

于是他问老师傅："王经理家住哪？"

老师傅一本正经地说："我与你互不相识，怎能把我们老总家的住址告诉一个陌生人，再说你与王总是什么关系我也不了解。"

俗话说，"听话听声儿，锣鼓听音儿"，看来这老头儿一定知道王经理的家，于是冯有良说："老师傅好！我是王经理的朋友，从河北安国来，我公司和贵公司有多年的业务往来，我公司半年前给贵公司发来一批药材，至今账还没结清，我想问问王经理什么时候给结账。"

老师傅说："原来是要账的！王经理昨天开会说了，放假之后一切业务停办，连会计都回家过年了，你向谁要账？”

冯有良说：“我和王经理还有其他事要办，请师傅告诉我他家住址。”

老师傅冷冷一笑，说：“你们是什么关系我一点也不知道，万一王总怪罪下来我可担当不起。”老师傅一边说一边从棉军大衣口袋里掏出一瓶二两装的小酒瓶，喝了一口，说道：“小同志，你还是回家吧，马上过年啦！年前讨账是没希望了，还是过完年再来吧，看你穿得又单又薄，脚上还穿着单鞋。东北多冷呀！”

冯有良想，既然老头这么馋酒，何不用酒浇开他的口？于是他从食品店买来两瓶四平大高粱拿到警卫室，一边放在桌子上，一边用央求的口气说：“老师傅，我出门时间太长了，身上的钱都花光了，想找王经理给想想办法，不然我连回家的路费都没有了。”

老头听了冯有良的话，看了看桌上的酒，同情之心油然而生，于是把王经理家住址告诉了冯有良。

冯有良按老师傅的指引，找到王经理的家。他正在敲门，王经理从身后搭了言：“是小冯吗？就要过年了，你怎么来长春了？”

冯有良说：“我往东丰药材公司发了几吨货，在那儿住了几天，本来想回家过年，忽然老板给我发来电报，交给我一项任务，非让我来长春一趟不可——让我把账结了，还说结不了账不让回家过年，老板说他家欠药市上的账太多，人家那些追债户年前堵着门子要账，弄得年都没法过了。我从东丰来长春的大客车上又遇到‘钳工’，把我身上的钱都夹走了，我在长春住了几天，每天吃一顿方便面，旅店费还欠着人家，连回家的路费都没有了。”说着说着，冯有良顿觉百感交集，泪水不由涌上了双眼。

王经理看了冯有良一眼，然后从内衣口袋摸出二百元钱，说：“先拿着去吃顿饱饭吧，不巧我老妈得了脑血栓，正在医院治疗，我回来取点东西，正巧遇上了你！”

冯有良一边接钱一边说：“谢谢王经理，大妈的身体好些了吗？”

王经理说：“我妈的病情已稳定，但年前出不了院。”

冯有良问：“大妈住哪家医院，我过去看看。”

王经理说：“今天太晚了，甭去了，明天我找会计给你借点现金，快拿着回家过年吧！明天你到吉林省人民医院重症监护室来找我。”

第二天，他用王经理给他的二百元钱，买了些病人吃的奶粉、水果等，另外带上从安国出发时带的那两条中华烟，来到医院看望王经理的母亲。

王经理看到冯有良提着那么多东西来了，忙说：“谢谢冯经理，这次我母亲住院，就没时间陪你玩了，请多包涵。”一边说一边从内衣口袋里掏出一沓人民币，递给冯有良：“这是我刚从会计那儿借的现金六千元，你先拿回去过年吧。”

冯有良接过钱，谢过王经理。离开医院之前，他指着放在桌上的两条中华烟，对王经理说：“马上过年啦！没带什么东西，从家带来两条烟，请王经理收下。”接着又从王经理手中刚接过的六千元中拿出三千，放在王经理母亲的病床上：“祝王妈妈早日康复！这是我的一点心意。”

临别前，王经理将客人送到医院大门口。冯有良深情地对王经理说：“我走后，咱们公司那点账就拜托王总了，请王总多费心!”

王经理说：“请老弟放心回家过年，你的欠账我必须想办法。”

冯有良腊月二十九晚上坐上返乡列车，在列车上度过了除夕之夜，初一下午到达天津站。他想从天津站乘长途汽车直达安国，可惜大客车初一停运了，万般无奈只好重新坐上火车，从天津绕北京，再从北京到定州，晚上十点从定州火车站下了火车。定州到安国不通铁路，只能转乘汽车，可大过年的，又是晚上，公交车司机都回家过年去了。

他在定州站前的广场上转了一圈，只有一辆定州跑安国的面包车。他问：“到安国多少钱?”

司机说：“三百块!”

冯有良想砍一砍价，便说：“能便宜点吗？平时才六七块钱。”

司机说：“这不过年嘛，便宜不了。”

冯有良又在定州车站转了一圈，仍然没找到跑安国的其他车辆，无奈之下他不得不又找到那个唯一的面包车司机再次谈价：“司机师傅能给便宜点吗？二百我就包车了，定州到安国才六七十里，若在平时，只需六七块钱。”

司机说："大过年的为百儿八十的计较，哪如早些回家和父母儿女早点团圆，吃个年夜饭，晚上亲亲热热地抱着媳妇过过年？说不定你媳妇早就望眼欲穿了。"

冯有良怼道："闲话少说，二百元，你若行我就上，不然我就走回去。"

司机说："现在的年轻人都怕吃苦，还没见过像你这么不怕吃苦的，六七十里的夜路你敢走回去?"

冯有良说："红军二万五千里长征都走过来了，我走六七十里的夜路怕个球!"

司机说："三百元，少一分一厘都不去！你不是说要走回去吗？那你走回去吧，这黑天半夜的，我倒要看看你有没有这个胆。"

冯有良怼道："如你不说这话，我本想坐你车回去，但听你这么说，我非走回去不可!"说罢，他转过身，认准家乡的方向，往茫茫的黑夜中走去。

司机望着冯有良矫健的背影，自言自语道："有志气，是个人物，真是个犟种，真他妈令人敬佩!"

也许是过年回家心切，也许是刚才司机将的一军，在他胸中化作一股无比强大的动力，他大踏步走着，一鼓作气，仅用了几个小时就走到安国县城了。看天色还不亮，再看看手表，才凌晨四点多钟，他来到大姐家刚想敲门，又觉得太早，怕打扰一家人休息，于是一屁股坐在行李包上，在大姐家门口呼噜呼噜地睡着了。

第二天早晨，大姐开门看到弟弟睡在自己家门口，不由大吃一惊，赶忙将他唤醒，带他进了屋。

邸伍安见到冯有良，拿出一副爱搭不理的姿态，一没问一路辛不辛苦，二没问肚子饿不饿，三连口热水都没倒一杯。大姐给他泡了杯茶，端给他喝，说："走了一夜，一定饿了吧，我去做饭。"

大姐去做饭了，邸伍安斜着瞅了冯有良一眼，说："吉林省药材公司的账要回来了吗?"

"没有，王经理他妈得脑血栓住院了，公司面临三角债的巨大压力，账面上没有钱，看样子这账不容易要回来……"

邸伍安打断冯有良的话："我早就说过你根本就不是做买卖的料，拙嘴笨舌的，还想当一个成功的祁州药人，简直是痴人说梦！一个纯粹的庄稼汉，不安分守己地鼓捣土坷垃，还想在高智商的生意群混一混，好比一只老母鸡硬往凤凰群里飞，我提醒你，鸡永远是鸡，鸡永远变不成凤凰。"

冯有良怼道："鸡怎么了？为了追求理想，有时能飞过树梢，有时能飞过山涧，可那老母猪永无出头之日，永远被主人圈在圈里。"

此时邸伍安借题发挥，并转移目标："好！你骂我是猪。"

冯有良辩白道："我没说你是猪。"

邸伍安说："我本来就属猪，已属了四十年啦！难道还让我属狗吗？我郑重宣布——今天是大年初二，新年伊始，从今天起我和你姓冯的分道扬镳，你把咱合伙发东北的这笔本钱十万全部给我，最好马上给，利嘛，我就不要了，我当老大的总得让你三分。"

此时，冯有良大姐进屋插言道："老邸，咱这样做有点不讲原则吧，当初见老弟的合同有利可图，就与人家合伙，一旦发现钱赚不到手，就马上撤出，这恐怕不合情分吧。"

邸伍安说："做买卖有几个讲原则的！人常说无商不奸，你怕你弟弟受委屈，你可以同他一块儿做大买卖，反正我是吃亏吃怕了，再也不能继续下去了。"

有良大姐说："听你说的话真长出息了。"

冯有良说："大姐你不要求他，既然邸大人说分，我冯有良决不会强求的，人常说，'大路朝天，各走一边'。"他一边说一边拎包往外走。

大姐忙拦住道："饺子熟了，必须吃了再走。"冯有良走了一夜的路，肚子饿得够呛，坐下便吃。

邸伍安解释说："老弟别生气，都怪我表弟吴见能，天天来找我，要我拉他一把。他命苦生了三个臭小子，怕盖不起房，将来打了光棍，再说他没有别的能耐，可他能贷款。有人早就说过，'不管黑猫白猫，逮住老鼠就是好猫'。他一入伙就能带来五十万贷款。我不管他是贷款还是自备款项，我是不还利息的，我跟他合作是借鸡下蛋，我跟你合作是养鸡下蛋，你说倘若让你选，是养鸡好还是借鸡的好？”

冯有良说：“无论是养鸡还是借鸡，但我决不会恨鸡生蛋慢，干杀鸡取卵的事。”

邸伍安说：“老弟我不是贬斥你，像你这样文质彬彬的，是永远发不了大财的。”

冯有良答道：“对，对！我只知道‘天道酬勤’‘厚德载物’的古训。”

邸伍安说：“今天我们不争结果怎样，看你的‘厚德载物’好，还是我的‘借鸡下蛋’妙。”

邸伍安和冯有良分开后，便和表弟吴见能合伙做药材买卖了，这是后话，暂且不提。

第九章

冯有良大年初二中午才赶回老家，两个孩子正在门口玩耍，毕竟才是七八岁的娃娃，见了爸爸不是嘘寒问暖，而是抱怨爸爸回家太晚："都快过完年啦，怎么才回来啊？新衣服和鞭炮单等爸回来给我们买呢，你却总不回来，现在年都过完啦，还回来过啥……"

"妈没给你们买吗？"

大儿子大宝说："妈光伺候爷爷了，什么年货也没顾上买。"

冯有良问："你爷爷怎么啦？"

这时，妻子玉梅闻声从屋里走出来，带着满脸忧郁的神色招呼道："大宝，二宝，爷爷叫你们去他屋里。"

冯有良问女人："玉梅，咱爸怎么了？"

玉梅说："你一出门就半月二十天的回不来，爸非常挂念你，正好年前村里出点事，张八月去山西要账，因那边下了大雪，他乘坐的大客车沿着环山公路盘绕，一下坠入悬崖，车上的三十多条人命归西天，当然张八月也……马上过年了，你一没打个电报，二没个回音，爸急得突然血压增高，高压一百八九，低压一百二三，躺在床上，吃不下饭，睡不好觉。我拉他去医院，经医生诊断发现他的左腿栓住了，住了几天医院，输了几天液，爸倒是能下床走路了。昨天正是大年初一，他非要回家来过年，便提前从医院回来了。"

冯有良说："玉梅，多亏你了，让你受累啦。"一边说一边朝老爸屋里走去。还未走进屋，听见里面传来爷爷和孙子的对话声。

"你爸回来了？"

"回来了。"

"回来了就好！可让你爷爷我放心喽！"

大宝说："我罚爸！让他给我买新衣服的钱，让他给我买鞭炮的钱！"

爷爷说："你爸刚回来，让他好好休息，买炮买衣服的钱我给你们拿。"冯老汉说着从口袋里掏出一沓十元人民币递给大宝和二宝。

这时冯有良进了屋，忙从孩子手中夺过钱还给了老爸，立刻从口袋里掏出厚厚一沓钱，先给老爸一份，又给大宝一份，之后分二宝一份，共三份。

大宝二宝兴致勃勃地拿钱出去了，冯有良一把拉住老爸那双生满老茧的手，热泪盈眶地说："爸，孩儿不孝，让您老操心了！"

老汉紧紧握住儿子的手，颤颤巍巍地说："回来就好！平安就好！"

冯有良一边给老爸抹眼角上的泪一边说："长春是个大城市，路是最平坦的，请您一百个放心。"

冯老汉说："只要见到你，我就放一百个心喽！病也好一大半啦！"老汉又一转话题说："你快去帮玉梅忙忙家务活吧。"

冯有良先给老爸倒了杯热水，看着老人吃了降压药，又给老人打盆热水洗脚。老汉又磨叽上了："前几天我住医院，都让玉梅伺候，家里的活都耽误了，玉梅真是个贤妻良母，我这不争气的身子骨让她受累了。"

冯有良说："爸，你不要自责，我们当晚辈的，伺候老人都是理所应当的，因为每个人都有老的时候。"

冯有良给老爸洗完脚，便到厨房帮女人忙家务了。他擀着豆包皮，女人包着豆沙包，小两口恩恩爱爱说着知心话："爸年龄越来越大，身体又添毛病了，孩子小还读书，地里家里的活全都落在你一人身上，你能吃得消吗？另外，邸伍安早上嫌我没讨回钱和咱分啦，要不要回吉林省公司的那份账，咱也不做药材买卖了，回家和你一起种地、伺候老人。"

玉梅反对丈夫悲观的想法，鼓励道："作为一个男子汉，要有点雄心和担当才行，不能遇上点困难和挫折就缩手缩脚，半途而废。他邸伍安越是看不起我们，我们更应该做出个样子来给他看，我想你只要把长春这份账要回来，手里有个底钱，咱也就能在安国药市买个门脸房了。"

冯有良说："那十万八万的够吗？买个门脸起码也得二十来万。"

玉梅说："我让大宝他舅给贷几万的款。咱大哥升职了，年前我去看大宝姥姥，见到大哥了，他说他调到北娄乡农村信用社当主任了。他告诉我，如果咱贷个十万八万的他能帮上忙。大丈夫，我相信你是一块做事业的料，你就放心大胆地干吧，地里家里的活我都能挡下来。不是有人说‘风雨过后定有彩虹’吗？我就盼着有一天靠我们自己的努力，在县城有了房，把爸接到县城，大宝、二宝去县城读书，我和你一起鼓捣药材，做一个药材经营专业户，活出个样子来，让郧伍安刮目相看！……”

玉梅这一番肺腑之言，冯有良听了备受启发和鼓舞。其实他内心从未放弃过做药人的理想，刚才他对女人说的要回家种地等等的话，都是在宽慰妻子，他是怕她肩上的担子太重，把她累坏了。

女人继续说道：“过了初十，公司上了班，你重返长春要账。这次分两步走：第一步以要钱为主；一旦要不回来钱，第二步就准备拿货，看他仓库有什么药材——光这么来回地跑，都把钱花在火车和旅店里了。”

丈夫觉得妻子说得不无道理，十分赞同女人的方案，准备正月初九重返长春。初九是妻子给丈夫定的好日子——“要是走，三六九；要回家，二五八”，意思是择选吉日出行，不仅一路平安，去了办什么事也顺顺当当。

初九之前这几天，正是村里年味正浓的好光景，到处是走亲访友的、朋友聚餐的、同学聚会的、聚集打麻将的。冯有良小两口为了腾时间赶农活，他们初四拜访了街坊长辈，初五给过世的母亲上坟祭拜，初六回老丈人家看望岳父岳母，初七就开始跳进猪圈掘粪。那个年代，种地春播一定要施足底肥，家家户户都养一头或几头大肥猪，一来是用猪粪施肥地有劲，庄稼才能长得壮，二来是猪到年底可以杀了吃。

有几个邻居大嫂来串门，见冯家小两口儿正在掘粪，有位大嫂说：“大过年的，有良就下圈掘粪？”

玉梅说：“过年吃了饺子干活有劲。”邻居们一边往外走一边叨咕：“有良小两口儿真是勤快人！将来人家肯定能发家。”

第十章

初十之后，冯有良就到了长春。他来到省药材公司，然后直接来到王经理办公室。经理室大门紧锁，无奈他只好到中药材供应科打听，得知王经理请假了，理由是正在家伺候他妈。冯有良便买了些水果、罐头、牛奶等礼品，来王家看王经理老妈。

王经理很感动地说："你年前就看我老妈，我还没机会谢谢你呢。"

冯有良说："不用谢，这都是应该的。"

王经理说："这几天我伺候老人请了几天假，把财务大权交给会计科刘科长了。这几天账面要回点钱，你一定要盯住我们会计科科长，钱拿到拿不到就看你的作为了，遇事多动动脑子。公司账上回点钱的事我除了你冯经理，谁也没告诉过，一定要替我保守秘密……"

冯有良从王经理家出来，一边走一边想：王经理为什么不上班，他妈的病已基本稳定，已经出院了，她完全可以由家人来护理，一定是他吃了客户不少的回扣，如今公司日子难过，他无法面对客户的指责，来了个金蝉脱壳之计。种种迹象表明，吉林省药材公司的账是太难要了，不然王经理也不会告诉自己多动动脑子呀！嗯，是到了该动脑子的时候了，已经来了三四趟了，连坐火车，再住旅店，还要送礼打点，原来预算的那点利，已经搭进去不少了。

冯有良来到吉林省药材公司财会科门口，只见一个来自安徽亳州的六十多岁的老汉在会计科大发牢骚："共欠我二十万，我去年来了十三次，总共给了我不到十万，平均每次仅给几千块钱，照这样下来，我今年再来二十趟，也不一定能清账。"

会计科出纳员是个二十多岁的小伙子，他气冲冲地对老汉说："谁让你来回地跑，早就告诉你在家里等着，我们经理说一旦有钱马上给你汇去。"

亳州老汉怼道：“汇！汇！汇！我听这话听了有一百遍了，耳朵都磨出血来了。”

出纳员说：“那么爱出血是耳朵烂了吧，我拿点药棉给你堵上两个耳朵眼，血就流不出来了。”

真没想到这句话激怒了亳州老汉，“你个王八崽子骂人！”一边说一边伸手朝小伙的脸打去。

小伙年轻力壮，加之东北人的虎劲，猛然回击一拳，正好击中老汉的鼻子，老汉只觉得鼻子一阵酸痛，随之鲜血从鼻孔中涌流出来。忽然间，老汉从背包里拿出一把水果刀，向小伙子刺去。

这时冯有良一把抓住老汉的手，说：“息怒，息怒，有事好好商量。”

这时刘会计忙对出纳员说：“你还不快滚出去，让王经理来开了你。”他一边说一边使眼色示意小伙子离开现场。

出纳员退出后，刘会计在桌上拿了片卫生纸，给亳州老汉擦了擦鼻血，劝慰道：“崔经理，你先坐下听我说。”

亳州老药人正坐在椅子上和刘会计说话，赵副经理进屋了。赵副经理也是个三十多岁的年轻人，他是代表公司领导解决问题来了。他说的几句话，不但没有化解矛盾，反而引发了新的冲突。他说：“崔经理，刚才我们出纳员说他没骂你，是你先开口骂人，他说刘会计可以做证——你这老家伙也是够呛，老脸白胡的啦，怎么随便开口骂人呢？”

亳州老汉驳道：“我恨他总是骗我，每次都说‘下次来一定全给你’，可我来了十几次，连一半的钱也没给上。你们东北人说话就是王八放屁——不中闻。”

这句话激怒了赵副经理：“你个老王八犊子又骂人了。我们东北人就是大骗子，骗死你个老东西，看你有什么尿！”

亳州老汉说：“我到长春法院去告你们。”

赵副经理说：“你的钱我们就是不给，你个不识时务的老‘南蛮子’，在老子一亩三分地里还想拔了长轴呀！”说完赵副经理扬长而去。

亳州老药人听了赵副经理弱中带钢的话，立刻软下来，一屁股蹲在椅子上，呆若木鸡，半晌没吱声，仿佛在想什么对策。

此时，冯有良见屋里安静下来，慢慢地来到会计科长办公桌前，说："刘科长，你好!"

"冯经理请坐吧。"

冯有良坐在刘科长对面的椅子上，说："刘大姐，这次我没打算来，可是我妈年前就得了肺癌，我家目前没钱给老人治病，当儿女的也不能眼睁睁看着她死在家里吧——人常说没钱难倒英雄汉，我急得屁滚尿流没一点办法，亲戚朋友的门槛都踏遍了，借到的钱，年前第一期治疗就花光了，磨破了两双鞋底子也没筹到钱。我老爸非逼我出来要账，并威胁说，如果我要不回钱，他也不活了。刘大姐，你给想想办法吧，救救我妈。"

刘会计对讨账人的话是半信半疑，因为她知道要账人为了达到目的，说几句谎话是不足为奇的，自己也为公司讨过账，面对欠债人她也曾编过谎言，她也曾想过许多办法，但是也不排除冯有良说的是真话。

于是她回答冯有良："冯经理别上火，我尽力想办法!"

此时亳州老汉的态度忽然来了个一百八十度的大转弯，从挎包里拿出三个苹果，给刘会计一个、冯有良一个，自己留一个，一边削皮一边说："人在矮檐下，不能不低头，如果我这次要不回钱，一家人也揭不开锅了，我也只好死在这里啦。"他边说边用水果刀狠狠刺了左腕几刀，只见老汉左腕上的鲜血流淌出来，把黄色的地板涂红一片。

刘会计大声喊道："快来人呀！不好了！崔经理出事啦!"

听到呼叫声，赵副经理和公司几个年轻人赶紧把亳州的崔老汉抬走，送往医院外科急诊室救治。

此时冯有良从厕所拿来地板拖和水桶，将地板上的血迹擦干净。刘会计看了冯有良一眼，非常感激地说："谢谢冯经理!"

冯有良说："这亳州老汉可真倔!"

刘会计说："我马上叫王经理想想办法，给你们弄点钱来，万一亳州老崔再有个三长两短，我们可担当不起。"于是刘会计拿起电话，给王经理汇报了刚才发生的事。

“你去银行贷点款吧。”

“咱们去年的贷款还没还清，银行不给办贷。”

“那怎么办？”

“不行就把这个月发工资的钱先给老崔。”

“先给他一个人不行，安国的冯经理也在咱们公司等钱呢。他妈得了肺癌急用钱，也得想办法给冯经理点。”

“一共五万，你给老崔两万六，给冯经理两万四，二人分了，让老崔多拿点儿。”

“嗯！嗯！就这样吧。”

冯有良听着刘会计和王经理的一番对话，的确感到了这个药材公司的经济危机，同时他为自己的谎言奏效而窃喜。他在刘会计面前编造他妈得癌的谎言，当时内心是非常矛盾的。开始想说老爸得了癌症，话到口边他又咽了回去。不，不！老爸毕竟没得癌，老爸只是得了轻度的脑血栓，他舍不得那样咒老爸，他想让老爸一直陪伴他走下去，一直到十年、二十年……

那老爸不能借用，刚想说儿子，话一到嘴边他又咽回去，儿子还小，是未来冯家的传宗接代之人……

儿子说不得，又想到媳妇，可话到嘴边又咽了回去。不，不！自己不在家时，洗衣做饭，伺候老人，下地干农活，里里外外都靠她，自己不能这样咒她……

他想来想去忽然间想到自己的妈妈，虽然那样说妈妈有些违心，但毕竟妈妈是死去的人啦，再说妈妈就是活着也甘心当儿子的替罪羊。冯有良知道妈妈在世之前是最委曲求全、勤劳善良的。“妈妈，不孝之子对不起您老人家了，希望您老在九泉之下保佑儿渡过难关，帮助儿跨过这一道坎，走上一条平坦的经商之道。”

刚才王经理在电话里对刘会计说给亳州老汉两万六千，给他两万四千，冯有良心里也平衡，更无怨，不管人家崔老汉用了苦肉之计也罢，“壮士断腕”之计也罢，寻死觅活也罢，毕竟人家付出的比自己多得多，人家一个年过半百之人在异地他乡甘洒一腔热血，而自己却毫发无损，就靠几句谎言讨回两万多的债——此时他在内心万分感激一位老人，这位老人就是自己的母亲。

第二天，冯有良从刘会计手中拿到两万四千元的现金支票，但没有立刻返程，他想起来之前小两口儿制订的分两步走计划：媳妇说第一步尽力拿钱，如果实在拿不到钱就走第二步计划拿货。如今第一步计划基本实现，虽然只拿到两万多元，这点钱虽然不算多，但也是王经理挪用工人的工资还的账，他也算尽力了。冯有良想，倘若继续追讨下去的话，把人家公司逼黄了，王经理逼疯了，钱还是讨不回来，那样做也没人情味，得饶人处且饶人吧。

于是他来到中药材采购供应科，找到邵科长，要了份库存表，他把库存的品种及数量、产地、规格、单价等一一记在本上，然后邀邵科长带他去仓库看了看大货。他拿了几个东北产的野生品种，到邮局邮了快件，然后给媳妇发个电报，让她了解好这几个品种的市场行情并与她约好反馈信息的时间。

按照约定，第四天，冯有良在长春邮局租用了公用电话打电话，媳妇在安国邮局接听电话。女人说："东北野生黄芩和关防风是当前安国药材市场上的紧缺货，着重拿这两个品种，但以关防风为主。"

冯有良问安国药市东北关防风什么价。

女人答："年前九元，春节后上升二元，仍有上升趋势。"然后女人问："公司有多少关防风?"

"有八吨。"

"公司卖价是多少钱?"

"喊价每公斤九元，如我给他砍砍价，估计七元左右能拿下来。"

女人再次叮嘱丈夫："先拿关防风，如果不够的话，就拿些野生黄芩，但必须一次把欠的钱顶回来，不能留尾巴。"

小两口儿在电话中达成共识，必须一次性拿货返程。

冯有良从长春租了一辆河北保定跑长春的大卡车，也叫空车配货，价格只花单程的车费，比较划算，将抵账的八吨关防风和两吨野生黄芩，经两天一夜的长途跋涉，拉到安国。他先在药市上亮亮价，那些跑合的男男女女纷纷围拢上来，问道："你的关防风多少钱一公斤？我们全要了。"

冯有良的女人说："我们是三十元一公斤，顶账来的。"

有个跑合的说："三十元一公斤贵了点，眼下还没涨到呢。"

冯有良问："按现在的市场行情关防风给什么价？"

跑合的说："目前咱安国市场价是十八元一公斤，你拿得太贵了，如果想不赔钱的话就放一段时间再卖，关防风的行情仍是上升趋势。"

玉梅说："赔钱不卖，放一放，以后还让你们帮忙卖……姐妹们以后多多联系。"

跑合的人们走后，女人对丈夫说："既然人家都说关防风涨势正猛，行情必定看好，咱就先放一放吧。"

冯有良说："那欠大姐家的账怎么办？我猜想，邸伍安知道咱拉回了关防风，又是涨价趋势，他一定会来要账。"

女人说："我有办法，如果他非要逼债的话，我去找大宝他舅，借信用社贷款还他……"

冯老汉听到儿子拉回药材，非常高兴，躺了半个多月没下床，这一激动居然从床上下来，到院里看儿子拉回的药材。他拿起几支药材，问玉梅这叫什么药。儿媳妇回答："关防风，也叫野防风，是关外吉林白城及内蒙古呼伦贝尔一带产的。"

"这药材眼下好卖不？有人要吗？值钱吗？"

冯有良说："又好卖又值钱。"

"那为什么不拉到安国药市去卖掉？"

儿媳妇说："爸，咱这药材行情趋势非常看好，多压一段再卖，肯定能卖个好价钱。"

大宝、二宝放学回家了。大宝高兴地说："妈妈，等我爸爸做药材买卖挣了钱，我们在安国药市买个门脸房，我们全家人搬到安国药市变成药材专业户。到那时我们就不种地了，就变药人了。"

冯有良对两个儿子语重心长地说："即便我们在安国买了门脸房，成了药人，也千万不要忘记我们祖祖辈辈是农民，你们一定要记住！"

大宝、二宝异口同声地说："记住了！"

第十一章

就在冯有良拉药回家的第三天，果不其然，邸伍安骑着川崎 125，“突突突”地来到冯家追债。冯有良一边把他热情迎到屋里，一边沏杯热茶递给他，说：“姐夫，请喝茶。”

邸伍安把茶杯往桌子上一掼，喊道：“我不是来做客的，我是来清旧账的!”

冯有良说：“吉林东丰药材公司五万你收到了吧，我让会计科汇到你的账户了。”

“东丰的五万是收到了，可还差五万呀，人家跑合的天天追着我屁股要账，逼得我的眼都冒蓝光了。人家跑合的赖在我家不肯走，在我家吃住，我没钱还债，你说我该怎么办?”

冯有良说：“我们昨天刚拉回来货还没卖呢，所以手底下没钱，再等等吧!”

邸伍安问：“为什么还不卖?”

这时玉梅从屋里走了出来，说：“是我不让卖的，据人家药业内行人透露，关防风和关黄芩越挖越少，今后国家要控制，不让人们随便采挖了，怕破坏生态平衡，国家要保护草原，说不定过一年能翻几倍呢。”

邸伍安听玉梅这样一说，觉得虽然这番话出自女流之辈，但细细品来却不无道理，便说道：“放一放也行，到时候咱们的利润二一添作五分了吧。”

玉梅辩道：“姐夫，你一个堂堂五尺汉子，怎么说话和老娘们儿一样，你不是早和有良分道扬镳了？你早与你老弟吴见能合伙了，你怎么说话出尔反尔，言而无信呢?”

邸伍安答：“我以前是说过分，此一时彼一时嘛，再说你们也没还清我本钱呢。”

冯有良明白，现在邸伍安知道这笔买卖能挣钱，想反悔。他是个厚道人，便对媳妇说：“别和他争吵了，就按他说的办吧。”

此时玉梅一边端起一脸盆脏水往院里泼一边说：“谁那么没出息？他想分就分，他想和就和？我们这次坚决不同他和了！”

邸伍安说：“嗯，好，不和，给脸不要脸，限你今明两天把钱还我，如逾期不还，后天我必得拉货抵账。”邸伍安边说边扬长而去。

冯有良对媳妇说：“咱拿不出钱还人家，又不想给人家货，咱不成老赖了。”

媳妇说：“那也是跟他学的，他邸无安不就是个赖人嘛，见这笔买卖出现危机时，就以你讨不回钱为由和你分家；如今见生意有转机，有潜力，就又厚颜无耻与你谈和——光同福不担祸，真是个光占便宜不吃亏的主儿。”

冯有良说：“至于他赖不赖，谁都知道，咱别和他一般见识，再说亲戚之间，闹得太不好了，让外人笑话。兄弟之间谁吃点亏谁沾点光，又没外人。”

玉梅说：“想起他邸无安以前一次次对咱不仁不义，从即日起，我坚决反对与这种人合作。”

冯有良说：“那咱想办法把钱还给人家。你不是说大宝他舅当上信用社主任了吗？明天你去找找大哥，多借点，除了还账的，还得留点流动资金。”

“好，我明天就去找哥借钱。”

还未等玉梅借钱回来，第二天邸伍安带一帮装卸工，开一辆中型货车，来冯家准备拉货。一进冯家门，邸伍安对冯有良说：“老弟，昨天广东湛江药材公司黄经理给我来电报了，要我给他公司发四吨关防风，两吨野黄芩。”

冯有良一听邸伍安的话头儿，再看他那狡诈的笑脸，心想邸伍安肯定是知道关防风涨价了，就千方百计要弄到货，便问：“我昨天刚拉回关防风，湛江黄经理怎么就知道了，难道他长千里眼了？”

邸伍安被问得哑口无言。

冯有良又问，“你给对方报价多少钱？”

邸伍安回答：“关防风十五元一公斤。”

冯有良说：“昨天跑合的给十八一公斤我都没卖，一听你说的话就是胡编乱造。”

邸伍安呵呵一笑，说：“老弟真聪明，我本来就是胡说八道，满嘴放炮，你甭管我说的是假话还是真话，反正我今天带人来了必须要拉货走。”

冯有良说：“玉梅借钱去了，等她回来再说吧，她借到钱就马上给你钱，她借不到钱再拉货也不晚。”

邸伍安此时已经红了眼，说：“湛江急着要货呢，马上装车!”说着向几个装卸工挥了挥手。

几个装卸工正准备装车，玉梅回来了。她忙拦住道：“不准装，这是我家的药材，卸下来，给你钱。”

邸伍安以给钱晚了为由，想继续装车，玉梅坚决不让装，二人在院里争得不可开交。

“不许装!”

“我就装!”

“不许装!”

“我就装!”

……

此时，冯老汉听到院里人们的喧闹声，拄着拐杖出来问冯有良怎么回事，冯有良一五一十把事情的来龙去脉给老爸说了一遍。冯老汉气喘吁吁地来到邸伍安跟前，用拐杖指着邸伍安的鼻子说：“邸伍安，你妈临终前一再嘱咐，要你帮着有良点，因他有两个儿子还小——再说你忘了，你把我大姑娘娶到你家，你家兄弟四个分家，穷得冒烟儿，分了一屁股债，是我们帮你还了账，还让有良给你送米送面送瓢盆，还帮你养大了俩孩子。你个忘恩负义的狠东西，给我滚出去!”冯老汉一边骂一边举拐杖朝邸伍安打去，吓得邸伍安双手抱着脑袋说：“爹，爹，别打，别打，我们不装货还不行吗?”

冯老汉见邸伍安服了软，才收回拐杖。邸伍安把装车上的几袋药材又卸了下来，开车返回安国了。邸伍安不仅没拉到货，反倒搭上了车费和人工费，但他也没有白来一趟，冯有良把欠他的钱都还给他了。

为此，冯老汉的血栓病又犯了。冯有良是个孝顺的儿子，他为老爹治病，几个月陪在老人身边，曾几次把他送进县医院治疗，也没顾上去药市做生意。

第二年春天，老爸的病情稳定并有好转，能自己下床走路，自己吃东西、上厕所了，于是冯有良想去药市看看行情。就在这一天，跑合的来了一帮人，从安国骑着自行车，风尘仆仆地找到冯有良家，说北京同仁堂要关防风，有多少要多少。

冯有良问："每公斤多少钱?"

跑合的说："比去年翻了五倍。"

冯有良想：去年十八元一公斤，翻了五倍，应该是九十元一公斤。八吨关防风应卖多少钱可想而知，那个年代，有个几万元在村里就赫赫有名了，几十万，在安国药市也算中等户了。冯有良对跑合的说："我给家人们合计一下……该出手时就出手吧!"

他和媳妇一商量，玉梅高兴得合不拢嘴，说，"咱家的大富大贵是爸给的，爸得了几个月的病，尽管花了不少钱，可咱伺候了几个月，爸的身体好多了，咱压的药材也涨几番了，天让咱多挣了几十万。再次感谢老爸！更感谢丈夫是个大孝子。"

"俗话说：'不受苦，不享福；不遭罪，不出贵!'有良去东北卖药材、讨账，风里来雪里去的，连年都过不好，这才有了回报，如果天天在炕头上躺着，谁会白白地把钱送到门上来呢?"有良爹说。

"爹说得对，以后我要继续好好干，挣更多钱，让家里的日子过得红红火火的。"冯有良说。

玉梅见冯有良卖关防风赚了钱后第一件事就是去缴税，忙拦道："依我看，还是先在药市买门脸，余下的钱再交税也不迟。"

冯有良说："我是共产党员，必须带头缴税，要把国家利益放在第一位，咱买房的钱万一不够再想办法。"

那个时代，房子还很便宜，交完几万元的税，冯有良全款在安国药市买了三间门脸房，还略有剩余，从此后冯家五口搬到了安国县城，冯有良成为一个新的药材经营专业户。冯有良为自己的中药行起了个好听又响亮的名字——光达药材行。在工商局注了册，刻了公章，印了名片，冯有良也就正儿八经地成了光达药材行的总经理了。

第十二章

从二十世纪八十年代初开始，安国每年春天都会召开全国药材交流大会，今年亦是如此，而且比起往年来更加隆重。因为随着药材业的发展，安国税收的绝大部分都来源于此，交流大会自然受到政府的重视。今年的药交会，据说省长也来参加呢！

四月份，在安国县城祁州药市西一街，一个坐北朝南的巨大的彩棚搭建了起来，如同庙会上建起了一个戏楼。彩棚内的前边，摆了一排桌椅，桌子上摆上了茶杯、麦克风等。彩棚顶端挂着一个巨大的条幅，条幅上写着一行大字——安国县药材交流大会暨全国中药材购销洽谈会开幕式。

围绕着这个戏楼一样的彩棚，众星捧月般地支起了很多彩钢棚，这些彩钢棚都不太高，与高大的戏楼般的彩棚形成强烈的对比。然而彩钢棚数量很多，它们密密麻麻地将整个药市一街挤了个满满当当。每个彩钢棚里也放了桌椅，桌子上放着各式各样的中药材样品。来自全国各地，包括安国本地的药商，坐在椅子上，等待着客户前来洽谈和咨询。

四月十日，是个大晴天。一大早，各地的药人就从住宿的各家宾馆赶了过来，不一会儿，越来越多，不到八点，这里就变得熙熙攘攘了，真可谓摩肩接踵、水泄不通，比最热闹的庙会还要拥挤。

与此同时，彩棚里，准备迎接贵宾的当地政府的工作人员，以及几个身穿红色旗袍的礼仪小姐也已经来了。

彩棚下面，各地的药商议论纷纷。有的问："听说部长、省长都要来，是真的吗?"

有一个人回答："这还能有假？你看这架势，专门等着迎接部长和省长呢。"

另一个人看了看礼仪小姐苗条的身段，笑着说："还是当官好，看咱们，千里迢迢，费劲吧火地做买卖，吃不好睡不好的。挣了还好，要是赔了的话，这日子可就不好过了。”

“如果是国营公司的大经理，或者是贩药成功的大老板，日子过得也不赖，出差坐卧铺，住高级宾馆，吃香的喝辣的，生活也很滋润。”

“唉，咱可不是什么国营药材公司的大经理，也不是什么成功的大老板，咱祖祖辈辈都是土里刨食的农民，听说安国要开一次有史以来规模最大的药交会，全国药商都云集到这里来了，我便使了个大胆，把家里的积蓄的一大半拿出来，看看能贩点儿什么药，咱也挣点儿轻松钱。我们村里有好几个人，与我一样，也是农民，靠着贩药发财了，咱心里也不由得直发痒，便来试一试……”

这时，旁边一个老人插话道：“什么有史以来最大的一次药交会，差远了，当年，安国的药市，比这可热闹多了，十三帮听说过没有？五大会听说过吗？十三帮的大车，用高头大马拉着，从全国各地赶到安国，那一车一车的药材，被拉到药王庙前的场地上；还有从天津来的药商，是坐着船来的，到了伍仁桥便停下了，然后把药卸下来，再用马车拉到药王庙一带……还有药商从外国来的，日本的、朝鲜的、南洋的……”

“大爷，您见过吗？”

“当然见过了，那时我还是个穿开裆裤的小孩子，现在都七十几了，人这一辈子啊，一眨眼就过去了。那时，伍仁桥是个大码头，小火轮一个一个的从天津开来，现在不用说过船，水都快没了……”

“那十三帮都有哪些帮呢？”有人问道。

“什么京卫通帮、关东帮、山东帮、山西帮、陕西帮、古北口帮、广帮、江西帮、亳州帮……”老人如数家珍。

“各个帮所贩卖的药材也不同吧？”

“那是当然，关东帮的人参、鹿茸、关防风，山西帮的黄芪，广帮的陈皮，各帮都有各帮的特色……另外，除了十三帮，还有五大会，什么南大会、北大会、皮货估衣会、银钱号会和杂货会……”老人说起来滔滔不绝。

“那可真是热闹！”有人赞叹道。

“那肯定热闹啊，每到庙期，都是要唱大戏的，十三个帮，一个帮唱三天，连着唱，那就是三十九天啊，你说热闹不热闹？哪像现在，总是演些脱光了衣服扭屁股的！今天肯定也是这样，不信咱们走着瞧，我敢跟大家打赌，如果我说错了，我把自己珍藏的一个七品叶的人参输给大家……”

“别吹大话了，你手里有七品叶人参？有谁见过七品叶？别糊弄年轻人了……”旁边另一个老人插话道。

大约上午八点半，几辆黑色的轿车开到药市街外的一个空地上停了下来，几个西装革履的人下了车，为首的是一个身材魁梧的五十来岁的中年人，他望了望彩棚和周围密密麻麻的彩钢棚，说：“不错啊，这么多药商都汇集到了这里，安国药市，果然名不虚传啊！”

大家簇拥着这位中年人上了彩棚，安国县政府工作人员和礼仪小姐赶紧上前迎接，在礼仪小姐的引导下，中年人坐在了主席台正中的位置上，其他人依次而坐。

这时，台下又有人议论道：“看，坐在最中间的就是部长。”

“你怎么知道中间的是部长？”

另一个人答道：“谁官最大谁坐中间嘛，这里面，就数部长官大了。”

“部长姓什么？叫什么名字？”这人一边问一边探长脖子，看部长面前桌子上那个写着名字的牌子，然而，由于相隔比较远，怎么也看不清。

另一个答道：“咱哪知道！咱也不用操那份心啊！虽不知道部长名字，但是，既然他光临安国，就代表上级领导对咱安国的中药事业非常重视、非常支持，故此对咱安国药业的蓬勃发展，对咱安国药业走向世界，对于安国药人走出国门一定有积极的引领作用。”

继续探望的这个人答道：“也是，管他是谁呢！咱贩好自己的药材，做好自己的生意就是了。”

说话间，坐在最左边的一个人，吹了吹麦克风，然后开始介绍在主席台上就座的各位领导。

“这个人就是安国县委书记肖克民，他可是安国最大的官了，今天他坐在最靠边的位置，你说今天来的大官有多少吧。”台下的人群中，不知谁嘀咕了一句。

这时，肖书记说话了："首先，让我们热烈欢迎卫生部部长崔耀华同志莅临指导，大家欢迎……"说着，这位干部带头使劲鼓起掌来。

顿时，全场的掌声如雷鸣般响了起来，那位坐在最中间的中年男人站了起来，向大家鞠了个躬，又朝左右方向点了点头，便坐了下去。

接下来，在肖书记的介绍下，人们知道了前来参加这次药交会开幕式的另一位大领导——副省长兰凯敏，其他的有省卫生厅厅长、安国县县长，还有几位全国著名的制药厂的领导，如同仁堂的领导就坐在肖书记旁边。

最后，肖书记大声说："现在，让我们请卫生部部长崔耀华同志宣布安国县药材交流大会暨全国中药材购销洽谈会开幕。"

站在彩棚两旁的一位工作人员和一名礼仪小姐，快步走过来，将麦克风交到站起来了的崔部长手里。

崔部长一手拿着一张纸，一手持麦克风，昂首挺胸，看了看纸，大声喊道："我宣布，安国县药材交流大会暨全国中药材购销洽谈会——开幕！"

接下来，就是各级领导的讲话了，然后是所邀贵宾发言，讲完话，发完言，领导与贵宾退席，就开始表演文艺节目。彩棚上，音乐声响起，从很多地方请来的歌星、笑星，依次登台演出，歌声、笑声、掌声响彻云霄，把开幕式的气氛推向了高潮。

第十三章

表演结束后，药材的交流正式开始。

这时候，同仁堂的彩钢棚已经被安国以及外地很多药商围了个水泄不通，他们带来的中成药，如六味地黄丸、乌鸡白凤丸等，也早已经被前来购药的药商们抢购一空。这其中更多的则是经销生药的药人，他们渴望与同仁堂签订一份供货合同。是啊，如果能够给全国闻名的同仁堂常年供货，那想不发财都难啊！

冯有良此时静静地站在人群中，这里走一走，那里看一看，他与安国的其他药商一样，也在寻觅商机，也在细心观察着——哪家的药材物美价廉，可以从哪里上些货，然后卖到哪里，如何才能多赚些钱。光达药材经销行刚刚起步，要走的路还很漫长，尽管从长春拉回来的那批关防风赚了一些钱，但买门面房、创办光达药材行，已经花得所剩无几。目前，他手里的流动资金并没有多少，因而每做一笔生意都要深思熟虑。如果一步不慎，一桩生意做赔了，就有可能被打回原形，回到农村继续种地去，那样的话，做一个成功的药人、为一家老小营造幸福生活的理想就会成为泡影。

冯有良在安国本地的一个药摊前，看到摊位后面的椅子上坐着一位六十多岁、面色红润、眯着眼似睡非睡的老人，他面前放着一把切片刀，刀旁边放着半袋槟榔、半袋半夏，旁边的两个袋子里盛着中药切成的饮片。看到这一情景，冯有良不由停了下来，驻足良久，然后问道："大叔，这是您切的片？"

老人点了点头，并没有说话，神情有些傲。

冯有良又看了看老人，问道："您是安国人？"

老人又点了点头，仍然没有说话。

尽管老人没有说话，冯有良却越发恭敬地问道："听说在咱们安国中药切片行业，切片高手境界出神入化，什么‘百刀槟榔’‘蝉翼半夏’说得神乎其神的，一个大如枣、坚如石的槟榔，经润制后，可切出一百多片……大叔您的刀功如何?”

老人微微笑了笑，没有说话，只随手从槟榔片里抓起一把，只见这些切好的饮片绵薄如纸，老人一撒手，在微风吹拂下，饮片随风飘扬。老人又从半夏饮片袋子里抓起一把，只见切片薄如蝉翼，轻似雪花，轻轻一吹，飘然升空。

看到这一情景，冯有良大惊，心知遇到传说中的顶级切片工了，不由肃然起敬，双手抱拳，并向老人深鞠一躬，赞叹道：“大叔刀法真是出神入化，晚辈有眼不识泰山，出言多有冒犯，失敬，失敬!”

话虽这么说，除了冯有良与老药工攀谈了几句以外，并没有多少人前来光顾他的摊位，现在切片已经实行了机械化，效率非常高，老药工的这手绝活儿，已经没有多少实用价值了，再过些年，恐怕是要失传了。

离开了老药工的切片摊位，冯有良继续一边走着一边观察各个摊位的药物以及这些摊位的主人。突然，他被一个盛放在瓷盆里的大肉团似的东西吸引了。肉团块头与一个半大的冬瓜不相上下，浸泡在水里，说不上是什么颜色，不白不黑，不红不绿，大约与人的皮肤相似吧。冯有良正在疑惑这是什么药材时，正好看到瓷盆前放着一个写着药物名称的牌子，方知这是太岁。

作为安国人，冯有良尽管原来只是一个农民，但也是听说过太岁的。有关太岁的传说太多了，也太神奇了，几乎能超过白娘子为了救许仙盗的灵芝草。有人甚至说，吃了太岁能够长生不老。冯有良以前从未见过，这次才知道，原来太岁就是这样的，真是大开眼界，也幸亏了这次全国规模的药交会，否则自己怎有机会见到这么神奇的药物!

长生不老自然是不可能的，冯有良当然也不会相信——这又不是唐僧肉，哪里会如此神奇，不过这太岁的样子，倒真的像是一大团肉。“好家伙，这么大的一个东西，哪里长出来的?真是令人难以想象，既然被人们传得那么神奇，这东西的价格肯定很贵……”一边琢磨着，冯有良不由问道：“老板，这太岁多少钱?”

老板没说话，举起了两个指头，在冯有良面前晃了晃。

“二百还是两千?”冯有良在心中琢磨着：“肯定是便宜不了的，但也不至于价格高得离谱，自己从一些书上看到过对太岁的介绍，书上说，太岁能使人长生不老的说法自然是荒诞不经的，中国古人总渴望长生不老或起死回生，便把这种愿望寄托于一些药物上。比如灵芝，据说就能起死回生，民间故事中的白娘子盗仙草，把许仙救过来了；长生不老药呢，便寄托在这肉太岁身上了，其实它的功效大约与食用菌类相当……既然功效与食用菌相当，那么顶多能起一些保健作用而已，所以它的价格肯定也不会特别高，老板伸着两根指头，说明这东西充其量也就是二百元吧……”

想到这里，冯有良便问：“二百元?”

想不到老板冷笑一声，回答道：“二百让你看看。”

冯有良当然能听出对方的不屑，然而还是问道：“那……到底多少钱?”

老板回答了两个字：“两万!”

然后接着问道：“你要买吗?”

老板此言一出，冯有良惊得不由连着倒退了好几步，一下子踩到后面的一个人的脚上。他听到后面有人疼得直喊叫：“干什么？踩我的脚了!”冯有良没有顾得上转身看被踩的人是谁，赶紧迅速向别的药摊钻去。

真不愧是一次全国性的药材交流会，药材的种类真够多的！南来北往的药商，操着千奇百怪的口音，介绍着各自带来的药材。冯有良走着走着，又来到了一个南方的药摊前，抓起一把药材，随口问道：“这黑附子卖多大的价钱?”

听了对方报的价格，冯有良惊叫道：“这么贵啊!”

药摊掌柜一本正经地说：“客官有所不知，我这是正宗的川附子，价格当然要贵了。”

“川附子与其他地区产的附子有什么不同呢?”冯有良问道。

“知道药之四维吗?”掌柜盯着冯有良，突然问道。

“什么？不知道，没听说过。”冯有良回答。

掌柜又问：“客官难道不是经营药材的药人吗?”

“不经营药材我干吗来这里呢？人这么多，挤得水泄不通的，我没事趁什么红火呢？”冯有良说。

“既然是经营药材的，居然不知道药之四维？”掌柜冷笑着问道。

冯有良的脸有点红，说：“我真的不知道，请先生赐教！”

“客官是安国本地的药商？还是其他地方的？”

“安国本地的。”

掌柜淡淡地笑了笑，揶揄道：“据说，全国第一大药市在安国，可是，安国的药人居然不知道药之四维！”

冯有良的脸更红了，回答道：“在下其实原来根本不是什么药人，咱就是一个地地道道的农民，祖上也是老老实实本本分分的庄稼人，从来没有人搞过药材。种庄稼的活计，多少知道一些，对于药材，实在不熟悉；改革开放后，村里有人贩起了药材，有的因此发家了，我也想学着干这一行，才弄了个一两年，所以对药材没有什么经验，更不懂关于药材的深奥知识，让老师傅见笑了，什么是药之四维，我的确不知，还望老先生不吝赐教。”

冯有良一番不卑不亢的话，倒让这南方掌柜无话可说了，只好岔开话题，问道：“客官要购附子吗？要多少？”

冯有良没有回答掌柜的话，问道：“老先生是四川人吗？”

“当然！经销正宗附子的，都是四川人，正宗的川附子，价格也比其他地区产的贵很多，其实，除了川附子，四川还有川断、川芎、川黄柏、川贝母……其他地方产的，严格来说，就属于假药，因为中药材与西药不同，西药只要配方和生产工艺相同，无论是哪个厂制造出来的，无论这个厂子在哪个地区，是没什么差别的，而中药不一样，中药是地里长出来的，正宗的中药，都是要讲究产地的，凡是弄药的，都知道‘道地药材’这种说法，不是道地药材，效果是有很大差别的，所谓‘橘生淮南则为橘，生于淮北则为枳’，你说，中药的产地，是不是太重要了……”

看掌柜的说起来没完，冯有良插话道：“那您说说，你们的川附子与其他地方产的附子有什么不同吧！”

“首先，咱还是重提刚才的话头，除了川附子，其他地方产的就算不上附子！其实，四川那么大，也不是什么地方都产附子的，或者说其他地方产的都算不上地道的附子，只有以前的江油和樟明两县产的才算正宗……附子的母根名川乌……”老人讲道。

“讲附子呢，怎么又扯到川乌了？”冯有良问。

老人愣了一下，然后瞟了冯有良一眼，不屑于回答他这个问题，而是继续讲解道：“附子的母根名川乌，产于四川龙安县高寒地区，秋后采回，移种到江油与樟明两县，再人工培养而成。冬月种植入土，到次年二月苗高近尺，始施肥，稍长即打台并割去旁枝小根，使其气坐根长，少生几枚，附子生长便较为肥壮，成熟体大。因该两县是黑油砂土，比较肥沃，其他各县土质则不适合，故附子为此两县特产，四川俗谚有‘江油附子龙安种’之说……”

冯有良听得似懂非懂，一时呆若木鸡，不知道说什么好了。

老人得意地瞅了冯有良一眼，继续炫耀道：“其附子新生二三枚者，名曰附子，独生一枚较长形者，名曰天雄，效力更大。新采收的附子，应先用盐胆水浸泡，以防止霉烂，浸数日后取出，再用清水漂洗，将胆水漂净，蒸去皮，切片晒制而成附子片，其母根名四川乌头，体质已粗老而轻松，其效用只能祛风逐寒，不似附子体重质多而能回阳救逆也……”

听着老人滔滔不绝地讲解，看着他那因炫耀而得意的神情，冯有良感觉越来越难堪。他知道，老人说的不一定都对，比如他说附子除了四川的，其他地区产的都是假货，这就有点绝对了，可能只是四川江油、樟明两地种植附子历史悠久，知名度更高而已；至于效果，不同的地方自然可能有些差别，但也不至于像老人说得那么夸张吧！谁不爱自己的家乡？做药的，谁不说自己家乡出产的药物地道？就像我们安国人，谁不知道“祁八药”呢……

然而，冯有良也明白，老人的药物知识的确渊博，自己真的自愧不如。唉！出生在一个世代以农为业的家庭，上学也只是到初中毕业，自然没有多少药物学知识，这次算是在外地人面前给安国药人丢脸了。他越想越窝火，暗下决心：自己三十好几的人了，这辈子是不会有太大发展头了，希望寄托在孩子们身上吧，自己一定要多挣钱，供孩子好好上学，高中毕业后，一定让他们报考中医药大学，为自己争口气；另外，回去后就买几本中药类的书，自己先看着，大姐家里就有一本《本草纲目》，邸伍安没事了经常翻，现在自己也必须买一本，能学进多少算多少吧，实在学不进去，就留下来等着儿子考上了中医药大学再用；除了《本草纲目》，其他的书，如《神农本草经》《中药炮制学》之类的，也要买……

“正宗的地黄，九蒸九晒的熟地黄啊！正宗的地黄，九蒸九晒的熟地黄啊！……”旁边一个药摊的伙计大声地喊着，看来是想把冯有良吸引到他这边来。

然而，冯有良此时心里正恼火呢，已经无心去看什么“九蒸九晒”的熟地黄了，管你是几蒸几晒呢，现在要紧的是赶紧回家，喝点冰糖雪梨茶，压一压这一肚子的火气。另外，儿子放学回来了，立即把让他考中医药大学的想法告诉他，让他好好学习，高中毕业后一定考上中国最好的中医药大学，将来能成为一个高水平的中医药大师。

在回家的路上，一边走，冯有良仍然一边思忖着：中药之四维是什么意思呢？是四种药吗？如果是四种药，该是哪四种药呢？等把《本草纲目》买回来后，立即查一查，以后可再也不能在这个问题上丢人了，咱安国乃全国第一药都，作为安国人，尤其是作为安国的药人，在这个问题上被外地的药人问住了，实在有点儿丢安国人的脸面。冯有良觉得脸上一阵阵火辣辣的疼痛。

第十四章

一连转了三天，也没能决定做什么买卖，没能与任何中药经销商签订任何购销合同。傍晚，他又慢慢地走回了家，躺到了床上，一言不发。去年，与东北的王经理做的那次药材生意，尽管着实赚了不少，但也使他很有些后怕——假使没有运回药材，或运回的药材跌了，那损失将是很大的，估计这一辈子就很难翻身了。说来说去，只是运气好而已。俗话说，“一朝被蛇咬，十年怕井绳”。这次药交会，尽管南来北往的客商很多，他却不敢轻易与任何一个药商签订合同，生怕重蹈覆辙。

妻子看到他闷闷不乐的样子，忙说：“又没寻到合适的买卖吧？不着急，明天再慢慢找，总会有机会的。对了，今天有你一封信，是湖南衡阳来的，是你的一个战友给你寄来的，信的内容大概是说他转业后被安排在衡阳市药材公司上班，最近刚升任公司一把手，邀请你有空去玩儿。”

冯有良抽出信，慢慢地看了一遍，就放到了一边。

冯有良的媳妇瞅了瞅自己的丈夫，又把信拿到手里，重新翻看着这封信，好像突然想起了什么似的对丈夫说：“去找你战友，看他公司需要什么北方特产药材，咱们从安国市场买些弄过去，挣点差价，难道不行吗？”

冯有良听了媳妇的话，回答道：“这个路子我自然也能想到，只是，我与他当年在一起摸爬滚打，后来人家提了干，现在人家是药材公司的一把手，咱尽管现在号称是一位药人，但差距是越来越大，现在让我去求他，我感觉很没面子……”

玉梅劝说道：“你真是死要面子活受罪，你又不是为了去占他的便宜，他要是收购药材，咱就给他提供，不收就算了，有什么抹不开面子的！再说了，他知道你是安国的，说不定是想求你给他帮忙弄些药材过去呢，只是他也有点不好意思开口而已。既然他先给你来了信，你就不该对老战友的事不闻不问，明天你就去邮局，给他打一个长途电话，问一问，否则，你怎么对得起你们纯洁无私的战友情谊呢!”

第二天上午，冯有良来到安国县邮电局，租了一部电话，给千里之外的战友打了一个长途直拨。战友正巧在办公室，接通电话之后，二人相互问好，叙过家常，冯友良问战友的公司是不是需要什么药材，目前安国县正在举行全国性的药材交流会，有什么需求，他可以提供帮助，让战友不要客气。

战友听过，立即心领神会，告诉冯有良，他们公司刚进了一批药材，现在只差十公斤梅花鹿茸，计划购入价格八千元一公斤，不含运费，要一等鹿茸。

冯有良愉快地承揽下了这份合同，虽说只是口头合同，但也有效，毕竟是战友嘛，俗话是怎么说的，三大最铁关系——“扛过枪、同过窗、分过红利”，战友排在三大铁之首。战友说先上车后买票——等冯有良把货送去后当面补签一份书面合同。

冯有良从邮局出来，先到安国药市走访了几家比较熟悉的经营贵细药材的门面，打听了一下一等梅花鹿茸的价格，价格从五千八百元到六千一百元不等。此时，冯有良想：合同订的是每公斤八千元，十公斤鹿茸转手净赚差不多两万元，虽然算不上什么大项目，但既然已经答应了老战友，那就必须做下去了，更主要的是，这笔买卖稳妥，保赚不赔，绝对不会学了东北的王经理，十几万元的货款差点打了水漂儿。

做出这个决定后，冯有良回了家，打算取六万块钱，再返回贵细药店把鹿茸买下来，第二天就前往衡阳去见老战友。

冯有良刚回到自己家的院子里，听到屋里有人正在与妻子玉梅说话，原来是自己的堂弟冯有志和弟媳来了。

看到冯有良回来了，冯有志和妻子立即站了起来，说：“大哥，您回来啦!”

冯有志的妻子看了看冯有良，又看了看玉梅，说：“大哥，带上你弟弟有志一起做药材生意吧，我也想让我们家有志成为一个药人。现在做药的都发财了，像大哥你，不过一两年时间，就在县城买了门脸房，如果只靠种地，不吃不喝一辈子也做不到啊！”说完，她又将脸转向丈夫，冷声冷语地问道：“你说，在地里刨食吃，一年下来能挣多少钱，多少年才能翻身？多少年才能挣够给你儿子盖房娶媳妇的钱！”

冯有志有两儿一女，一个读初中，一个读小学，还有一个才上学前班，老爹七十来岁了，身体并不算硬朗，一家三代就住在三间老祖宗留下的土坯房里，上半年虽然在村西头盖了三间新的砖瓦房，但也欠下了四千多块钱的外债。

在那个年代，村里男孩子找对象，必须要有三间砖瓦房才勉强达标，可是，冯有志家眼下只有三间砖瓦房，另外三间土坯房还要重新翻盖。是呀，面对目前的状况，冯有志是多么渴望马上挣到钱，作为一家之主的他，别提肩上的担子有多重，心理压力有多大了。

为了能快速挣到盖房子的钱，冯有志苦思冥想，饭也吃不好，觉也睡不好。媳妇见冯有志愁眉不展的样子，也积极为丈夫想办法，突然，她想到了冯有良，便对丈夫说：“有良大哥这一两年做药材生意，发大财了。先前他与咱一样，也是纯粹的庄稼汉，泥腿子，现在不是也成了药人了，地也不种了，到安国城里买下了门面房，孩子老婆也跟着到了县城，过起了城里人的日子，你为什么就不能向人家学一学，也做药材生意呢？对了，就这样，你跟着有良哥做药材生意吧，明天，咱们就进城找他，同大哥大嫂好好说一说，他们夫妻二人是非常仗义的人，一定会带你一起做的。”

听媳妇这么一说，冯有志头摇得像拨浪鼓，回答道：“唉，咱哪里是做买卖的料啊，咱连账都算不清，不行，绝对不行！咱天生一双土里刨食的爪子，做不了生意，俗话说，什么虫子蚀什么木，咱就是一只土里生土里灭的蚯蚓……”

“我知道你做不了生意，这不是让你跟着有良哥一起做吗？有他的指挥，你怕什么，他劳心，你用力，你们合作，一定会成为黄金搭档。”

“那行，咱别的没有，力气倒有的是，扛药捡药、装车卸车之类的力气活，咱是不怕，只要能赚钱，我不怕吃苦，有良哥指哪儿我就到哪儿，他让我干什么咱就干什么！只要人家愿意带着咱干就行。”冯有志说。

“我觉得他肯定带你，有良哥是个好脾气的人，平时谁家有什么大事小情的需要帮忙了，他从来都是能帮就帮，况且你们是堂兄弟呢，明天咱们就进城，去找有良哥好好说一说。”冯有志媳妇说。

现在，听了冯有志两口子的来意，冯有良说：“我也是做药人才一两年，目前手里没有什么大的买卖。刚刚与我的一个战友谈妥了一笔鹿茸生意，人家要十公斤，过两天我就从安国订好货，亲自给他送过去，也算是去看望一下几年没见的老战友，充其量挣上两万来块钱，除去税和杂费，也就是挣个一万七八……”

“挣一万七八还不行啊？农民种粮，十年也难说能挣这么多啊，化肥、农药、种子，什么都是钱，年景不好的时候还赔呢，这还不算人工的钱。有良哥，你看这样行不行——让我家有志也跟着你做药材生意吧，你指挥着他，让他干什么就干什么，你劳心，他出力——他不缺力气！”说完，有志的媳妇眼巴巴地瞅着冯有良，目光中充满了渴求与希望。

冯有志是个木讷的人，不会说话，他脸憋得通红，然而还是冒出了一句话：“有良哥，让我跟着你干吧，我一切都听你的，你让我上东我不上西，你让我打狗我不撵鸡！”

冯有良说：“我做生意也不久，没有多少经验，跟着我干，怕是赚不了什么钱。”

“还说赚不了钱，你去年从东北弄回来一车关防风，人家说你一下子赚了几十万，来安国买了门脸房，你还说不赚钱！”有志媳妇有些不高兴地说。

冯有良苦笑了一下，说：“我那是瞎猫碰上了死耗子！那一次，如果钱要不回来，货也讨不回来，我可就赔大了，就怕一辈子都难以翻身呢！现在想起来都有些后怕，为什么这次药交会都开好几天了，我一个购销合同都没签呢，就是因为上次的生意让我后怕了，如果赔了一笔大生意，我刚买的这一处门脸房还得搭进去，我还得回村里种地……”

“他大伯，你要是不愿意带着我家有志做生意就算了，别说这些来搪塞我们，走，他爹，咱们走，咱们不求他了！”说着，有志的媳妇一把拉起有志，就要向外走去。

玉梅慌忙拽住有志媳妇，劝道："弟妹怎么生气了，有良真的不是不想带有志，他只是感叹做生意并不容易，他怕你们搭上工夫又赔钱，做买卖本来就有赔有赚，你们两口心中需要两手准备。有良，要不就带上有志一起干吧？"

有志媳妇说："当然当然，做生意就是有赔有赚，我们明白这个道理。"

冯有良忙说："那好，既然弟妹一心想让有志做一个药人，那就一起干吧。这样，你们回去准备三万元做本钱，然后交给我，我替有志买五公斤一等鹿茸，我自己买五公斤，然后我们一起去衡阳！这笔生意应该是稳赚不赔的，衡阳药材公司的总经理是我的老战友。另外，你们既然来了，就在家里吃了饭再走，回去以后，尽快把三万元凑齐了交给我，越早越好。"

听冯有良说要凑齐三万元做本钱，踌躇满志的冯有志媳妇不由有些泄气，"去哪里凑这么多钱呢？家里别说钱了，债倒是有好几千呢！再向亲戚朋友借？向谁借呢？本来已经欠别人四千块钱了，谁还敢借给自己呢。"有志媳妇很有些懒兴，只是没有太表现出来，一吃完饭，便与冯有良夫妻告辞，与丈夫回了家。

冯有志家里目前只有几百块钱，这些钱，做去衡阳的路费倒是绰绰有余，但用来充当做生意的本钱，实在无异于杯水车薪。为了筹备本钱，冯有志两口子跑遍了几乎所有亲朋好友家的门槛，磕头作揖地求告了很多人，然后将家里养的两头牛和一头猪卖了，才勉强凑了一万五，距离冯有良要求的三万元，还相差整整一半呢，然而，所有的办法都想过了，两口子一筹莫展。

三天过去了，五天过去了，冯有良一直没有等到冯有志送钱来，他急着购买十公斤鹿茸，准备前往衡阳呢！和老战友约定的日子已经过了，再这样拖下去，人家万一从别的地方购入了鹿茸，这笔生意也就做不成了。想到这里，冯有良决定回村里一趟，看望仍然住在老家、一心种着那十来亩地的老父亲，更重要的是看看冯有志的钱准备得怎么样了，这次生意他究竟还做不做。

看过父亲，冯有良来到堂弟家，见到了愁眉不展的冯有志夫妻二人。当他明白目前冯有志的难处时，略一思忖，说："那就把你们凑的一万五给我，我再借给你们一万五，为有志购五公斤鹿茸；我自己也购入五公斤，一起前往衡阳，时间不等人，我的老战友一定等急了，明天我去把货买好了，后天咱们一早出发。”

听了冯有良的这番话，有志媳妇感动得热泪盈眶，说：“大哥，太感激你了，下辈子，我和有志就是做牛做马，都无法报答你的大恩大德啊！……大哥，你与有志先歇着，我现在给你烙饼吃，再熬一锅猪肉粉条菜，家里还有一瓶祁州大曲，你们哥俩中午好好喝喝。”

冯有良离开后，有志妻子同丈夫说：“后天出发，明天还有一天，咱俩去一趟药王庙，拜一拜药王爷，给他老人家烧一炷香，好让他保佑你这次去衡阳一路顺风，早日把货交了，把钱挣回来，咱也好成为村里又一个万元户。”

冯有志说：“拜神有什么用呢，我觉得还是把家里要紧的活干一干，牛圈、猪圈都该垫些土了，好沤些粪，后半年种玉米时施肥用啊。”

“还垫什么土、沤什么粪！这么快就忘了？刚刚把牛、猪都卖了，你真是比牛都蒙，比猪都笨!”媳妇骂道。

经媳妇这样一说，冯有志骤然想起，为了做这次药材生意，家里的牛、猪都卖了，猪圈牛圈里早已空空如也，哪里还需要垫土，哪里还能沤什么粪！他不由怅然若失。

“还发什么呆，收拾一下，你再去村里的小卖部买些香，明儿起早点，到安国县城里的药王庙烧香去。”媳妇说。

“可是，家里现在连一分钱都没有了，拿什么钱买香？还是不买了吧!”冯有志叹息道。

媳妇也不由悲叹一声，说：“那就去赊上两把儿，反正这香必须烧，要不我不放心，给药王爷烧过香，有他老人家的保佑，你这去衡阳我才踏实一些。”

第二天一大早，夫妻起了床，吃过早饭，略加梳洗，便出发了。冯有志骑上自行车，驮上妻子，跑了几十里路，来到了安国南关的药王庙。

这是冯有志第一次进入药王庙，以前，曾经有无数次从庙旁边路过，但从未进去过，笃信药王的媳妇倒是来烧过好几次香。十年前，爹有病，她来庙里烧香求药王为爹治病，然而爹不久还是死了。前两年，媳妇又为她娘烧香求福，也没有能留住。就在去年，最小的儿子生了病，她又来庙里求过药王爷，也没见有什么效果，最后还是送到县医院给治好了。所以，冯有志对烧香拜药王爷不怎么信。可是，有什么一灾二难的，媳妇仍然要来这里烧香，祈求药王保佑——女人在这方面，可真是一根筋。

药王庙坐东朝西，规模宏大，三进院落，分前、中、后院。庙门前有一近三层楼高的木质牌楼，牌楼为三栋四楹庑殿顶，琉璃瓦面。那逼真的浮雕、优美的木质透花图案、技艺精湛的苏式彩画、九彩四昂的斗拱无不引人入胜，牌楼两面有“显灵河北”“封加南宋”八个大字。牌楼两侧有对称的两尊石狮和两根铁质旗杆，杆上各有两条盘龙，每杆有三个吊斗，各悬十三个风铃，微风吹过，便发出“丁零零”的响声，给人以威严肃穆之感；杆上展翅欲飞、引颈而鸣的凤凰，瑰丽无比，有诗赞曰：

阵阵铃声脆，夜夜铁凤鸣。
更深悄入户，风吹到全城。

另外，旗杆上还挂有一副对联：

铁树双旗光射斗；神麻普荫德参天。

二人穿过牌楼，便看到了药王庙正门，两扇朱红大门上浮嵌着七十二枚铜钉，门楣上悬“药王庙”横匾。

他们跨过正门，进入马殿。该殿是硬山顶叠梁式结构，六檩后出廊，殿内南北各立泥塑战马一匹，南白北赤，造型生动。每匹马前各有二马童，二童赤面，二童白面，各随马色。

最后，夫妻二人来到药王庙正殿。正殿面阔三间，进深三间，八角大柱，正位上有泥塑药王像，左右塑有文臣武将。

这时，有志妻子跪在药王像前的垫子上，不住地磕起头来，口中念念有词。

冯有志看自己的女人跪了下来，再看一看周围或在跪拜或在烧香的善男信女，不由也跪了下来，学着老婆的样子冲药王像磕头作揖。拜完药王爷，夫妻二人又拜过药王爷旁边的文臣武将，最后来到名医殿，拜殿里供奉的十大名医，又上完香，这才罢休。端的是进庙就烧香，见神就磕头，唯怕心不诚，礼数不周全。

从药王庙出来，看到庙前的广场有几个算命先生，有志女人本想再为这次衡阳之行算上一卦，但一问，一卦要一百元，而此时，夫妻二人已经是身无分文。冯有志自然早已看出媳妇的意思，便劝道："是祸躲不过，是福自然来。走吧，回家！"

有志女人说："急着回村干什么，既然跑三四十里路，来到安国县城了，怎么也得到药市转一转，问问有良哥还有什么事要吩咐不，顺便看一看有良哥上的鹿茸什么样。"

冯有志不耐烦地说："真是屁事多的女人，就听你的。"

冯有志两口子来到冯有良家。冯有良高兴地说："正想回村给你们送一万五千块钱呢。"

有志女人一听，忙说道："有良哥怎么了？这笔鹿茸买卖不做了吗？"

有良说："做！当然做！"

冯有志问："那为什么把昨天刚刚凑上的钱又退回给我？"

冯有良回答："事情是这样的，今天上午，我正准备拿钱去上鹿茸，在药市东一街口，正好遇上跑合人宋兰芳，她以前给我上过几次草药，故此我们之间比较了解，凡经过她手上的货，交货都非常顺利，一次也没被收货方因质量问题拒收过。今天她主动承揽上了十公斤鹿茸的货，她一分钱也不让咱拿，她只说，让咱给她打个欠条就行，然后她再向货主去取货。就这样，十公斤鹿茸轻而易举赊到手了。"

冯有志高兴地说："原来跑合的有这么大的能耐，就凭一张欠条就能赊五六万的货。"接着，他一转话锋，问道："有良哥，宋兰芳上的鹿茸呢？让我们看看，长长见识，我一次也没见过鹿茸是什么样儿的。"

这时，玉梅忙到库房里抱出一个大纸箱，说："这不，十公斤鹿茸都在箱子里装着，我建议你们兄弟二人还是分开，各带一半，路上不偏不沉。"

冯有志问："大哥，这叫什么鹿茸？这是几等货？"

冯有良答："我也是第一次上细货，也不识货，反正宋兰芳说是一等梅花鹿茸，她总不会欺骗我的。"

玉梅说："有志，你大哥就相信跑合的。"

有志媳妇接着说："嫂子别怪大哥，反正咱也没拿一分钱，交了交，交不了就货归原主，顶多也就是赔个路费罢了。"

第十五章

第二天，冯有良与冯有志各背着五公斤鹿茸，踏上了前往衡阳的行程。

冯有良穿上媳妇前几天刚给他买的一套蓝色西服，脚穿一双三接头黑牛皮鞋，昨天刚到理发店理了头发，一头乌黑浓密的板寸下嵌饰着一双又大又圆的眼睛，加之那一尘不染的着装穿在他魁梧的身躯上，看上去仿佛就是某公司的老总。

昨天他还在责怪媳妇花三百元给他买的这身衣服，自己只是一个刚刚入道的小小的药人，穿这么高档的衣服不免有些奢华。可媳妇自有她的道理，她说穿得体面些，到了城里人面前不露土，就是到了衡阳药材公司也不会给战友丢了面儿，人人都高看你一眼，生意就成功了一半儿。

二人来到石家庄火车站，已经是下午三点，他们匆匆到售票大厅买下了去衡阳的火车票，他想买早一点的车票，但已经售完了，只有晚上八点的一班特快，离出发还有五个小时，于是他们就在售票大厅的长椅上坐了下来。

这时，两人肚子饿得咕咕叫了，才想起午饭都没有来得及吃，于是二人拿出各自的媳妇在早上给烙的大饼，各自又从包里掏出自带水壶，一边啃烙饼一边喝水。

正吃着，迎面走过来一位大约四十多岁的中年男人，看上去一米八左右的个头儿，穿着一身绿色毛呢军衣，头戴绿色大檐帽，脚穿一双高筒军用靴，手提一只乌黑发亮的公文包，魁梧英俊，颇有一副军官气质。

军人看到正在吃大饼的兄弟二人，突然止住了步，瞅了他们一眼，然后以热情的口吻搭讪道："老乡从哪里来啊？"

冯有志一边将送到嘴巴边的水壶收回，一边答道："从保定来。"

军人在冯有志旁边坐下，自我介绍道："我老家是徐水的，现在山东省荣成县武装部上班，如今不是兴了下海经商吗，武装部属下成立了外贸公司，专给外国人做出口贸易，英国、美国、加拿大，都和我们有业务往来，每年流水上千万美元，公司为了拓展业务，在石家庄设立了办事处，任命我为总经理。”

冯有良从来人的自我介绍中得知，此人不仅是老乡，还是军人出身，心里有一种热乎乎的感觉，仿佛与昔日战友邂逅于此，他欣喜地说：“我也当过兵，在张家界，可惜文化水平低，没有提干，复员了，不过我倒是在部队入了党。”

保定与徐水虽隔着三四十里路，在石家庄这块异地称对方老乡虽然牵强但也能说得过去，老乡不老乡还放在一旁，同是军旅出身这个话题拿出来作为彼此沟通的桥梁是最能够联络感情的。

过了片刻，军人一本正经地对冯氏兄弟说：“今天在石家庄一家饺子馆吃饭时遇到了一件事。唉，也可以说是一笔唾手可得的财富，可惜呀，二十万，白白溜走了。”军人说到这里，将话头儿停了下来。

冯有志听到对方这句有头无尾的话，心里很是着急，忙问道：“什么大买卖二十万？”

军人看到冯有志对这事极感兴趣，便把自己的所见所闻从头到尾地向冯有志讲来。

其内容梗概是：中午军人在饺子馆吃饭时，忽然打店外边进来个小乞丐，大约二十几岁，一进店就大喊大叫，说自己渴了，想要碗饺子汤喝。老板娘见小乞丐浑身上下脏啦吧唧的，还散发出一股扑鼻的臭味，怕影响店里红火的生意，一怒之下，要把他赶出去。

“哪来的臭小子，快滚蛋！”老板娘骂道，一边骂，一边抄起一根擀面杖，想冲过来打小乞丐。

有好心的客人看不下去了，劝道：“给他一碗饺子汤能值什么钱？真小气！”

老板娘听了很不服气地说：“你们大方，给他买罐健力宝，喝了才过瘾。”

正在老板娘与客人争得不可开交的当儿，有几个解放军战士看不下去了，其中有一个小战士，忙从兜里摸出一瓶健力宝，递给小乞丐。

小乞丐拿到健力宝以后，先向这位解放军战士作了个揖，说道："谢谢兵哥哥!"便立即将易拉罐打开，像沙漠中的行者几天没见到水一样，"咕咚咕咚"一饮而尽，然后怒气冲冲地将健力宝瓶向老板娘投过去，一面骂道："打倒黑心的老板娘!"

只见眼疾手快的老板娘一把将健力宝抓在手里——奇迹发生了，老板娘仔细一看，惊讶地叫起来："我中一等奖了，二十万的轿车一台！桑塔纳!"瞬间，老板娘那尖叫声传遍了整个大厅，吃饭的客人都听得真真切切，其中有一个客人说："不能让没同情心的人得奖，给解放军战士去领奖吧，因为健力宝是人家的。"

老板娘在众人的反对声中，无奈地将健力宝还给了当兵的。这时，小乞丐见"宝贝"又回到解放军战士手中，立即双腿跪下，向解放军战士磕了几个响头，说："兵哥哥，求你们救救我娘吧，她老人家得了癌症，正在四院化疗，钱不够用了。"

人家当兵的还真是风格高啊，立即将健力宝给了小乞丐。然而，小乞丐毕竟是个傻小子，他手拿健力宝瓶子，一边挥动一边向客人大声喊道："两万就卖，两万就卖，要现钱!"

……

军人讲到这里，又停了下来。冯有志听得正上瘾呢，赶忙问道："那奖到底谁拿走了?"

军人回答道："我当时想买下来，可是没带那么多钱，公司也就只有外汇，只想坐车去亲戚家借。"军人一边说一边拿出一本杂志，向冯有志展示了一下，说："看，这本杂志上还有关于健力宝的兑奖广告呢。"

冯有志将杂志接过来，认认真真地看了一遍，感到军人说的和杂志上的相吻合，确信无疑后，喃喃自语道："可惜啊，如果我要……"

军人没有等冯有志把话说完，说："这是广州健力宝公司为促销特设的高招儿，奖品越大越有人喝。大家都是奔着大奖来的……"

说来也巧，正在军人与冯有志谈得津津乐道的时候，只见从候车厅门口进来一个二十几岁的男子，此人穿一身破烂不堪的衣服，不知几年没有洗过了，衣服上的油污锃明瓦亮的，像打过鞋油一般，头发也是乱七八糟的，如同一个鸟窝，沾满了灰土与草屑；肩上斜背着一个黑乎乎的皮革包，双手紧紧抓着一个东西——就是那个健力宝瓶子，仿佛那东西就是一块金砖。

军人见小乞丐呆头呆脑地走了过来，说道："那不是他来了嘛。"说完，军人大步向前，将小乞丐拉了过来，按坐在冯有志身边的座椅上，一本正经地说："臭小子，你的健力宝我买下来，不就是两万块钱嘛，小意思，我马上去拿，你等着。"

小乞丐一言未发，只是点了点头。

这时，军人在冯有志的耳畔低声说："你给我看住他，别让他跑了，人我就交给你了。"军人说完就大步流星地走出了候车大厅。

冯有志望着军人远去的背影，暗自思忖道：他这么一走，岂不是把这个天降的横财留给我了吗？真是踏破铁鞋无觅处，得来全不费功夫，如果拿到这份大奖，岂不比去一趟衡阳挣得还要多几倍？

是呀，二十万元，对于忙碌奔波于致富路上，上下求索而又求之不得的人们来说，是多么大的诱惑力啊！这对冯有志来说更是如此，简直是雪中送炭啊！此时的冯有志没有想太多，已经让二十万的巨资吸引得神魂颠倒，忘乎所以了。

于是，一场买奖卖奖的好戏就在冯有志与小乞丐之间拉开了帷幕。冯有志摸着小乞丐的肩膀，用央求的语气对小乞丐说："我这袋子里有五公斤上好的鹿茸，价值在三万元以上，咱们交换一下，怎么样？"

坐在旁边的冯有良伸出一只脚，踩了冯有志一下，向他使了一个眼色，示意他不要这样做。然而，冯有志看了冯有良一眼，没有理他，又将注意力放在小乞丐手里的健力宝瓶子上。

听了冯有志的话，小乞丐一言不发，只是傻乎乎地摇摇头，摆出一副极不情愿的样子。

冯有志急中生智，从内衣口袋里掏出一沓人民币，说道："这是我的路费，也给了你，这总行了吧，我把所有的钱都给你了！"冯有志乞求道。

冯有良赶紧劝道："有志，咱出门在外的，不可贪意外之财，贪财必招灾啊!”

然而冯有志却觉得，可能是冯有良想买小乞丐的健力宝瓶子才故意这样劝自己的，于是仍然对堂哥的劝说置之不理。

冯有良早已看出了堂弟的心里是怎么想的，不由暗暗心寒：我带着他出来做生意，想不到他居然这样揣度我！唉，随他去吧，我这样硬是阻拦，万一人家这笔“生意”没做成，人家说不定还会埋怨我挡了他的发财之路了呢。有志媳妇更是个贪财的女人，而且恼了蛮横得很，回到安国，他们两口子还不知怎么同我折腾呢，甚至会让我赔他们钱呢，二十万啊，咱可赔不起，唉，只好多一事不如少一事了。“天要下雨，娘要嫁人”，无奈之下，冯有良便放弃了对冯有志的劝阻。

小乞丐没有接冯有志递过来的钱，他在心中暗暗想道：大鱼已经咬钩，一定要沉着，稳稳地收网，千万不能有一丝漏洞。只见他像乌龟一样脖子往里一缩，双手将那宝贝抱得更紧了。

冯有志见小乞丐傻乎乎的样子，既生气又无奈，心想：不能和他耽误太长时间，否则军人回来了，一切不全泡汤了吗，就这样，一不做二不休……只见他一把将小乞丐手中的健力宝瓶子夺了过来，同时猛地将那五公斤鹿茸和手中的几百元人民币塞在小乞丐手中，迅速离去。

望着冯有志远去的背影，小乞丐的脸上露出一丝难以察觉的笑容，只见他迅速将钱塞进口袋，拎起那装有鹿茸的包，镇定自若而又迅速地消失在熙熙攘攘的人群中。

冯有良看到冯有志拿着健力宝瓶子，兴高采烈地飞一样去兑奖了，心想完了，堂弟一定上当了——“人拉不走，鬼拉飞跑”，这话用在堂弟身上真是再恰当不过了。想起他一家人的苦日子，又想到这鹿茸里面自己还为他担着账呢，不管是为他还是为了自己，这事终究不能不管，于是提起自己的包，赶紧去追。出了候车厅，他紧跑几步，终于快要追上他了，突然，他脑子一转弯，心想：即使追上他又能如何？有志的鹿茸和钱，都已经在小乞丐手里了，有志手里只有一个易拉罐子而已，如果不是真的获了奖，那罐子连五分钱都不值。想到这里，赶紧止住步，然后转回身，向候车厅跑去。

回到候车厅，四处张望，哪还能找到小乞丐的影子！冯有良的脑子不由“嗡”地一阵响，心说：完了，果然被骗了，唉，自己追两个人，结果谁都没能追上。于是急忙问正在等车的其他旅客，好多人一问摇头三不知，终于有一个回答道：“刚走不久，你们前后脚，你一离开，他也就马上走了，不知到了哪里。”

冯有良紧跑几步，再次出了候车厅，站在大门口，四处寻觅，站外人来人往，再向远处看，大街上车水马龙，小乞丐的身影已消失不见。他不由重重地叹了一口气，知道这事已经无可挽回。

突然，他的脑子里如同有一道闪电划过，不由喊道：“那个自称在荣城武装部的干部，一定与小乞丐是同伙，他们一起演了这出双簧。”就在这时，他发现不远处有一个穿军装的身材魁梧的男人，背冲着自己，正向一辆出租车走去，便几步窜了过去，从后面一把抓住他的衣领，喊道：“你个骗子，看你往哪里逃！”

穿军装的男子一愣，转过身来，质问冯有良谁是骗子，为何抓住自己不放。冯有良定睛一看，原来并不是适才在候车室遇到的那个武装部的“干部”，只是身高、背影有些相似而已，他知道自己弄错了，连忙向对方道歉。

冯有志从石家庄火车站出来，手中一直紧紧攥着那个健力宝罐子，就像逃荒者从地里拾到一块金砖般高兴，心想：二十万啊！不要车，咱又不会开，再说咱一个农民，哪里适合开那么高级的车？全部换成钱，不仅能还上盖房欠下的债，还上三万元的鹿茸欠款，还能再建三五间新砖房，还足以供养三个孩子上学，余下的钱，先买一个三马子，再在村外建一个养殖场，买上几百头小猪崽儿，一年下来挣个几十万……此时的冯有志，憧憬着无比美好的未来。

理想归理想，可现实是无情的，甚至是极为残酷的。当他按照杂志上写的地址，打车来到石家庄的兑奖处，工作人员拿他的健力宝瓶在红外线仪器上一扫描，说：“又是一个伪品，你是第五个受灾户了。”

工作人员的话语虽然很平和，但传到冯有志耳朵里却如晴天霹雳一般，只见他腿一软，一屁股蹲在地上，好像被点了穴一样，只有两只眼球在眼眶里上下翻滚，身体则一动不动了。

司机是一位富有同情心的人，见自己所拉的客人处于休克状态，便赶紧给他掐人中，又给他矿泉水喝，一会儿又用毛巾给他擦脸，经过司机的急救，大约二十分钟后，冯有志终于醒了过来。

冯有志神志恢复过来后，拉着司机的手，说："谢谢大哥照料我。"

这时，有位好奇的工作人员问道："你花多少钱买的这个赝品？"

冯有志答道："三万零五百元。"

工作人员说："别人都是花四五千买的，你被骗得太多了，还不赶紧去报案！"

冯有志问："到哪儿报案？"

工作人员说："当然是去公安局了。"

这时，冯有志突然想起，自己妻子有个表哥在石家庄的一个公安分局当副局长，便对司机说："找我表哥去，他在市公安局工作。"然而，他将浑身上下摸了个遍，把衣服口袋都翻了出来，也没找到一分钱，便喃喃地对司机说："钱都让骗子骗走了，到了表哥那里我借钱还你。"

司机打断道："什么还不还的，先去报案要紧，快上车吧。"

冯有志上了车，司机将车打着，载着冯有志，飞驰在奔往表哥家的路上。老司机一边开车一边大发感慨："前几年社会风气多么好，人们思想多么纯洁，路不拾遗，夜不闭户的，可这几年，人们把钱看得太重了，一切都向钱看了。钱钱钱，钱钱钱，人们心中只剩下一个'钱'字了，很多人为了追逐个人利益，丧失了做人的基本原则，'坑蒙拐骗偷，吃喝嫖赌抽'，这些丑恶现象又都来了。"

冯有志的脸不由有些红了，说："大哥说得对，心中老是想着钱，就难免吃亏上当啊，唉！"

老司机看了冯有志一眼，继续大发感慨："做人要讲原则，无论环境多么的变幻莫测，我们都要时刻保持清醒的头脑，不该得的不得，不该要的绝不能要，要靠自己的双手致富，绝不能挣昧良心钱，俗话说，'君子爱财，得之有道'。"

冯有志非常懊悔地说："我一时财迷心窍了，我错了，我一定向师傅学习，做一个正直善良的人，做一个脱离低级趣味的人，做一个有益于人民的人……"

冯有志到表哥家时，已经是傍晚六点，冯有志的表哥迎出来留司机吃饭，老司机说："我家就在附近，还是回家吃吧。"冯有志表哥拿出一百元替表弟付给老司机时，却被对方谢绝了，他说："钱我不要了，这位兄弟今天本来已经亏了三万多了，早已身无分文，我实在不忍再收他的车费了，让那些求不义之财的人知道，这社会上还是有好人，还是有活雷锋的。"

听了司机的话，冯有志的脸唰地又红了，他还没想好如何向司机说些感谢话呢，司机松开离合，加上油门，便启动了车。

"师傅，大哥，您等一下……"冯有志冲远去的轿车喊道。然而，轿车忽然加速了，飞一样地向远处驶去，不一会儿，便消失在黄昏的暮霭中。

表哥望着轿车驶离后空空荡荡的道路，对冯有志说："但愿社会上像这样的好人越来越多。"

冯有志随表哥来到屋里，正是晚饭时刻，表嫂给他盛了一碗热面，冯有志吃了一口就再也难以下咽。表哥见他失魂落魄的样子，问道："到底怎么回事？你怎么亏了三万多元？司机说的那些不明不白的话，让人摸不着头脑。"

冯有志望着表哥表嫂惊异的面孔，一五一十地将下午在石家庄火车站候车大厅发生的一切叙述了一遍。

表哥听后，非常生气地说："这一定是个诈骗团伙，那个自称是武装部的军人和小乞丐一定是一伙的，他们是在演双簧，但他们演得其实也有好几处漏洞。比如，小乞丐怎么就那么巧会出现在你和军人的面前？这么大的奖项，当时饭店那么多人，不等出门就会被其他人抢下了，还有他带着那饮料瓶子跑到火车站的机会吗?"

听了表哥的一番话，冯有志十分惭愧，感到无地自容，他喃喃道："都怪我是猪脑子……"

表嫂见情景很是尴尬，忙接过话题道："也不全怪表弟，骗子们的手段也是越来越高，咱村里的农民，很少出门，没经过多少世面，哪里知道城里的骗子们那么多的花花肠子，遇到这种事，难免会上当受骗啊！吃一堑长一智，以后再遇到这样的事，可不要再上当了。表弟，以后一定记住，出门不要贪财，天上没有掉馅饼的事，出门在外，遇到那些陌生人和你套近乎的，凡是让你出钱的，一概不理，一定敬而远之。”

冯有志听了表嫂的话，感觉受益良多，说：“还是哥哥嫂子有头脑，今天我记下你们的话，遇上事多动脑子，决不能再上当受骗。”

表哥一拍冯有志的肩膀，胸有成竹地说：“我们公安局马上立案调查，决不会让骗子逍遥法外，再也不能让善良的老百姓吃亏上当了，老弟，我们会尽快把你被骗的钱财追回来的，等哥的好消息吧。”

当晚，冯有志在表哥家住了下来，躺在床上，他辗转反侧，一直不能入睡，军人和小乞丐的面容不断浮现在他的眼帘。他心想：表哥虽然话说得很自信，也难免有安慰人的成分，从茫茫人海中寻找那两个骗子，无异于大海捞针啊！唉，旧债未还，又添新账，这次可不是四千，而是三万呀，把骨头砸了卖都还不起啊，这辈子完了！再说，家里的猪、牛也卖了，就是不再做药材生意了，放弃当药人的想法，回去当一个农民都没退路了啊。牛没了，用什么耕地种庄稼？猪没了，用什么沤粪给庄稼施肥？现在是退回到原来，安分守己地当一个农民都不可能了啊！此时，他十分后悔当时没听冯有良的话，自己一意孤行，落了个财钱两空的下场，想到此，他更加追悔莫及。

第二天，冯有志离开时，表哥给了他三百元钱，让他先回家，等待他破案的消息，一有结果，会立即通知他的。

第十六章

邸伍安和吴见能合作一年了，吴见能光顾低头拉车不抬头看路，业务经理、财会大权邸伍安一人独揽。邸伍安每订一份合同，都让吴见能看一眼，并告诉他，除去所有的费用，最少剩百分之二十的利润。表弟一见到表哥签订的合同，非常高兴地说："哥，估计这样下来一年咱们赚多少钱?"

邸伍安非常有把握地说："只要合同不拒付的话，估计咱俩一年下来每人平均挣个三四十万没问题。"

吴见能一脸兴奋地说："我的五十万贷款我一个人付利息就行，哥你跑里跑外也不容易。"吴见能把满心的希望都寄托在表哥身上，不仅把五十万贷款扔在"大锅"里垫底，他一个大活人也全力以赴贡献给表哥轰轰烈烈的药材事业了。他多么希望表哥说的话都能实现，一年之内赚个二三十万，跟表哥好好干个三年五载的，也在安国药市买个门脸，把老爸老妈接到安国来享一享幸福的晚年，他们为儿女奋斗了大半辈子，经历了"大跃进"、发大水，饱尝人间苦难。他的三个宝贝儿子更应该到县城里来读书，因为县城的教学质量好，师资力量雄厚，升学率比在农村读书的孩子高几倍。总之县城比农村好，人常说，"人往高处走，水往低处流"。

他开始想得山花烂漫无限风光，可一年下来到了分红之时，表哥却拿出一堆糊涂账，什么东北西丰县药材公司欠三万，西南毕节市药材公司欠五万，西北包头市药材公司欠八万，东南台州市药材公司欠十六万；什么给张经理送了三万，给王经理送了五万，给李经理送了八万，给赵经理送了十万，算来算去，吴见能拼死拼活跟表哥干了一年，不仅没分到一分钱红利，还倒搭进去五万多元的利息。

吴见能拿着邸伍安的结账单，愁眉不展地问道："伍安大哥，一年发出去那么多货，难道都像你所说的，一分也没要回来？你送了那么多礼不白搭了吗？你可要说良心话，你的账经得起推敲吗？我不翻你的账，不和你斤斤计较，是因为咱们是兄弟，你妈是我的姑——我太相信你了。”

邸伍安听了表弟的一番话，心想看着表弟像个无能之辈，看来是走了眼，于是说：“我让你一步，我替你还三万的利息，帮帮你，因为我比你起步早，家底也厚一些，你讲话啦，你爸是我舅，我妈是你姑——谁让我们是打断骨头连着筋的亲戚呢，我不帮你谁帮你。”

吴见能一边往外走一边说：“伍安哥，我这人非常好对付，只是我家还养一只‘母老虎’。”

邸伍安装腔作势地说：“谁是‘母老虎’？你敢骂我妗妗——你真是个浑蛋，敢骂你妈我揍死你！”

吴见能说：“伍安大哥你甭再揣着明白装糊涂啦，我娘早死五六年了，不知道吗？我说的是我媳妇——胡英搏，她可是不好惹的，她是俺村有名的小辣椒……”

吴见能回到家，胡英搏忙迎上去，夺过丈夫的手提包说：“我看分了多少钱，仨孩子全等这钱买新衣裳哩，我单等用赚的钱赶集买过年的大肥猪肉呢。”

吴见能没有答话，叹了一口气，便躺到床上。

妻子见丈夫郁郁寡欢、愁眉不展的样子，忙问道：“怎么啦？看你像霜打的茄子似的，怎么回事快说！”

吴见能便把邸伍安算账的结果，原原本本地给媳妇说了一遍。

胡英搏听了勃然大怒：“真没有想到他邸伍安是个狼心狗肺的玩意，对这种没良心、坑兄害弟的人决不能客气，更不能手软，明天我和你一起去安国查账——万般无奈咱就到法庭见，他不讲兄弟情，我们也不是好欺负的。”

次日，胡英搏和吴见能小两口儿来查账，邸伍安早把账本锁在保险柜里藏起来了，推辞说账本早让女人给当破烂卖掉了。胡英搏一拍大腿说：“邸伍安，你说的这话能往桌面儿上搁吗？你这分明是耍无赖。”

邸伍安的女人见有名的“母老虎”登门造访，心里十分紧张，恐怕她那震天雷一般的大嗓门嚎叫起来让街坊四邻听见了，忙倒杯热茶给胡英搏端去，轻言轻语地说："弟妹请喝茶。"

胡英搏接过茶杯，连口边也没沾一下，便放到了桌子上，说："我不是来喝茶的，也不是来做客的，更不是来拜年的，我是来结账的！"

邸伍安抵赖道："账本，我昨晚烧了。"

吴见能说："大哥，你刚才说大嫂当破烂卖了，这会儿又说你烧了，一会儿一变，简直比孙悟空变得还快，看来这账一定有猫腻。"

邸伍安说："谁有猫腻谁不是人。"

吴见能说："是什么？"

邸伍安说："是王八犊子。"

胡英搏说："没有猫腻你为什么烧了账？"

邸伍安说："我家做饭没引柴了，所以就当引柴烧掉了。"

胡英搏一听怒发冲冠，立刻将手中的杯举过头顶往地上摔了个粉碎："邸伍安你给吴见能耍无赖挺好使，你给我耍无赖，绝没好果子吃，我今天告诉你，明天我们继续来拿账，如果再看不到账，我马上到法院起诉，别忘了我表哥是法院院长，这个年咱们就都别过了！"胡英搏放下这一句狠话，就拉着丈夫的手往外走。

吴见能一边往外走一边说："希望邸大哥不要与我在法庭见面。"

二人走后，邸伍安女人一边拿笤帚扫地上的碎玻璃，一边担忧地说："要不咱就把利润分给人家一半吧，毕竟是表兄表弟的，何必又打官司又告状的，伤了兄弟和气。依胡英搏那个虎脾气，加上她表哥又是法院院长，万一咱真把人家给逼到绝路上，人家起诉了怎么办？"

邸伍安说："我估计吴见能也不会让她那么干，再说还有舅舅，他老人家是不会支持胡英搏胡糟八闹的呀。"

女人说："你别想得那么天真好不好，你逼得人家将要倾家荡产了，若我是老人一定会站在自己儿子这边的，傻子才会胳膊肘往外拧。"

邸伍安问："那怎么办？"

女人说："不如按实数算账，该补的补，该退的退。"

邸伍安说："我辛辛苦苦在外边烧香拜佛，拉关系走人情，一年才挣了个二三十万，一下分给他一半，凭什么!”

女人说：“凭良心，谁让你拿人家的五十万贷款当本钱啦，谁让你默许人家和你合伙经营呢!”

邸伍安说：“当时我只想借鸡下蛋，没想到落了个粘饼子掉在灰里，吹吹不得，拍打拍打不得……粘住咱家了，想甩都甩不掉。”

女人说：“那你就认命了吧。”

邸伍安说：“我舍不得把钱分给别人，我忒待见钱了，钱就是我的命，钱一旦让别人拿去就像割我的肉，剜我的心一样。”忽然，他想起了什么似的，手拍了一下脑门，大喊道：“有好办法了，有良家玉梅的二哥不是安国县人民法院院长吗?”

女人说：“是，玉梅的二哥就是胡英搏的表哥。”

邸伍安说：“这就好办啦，你先找你弟妹去通融一下，好让她哥有个思想准备。”

女人一努嘴儿，说：“我不好意思去，都是你弄得一堆糊涂事。”

邸伍安听女人这样一说，非常生气，说：“真没想到关键时刻你和我不一心，我是在为谁挣钱，还不是为你和孩子们。”

女人说：“谁让你办得事太龌龊呢!”

邸伍安特别生气地把洗脸的湿毛巾往桌子上一摔：“好！好！好！你竟敢骂我，不仅不帮我，还侮辱我，还想背叛我……好，咱骑着毛驴看书——走着瞧!”邸伍安一边说一边开上车去找冯有良了。

一路上，邸伍安内心特别纠结和矛盾，此时他特别恨自己的女人，心想：人常说夫妻夫妻，有福同享，有难同当，到我有难之时，她胳膊肘往外拧。他暗暗发誓：有朝一日我发达了，别怪我抛你九霄云外，把你打入“冷宫”，让你尝尝守活寡的滋味。

冯有良自从买了门脸房，家从农村搬到县城后，虽与邸伍安家相距不过两百米远，但邸伍安一次也没去过冯家，更没买点好吃的东西去看看老丈人，只有冯有良大姐去冯家看过老爸几次，但买些吃的东西也是偷偷摸摸的，生怕让丈夫知道了破口大骂，因为邸伍安早就下了禁令，断绝与冯家的关系。

因是冯有良搬家后第一次登门，觉得两手空空前去，又有老丈人在场，有点不够礼貌，于是邸伍安去店里买了一只烧鸡和两瓶衡水老白干。

冯有良两口正在院里拣药材，见邸伍安拎着礼品进来，玉梅把脸一沉，没作声，心里说：夜猫子进宅——无事不来！

见女人扭了个脸故意做出不搭不理的姿态，冯有良毕竟是男子汉，“姐夫来啦！”他一边接下邸伍安手中的礼品，客气道，“来就来呗，还买东西干啥。”

邸伍安说：“我这一阵子忒忙，从你们搬到安国来，一直没过来看爸，太失礼了，抱歉！抱歉！”一边说一边把双手举过额头做了个赔礼动作。

寒暄几句，冯有良不由问道：“姐夫这次来，一定是……有什么事尽管说。”

“最近我遇到了点麻烦事……”于是邸伍安把来冯家的理由一五一十地对冯有良说了一遍。

冯有良说：“你想求玉梅他哥办事，你就给玉梅说去吧，毕竟她给她哥说话比我方便。”

邸伍安一听冯有良之言虽有推辞之意，但也不无道理，于是他不得不厚颜无耻地到里屋给玉梅求情。邸伍安给玉梅诉了半天苦。玉梅回答他：“我哥虽然在法院当干部，但我家从来没有人倚官仗势，我们家既没有给邻居钩心斗角过，也没给亲戚朋友吵闹过，所以我一次也没登过法院大门，一提打官司告状，我心就颤抖、手就发麻、腿就发软，所以我没找二哥的勇气……”

邸伍安在冯家碰了一鼻子灰，别的地方更是找不到一个帮他的人，此时他感到十分的孤独，十分的无助，他有预感，有一场厄运将要降临到他的头上。他的左眼皮这几天在乱跳，晚上总是从梦中惊醒，他梦见法院不仅没收了他的钱，还封了他的账，扣押了他的全部财产。当他第二天醒来，知道是在做噩梦时，他已预感到噩梦将要成真了。邸伍安在考虑如何逃避厄运给他带来的危机，绞尽脑汁想对策，最后“三十六计，走为上策”。他偷偷地把存折上的几十万，还有保险柜里的几万元现金，一次性转到安国周边的邻安县银行，单独立了个账户。回家后他又把自己过冬的羽绒服，春秋两季穿的西服，夏季的背心、T恤衫，分别装在两个大皮箱里。当然这些举动他是背着他媳妇干的，他怕女人知道后走漏风声。

表弟吴见能两口又来找了一次，仍然没有谈出什么结果。又过了四天，邸伍安果然收到法院传来一封信函，信笺写的是什么东西，他不用看，心里一清二楚。

于是他把保险柜钥匙交给女人，嘱咐道："那里有六千元现金，我走后你马上拿起来私藏了，我去东北避一避难，等风声过了再回来……"

女人见丈夫带这么多大包小包，不知这一走多会儿才能回来。俗话说，"一日夫妻百日恩"，何况还有两个十几岁的正在读书的孩子，女人心一软，一头扎在丈夫怀里，双手搂住丈夫的腰，说："你走后我和培培、涛涛，还有涛涛的爷爷奶奶怎么过？"

他给女人抹了一把眼泪，说："走后我会跟你们联系的，我会给你们汇钱来的。"

女人边哭边说："要不咱们干脆把该退还的退还，把人家应得的都还给人家，何必为了逃债你当牛郎、我当织女的，孩子和老人也生活在塌了半边天的家里。"

邸伍安劝道："虽说出去是躲风避雨，但我有一种雄心壮志，或叫个人理想也行，或叫个人野心也罢——我想在东北跑一圈，联系一家大公司或大的中药厂，给他们做几年大业务，挣一笔大钱，到那时我在某个城市买了房，买了豪车，安好家后，就把培培、涛涛、咱爸咱妈，都接到大都市去。"

女人问："一家人都说了一遍，唯独落下了我，我怎么着？把我扔下不管了吗？"女人的神情很是无助。

邸伍安说："当然有你，必须有你……那时你穿得漂漂亮亮，天天待在家里当专职太太，我就当一个堂堂正正的总经理，不，董事长。我们有一个共同的'革命理想'，就是发家致富。不管黑猫白猫，逮住老鼠就是好猫……别让冯有良超过咱去。听说，他现在已与北京同仁堂、天津天士力牵上线了，似乎要做大买卖啦，我要和他试比高低……我就不信他能超过我！我们在为理想而奋斗的过程之中，难免要经历分居、孤独和寂寞，甚至狂风暴雨，甚至惊涛骇浪，但是，只要我们掌稳舵、不迷航，同舟共济，乘风破浪，勇往直前，就一定能到达光辉的彼岸……”

女人听了丈夫这番胡诌海侃的豪言壮语，此时她也衷心地为丈夫的雄心大志而自豪，为丈夫的深谋远虑而骄傲——女人嘛，总是禁不住男人的甜言蜜语。离别之前，女人说：“你放心走吧，家里的事我一人扛着……为了我们的家，为了我们的孩子和老人，更为了将来过上好日子，你放心地走吧……”

第十七章

邸伍安坐了两天两夜的火车，来到东北的一个省城。

他是慕名而来的，因为他从业内人士口中得知，这个市中药厂最多，规模也挺大，在东北乃至全国很有知名度，每个药厂都很有实力，倘若跟这个市某个药厂建立了常年供货业务，一年下来少则挣个三五十万，如果做大了一年挣七八十万也没问题，再做大了也许一两百万，做更大了……

甭管他三七二十一，先叩开一家药厂大门再说。先建个业务关系，然后根据自己的实力，酌情确定业务量的大小。其实刚建关系人家也不会给你多大业务，需循序渐进，由小到大，由弱到强，万事开头难，一口想吃个胖子不太可能。

他来这里三天了，走了六家药厂，一天走两家——上午一家，下午一家，一份供货合同也没拿到手。每次他一到药厂业务科，人家药厂业务科长、科员都异口同声地说："眼下不缺原材料，等过几个月你再来可以研究一下。"

他想：即使一份合同没拿到也不能自馁，毕竟熟悉了每个厂家的门牌、地址及业务科人员，一回生二回熟，好事多磨嘛。

他早就听业内人士说过，越是大药厂越不好打进去，还说没有放羊的时间是拉不成关系的，他想这次来也没打算三日五日就回家，本来就是逃遁法院的追债的。因而，第四天他没去跑药厂，他想把身上的转账支票转存在这个市的一家银行里。

当他来银行自己立了个账户，准备转款时，银行工作人员说他的名字与身份证不相符——身份证上是邸伍安，支票上写的是邸无安，因一字之差，营业员就不给转账。

他学着东北人，嘴甜甜地说："大姐，帮帮忙吧，我离家这么远来回地跑多费事呀，甭说给火车垫路费，光时间来回六七天。大姐，能不能给想个好办法，让我少跑些弯路？省下来的钱我请您到饭店消费一顿。”

营业员见这关里人嘴还挺甜，而且说得也不无道理，于是说：“你是做什么买卖的?”

邸伍安答：“中药材。”

“那你肯定认识中药厂的会计，你只要让某家药厂会计出个证明，证明你是他们的客户，我可考虑给你把钱转过来。”

邸伍安本来就不是笨人，再说又走南闯北见过不少世面，忙说：“当然，我跟很多药厂的会计都很熟，我和药厂做业务已好多年，都是老朋友了，我去求他们，估计这点面子总会给的，谢谢大姐指路，事成之后我一定答谢您。”

回到宾馆，他一时拿不定主意，去哪家药厂登门求助呢，虽然药厂很多，但哪一家都不太熟，都仅去过一次而已。于是他想向本市人打听一下哪个药厂最红火、最有实力。他在宾馆门口等了半晌，也没见人过来，于是他来到登记室，见一位中年妇女正看闲书，他走过去打招呼：“大姐，您好！我向您打听个事儿……”

他的甜言蜜语又产生了作用，那妇女告诉邸伍安，在这里，效益最好的是第六中药厂，然后是世一堂。

邸伍安问：“大姐，第六中药厂里您有没有熟人?”

女子回答：“我表妹在第六中药厂当会计科长。”

邸伍安暗喜，心说：这就好办了，天助我也。

女子问：“你想跟药厂做什么业务吗?”

邸伍安便把转钱的事诚恳地跟登记室大姐说了一遍。大姐听明白后说：“你去哈六药厂找我表妹吧，她很好说话。”

邸伍安问：“表妹尊姓大名?”

女子答：“姓华，名艳朵，去之后，你就说是表姐李荣介绍你来的。”

邸伍安一边说“谢谢大姐”一边从宾馆里出来，乘公交车往第六中药厂去。

一进厂，门卫让他登记签字。他问门卫：“会计科在哪?”门卫告诉他在三楼，他气喘吁吁地来到三楼会计科，轻轻叩了三声门。

“请进!”屋内一个女人喊道。

他走进会计科，只见从椅子上站起来一位美女，三十岁左右，身高大约一米七，白嫩皮肤，长方脸，一双大大的眼睛，有些凹陷，高高的鼻梁，一头金丝黄发，乍一看像俄罗斯姑娘。虽是冬季，但东北的屋内特别暖和，女人穿一件花旗袍，邸伍安一看，简直就像电视里上演的俄罗斯模特大赛队伍中最美丽的那一个，也是他见过的最美丽的东北姑娘。

邸伍安问：“华会计在吗?”

女人答：“我就是，哪来的客人?”

邸伍安答：“我是河北省安国大明药材公司的经理，姓邸，名伍安。”

美女问：“邸经理来此有什么要事?”

邸伍安便把转钱之事给华会计陈述一遍。华会计听后说：“我和你不熟，怎能帮你出证明?”

邸伍安说：“我和你表姐李荣是老朋友了，我每次来都在她宾馆住，今天是李荣姐让我来拜见你的……”

邸伍安这一番话，使二人距离由远到近，由生到熟，华艳朵倒了杯热茶水递过去，说：“你先喝杯热水，下来让我想一想。”

邸伍安觉得事情有点眉目了，必须趁热打铁，于是他把自己能言善辩的技能全部使了出来：“华姐呀！我和你表姐处得关系非常好，每次从关里出来我都给她捎带点家乡土特产，什么苹果啦、核桃啦、花生啦……下次来我多带些给您品尝——昨天晚上我还请李姐一起吃火锅子——涮羊肉，今晚上你有时间吗？我想请你和表姐一起聚一聚。”

华艳朵说：“不要客气，出门人都不容易，既然你跟我表姐是朋友，我一定得帮帮你，正好一会儿我去银行汇一笔款，你跟我一起去吧，我跟银行的人都熟悉。”

邸伍安喜出望外地说：“谢谢华姐!”

接着华艳朵拿出一张白纸，在右下角盖上会计科的专用章，递给邸伍安：“请邸经理在上面写一段文字。”

邸伍安问："内容是？"

华艳朵说："你就写你公司与我药厂已有多年的业务往来，每年彼此交易额高达七八百万元。"

邸伍安写好后递给华艳朵，她一看上面的硬笔字赞赏道："你们这些做业务的人不仅业务水平特别的高，字还写得特别的漂亮。"

邸伍安面对女人，微微一笑，说："惭愧！不敢当！谢谢华姐夸奖。"

华艳朵问："请问你芳龄？"华艳朵抿嘴含笑看着邸伍安。

"呵呵，不敢，我一男人，可不敢称芳龄，三十八了，马上到中年啦。"然后反问道："你呢？"

"我三十六岁，小你两岁，往后还是叫您一声大哥吧。"华会计在说话之际认真打量一番眼前的南方药人，只见他中等个儿，虽不像东北大汉那样又粗又高，但身材匀称，穿一身蓝色西服，雪白的衬衫上系一条玫瑰红色的领带，长方脸膛，皮肤非常白皙，一双会说话似的大眼珠子在眼眶里上下翻滚，给人以聪明睿智的感觉，在微笑时，有一对酒窝，尤其是小嘴上生着的两片薄薄的嘴唇，看上去就很伶俐，华艳朵瞅着眼前的客人，说不清是羡慕还是敬仰，说道："你才比我大两岁就挣了比我多几十倍的钱。"

邸伍安见室无旁人，将门关上一大半，只留一条小缝，装出一副十分神秘的姿态，小声说："今后咱们成了好朋友，我帮一帮你，带一带你，保证让你挣一笔……"

到了银行，华艳朵办完自己的事儿后，很顺利地帮邸伍安完成一大笔转账业务。邸伍安非常高兴，他觉得此时结识了华会计非常及时，为他叩开第六中药厂的大门打下了良好的基础。

他很想拿起华会计这把钥匙，打开第六中药厂紧锁着的大门。于是，他把刚刚转到存折上的钱支出五千元现金。从银行出来的路上，他拿出三千元递给华会计，"老妹，这回不叫你大姐了，毕竟我比你大两岁，请收下吧，算我的一点心意。"

华会计说："不！不！帮这点忙，举手之劳，岂敢收如此厚礼。"

邸伍安见华会计不好意思，忙说："这钱我不是给你的，是让你拿回去请客的。”

华艳朵问：“请谁?”

邸伍安说：“银行姐妹们。”

华会计说：“我们关系特别好，没事，不用请……”

邸伍安看了看手表，说：“华妹妹，现在五点多了，厂里已经下班了，今天你帮了我一个大大的忙，我必须有所表示，你不收钱我会更不好意思，我邀你去宾馆吧，和你表姐咱们一起吃顿晚餐!”

华艳朵说：“那好吧，我也早想见见我表姐了。”

来到宾馆，华艳朵的表姐说：“今天宾馆来团游，很忙，我自己值班，没时间出去吃饭。”

华会计对邸伍安说：“那就改日吧。”

邸伍安怎肯放过趁热打铁的好机会，他觉得，若想尽快跟这家药厂建立业务关系，华会计就是那座桥——这座桥是通往药厂的必由之路……因为他知道，每个药厂会计和老总的关系都很默契，平时老总在财务方面搞点小动作，玩点小猫腻什么的，是根本绕不过会计这一关的，所以公司或药厂的某个对手，若想推老总倒台的话，就必须从财会科下手，而老总呢，在选择会计的时候，必须寻与自己最铁心的人，故此，邸伍安必须马上跟华会计搞好关系，于是他说：“表姐今日无空可改日补请，但今天晚上你必须受我一请，不然就是不给大哥面子。”

华艳朵说：“既然邸大哥这么诚心诚意，那就恭敬不如从命了。”

第十八章

二人来到一家饭店，上了二楼一个雅间，邸伍安让华艳朵先点了两个菜，然后自己点了两个，要了两瓶红葡萄酒和两瓶白酒。邸伍安等服务员上齐菜，然后斟满两杯葡萄酒，举杯邀道："妹妹，今天我先干为敬，非常荣幸与妹妹同桌共饮！非常感谢你帮了我一个天大的忙！"邸伍安为表诚意，一口气干了第一杯酒。

二人频频碰杯，华艳朵毫不示弱，紧随其后干了第一杯、第二杯、第三杯……三下五除二，两瓶红酒被消灭。

邸伍安打开一瓶白酒，问："华老妹喜欢喝白酒吗？"

华艳朵笑笑说："当然，东北人最喜欢喝白酒。"

邸伍安斟满两杯白酒，二人一连干了三杯，由于喝得太猛，邸伍安觉得有点头晕，心里说：这个女人可真能喝。开始本想在这女人面前逞逞能，显摆一下男子汉的大丈夫气概，一连吞下五六杯红酒和白酒后，他预感自己恐怕不是这个美女的对手，所以暗自决定不能同她一对一、硬碰硬地喝，万一喝不过人家，一来在客人面前丢人现眼，二来办不成自己急需联系的中药材供货业务，那不就不利于办成大事吗？于是借缓气儿机会试问对方："华妹妹一次能喝多少酒？"

俗话说，"知己知彼，方能百战百胜"，邸伍安想套一套对方的底细。

华艳朵说："一次喝多少我也不清楚，也从来没有留心这事，反正我从来没喝醉过，我们药厂老总，每次招待客人都让我陪酒……有次来个广州老板，他觉得我是个女人，一连跟我碰了盛二两的五杯，也就是说，每人喝了一斤白酒，他当场就钻桌子底下去了，你说一个大老板丢不丢人，喝不了酒就不要逞能嘛……我家喝酒是祖传，我爷爷是苏联人，我奶奶是哈尔滨本地人，我爷爷在世时，一次喝了三瓶白酒，照常开车不误；我爸比我爷还能喝，所以我身上有他们的遗传……”

邸伍安想：难怪面前这美女身高马大，原来是中苏混血，我只有喝一斤白酒的量，肯定只能甘拜下风。于是趁自己思维不乱，赶紧话归正题，一边劝华艳朵尝尝菜，一边说：“我有一事想求华妹妹帮忙——不知当讲不当讲?”

华艳朵喝了几杯酒，浑身的经络已打通，由刚才的略带生疏拘谨，迅速转向热情豪放，她咽下一口菜，然后说：“既然咱们是朋友，有话尽管讲，我们东北人就喜欢胡同里赶猪——直来直去，大哥何必吞吞吐吐的!”

邸伍安若有所思地说：“我想跟贵公司拉上关系，成为长期合作伙伴……我向你厂保证，我公司给贵厂供应的药材，品种优良，保质保量，货真价实，干、白、净、无虫蛀，无霉变，无杂质……只要贵厂一季度拿我二百万的货，除了杂费和税，一季度挣个二十来万，一年四季，挣个七八十万的不成问题。你若帮我搭上这个桥，交易一旦成功了，咱们二一添作五，见面分一半。兄妹每人一年挣个三五十万，到时候我也在本市买套单元楼，常居于此，我也就成这里的一户居民啦，咱们就能经常在一起吃饭、喝酒、唱歌、跳舞了……”

华艳朵打断他的话，举杯和邸伍安“当啷啷”碰了一下杯，说：“感情深，一口闷；感情浅，舔一舔。咱们先喝痛快了再谈业务不行吗？咱们今晚的任务是喝酒，我的酒兴刚刚上来，你马上陪我喝，喝得晕晕乎乎，什么都不想，只想玩得高兴……不过在喝醉之前我先让你吃个定心丸，你刚才说搭桥的事，不是给你吹牛皮，保证让你立竿见影，在十日之内拿到一份二百万的供货合同，估计一年最少拿你公司七八百万的中药材……”

邸伍安借坡骑驴，拍马屁道：“当然！当然！我就知道华妹妹不是一般的人——不仅人长得美如天仙，做起业务也是轰轰烈烈，一鸣惊人，真是令人佩服、令人羡慕、令人敬慰、令人难忘——大哥冒昧问一句，请妹不要介意，你和老总个人关系？……”

华艳朵又斟满两杯酒，说：“你陪我再干一杯，我告诉你。”

邸伍安再也没理由推辞了，举起杯“当啷啷”和华艳朵碰了一下，说：“为了我们的事业，为了我们的理想，为了我们共同的梦想，干!”

二人一饮而尽，顷刻间桌上的两瓶白酒都干空了。邸伍安想今天是自己做东，怎么也不能让客人喝个半半拉拉的，忙喊服务员再来一瓶红酒、一瓶白酒。

华艳朵说："红酒不要了，来几瓶啤酒吧，我喝白的你喝啤酒吧。"

邸伍安说："好的，我陪你喝……老妹你刚才说了上半句，我很想听下半句。"

华艳朵不说也罢，一说让邸伍安吃了一惊："我和老总的关系是'老铁'，'老铁'你知道咋回事吧?"

邸伍安故意摇摇头，装不知道，其实他前几年在吉林做业务时就听当地人说，"老铁"就是最亲密的男女关系。华艳朵在酒精的作用下，已失去平日温文尔雅的姿态，她觉得与邸伍安在一起，仿佛是无话不谈的亲哥们，于是她骂道："你个老笨猪，不动脑子——我们东北人说的'老铁'，就是男女做姘叫什么来着……"

华艳朵一时让酒精搅得大脑迟钝，非常着急。邸伍安补充道："我们关里叫'靠情家'，也叫'老靠伴'。"

华艳朵抢着说："对！对！我和老总就是七八年的'老靠伴'了，正因如此，我在厂里不敢说一言九鼎，但也当半个家……"

邸伍安又给华会计斟了一杯白酒，给自己倒上一杯啤酒，举杯和她再次碰杯："今后我在这边立足，就仰仗华妹妹做坚强后盾，我事业的蓬勃发展，更希望得到华妹妹的鼎力相助——为了我们的合作愉快，为了我们的美好未来，干杯!"

华艳朵的酒兴正浓，自然话也多了："说句心里话，今天有大哥陪我喝酒，我特别高兴，感觉与东北人不同——仿佛使我体验到另外一种风景……这风景使人陶醉，让人恋恋不舍。"

二人边喝边谈，愈谈愈知心，愈谈愈知己，愈谈愈投机，心情一好，酒越喝越甜，越喝越美，人也越喝越亲，二人又喝了三五个小时，一直喝到深夜两点多钟，一直喝到桌上的啤酒、白酒瓶子里空空如也，一直喝到饭店老板下了逐客令。二人互相搀扶，邸伍安右手搂住华艳朵的腰，华艳朵左手搂住邸伍安的肩颈，二人踉踉跄跄回到宾馆。

邸伍安把她放在沙发上，说：“妹妹请坐，我给你沏杯茶解解酒。”

她说：“邸哥有香烟吗？我有个习惯，喝完酒喜欢抽一支烟。人常说，‘酒后一支烟，赛如活神仙’。”

邸伍安从包里拿出一盒中华烟，一边递给华艳朵一边说：“对不起妹妹，我不会抽烟。”

她说：“真是没出息的男人，哪有不会抽烟的道理，今天我要你陪我抽一支。”

邸伍安先给华艳朵点燃一支烟，然后给自己点着，吸了一口，说：“能陪华妹妹同享烟酒，真是我一生的幸福——只是天太晚了，我担心你老公在家等急了……我到街上给你叫辆出租车来，送你回家吧。”

她说：“你说的全是屁话，我老公去俄罗斯做服装买卖，两年多不回家了……我回去也是独守空房，还不如在这儿陪你聊上一夜。”

邸伍安说：“老公那么长时间不回家，对你可不够情分！”

华艳朵说：“如今的人有什么长久之情，还不是和谁遇上了就和谁有情，况且俄罗斯的女人本来就开放。更让人羡慕的是那里的男女没结婚先住在一起，双方觉得合得来就合，合不来就分……我估计我老公在那红男绿女、风情万种的世界里，绝不会袖手旁观，所以我在这边也就不甘寂寞。”

邸伍安说：“我还是要马上把你送回家去。”

华艳朵问：“为什么？”

邸伍安说：“我怕你在宾馆……传到老总耳朵里，本来咱们一清二白，在他人眼里……不是开房，孤男寡女也有猫腻。”

华艳朵“哼”了一声，狠狠吸了一口烟，顿时，只见那烟雾一会儿从她的樱桃小嘴里冒出，一会儿从她鼻孔里袅袅飞出来，如丝如缕。然后，她把香烟甩手扔在地上，用脚狠狠地踩灭，破口骂道：“你个没出息的——我问你一句，你究竟喜不喜欢我？”

邸伍安突然被华艳朵问得发愣，因为他想得比较复杂：万一做下了男欢女爱之事，传到老总耳朵里，老总吃了酸水，一发脾气把自己踢出十万八千里怎么办，那发财的美梦还做不做？……如果说不喜欢，分明是看不中人家，得罪了华婆娘，那与这药厂的大买卖也就做不成了。于是，邸伍安吸了口烟，笑容满面地说："喜欢，非常喜欢！"

华艳朵听了特别高兴地说："好，今晚我就睡在这儿了。"

邸伍安嗫嚅道："那，那老总……"

女人很有气度地说："不要紧张，一切由我担着，一切由我摆平，你放心大胆地陪我就是了。"一边说一边把门关严上锁，然后脱了个一丝不挂。她一转身躺在双人床上，故意让他欣赏自己完美无瑕的玉体。

邸伍安开始不敢正眼看她，经她劝导、引诱，他由紧张、胆怯、忐忑不安渐渐转为平和、顺从、欣赏，一直到喜欢。就在他要扑上去的一瞬间，他脑海里浮现出自己女人那瘦弱的躯体，又想起女人在他临行前的那天晚上对他的叮嘱："出了门，可千万别碰人家女人的身子……小心人家设下的圈套……"

于是他又回到洁身自好的作派，嗫嗫嚅嚅地说："我给你两千元请你……"

她说："不要！"

他说："你嫌少，再加三千……请你拿钱快走……"

此时华艳朵从床上坐起来，然后立刻跳到地上，一把抓过他的钱，扬了个天女散花："你以为给几个臭钱就能把老娘打发走？——老娘见过钱，你以为钱是万能的，啥都能买？它能买到我想要的幸福吗？现在我告诉你，今天你想也得干，不想也得干。"她一边说一边伸手抓住邸伍安的耳朵，硬往床上拎。邸伍安在华艳朵的引诱胁迫下，上了床，缓缓地解开了扣子……

第十九章

过了几天，华艳朵把第六中药厂老总及业务科科长等召集到一起，在当地一个很上档次的大酒店摆了一桌丰盛的宴席，让邸伍安与厂里的这些头面人物见了面。这场宴席下来后，老总派供应科科长给他签订了一份一百八十八万元的购货合同。这份合同在八十年代来说，已经不算小了，而且还是个吉祥的数字——一八八，要发发，老总希望合作伙伴和第六中药厂共同发财。

这份合同能顺利拿下，当然是华会计的大功劳，她给老总吹了不少“枕边风”——什么邸老板是我的一个表哥，不是八竿子打不着的，而是亲表哥。老总已是五十七八岁的人了，再干三年两载就退了，他想：无论是亲表哥还是后表哥，都无所谓，只要回扣钱不少拿就行，自己在厂干这最后几年就是该吃就吃，该拿就拿，该玩就玩，有权不使，过期无效。

邸伍安拿到与第六中药厂签下的这第一份购销合同，特别高兴，这合同按百分之十的利润算也能挣十八万左右。他还有点担忧，前几天他几次给华会计说合伙，一言既出，驷马难追，如今已接近现实了，马上要上货了，如她愿与我合作的话，那本钱怎么摊，这些都得与合作伙伴有言在前，免得到最后发生争议和分歧。于是他来到华会计办公室。其他人都出去后，屋里只剩她一个人，邸伍安把合作之事再次陈述了一遍。

听完邸伍安的话，华艳朵若有所思地说：“想来想去，我没法与你合作，我毕竟上班，去上货脱不开身——再说我有个工资，再加上奖金，有份稳定的收入——我给你推荐一个人，她叫华一朵，是我的妹妹，她没考上大学，在家待业一年多了，大事做不来，小事又不想做，总想找一份坐在办公室里风吹不到日晒不着的工作，但因学历低没人用。爹让她去打工干体力活，她不肯去，一怕太阳晒黑了她娇嫩的皮肤，二怕在野外让风沙摧残她美丽的容颜，娘说她是小姐身子丫鬟命。不是在你面前吹嘘，我妹妹在本市是一流的美女，比我长得漂亮……所以我想让你带带她，让她跟你学一学做药材买卖——将来在市里买个属于她自己的房，找个好婆家，找个有钱的老公，把她给打发出家门，给当爹当娘的减减压，了却他们的一桩心事……我想这一次就让她跟你一块去上货，你看如何？”

邸伍安说：“我当然乐意带她，你的事就是我的事，你的妹妹就是我的妹妹，我一定教会她识别各种药材，带她尽快走上一条药人之路，愿她在这条路上愈走路愈宽，愿她在不久的将来，挣得锅满盆满，然后，组建一个富裕的家，一个幸福之家、一个人财两旺的家。”

华艳朵说：“目前她跟你合作，也拿不出多少本钱，我借给她十万让她当本钱——肯定没你的本钱大，更没你底子厚，至于你们的利润，你酌情而定，毕竟你的本钱大，更有话语权喽……”

邸伍安说：“既然兄弟们合伙都没外人，无论本钱大与小，多与少，但最后利润都得二一添作五分成——这就是我做人的原则。”

华艳朵说：“感谢邸哥格外开恩。”

邸伍安说：“彼此彼此！没有你做我们的坚强后盾，我将一事无成——我应该谢谢你……”

邸伍安和华艳朵二人口头订下合作协议，也就是说今后与第六中药厂的供应业务由华艳朵负责联系，跑市场购进各种药材，包括发货、包装、市场行情掌握、药材质量把关等，都由邸伍安负责；华一朵业务不熟，就算邸伍安的助手，既是学徒工，又是合作伙伴。

第二天晚上，华艳朵受父母之命，邀远方的客人——邸大老板去华家共进晚餐。东北人性格豪爽，殷勤好客，尤其是宴请一位身价百万的大老板，更显得格外热情。华艳朵父母宴请邸伍安的含义大概有两层：一来是自己女儿跟人家学做生意，出于礼貌，必须郑重招待客人，二来是看一看邸伍安的外貌、姿态、言谈举止——把姑娘交给一个陌生人毕竟不太放心。

邸伍安来到华家收获颇多，不仅认识了华艳朵的爸妈，更重要的是认识了本市第一美女——华一朵姑娘。他第一眼看见华一朵时，胸中就像揣了一只小兔，蹦蹦跳跳。他虽然在吉林见过不少美女，但都身材粗而圆阔，和一米七八的俄中混血后裔相比，简直差了几个级别。此时他恨自己结婚太早，娶了个村姑，倘若现在再找对象，还不找一个和华一朵一样的东北大美女呀……不能胡思乱想了，况且前几天喝了点酒没有把持住自己，已和华艳朵发生了那种关系，现在又迷恋上人家妹妹，太有些胆大妄为了。想到这儿，他有些郁郁寡欢，不由叹了一口气。

真没想到邸伍安的沉默寡言，却博得了华家二老的好感和信赖，华老汉对老伴说："看人家多有大老板气派，多稳重大方，多文质彬彬，咱把二姑娘交给这样的男人，一百个放心。"

此时华妈妈又炒了一盘地三鲜，一边放在桌上一边问："邸老板家还有什么人?"说完，站在桌边，定定地瞅着他。

此时邸伍安在华家两位美女的陪同下喝得正上瘾，心情特别高兴，不知不觉中已灌进肚里一斤多白酒，也不觉得头重脚轻，他忽然听到华妈妈的提问，思索片刻回答道："父母亲健在，不幸的是老婆孩子去年出了车祸……母子二人搭伴走了……嘿！真可惜呀！孩子才刚上一年级。"他一边说一边从口袋里摸出洁白的手帕，抹了一把眼泪，装出一副十分痛心、十分悲伤的姿态。

华妈妈劝道："你年纪轻轻身边不能没个女人照顾……还是在本市找个东北姑娘吧，东北人心眼好，会体贴人……这事就交给我办嘛，保证让你幸福一辈子……"

邸伍安接上话茬说："谢谢阿姨亲切的关怀，不过我目前还不想成家。"

华妈妈问："为什么?"

邸伍安答："我想好好干几年事业，多挣些钱，将来在本市买栋别墅，把二老接过来。"邸伍安边说边把目光朝华艳朵瞟去，看她的表情。

华妈妈又说："做买卖是做买卖，成家是成家，一边挣钱一边娶媳妇两不误。"

华艳朵说："妈，你不要催得人家太急嘛，现在邸老板不是还有个学徒的妹妹嘛，今后让华一朵多照顾她师傅不就挺好嘛。"

华一朵紧接着姐姐的话题，说："好，好，请邸大哥放心，今后你洗衣做饭的活儿我全包下来了。"

华妈妈接着说："以后你们鼓捣药材忙不过来了，干脆就带邸老板回家来吃饭吧，我才五十八岁，做几个人的饭还行，不觉得费劲儿。"

邸伍安说："不好意思给阿姨添麻烦。"

华艳朵驳道："有什么不好意思的，我妈本来就是热心肠的人，希望邸老板不要辜负她老人家的一片诚心，就这么定了，从今天起你就天天来吃我妈做的饭。"她又一转话题，问："邸老板你打算到哪里去上货？"

邸伍安说："想去亳州看看，听人说亳州药材价格比安国便宜。"

"亳州你有熟人吗？"华艳朵问。

"有，以前我常去亳州。亳州人也常去安国，互通有无，南方人购北方产的药材，如北沙参、苦地丁、蒲公英……都去安国；北方人要购南方产的药材，如芍药、牡丹、怀牛膝……都去亳州上货。这次药厂要的南方药材比较多，所以必须去亳州。"他心想：安国也不能去呀，说不定法院已下第二次传票了，回去了还不是自投罗网！再说，老婆、孩子、父母及街坊邻居看见自己带个东北大姑娘回家，还不传得沸沸扬扬呀，如果老婆带着孩子找上门来，那可就热闹了，自己苦心经营的一切就都泡汤了，总之，有一百个理由回不得家！必须去安徽亳州购货！

第二十章

第二天下午，邸伍安带上洗漱用品和衣服，带上转账支票，也带上他新收的徒弟更是自己的合作伙伴华一朵，从省城乘上南下的列车，行驶在去亳州的路上。

他们买的是第三节车厢的硬卧车票，邸伍安是下铺，华一朵上铺。此时，华一朵从车厢的锅炉里打来两杯热水，泡上茶叶，给师傅放在桌上一杯，然后问道："师傅，中药材品种多吗？总共有多少种？"

邸伍安听姑娘这么问，骤然感觉自己的确高居师傅的位置上了，自然华一朵就真的像刚入学的幼童一般懵懂无知。邸伍安咳嗽了一声，清了清嗓子，一本正经地回答道："中药材全国有几千种，不过常用的也就几百种，如果把常用的几百种的名字、产地、性能全部记在脑子里也就不错了，我现在能识别的，也不过七八百种。"他一边说一边从行李架上的包里摸出一本李时珍的《本草纲目》，递给华一朵："你先看看书吧。"

华一朵一边翻书一边问："怎么光补药就这么多种，红参、白参、西洋参、北沙参……用一种红参不就够了吗？"

邸伍安解释说："红参药性比较烈，适合处于大虚的病人，用于大补。西洋参等药性比较温和，适合温补，比如有的人尤其是年轻人，吃了红参，有的鼻子出血，头晕目眩，大便干燥，像这种阳气上亢的人，就不宜用红参、白参之类，可用西洋参、党参、太子参之类。"

华一朵又问："哥！白菊花是干什么的？"

邸伍安答："菊花是明目养肝的，经常用脑的人，菊花枸杞常泡茶喝可缓解双目疲劳，预防视力下降，增强眼睛的免疫力。"

华一朵又问："哥，玫瑰花是干什么的？"

邸伍安答："玫瑰花是女人美容养颜用的，尤其是三十多岁的女人，常喝玫瑰花茶可永葆青春，永不退颜。”

华一朵又问：“哥！合欢花是什么意思？为什么明明是草药，却叫合欢花?”

邸伍安答：“合欢花，顾名思义，合欢！合欢——就是一枝公花和一枝母花……不，这样说太不文雅了，就是说一枝雄花和一枝雌花在一起生长，一起长大，一起变老……听人说过，古代刚入洞房的一对新人，要先喝一杯合欢茶，两人各喝一半，将会永不分离，永不背叛，执子之手，白头到老。”

书上到底有没有那样解释，邸伍安并不清楚，其实这不过是他闲着无聊，为了抛砖引玉，为了初探云雨，为了博得美女芳心，当场编撰了一个故事罢了。不料姑娘那比较幼稚的心态，一不小心暴露在老猎手面前……且慢，且慢，虽然华姑娘眉目之间时而流露出对他的真情，但并不太乐观，因为他想到了许多，比如，老家的妻儿老小，正惦记着去远方流浪的丈夫、爸爸、儿子——一个让亲人们操心的邸伍安；比如，前几天他与华艳朵的一夜之情，如果自己与她的妹妹又搞到了一起，华艳朵能饶得了自己？

华一朵听完，脸含羞涩地问：“哥！我们什么时候能喝上一杯合欢茶?”

想了片刻，他婉言答道：“目前我们的任务是拼命挣钱，先把别的事放一放，只要挣钱多了，在市里有了洋楼，有了豪车，再与心上人结婚入洞房，在洞房花烛之夜喝一杯合欢茶，与心爱的人在合欢被里生儿育女……白头到老。”

华一朵说：“哥是一个积极向上、奋发图强、最有事业心的男人……今后的一切听邸哥安排。”

邸伍安每次到安徽亳州药市来上货，都找他那个姓黄名枝子的老朋友，这一次也不例外。亳州地处淮北，历史上是出英雄的地方，民风彪悍豪爽，这一点与东北有些相似，当地人有个待客习惯——凡来亳州上货的药商，只要是自己的客户，一定要先把生意搁在一边，带客人到大酒店去安排一顿，而且菜的花样特别繁多丰盛，保证让客人吃好喝够。约客人去赴宴时，自备白酒一箱，啤酒、红葡萄酒、饮料各一箱，非常好客的东道主，陪你喝过白酒喝啤酒，喝过啤酒喝红酒，保证让那些嗜酒如命的酒仙们过够酒瘾，解够酒馋。

黄枝子见邸伍安带个漂亮女人来，自然更加兴奋，为了便于沟通，有利于做成生意，忙唤自己的女人来作陪。黄枝子和邸伍安用二两一杯的杯子连碰三杯，黄枝子开场说：“为邸老板夫妇远道而来，同饮三杯。”

邸伍安说：“不喝了，今天坐车太累了，不胜酒力，改日再喝。”

黄枝子恼了，说：“不行，已经一年不在一起喝酒了，这次必须多喝点。”接着又把两个空杯斟满白酒。黄枝子的女人陪华一朵一边喝红酒一边唠嗑，黄枝子又举杯和邸伍安碰了一杯，一饮而尽，说：“祝邸老板早生贵子!”

邸伍安见主人干了，自己也只好一饮而尽，邸伍安喝得猛了点，觉得头有点晕，说绝不能喝了。黄枝子说：“让邸老板先休两杯，请嫂子替他喝一杯。”说着，黄枝子把满满一杯白酒给华一朵递过去。

华一朵见主人称她叫嫂子，心情非常愉快，高兴地接过白酒，说：“黄老板，我一替就是三杯，请黄老板陪着干。”

黄枝子因觉得自己是男子汉，当然不认屄，忙举起杯，和华一朵碰杯之后，连喝三杯。黄枝子觉得一般女人不能喝，他哪知道华一朵比他的姐姐华艳朵还能喝。

此时邸伍安背靠在椅子上，眯缝着眼也不吭声，心想：反正酒大伤身，谁爱喝谁喝，估计再喝也就高了，自己是客人，得主动说自己喝好了，再说喝多了耽误明天上货。

黄枝子见华一朵一下干了三杯白酒，心想：一个窈窕淑女能有多大酒量，估计再喝三杯就钻桌子底下去了，好，我今天就看看美女钻桌子的戏。于是说：“美女嫂，我陪你再喝三杯，怎么样?”

华一朵爽快地说：“谢谢黄老板!”

黄枝子又陪华一朵喝了三杯白酒，华一朵面不改色心不跳，心想这才喝了几杯酒，如果主人再来三杯那也坚决奉陪。

此时，黄枝子又从箱里取出一瓶白酒，正要开瓶，只觉得一阵头晕目眩，胸中一阵恶心，哇的一声，从嘴里喷出一道弧形的液体，液体中含着大量酒精和茶水混合物，黄枝子再也无力与人斗酒了——进入卫生间吐了好一番之后，踉踉跄跄地被自己的女人搀回家去了。

邸伍安和华一朵打了辆出租车，来到距药市不远的一家宾馆，登记时，宾馆服务员问："开几个房间？"

邸伍安的大脑还没被酒精浇混，说："开两个。"

真没想到，"开两个"这句话引起华一朵姑娘的强烈不满和驳斥："就你那么有钱？就你那么钱多？你的钱无处花吗？那为什么不捐给非洲啊？实在无地方花给了我，我更需要钱，也特别缺钱！"

邸伍安受到华姑娘连珠炮一般的语言攻击，吓得赶紧说："开一间还不行吗，别生气了，我的姑奶奶……"

二人可能着急了点，一没喝合欢茶，二没盖合欢被，就在宾馆同床共枕了七天。

回东北后华一朵姑娘就双身了，过了六七个月，肚子就特别大了，大得像是肚子上盖口大铁锅。到年前，生了一对龙凤胎。男孩起名叫邸哈龙，女孩起名邸哈凤。为什么龙凤前面都有一个哈字，孩子他姥姥说："本市的名字前面就是'哈字头'。"

华一朵怀孕三个月时，曾几次催邸伍安去民政局办登记手续，邸伍安总是找各种理由推三阻四，什么我人在你身旁，你人在我心里，白天同桌共餐，晚上同床共枕，还有什么不放心的；什么我活着是你的人，死后是你的鬼；什么只要心在一起，什么外在形式都无所谓。此时邸伍安怎不愿与如花似玉的华一朵姑娘办登记手续，他是怕还未与自己的原配冯氏办离婚手续……

华一朵说："不办登记这档事我依了你，等生完孩子，必须风风光光地办一场婚礼仪式。"邸伍安特别痛快地答应了，他非常高兴与华一朵补办婚礼，他三十好几了，能与一位二十多岁的大姑娘举办一场结婚典礼，该是多么风光的事啊。况且这里距离安国几千里，没人知道他在老家还有妻子儿女。

婚礼举行后，邸伍安、华一朵二人继续做药材生意，给第六中药厂供了两年货后，挣下了一大笔钱——不仅买了一辆宝马车，还在市郊区买了一栋小别墅，从此邸伍安带哈龙、哈凤、华一朵，一家四口喜迁新居。

自从邸伍安在省城安家之后，已过去两年多没回过关里老家了，也不敢给家回个信，害怕让法院或吴见能发现，追踪过来，故此，家中的父母二老及老婆孩子是怎么过的，他一无所知。

邸伍安出逃后，吴见能的五十万贷款，别说利息，连本儿都让邸伍安带跑了，银行收不回一分钱的本利，不得不把借款人吴见能告上法庭。吴见能万般无奈，再次将邸伍安起诉。法院传不到邸伍安本人，便把邸伍安在安国药市的几间门脸房给拍卖了。邸伍安老婆孩子一家几口走投无路，哭哭啼啼地要回村种地。

几年以后，冯有良生意做大，便拿出自己的钱，帮邸家还清了法院的债，收回了邸家安国药市的门脸房。从此，邸伍安一家——孩子上学、老人治病等一切生活开支，全部由冯有良承担。

第二十一章

发车的时刻马上就要到了，冯有良找不到小乞丐和假军人，也找不到冯有志，只好拎上五公斤鹿茸，带上行李，独自心神不安地朝检票厅走去。

此时，石家庄至长沙的特快列车正在检票，虽然没有买到座号，但他也非常知足，因为他每次去东北，如沈阳、长春、哈尔滨，都是坐普客列车，今天坐上了特快列车，只需熬上一夜，十几个小时就能到达长沙。再说，特快列车不许超员太多，每节车厢只有三五个人没有座号，不像普客列车那样，每车厢都装得满满当当，人和人挤得水泄不通，有时去个厕所都累得满头大汗，甚至到了厕所门前还得排队，有时碰上厕所里的人正闹肚子，一时半会儿出不来，外边排着一帮人，等死里面的人就是不开门，让屎尿憋得牙根发痒。

冯有良因没买到座号，来到列车接板的空闲处，一屁股坐在行李上，头枕着鹿茸的包，这样既有枕头，又安全可靠，即使睡着了，也丢不了东西，于是他就这样迷迷糊糊地睡着了。不知睡了多久，忽然间，他被列车播音员的报站声惊醒了。

“本次列车的终点站——长沙站到了！”

冯有良睁开惺忪的眼睛，看到窗外依然夜色朦胧。因为长沙到衡阳还有几百里路要走，他从列车上下来，不得不冒黑去广场赶乘长沙至衡阳的公共汽车。当他拎着大包小包刚要出站时，脚下突然被一个东西绊了一下，他定神一瞧，什么东西也没有，这时，后面有人搭了话：“你个黑瞎子，地球这么大，哪儿走不了，偏往老子脚上踩？”

冯有良回头一看，有个三十岁左右的男子，头发和女人的差不多，盖耳齐肩，一双三角眼，鼻子下露着两个大鼻孔，大方口上生着两片厚厚的嘴唇，上嘴唇往上翻，下嘴唇往下翻，正好两排大黄牙暴露在大庭广众之下。

冯有良一看就知道这家伙不是好人，不是黑恶霸，就是地痞无赖，心想：他是不是想趁天亮之前讹我一笔，大捞一把？我必须提高警惕，保护好自己的财产。

于是，冯有良和颜悦色地说："同志，对不起！请问，我在前边走，怎么会踩着后面人的脚?"

那家伙龇牙咧嘴地说："你的眼睛大概是长在后脑勺上了吧!"

此时尽管天仍然黑着，可是冯有良一看站里有这么多人进进出出，于是胆子壮了起来，说道："我有公务在身，没时间和你磨缠。"

那个无赖见冯有良想走，立刻上去一把将他的皮箱带抓住，说："你踩我脚了，你得给出点治疗费，五百就行。"

冯有良说："我的钱昨天被'钳工'夹走了，身上分文皆无了。"

正在二人纠缠之际，从站外又走进两个二十多岁的小伙子，他们的头发和那人一样的盖耳齐肩，上穿大花格西服，下身白色喇叭裤，脚穿黑漆油亮的皮鞋，这身装束，正是当时盛行的二流子服饰。冯有良一看便知是拦截自己的那个大板牙的同伙。此时，其中一个说："踩伤了我们兄弟的脚，不马上赔钱，还想耍无赖!"

冯有良对付一个无赖还行，拼了命打上一架，那个家伙未必就是自己的对手，可现在又来了两个帮凶，冯有良心里就没底了，他心想：必须改变策略，不能硬碰硬，要发挥大脑的功能，攻心为上，攻城为下。

这时，只见那个大板牙拽了拽冯有良的皮箱带，说："限你五分钟拿出五百块钱的治疗费，如过了五分钟，要加倍偿还。"

冯有良内衣口袋里装着三千八百块钱，此时，他不敢从这笔钱里数出五百来，倘若那样的话就全暴露了，肯定会被这帮无赖全部抢走，那样将寸步难行，连回家的路费都没有了。于是，他一边摸外衣口袋一边想办法，磨磨蹭蹭地摸了一遍，只摸出一张一元的和一张两元的，后又摸出一张五元的，加在一起才八块钱，一边向大板牙递去一边说："你先数一数。"

大板牙接过钱，数了数，说："就这几块钱，就想打发我们走，你这是打发要饭的!"一边说一边把那几块钱又塞在冯有良手中。

冯有良说："我身上只有这几块钱了，你们若嫌少，就再等一会儿，我们大队长一行人马上要出站了。"

大板牙问："什么大队长?"

冯有良答："公安局刑警大队长，他身上带着足够的钱，你想要多少，尽管给他要。"

三个无赖听冯有良的话，吓得胆战心惊，大板牙一挥手，说："'察子'马上要来，兄弟们撤!"大板牙一边说一边拉着两个同伙向站外广场跑去。

冯有良分文没舍，用智慧和胆略将几个地痞无赖吓走了，但是，他已亲身体会到当地社会治安的混乱，他不由联想到，安国药人议论的那件事：某地治安乱糟糟，一个高干的女儿女婿去旅游，他们见到一派旖旎的秀丽景色，拿起自己的照相机正在拍照，忽然，从山坳里冒出几个歹徒，把他们的相机抢走了，因为高干女儿的相机太精致、太高雅、太豪华了，是一般人买不起的奢侈品。丈夫见爱妻的相机被歹徒抢走，立即迎面冲上去，从地上捡起一块石头，朝歹徒砸去。然而，他掷出去的石头没有击中歹徒，却被身后飞来的一块石头击中后脑壳当场死亡。

还听说过，有个祁州的药人，从某药厂支出五万元现金，因是晚上赶返程列车，在车站广场被一伙歹徒把钱抢走。因在当时汇款很慢，有的汇出去后十天八天才能收到，甚至有的一两个月方能收到，故此商人们都愿意自带现金——也就是现钱买货，所以给犯罪分子留下了作案的机会。想到这里，冯有良有点恐惧，于是，他下决心坐火车去衡阳，再也不敢拎着一大皮箱鹿茸赶长途汽车了。虽然火车还有几个小时才发车，但它毕竟比乘汽车安全得多。

当天下午三点，冯有良从衡阳火车站出站后，为了抢时间和安全方面考量，他搭了个出租车来到衡阳药材公司，拎着大包小包，风尘仆仆地直奔经理办公室。然而，令他失望的是，他吃了个闭门羹。一问公司的人，方才知道，他的老战友因为有一项重要业务要谈，突然出差了。好在他在走之前，将有一位老战友送十公斤鹿茸来交货的事交代给了经理办公室主任，让他在冯有良到来后，将他带到业务科交货。

冯有良走进业务科，见到了尚学君科长，宾主握手寒暄之后，冯有良打开皮箱，拿出鹿茸让尚科长过目。

尚科长观察了一会儿，吧咂吧咂嘴，说："冯经理，这是几等货？"

冯有良立刻回答："一等梅花鹿二杠茸。"

尚学君说："我看连二等都不够格，不然咱们让质检科李主任过目一验。"

冯有良跟尚科长到质检科去找李主任，不巧李主任不在，尚科长向公司其他同事打听，有人说李主任到衡阳中药厂办事去了，今天不回来了。

尚科长说："那就明天上午再来吧。"

冯有良将五公斤鹿茸交给尚科长，寄存在药材公司仓库，自己觉得一身轻松，只拎着个提包，走出公司大门，此时已经是下午五点多了，他还没吃午饭，肚子已经饿得咕咕直叫，干脆来个午餐、晚餐二合一。

于是他走进一家湖南担担面馆，想尝一尝湖南小吃。此时，他觉得小面馆里的空气十分燥热，加之面馆的厨房和餐厅在同一个屋，自然温度要比外面高几度，于是他脱掉上衣，只穿一件背心。他把上衣放在离地不到一尺半高的长凳子上，当时，吃饭的人不多，除了他独自一桌之外，只有身后三个小伙子，相背坐在后排桌上吃面。

冯有良吃完一碗担担面，觉得酸辣可口，只是汤多面少，一碗根本解决不了问题，远不如北方的面食实惠。他曾经在郑州火车站吃过大碗烩面，那岗尖的一大碗，就能使人吃个肚儿圆。于是他在脱下的上衣口袋里去摸钱，想再要一碗，结果分文皆无。他想到，刚才进店时上衣口袋里还有三十八元的零钱，怎么一下子就没了！他十分纳闷：难道钱会飞吗？上衣口袋还有一个扣子扣着，而且扣子还系得结结实实的。

可是，钱就是没了！

他忽然想起，自己正在吃饭时，从眼角边发现衣服动了一下，他也没在意，肯定是那会儿，让后桌上的几个"钳工"得手了。此时，他内衣的钱也不好意思当着人的面掏出来，只好吃了个半饥半饱，从面馆走出去。他想从附近找一个旅店住下，明天去公司办事方便。于是，他边走边寻找，走着走着，他突然看到对面有一家店面，牌子上写着"河北省安国县凯达电机公司驻衡阳经销处”，不由眼睛一亮，冯有良非常高兴能在几千里之外，遇到老乡开的门市，便不由自主地走了进去。

屋内只见一个二十多岁的小伙子，正在搬着轴承往货架上放，见冯有良进了屋，小伙子问：“你好，想选什么型号的轴承？”

冯有良自我介绍说：“我是咱们安国老乡，到衡阳来办点事，路过这儿，正好看到是老乡的门市，想进来看看。”

小伙子笑容满面地说：“是做药材买卖的吧。”

冯有良“嗯嗯”答应着，然后反问道：“你是安国哪个村的？”

小伙子答：“北娄店村的。”

冯有良说：“我有个同学，叫褚英民，就是你们村的，你认识他吗？”

小伙子说：“那是我叔叔，他是这儿的老板。”

冯有良问：“你叔叔咋没在店里？”

小伙子说：“叔叔出去送货了，估计一会儿就回来。”

话音刚落，褚英民进了屋，他见到冯有良，十分惊喜，一边握住他的手，一边说：“老同学，这是哪阵风把你吹到衡阳来了？”

冯有良也十分热情地握着老同学的手，说：“安国药材交流大会时，我收到我战友一封信，让我有空来衡阳玩，我这位老战友，就是衡阳药材公司的老总，他在电话上与我订下了十公斤的鹿茸，现在来送货。”

褚英民问：“交货顺利吗？”

冯有良回答：“看样子不太顺利。”

“为什么不顺利？”褚英民又问。

冯有良说：“从石家庄火车站就遇到一桩闹心事儿！”接着，他就把昨天在石家庄火车站遇到小乞丐、假军人等一伙人卖易拉罐的事，向老同学陈述了一遍。

褚英民未等冯有良说完，就一边伸出大拇指一边说：“冯有良你真聪明，多高级的骗术，都得败在你老人家的手下。”然后，他指着旁边的小伙子，说：“这小伙子来衡阳之前，在石家庄火车站让那伙人骗去四千元。”

小伙子立刻脸红到了耳根，非常窘迫地说：“叔叔，求求你了，往后可别在外人面前揭我的老底儿了，可惜地上没有缝，有缝我就钻进去了。”小伙子的几句玩笑话逗得二人哈哈大笑起来。

笑过之后，冯有良十分镇定地说：“刚才老同学高抬我了，其实我也是刚刚走上商道的一个小学生，经验十分欠缺，跟智商高的人相比，差得太远了。虽说在安国药材市场上混日子，其实呢，好多种药材不能辨别真假，有好多种中药材不会分等归类，比如，我给衡阳药材公司订的鹿茸合同，人家要的是梅花鹿二杠一等货，可我在市场上让跑合人给代上的货，人家说是一等，咱就信以为真，由于咱个人不识货，当咱送来时，人家衡阳药材公司业务科科长说是三等货，人家公司的人应该不说瞎话、不骗人，毕竟人家是国营公司。估计问题就出在跑合人的身上。”

褚英民听完冯有良的话，问：“上货之前，你没找内行人把把关吗？”

冯有良说：“都怪我太相信跑合人的话了！”

褚英民说：“药材市场上，那些跑合的，大部分倒也安分守己，凭的是辛苦和本事吃饭，但也有个别人，为了尽快挣到跑合费，睁着眼睛说瞎话，骗了买方骗卖方。”

冯有良说：“我这五公斤鹿茸是让跑合人宋兰芳给赊来的，只打个欠条。每公斤六千元，总欠三万元。”

褚英民问：“合同执行价是多少？”

冯有良答：“每公斤八千元。”

褚英民说：“如果交货顺利的话，一万元挣到手了。”

冯有良说：“还不一定能交货呢，就算顺利交了货，也得从利润中扣除税和跑合费，还有来回的车费等，再说了，我的老战友不在，我也联系不上他，不过，就是他在，如果我的鹿茸是三等货，我也不好意思让人家给我算一等啊！”

正在冯有良和老同学侃侃而谈时，从门外进来一位算命先生，看上去有六十多岁的样子，光秃秃的头顶上依次排列着一串白圆圈，身穿一件灰色和尚袍，脚穿黑色布鞋，脚脖子被灰布带缠绕得严严实实。

进入屋里后，打了几声招呼，老先生对冯有良说：“先生算个卦吧？”

冯有良一摆手，说："我活了四十来岁了，从来没算过命，也没抽过签，不算！"

算命先生于是转身向外走去，就在这时，褚英民赶忙喊住算命先生，说："先生你给我老同学算一算，最近几个月财运如何，钱由我付，不要担心，尽管直言。"

算命先生"嗯"了一声，只见他用那双杏核般的眼睛往冯有良脸上足足瞅了五分钟，才开口说话："看他面带晦气，半月之内，必有一场纠葛，如果挺过这段时间，下半年可说是天降红运，财源如长江三峡之水，滚滚而来，就算刮八级风也挡不住……"

老先生说完，转身向外走去。

褚英民送走算命先生后回到屋里，对冯有良说："老同学应该多加小心为妙，算命先生说你最近要吃官司啦……或者遇到麻烦了。"

冯有良微微一笑，说："小时候听俺爷爷说，身子正就不怕影子歪，又听奶奶说，不做亏心事，就不怕半夜鬼叫门。"

褚英民说："听旁人说，这位老先生是湘西一带有名的郭铁嘴，先生的话不要全信，也别不信，总之这段时间小心为妙，而且，先生在外边偷偷地告诉我，你和你家的玉梅……"

冯有良问："我和我媳妇怎么了？"

褚英民说："实不相瞒，他说你们不能白头到老……"

冯有良听完老同学的话，犹豫了片刻，没有答话，将话题转移后问褚英民附近哪有旅店，想先住下。褚英民说自家门市的二楼有住的地方。于是，冯有良当晚就住在老同学家门市的二楼上了。

第二天，冯有良和褚英民去餐馆吃了早饭，他便去衡阳市药材公司办业务，他随业务科尚科长去质检科见到了李主任。

李主任说："你送来的梅花鹿茸二杠，不仅不是一等，连二等也够不上，马马虎虎三等。"

冯有良同尚科长说："我的鹿茸是在安国药材市场上拿的货，底价每公斤六千元，好几千里来送货，咋也不能让我赔钱呀！"

可是，无论冯有良怎么央求，尚科长仍然坚持必须按三等货一公斤五千元价格收购，不松一点活口儿。尚科长怕冯有良不相信，把去年的进货单拿出来让他看。冯有良仔细一看：一等茸九千一公斤，二等茸七千一公斤，三等茸五千一公斤。

冯有良无奈，他再也说不出什么来了。在离开衡阳药材公司前，他对尚科长说："我暂时把鹿茸带回去，因为货是让跑合人在药材市场上赊的，如果人家同意退货就好办了，如果他们不同意，咱们再联系。"

尚科长若有所思地说："退货顺不顺利，关键在药市鹿茸行情走势，如果鹿茸行情上涨，便非常容易退货，如果行情下跌了，人家货主不但不退货，可能会立即向你要货款，估计到时候就麻烦了。"

冯有良为了往后做生意留下更广阔的空间，临别之际，给尚科长留下一条中华牌香烟。尚科长笑容可掬地说："冯经理别灰心，来日方长嘛。"

冯有良说："以后还希望尚科长多多支持。"

第二十二章

冯有良离开衡阳之前，同学开车送他到火车站，离别之际，褚英民劝慰道："有良兄弟别泄气，打仗难免有胜败，没有常胜将军，做买卖也都是有赚有赔，所以一定要保持一个平和的心态，胜不骄败不馁，要保持冷静，砥砺前行嘛。"

冯有良说："老同学放心吧，你的话我记在心里了，为了这么点挫折，我是不至于跳长江寻短见的，老婆、孩子、老人还在老家等着呢，我要是撑不住了，他们可怎么过！老兄你也多保重，长年在外，举目无亲，自己照顾好自己，另外祝你生意兴隆，财源茂盛，他日荣归故里，咱们多约上几个老同学，一起为你庆祝。"

冯有良从衡阳回到安国的第一天，先拿着鹿茸到药材市场上给最有经验的老药人看。老药人看后说："此货的确是地地道道的三等鹿茸。"

冯有良问："一、二、三等的区别是什么？请老师傅赐教。"

老药师从自己的药柜子里拿出各个等级的样品，给冯有良详细讲解了三个等级的鹿茸的区别和规格。冯有良这才学会了鉴别鹿茸的基本知识。

冯有良觉得，中药学知识博大精深，而且很多东西单单从书本上是很难学得来的，书上尽管也有插图，但无法展现药物的细微之处。作为一个药人，对药物似懂非懂的，上当受骗不奇怪，不上当才怪呢，想到这里，便执意拜老药人为师，并把从衡阳返回时老同学送给自己的南方特产槟榔干送给老人作为拜师礼物。老药人起初不答应，冯有良软磨硬泡，之后，老药人看冯有良心诚意坚，最终收下了。从此以后，冯有良抽空就跑到老药人家，向他请教，渐渐地，冯有良成了中药行业的一位行家里手，这是后话。

第二天，刚刚吃过早饭，给冯有良赊到鹿茸的那个跑合人宋兰芳来到冯家，一进门就敞开洪亮的嗓子喊道："玉梅妹子呀，你家当家的回来了吗？"

冯有良媳妇一边往外迎一边回答道："兰芳大姐呀，请屋里坐。"

宋兰芳随主人进屋坐定后，三句话不离本行，问道："冯经理回来了吗？鹿茸交完了吗？"

玉梅说："一共十公斤鹿茸，俺他爸与他的堂弟冯有志一起做买卖，一人背着五公斤去衡阳，他堂弟的五公斤在石家庄火车站被诈骗团伙骗走了。冯有志被骗后去了哪里，冯有良不得而知，那五公斤鹿茸下落如何，也不清楚；至于我们自己家的那五公斤鹿茸，一两也没有交，全带回来了。"

回到家的那天，冯有良给玉梅说了实情。听完丈夫的话，玉梅对堂弟冯有志的遭遇十分同情，也十分担心，她想三五天内，到冯有志家打听一下他的下落……

这时，冯有良从屋里走出来，说："兰芳大姐，上错货了，人家公司给咱要的是一等鹿茸，咱给人家送去的是三等品。"

宋兰芳脸顿时阴了下来，说："那也得把货交了啊！"

冯有良回答道："交一公斤赔一千，交五公斤赔五千，有法止损就止损吧，难道非要赔到姥娘家才罢休？一点货不交，大不了只赔个往返的路费，这次生意做得实在太窝囊了。宋大姐呀，我们上货主的当了，要不就是他不注意拿错了货，把三等货当一等货给我们了。"

宋兰芳的脸沉了下来，回答说："不可能吧，老胡从来都没骗过我。"

冯有良说："宋大姐你给我讲一讲什么是梅花茸二杠一等货，什么是二等和三等。"

宋兰芳张口结舌，她根本就不懂，只好搪塞道："我刚学跑合，时间短，才七八个月，以前光弄普通草药，揽你的细活还是第一次，说句实话吧冯老弟，我对细药是一窍不通。"

冯有良说："这不就对了嘛，正因为你不懂行才不识货，我也不识货，故此我们俩都被人家货主给糊弄了。"

宋兰芳说："老胡肯定不会骗我，给的绝对是一等梅花二杠鹿茸。"

冯有良说："你信也好，不信也罢，反正人家衡阳中药材公司认为我这是三等货。"

宋兰芳说："我就是不相信！胡老板会骗我？"

冯有良说："你不相信好说，咱们拿货到市场上找一个懂细药的老师傅去鉴别一下不就明白了？"

宋兰芳同意了，于是二人用自行车驮着五公斤鹿茸，来到安国药材市场上最有名气的细药经营店，让最有权威的老药师鉴别。老药师鉴别后，得出如下结论：不够二等，更不够一等，三等也是赖三等。

宋兰芳说："李老师，你给我们讲一讲三个等次的区别吧。"

老药师把二人领到后院的仓库里，然后从一个箱子里拿出一支大约十几厘米长、像个黄瓜粗细的鹿茸，介绍道："你们看，这是一等茸，外皮毛茸茸的，形状圆圆的，笔直笔直的，而且锯口上有蜂窝；二等茸比一等稍差，如形状大头小尾，或多少有点畸形，没有一等那样完美无瑕；三等就是支头比较长的，茸已经很老化了，茸体上已经出叉了，有的一叉，有的两叉……"一边说，老师傅把各个等次的货分别拿出样品，让冯有良和宋兰芳看。接着，老药师又把鹿角拿出来，说："像这样全脱完茸，全骨脂化，就成干鹿角了。"

宋兰芳睁着大眼睛，问道："李老师，像鹿场用锯子锯那刚刚长出十多厘米的鹿茸，那鹿不疼吗？"

老药师说："那是锯它的肉，又不是锯木头，它怎么会不疼呢？那小鹿茸刚长出十多厘米长，都是血体血段，用手摸上去，嫩嫩的，软绵绵的。养鹿场收茸前，先把鹿的四肢用绳子捆住，几个壮汉将鹿的脖子按住，然后用锯子锯它的茸，有时锯口下的血冒出一米多高，疼得那小鹿嗷嗷哭叫……"

宋兰芳张着嘴巴，不由惊叫了一声，叹道："那可太残忍了，小鹿太可怜了。"说完，眼眶里几乎浸出了泪水。

李师傅看了宋兰芳一眼，突然一转话题，问宋兰芳道："你们的鹿茸是从哪儿上的货？"

宋兰芳答道："李老师，话得从头说起了，春季安国药材交流大会，冯经理与衡阳市中药材公司签订了十公斤鹿茸供应合同，规格是梅花鹿茸二杠一等品，因为以前我给冯经理上过几次草药，每次我上的货他都交得十分顺利，我们合作得非常愉快，故此我们之间便产生了默契，冯经理对我也十分信任，于是把十公斤鹿茸的活交给我来干。我接了活儿便到市场去上货，正巧路过胡氏三鞭行，便想进去看一看有没有我要找的鹿茸。进店后我就问：‘胡老板，有梅花鹿茸二杠一等货吗？’胡老板问我要多少，我说我要十公斤。胡老板说：‘别说要十公斤，就是二十公斤也绰绰有余。’我问胡老板卖价是多少。胡老板说：‘最低价每公斤六千。’于是，我去跟冯有良商量。冯有良说，只要他保证是一等品，就拿货。于是我回到胡氏三鞭行，胡老板承诺，他的货保证是一等的。当时我也不懂什么等不等的，就把十公斤鹿茸拿到了冯家。冯有良说，先赊个十天八天的，等交完货回来再付货款，问问胡老板是否能应允，如果不行就上别人家的货。我去问胡老板，胡老板很痛快，说赊个十天半月的没问题，但必须给他写个欠条。可欠条上只写着：欠胡奇人十公斤鹿茸，每公斤六千元，十公斤六万元，总欠人民币大写陆万元整。欠条上一没写什么等级，二没写倘若因质量问题交不了货可以退还原主。结果呢，冯经理拿到湖南去交货，人家公司鉴定认为是三等茸，冯经理怕回来不好退货，只好把自己的五公斤带了回来，想退还胡老板，至于另外那五公斤，冯有良分给他的堂弟了，两人一起去衡阳交货，在石家庄火车站被骗子骗走了。”

李药师听完宋兰芳的一番陈述后，冷笑一声，说：“想退货恐怕够呛，若是人家好说好商量就好办，嘿嘿。”他继续说：“他是什么人，你跟他打一次交道就知道了，做买卖，首先要做人，只有积善成德的人，才能把买卖做好。在往年，咱们安国的药人，无论是做药的、贩药的还是跑合人，都将‘诚信’二字牢记心头，可是，这几年，有些药人越来越不把老人们留传下来的规矩当回事儿了，这样的药人，只图眼前的蝇头小利，生意是做不大的，古话说，‘聪明反被聪明误’，早晚会把自己做到绝路上的。”

冯有良听完老药师的话，深有感触地说：“李师傅说的都是金玉良言，靠骗人做生意，肯定不会长久，骗得了一时，骗不了一世，最终只会众叛亲离，没人搭理了，咱安国药人的光荣传统，可不能毁在这些人手里。”

宋兰芳对两人的话有些不以为然，说：“我就不信，才五六天时间，他不给退货？老胡不是这样的人，你们可能想多了。”

老药人说：“但愿如此。”

冯有良宋兰芳从老药人门店出来，走在回家的路上，宋兰芳说：“不用再等了，我拿上鹿茸，马上去胡氏三鞭行，把这五公斤退了，至于你堂弟的那五公斤，既然已经被骗子骗走了，也就不关我什么事了。”

冯有良瞅了宋兰芳一眼，只好无奈地点点头，说：“那就先退了这五公斤吧，回到安国后，我还没顾着回老家呢，这趟生意做的，有志媳妇肯定会把我埋怨死。”

宋兰芳看了冯有良一眼，没有说话，随即转过身，向胡奇人的店里走去。

冯有良刚回到家，就听见有个熟悉的女人的声音：“为什么有良哥回来好几天了，俺家有志还没回来？这究竟是怎么回事？”

冯有良心里不由一紧。

玉梅说：“一言难尽，等有良回来了再慢慢给你说吧。”

“我家有志出什么事儿了吗？他，他难道在路上被人害了？”有志媳妇不由哭了出来。

“看你说的，哪儿有这样的事，尽管把心放到肚里吧，钱是没挣到，不过人没事。”玉梅说。

听说人没事，有志媳妇便不再太着急，问道：“有良哥呢？”

玉梅说：“有良和经纪人去鉴货了——你看咱这笔生意做得真憋屈，咱按一等品在安国药市上的货，可没想到人家给咱们的是三等货，所以人家衡阳公司按三等价收购咱五公斤，每公斤赔一千块，有良想把货退回去，也就是把合同解除了。跑合的说问问人家，看是不是同意退货。”

有志媳妇说：“他不给退货还想要赖吗？”

玉梅说：“听有良说，人家见市场鹿茸行情掉了价，当然不退货，只要钱了；倘若市场行情暴涨，人家双手欢迎你退货。事情通常就是这样。”

有志媳妇“唉”地叹了一口气，说：“如今的人啊，想钱都想疯了，为了自己的利益，什么事都能做出来，没一点人情味，眼里只有钱。”她一转话题又说：“我怀疑是不是跑合的与货主联起手来欺骗咱们呀？”

玉梅说：“甭管咋说，这批鹿茸是赔定了。”

正在这时，冯有良走了进来，玉梅紧张地问道：“让老药人鉴定了吗？结果怎么样?”

有良说:“老药人说是地地道道的三等货,而且是赖三等。”

玉梅说:“咱要的是一等,他给咱三等,咱立刻去药市法庭起诉他。”

有良说:“就是打官司,咱也赢不了!”

“为什么?”有志媳妇问。

冯有良说:“因为欠条打得有毛病,都怪我没有经验。欠条上一没写要的是一等鹿茸,二没注明半月之内交了货付钱,交不了可以退货,对人家卖方一点约束力都没有,约束的只有自己。唉,咱们遇到了一个老油条,这只狡猾的狐狸。”

玉梅问:“那怎么办?”

冯有良说:“跑合人宋兰芳说拿鹿茸去退货,退了就退,退不了只好给人家钱。”

玉梅安慰道:“算是吃一堑长一智吧。”

接下来冯有志的媳妇问冯有良,自己的男人为什么没有和他一起回来。

冯有良思索片刻,心想:要是告诉她实话,怕她的心脏病会加重,如果不实话告诉她,有志又没回来,肯定是瞒不住的。于是他便把前几天在石家庄火车站遇上小乞丐、假军人用易拉罐骗人的事,一五一十地给冯有志媳妇叙述了一遍。

有志媳妇听完,一边抹眼泪一边说:“哎呀!我的老天爷!我们家没有做买卖的命,第一次出门就遇上骗子啦,但愿老天保佑……”

随后,冯有志媳妇问有良:“为什么从出门到现在已经有八九天了,冯有志还没回来?”

冯有良也不知道有志哪里去了,只好说:“你到安国邮局电话厅打个电话,问问你那位在石家庄公安局上班的表哥,估计有志被骗后会去公安局找他报案,你若想了解有志的去向,只能这样做了。”

临走的时候,冯有良对冯有志媳妇说:“有志第一次做药材生意就遇上了这样的事,你家又缺钱,这样吧,有志被骗走的五公斤鹿茸仍然算在我身上,这样你家好歹只赔个路费,否则,你们一家还不塌了下来。”

冯有志媳妇一边哭一边千恩万谢地离开了。

冯有志媳妇离开后，冯有良两口子发生了口角，女人埋怨丈夫："你不该把冯有志那五公斤的鹿茸揽下来，本来那五公斤就是宋兰芳给有志赊的货，再说开始是他们哭着求着让你带着他们做生意的，又不是咱求的他，为什么咱们替人家外人还倒债？"玉梅的脸气得发青，手指哆嗦着。

冯有良说："你怎么把有志当外人了？有志他爹是我亲叔，有志他爷爷是我爷爷，有志他奶奶是我奶奶。"

玉梅说："我不管你什么亲爷爷还是亲奶奶，再说咱们家的钱又不是大风刮来的，我反对用咱们家的钱替旁人还账，我一百个反对……"

正当有良两口子为鹿茸的事争得面红耳赤时，经纪人宋兰芳拿着胡氏三鞭行退回来的鹿茸走进屋来，有气无力地说："冯经理呀，刚才我去老胡家和他磨叽了半晌，这个糟老头子真不重人缘，是个屎尿不吃的主，他只想要钱，拒绝退货，他说现在安国药材市场上鹿茸的行情每公斤跌价一千元，若收下咱五公斤货就得赔五千，他绝对不干。"

冯有良问："宋大姐，你说这事该怎么办？"

玉梅也问道："大姐，你说怎么办？"

宋兰芳说："我想出一个办法，不知你同意不同意？"

冯有良说："说说看。"

宋兰芳说："咱把五公斤鹿茸退给他，然后每公斤再给他补一千元的跌价钱，也就是我拿五千元现钱和五公斤鹿茸，一同给胡奇人送去，其余的那五公斤的钱你先欠着他，我给你担三五个月的账没问题，这样既缓解了你的压力，又解决了鹿茸这块心病，你该干什么就干什么去，别总为这拖腿的鹿茸操心了，你觉得我说得怎么样？"

冯有良觉得这个女人说得也不无道理，就答应了。玉梅尽管心中一百个不情愿，但当着外人，也不好撕破脸同自己的丈夫闹。

二人意见统一后，宋兰芳从挎包里取出一张欠条，由原来的"十公斤乘以六千元"，让冯有良改写成"五公斤乘以六千元"，最后的金额大写由原来的"陆万元"改写成了"叁万元"。二人办妥后，宋兰芳从冯有良手中接过五千元现金，拎着五公斤鹿茸，骑上自行车飞奔似的朝胡氏三鞭行驰去。

一路上，宋兰芳一边骑着自行车一边想：五千元既然装进了自己的腰包，为什么不想法子把它据为己有呢？用这些钱买几套新衣服，买几双高跟皮鞋，买个金戒指戴在手上，把自己打扮得漂漂亮亮的，在大老板面前也显得更有身价，说出话来才有分量，跑合的效率就会大大提高，那样的话，每天的跑合费就会像雪片一样纷纷落入自己的腰包。

第二十三章

安国中药材市场上，跑合的——当今规范的说法叫经纪人，自古就非常活跃，二十世纪八九十年代大约有上千人，他们有男有女，有老有少，其中年长者七十多岁，年少的二十岁左右。他们就同串东家跑西家的媒婆相似，两肩膀上担着一张嘴，他们虽不像药商老板们动辄有几百万上千万的资本，做大买卖，挣大钱，但靠着能说会道的两片嘴，日子也能过得很滋润。

不过当跑合人也并不很容易，也不是天天能有买卖成交，他们之间的竞争也十分激烈，比如，有时商户让跑合人张三上货，可李四说他上的货价格便宜，货物又好，于是，商家择优录用，故此，李四就把张三顶了。有的跑合人三五天甚至十天八天成交不了一笔买卖，因此他们也有自己的苦衷。为了成交一笔买卖，走东家，跑西家，需要看老板的脸色行事，一旦老板不高兴了，自己必须笑脸相迎。有时为了做成一笔买卖，不知从张家到李家，又从李家到张家来回往返多少次，简直把鞋底子都磨破了，把自行车的轮胎都跑爆了。有人说跑合的嘴比说书人单田芳还能“白活”，活人能让他说死，死人也能让他说活。

若想在药市当一名好的跑合人，除了能说会道外，也得有比较扎实的基本功，需要有对上千种中药材的鉴别能力，也要对每种中药材的价格掌握得非常准确，每当有药商问询，必须张口就来。跑合人有时还需担账——担账也是安国药市的方言土语。怎么担账？既可以为购货方担保应付未付的购货款，又可以为供货方提供应收未收的售货款。如果跑合人有充足资金，可以直接把资金替人付了，待另一方有了钱，再将款子打到自己账上。如果跑合人没那么多资金，则要提供一个必须承担法律后果的承诺，如果到时候，自己所承担的药商不能把货款打来，自己是要承担连带责任的，也就是要替药商还钱。这就如同替人担保贷款相似，你所担保的人到期不能还钱，银行是有权追究你的责任的，甚至将你的家产拍卖，直到还清为止。因而担账是有风险的。有次有个跑合人给一个广东老板担了三十万的账，广东老板一去不复返，过了一年多，广东老板家人给跑合人打来电话，说老板病故了，得病把家底花完了，又欠几十万元的外债。可是，这个跑合人并没有多么雄厚的资金，哪里能拿得出几十万啊！最后被人家起诉，家产被法院全部拍卖，然而仍然不足以将自己所担的账全部偿付，最终被关进监狱，吃了两年牢饭。

宋兰芳骑着自行车往胡家走，她的大脑一直没闲着，她在想方设法地将冯有良给的五千元化为己有。

其实，宋兰芳并不怎么愿意来胡氏三鞭行，除非实在无奈，她不习惯他家那些动物类药散发出的那股带有腥气的味道，更不愿意看那些东西！“三鞭”，顾名思义，谁都知道是些什么，自己尽管已经是一个结婚生子的妇女，但看到三鞭行里陈列的各种暗红红的赤条条的各种动物的“鞭”，闻着那难闻的气味，仍然膈应得慌。

在胡氏三鞭行，更令她触目惊心的是，胡奇人家的墙上挂着一个成年雄鹿的鹿头，粗大的鹿角，大大的头颅，黄色的绒毛，黑色的鹿唇，都是活生生的，尤其鹿的那一双眼睛，眼眶大张着，晶莹的眼珠又黑又亮，似乎随时有泪水渗出来。

第一次来胡氏三鞭行时，宋兰芳一进门，就被这个鹿头惊到了，将一个鹿的脑袋锯下来，再安装到墙上，实在是太恐怖了，她总觉得，这头鹿在死死地盯着自己。不过，转念一想，宋兰芳的心便稍稍安定了一些，她认为，这一定是假的，还不知是用什么材料做成鹿头的样子，安装到墙上的呢。不过，她还是惴惴不安地问过胡奇人，想证实自己的判断。然而，胡奇人告诉她这是一个真的鹿头，而且为了保证鹿头的质量与美观，并不是将鹿杀死后再锯下来，而是在鹿活着的时候直接锯。

听了胡奇人的话，宋兰芳一时之间惊得几乎说不出话来。宋兰芳再细看这个鹿头的那双眼睛，是那样的栩栩如生，充满了哀怨的神色，眼巴巴地瞅着这个屋子，瞅着这个剥夺了它的生命的世界。

从此以后，每次来胡氏三鞭行，宋兰芳都不由得先瞅一眼这个鹿头，尤其是它那一双晶莹剔透的眼睛，她觉得，这双眼睛，总是在注视着自己，她便想尽办法，极力躲避它们的目光，然而，这种躲避总是徒劳的，只要她进了胡氏三鞭行，无论自己走到哪个位置，她都觉得它的一双眼睛在瞅着自己。

她来到胡家，只见胡奇人一个人正在吃午饭，餐桌上摆着四大盘菜——蒜薹炒鸡蛋、油炸花生米、酸菜炖鲤鱼、小鸡炖蘑菇，桌上还放着一瓶关家园牌的葛根酒。

胡奇人刚启开瓶盖，正瓶屁股朝天往酒盅里倒酒，忽然听到一个年轻女人的声音："胡老板怎么今天一个人独酌啊，老板娘没陪你喝酒啊?"胡奇人定睛一看，原来是宋兰芳，正拎着一兜子东西从院里朝屋里走来，便笑眯眯地说："我老丈母娘得脑血栓了，我的糟老婆子伺候去了。"接着说："大妹子你今天真有口福，我今天刚挣了一笔巧钱，给太原中医院上了两公斤冬虫夏草，就吃了他'过水面'两千元，所以一高兴就想喝几盅，我正愁没人陪哩，更愁炒炖了一桌菜没人帮着吃哩，快点过来帮我吃!"

"过水面"也是安国方言，指挣中间的差价，不用本钱。

宋兰芳把手中的鹿茸放在椅子上，神情忧郁地说："胡大老板谁能比得起，大药行开着，生意兴隆，日进斗金，天天大鱼大肉，吃得满口流油，胖得肥头大耳的，可是咱个小跑合的，天天忙得屁颠屁颠的，不仅挣不到钱，还不讨好，就像钻进风箱里的老鼠两头受气。"

胡奇人道："说说看……对了，边吃边说，我给你拿个杯，先喝上两杯再说不迟。"

宋兰芳说："我鹿茸的事没办好，有什么脸面吃胡老板的饭，喝胡老板的酒。"

胡奇人瞅了宋兰芳一眼，问："冯有良怎么说?"

宋兰芳说："冯经理说给五公斤的钱，退五公斤的货。"

胡奇人思索片刻，说："我接受五公斤的钱，不接受五公斤的货。"

宋兰芳说："我看人家冯有良也挺不容易的，本来人家要的是一等茸，而你给人家的是三等货，这笔买卖人家不仅没有挣到应该挣的那份钱，反倒搭上好几千块，现在人家小两口正吵得不可开交；再说了，人家冯有良帮咱卖出了五公斤鹿茸，咱就赚了人家五六千元，你店的那几十公斤没销出去的茸，不照样每公斤跌一千元吗？所以思前想后，冯有良是帮了咱的忙，咱不能不给人家面子，再说都在一个市场上做买卖，低头不见抬头见的，还是和气生财为好。”

胡奇人说：“谁让他冯有良不识货呢！我给他三等茸他当时为什么不说呢？”然后他话锋一转，说：“今天咱兄妹有幸到一起了，又正好赶上午饭时间，咱先把不开心的事放到一边，先吃饭喝酒，酒足饭饱之后再干别的事。”胡奇人一边说一边从餐桌旁起身，拉住宋兰芳的手往桌前拽，他淫笑着说：“现代京剧《红灯记》里唱道，‘人生几何，以酒当歌’，正好今天你大嫂没在家，有老妹陪我畅饮几盅。”

宋兰芳忙从胡奇人紧攥的手中抽出自己洁白娇嫩的手，因为她知道胡奇人身上有多处牛皮癣。有一次夏天她来胡氏三鞭行时，正见胡奇人时而用左手挠自己右腿上的白斑，时而用右手挠自己左腿上的白斑，一直挠得那白皮屑像雪花一样纷纷扬扬从空中飞舞，而且胡奇人一边挠一边刺痒得龇牙咧嘴。当时，宋兰芳恶心得直想吐，她立刻从胡家跑到邻居家，假装上厕所，实际上是去洗手，她连胡家的脸盆都不敢用，唯恐被传染上皮肤病，后来听说牛皮癣不传染，她才稍加放心，但还是有些半信半疑。

此时，宋兰芳恐怕胡奇人再次抓自己的手，立刻坐在餐桌旁的椅子上，说：“既然胡老板真诚相邀，那我就恭敬不如从命了。”然后，她一转话题，问道：“胡老板同我以兄妹相称，那小妹冒昧问一问，您今年五十几岁？”

胡奇人一边为宋兰芳斟了满满一盅酒，一边回答：“五十早已成为过去，胡某人今年六十有三啦！请问兰芳妹妹芳龄几何？”

宋兰芳说：“三十有九，再过几个月就是不惑之年喽，可惜一事无成，安国县城连一套房也买不起，现在还是租房住，惭愧啊惭愧！”接着她又说道：“希望今后胡大老板多多支持，多多帮扶。”

此时，胡奇人已从对方口吻中嗅到了花香的味道，仿佛一捆嫩草送到老牛口边似的。于是他一边举杯一边笑眯眯地说：“来日方长，为了我们兄妹的灿烂未来，为了我们的关系更加亲密无间，先干一杯。”

宋兰芳举起杯，咣当一声，同胡奇人碰了一下。胡奇人说："干!"二人便干了第一杯。

宋兰芳说："谢谢胡老板!"霎时，她的脸上泛起了红晕。

此时，胡奇人想：冯梦龙在《警世通言》中说过，"花是春博士，酒是色媒人"，此刻我还不把酒大人请出来更待何时呢？于是，他又拿起酒瓶，斟满两个酒杯，说："兄妹不花，一喝就仨。"

宋兰芳因有求于人，故此不敢拒酒，只好陪胡奇人连喝三杯。

喝完第三杯，胡奇人已经热血沸腾，含有醉意地说道："不是给你吹牛，我胡某人在安国细药行首屈一指，哪家有我外面的关系户多？哪个细药行有我做的买卖大？不瞒你说大妹子，我胡某人一年挣个五六十万就是个玩儿……你估计我库存的细货值多少钱?"

宋兰芳鼓了鼓劲儿说："一百万?"

胡奇人说远不止那个数，接着他伸出三个手指头，向宋兰芳暗示自己库存三百万元的细货。

宋兰芳对胡奇人的话不完全相信，觉得男人为了讨好女人，话里难免有自吹自擂的成分，但也不可否认胡奇人确有实力，为了弄个明白，于是问道："你库存里都有什么细货?"

胡奇人说："天然牛黄、麝香、冬虫夏草、梅花鹿茸、羚羊广角、西红花……真的是应有尽有——你如果遇到要细药的商家，尽管来拿，先交货再给钱，保证不让你打欠条，我不支持你大妹子支持谁!"

宋兰芳让酒染得脸色绯红，娇声细语地说："那太谢谢胡哥了。"

胡奇人把满含淫邪的目光射向宋兰芳凸起的胸部，在胡奇人的眼里，宋兰芳就像桃花一样鲜艳，特别讨人喜欢。

宋兰芳的确是位大美女，虽说年近四十，但风韵不减当年，一米七的身段纤长而苗条，一双水汪汪的大眼睛镶嵌在两道弯弯的月亮眉之下，樱桃小嘴两旁生着一对酒窝。

宋兰芳长这么大，几乎没怎么喝过白酒，然而，今天因为心中怀着不可告人的目的，因此当胡奇人让她陪酒时，她不好拒绝。宋兰芳想讨好胡奇人，希望他能把冯有良退回的五公斤鹿茸顺利收下，此时她根本不说冯有良补偿了五千元的事——把胡老板陪得舒舒服服，那五千元据为己有就理所当然了。

胡奇人又要给宋兰芳满酒，宋兰芳忙推谢道："不能再喝了，连喝了三杯酒，辣得嗓子直冒烟……"然后，她发出一阵阵剧烈的咳嗽声，忙用手捂住自己的嘴，说："不好意思，我喝呛了。"

胡奇人用筷子夹起一块鸡肉，放到宋兰芳盘子里，说："先尝尝我的手艺，小鸡炖东北野山蘑菇。"

宋兰芳没吃胡奇人夹给自己的鸡肉，而是夹了口蒜薹炒鸡蛋，说："我不爱吃鸡肉。"

胡奇人说："到我家就和在自己家一样，想吃什么就吃，别拘束。"然后一转话题，问道："大妹子你当家的在哪儿上班?"

宋兰芳不知是被酒呛的还是酒后情绪激动，她的双眼顿时涌出了晶莹的泪花，喃喃地说："我的那个男人一点儿出息都没有，既做不成买卖，又当不了老板，只会给人家开车，我嫁到婆家，一天好日子也没过上，他打工挣的那几个钱刚够交房租，两个孩子的学杂费都靠我做跑合，孩子们一年年的也吃不上一只卤煮鸡，我一年年的也舍不得买件新衣裳。"宋兰芳一边说一边用手帕擦眼泪。

胡奇人"嘿嘿"了一声，说："真可惜一朵鲜花插在了……往后你只需跟着我，保证让你一年就挣到一套房子的钱。"他一边说一边抓起酒杯，说："来，大妹子，为了你将来过上好日子，一定再来一杯。"说完，给宋兰芳满上了。

听胡奇人话说到了这个份儿上，宋兰芳便不再抗拒，举起杯，和胡奇人碰了一下，说："从今天起，我拜胡大哥为师，望胡哥多多支持!"因已经喝了几杯酒，这次，宋兰芳倒没觉得这一杯像刚才的那么辣了。

俗话说："酒淫人胆。"仗着酒劲，胡奇人色眯眯地说："药行里流传着一句话：要想学好，必须跟着师父跑，要想学会，必须跟着师父睡。"

宋兰芳已经有八九分醉意，显得神色迷离，对胡奇人这充满挑逗的话并没表现出什么反感，在胡奇人为自己倒满酒后，立刻端起来与他碰杯干了。

然后，宋兰芳觉得浑身无力，脚腿发软，头晕目眩，身不由己地从椅子上滑到了地上。

胡奇人见宋兰芳已经烂醉如泥，心想老牛吃嫩草的幸福时刻降临到自己面前了，还不立刻行动，更待何时！想到此，他将宋兰芳抱进自己的卧室，然后将她放到床上。

别看胡奇人今年已经六十多岁，身体依然很是强壮，加之他一米八零的个头，膀大腰圆，饭量比年轻人还大，一顿能吃三碗肉馅饺子，一次能喝一斤多白酒。他把已经醉得不省人事的女人放床上后，先把胡氏三鞭行的大门关闭，上了锁，然后如狼似虎地扑向女人……

第二十四章

宋兰芳迷迷糊糊地睡了一个下午，傍晚时分终于清醒了过来。她醒来后忽然发现自己赤身裸体，身边还躺着个赤裸裸的男人，不禁惊出一身冷汗。此时，她看到胡奇人还在睡梦之中，鼾声如雷，她立刻明白了：自己醉酒后被胡奇人这个大色狼给“鼓捣”了。此时她感到十分的羞愧、百分的后悔，同时感到特别恶心，因为她知道胡奇人不仅双腿长满牛皮癣，而且是个烂红眼，平时他红赤赤的双眼还时不时地流眼泪，让旁人一看他那个糟样子，就恶心得直想吐。

宋兰芳心里骂道：好你个老色狼，竟敢占老娘的便宜，看我下来怎么收拾你！她立刻穿好衣服下了床，见胡奇人睡得正香，没有惊动他，蹑手蹑脚地走到柜台前去拿钱。她将里面的钱一把把地抓起来塞进自己的包里，尽管包里已经有些鼓鼓囊囊，但没有什么大面额的钱，实际上总计也过不了千把块钱。宋兰芳觉得还不解气，又从柜台前拿了两支羚羊角，塞进自己的包里。她觉得捞了一把，心里得到了一些满足，于是从柜台上拿起钥匙，将大门打开，又把冯有良要退的五公斤鹿茸用自行车驮回自己家，当然她“代还”的五千元现金，本来在胡奇人面前一字未提，也带回了自己家里，和鹿茸一起存放在了柜子里。

她的丈夫已经做好了晚饭，等爱妻回来吃。两个孩子也等得不耐烦了：“怎么妈妈这么晚还不回来？快把我饿死了。”

正在这时，宋兰芳披头散发、面色绯红地回来了，嘴里还喷着酒气。大儿子问：“妈你怎么了？咋这么晚才回家？快把俺饿死啦。”

姑娘说：“妈你身上的酒气怎么这么大，快把我熏倒啦。”

宋兰芳憋着一肚子气无处发泄，于是瞪了两个孩子一眼，说：“快吃你们的饭，大人的事，你们小孩子少掺和。”一边说一边进屋躺下。

丈夫忙盛上一碗大米饭，再端上一碟醋熘白菜，送到媳妇床前，然而，宋兰芳因为胃里酒精的折磨，一口也没吃进去。

第二天上午，儿子上学去了，二姑娘去幼儿园了。丈夫没去开出租车，怕爱人生病，忙问："身体好些了吗?"

宋兰芳说："好多了，昨天胡老板请我们几个跑合的吃饭，非劝我喝酒不可，我说不喝，老家伙不干，他说谁不喝就是看不起他，往后就别当胡氏三鞭行的经纪人，咱为了日后继续有活干，不敢得罪人家大老板，只好喝了两大杯，就喝多了。胡老板借个酒盖脸，偷偷说他同情我，今后如果我听他的话，或拜他为师，他会帮咱挣大钱的，他说一年内帮咱在安国挣到买房的钱。我怀疑他存心不良，他是癞蛤蟆想吃天鹅肉——我一个如花似玉的大美女，岂能看中一个烂红眼，看上一个长癣兔子，相中一个糟老头子?"

丈夫看了妻子一眼，若有所思地说："可是，今后你若得罪了人家胡大老板，人家还会帮扶咱吗?"

宋兰芳胸有成竹地说："我不用他帮，我给他来个先发制人……"于是她把嘴对着丈夫的耳朵，低声说："如此……这么……"

第二天，宋兰芳又来到胡氏三鞭行，这时，胡奇人正趴在桌子上记账，其实他那天早知道柜里的零钱是谁拿的，两支羚羊角怎么丢失的他也心知肚明。此时，他看到宋兰芳来了，不但不追责，反而十分高兴，说道："大妹子快进屋!"

宋兰芳脉脉含情地说："胡哥，昨天我喝多了，可让你偷吃'嫩草'吃了个大饱。"

胡奇人"哈哈"几声淫笑后，说："不过那天美中不足的是人喝得忒多了，如果在你不喝酒的时候，找机会再让我吃上几口'嫩草'，那才别有一番风味。"一边说一边去摸宋兰芳的手。

宋兰芳将手往回一抽，说："大白天的，让旁人看见好说不好听的。"

胡奇人说："宝贝，今晚过来玩吧，想死我啦。"

正在这时，胡奇人老伴从娘家回来了。"来得可真不是时候!"胡奇人在心里不由哀叹了一声。

宋兰芳忙掩饰道："胡老板，我有个北京药厂客户，要上五公斤冬虫夏草，你马上给称五公斤，只需半天时间，交了交不了，下午就给你拿回来，你卖什么价?"

胡奇人一边从仓库里拿出一箱冬虫夏草一边说："最近虫草涨钱了，三万一公斤。"

胡奇人的老伴和宋兰芳说了几句话便进里屋去了。宋兰芳说："胡老板，我给你写个欠条吧。"

胡奇人说："不用打条，我十分相信你。"

宋兰芳说："这么贵重的药材，你不怕我弄丢了?还是打个欠条更有把握。"

胡奇人笑笑，说："胡奇人最相信宋氏经纪人。"

宋兰芳说："还是按规矩来吧。"她写完，用眼瞟了胡奇人一眼，暗示了他一下。

胡奇人会意，接过欠条一看，原来上面写着："诚邀胡老板今晚去我家做客，我丈夫出车去了，两个孩子去他奶奶家了，我给你准备了一顿肉丸饺子，还有鲜奶。"

胡奇人看完后立即心潮起伏，热血沸腾，痒痒得腿肚子直发抖，悄悄回答道："我明白了，我必须去尝尝你精心准备的美味佳肴。"

二人话毕，宋兰芳搬起虫草箱子放在自行车上，坦然自得地径直往自己家里奔去……

夜幕降临，胡奇人吃过晚饭，背着老伴，偷偷地吃了两粒三鞭丸，又喝了一两白酒，为的是让酒当引子以便使药效发挥到极致。然后，他精心打扮了一番：穿上一身灰色西服，内穿白衬衫，脖子上系了一条黄领带，脚穿一双三节头皮鞋，用五分钟时间打了鞋油，鞋黑得发亮。另外，为了怕宋兰芳嫌自己身上有老年味，将女儿出嫁前丢下的一瓶过期的香水偷偷地喷洒在自己身上。

打扮好后，他又照了照镜子，骑上一辆摩托车，风度翩翩地朝宋兰芳家驶去。临走前，老伴问丈夫打扮得这么漂亮去约谁。他不耐烦地说："请放心，我这把年纪了，难道还去找什么小二小三的不成？是天津天士力药厂的甄厂长来安国了，住天元大酒店，今晚他约我去谈一笔细货生意。”

老伴哪里知道老头子在欺骗自己，于是说：“你把外边大门锁好，我睡觉呀。”

胡奇人骑着摩托车，穿梭在县城的大街小巷，此时他感到心情特别愉悦，特别自豪，因为他近几年财星极旺。前年从满洲里买回一批羚羊角，入手时每公斤才三百元，压了不到两年，跑合的人给他每公斤一千三百元他都不想出手，终于涨到一千五百元他才卖了一半的货，就赚到了九十八万。他立即花了二十万给在省公安厅工作的儿子在石家庄买了一套单元房（八九十年代大城市房价很低，十万二十万就能在北京买套单元房）；去年夏天他又去青藏高原买了几公斤冬虫夏草，鼓捣回祁州药市来卖，赚到了二三十万，他用倒卖虫草赚的钱在祁州药市西一街买了一套门脸房，又花了一万多元在石家庄买回一台日本进口本田 125 摩托车，在那个年代，如果谁家有一辆一万多元的进口摩托车，已是出人头地的商户了。

此时的胡奇人扬扬得意地骑着崭新的摩托车，穿梭在熙熙攘攘的人群中，觉得风光无限。最近一段时间，他一直在想，祁州药市买了门脸房，胡氏三鞭行的生意也很兴旺，新摩托车也骑上了，银行也有了几十万的存款，仓库里存放着上百万的细货，觉得自己真的十分了不起，故此他很得意，很狂躁，很满足，很飘。他觉得自己的老伴已经人老珠黄，满头白发，满脸皱纹，所以他想找一个年轻漂亮的女人，在外边私下往来。他无法同老伴离婚，因为阻力实在大得很——首先自己的一双儿女就绝不会答应，在这个问题上，他们是坚决站在他们母亲的立场上的，这一双儿女啊，女儿蛮，儿子横，他谁都惹不起。他能做到的是“家中红旗不倒，外边彩旗飘飘”，别的不求，就想“老牛吃几口嫩草”。

来到宋兰芳家，胡奇人将摩托车停在院子里，大踏步朝屋里走去，他看到宋兰芳一人在屋里，只穿着一件红背心，正在洗头，两条雪白的大胳膊露在外面，满屋的香水味沁人心脾。

胡奇人先在里边各个屋都走了一圈，没有发现旁的人，但他还是有点做贼心虚，来到宋兰芳身边，问道："丈夫出车了？"

宋兰芳说："去广州了，昨天早晨就走了，估计现在已到湖南了。"

胡奇人问："孩子们呢？"

宋兰芳说："我嫌他们麻烦，早把他们打发到他奶奶家了。"

胡奇人说："看来今天这个大舞台就留给咱们两个唱主角了。"

宋兰芳说："你想演一出什么戏？"

胡奇人将手探到宋兰芳的胸前，说："当然是西门庆大战潘金莲。"

宋兰芳将胡奇人的手从自己的胸部推开，说："急什么，今晚上我陪你好好玩玩，看你个糟老头子有多大的功夫。你先进屋上床，我擦擦头发，然后把大门锁上就来。"

此时，胡奇人对宋兰芳言听计从，立即进屋上床，将衣服脱了个一干二净。然而，一等宋兰芳不来，二等宋兰芳不到，大约等了有一个小时，仍不见宋兰芳的踪影。他刚想穿上衣服，去外边看个究竟，这时，宋兰芳走进屋来，说："宝贝，让你久等了。"

胡奇人问："怎么锁个门这么长时间？"

宋兰芳说："我刚要锁门，邻居家大嫂来串门，我不敢把她领进屋，只好与她在门口唠叨了一会儿闲话。"

其实宋兰芳在说谎话，那时她根本就没会什么邻居，她在和丈夫商量如何对付床上这只如饥似渴的色狼呢。当宋兰芳商量妥当回到屋里时，胡奇人吃下的三鞭丸正在发作，他像一只饿了十天的狼看到一只大母鸡一样猛地扑了过去。只见他双手搂住宋兰芳的腰，一边说"可想死我了"一边用嘴狂吻她的脸。

宋兰芳被胡奇人口中呼出的酒味熏得直恶心，用力推了他一把，然而怎能推得动，根本无济于事，她越挣扎，胡奇人搂得她越紧。此时，胡奇人再也控制不住自己的欲望，已经把嘴从她的脸上、唇上转移到她的胸前。就在这紧要关头，宋兰芳突然高喊一声："来人啊！有人强奸我。"

一个大汉应声从外边飞身而入，此大汉身高一米八有余，膀大腰圆，只见他左手拿着一把斧头，右手拿着一把银光闪闪的钢刀。他一进屋就举起钢刀，发出震耳欲聋的呐喊声：“老流氓，竟敢闯门入室，强暴我的女人！”

胡奇人被突如其来的喊声震骇得魂飞魄散，立刻放开紧紧搂着的宋兰芳，浑身酸软，一屁股蹲在了床上，呼呼地喘着气，仿佛泄了气的皮球。他再一看闯进来的彪形大汉，只见他手举钢刀，正虎视眈眈地注视着自己，便俯身求饶道：“大汉哥哥请息怒，我不是强……我是她老师。”胡奇人嗫嚅道。

大汉上前一步，朝胡奇人的肚子上狠狠地踹了一脚，疼得胡奇人“哎呀”一声从床上滚到地上，他狼狈不堪地问道：“请问大哥您是？”

大汉一阵冷笑后说：“本人就是宋兰芳的丈夫，姓高，名天鹏。”

胡奇人一听，心中豁然明白：原来自己中了人家设下的美人计了！

高天鹏抬起穿着大头皮鞋的脚，踩住胡奇人的大草包肚子，平时高天鹏穿布鞋，为的是开车踩油门方便，今天特意穿上皮鞋，就是为了对付入室的色狼。此时，他一只脚踩着胡奇人的大肚子，一边用力往下压一边说：“姓胡的，你再说一遍，是强奸还是？”

胡奇人有气无力地说：“宋兰芳啊，你说我两个是不是相好？今天是不是你约我来的？”

宋兰芳走过来，狠狠地掴了胡奇人一个大嘴巴子，用手戳着胡奇人的鼻子说：“你个老色鬼，你个老不要脸的，你个糟老头子，也不撒泡尿照照自己？长得像个癞蛤蟆，又是个烂红眼，浑身长着牛皮癣，像个脱光了毛的兔子，你想与我相好，简直是癞蛤蟆想吃天鹅肉。”

胡奇人被踩得肚子发憋，还在为自己辩解：“那天你在我家酒桌上说拜我为师，还说……”

宋兰芳没等他说完，对丈夫说：“别听这老东西一派胡言。”她一边说着一边给丈夫使了个眼色。

高天鹏心领神会，再加把力气，踩着胡奇人的大肚腩，同时把手中的刀往胡奇人的脖子上一放，威胁道：“糟老头子，你说今天怎么办？第一条是公了，我们马上报案，让公安局来抓你；另一条是私了。两条路摆在你面前，任你挑选。”

此时的胡奇人百感交集，一会儿他恨自己太粗心大意，一会儿恨自己人老心花，一会儿又恨自己的老伴人老珠黄。他害怕公了被抓进公安局受皮肉之苦还不算，还会搞得人尽皆知——俗话说，“好事不出门，坏事传千里”。

所以必须选择私了。

经过足足二十分钟的深思熟虑，他对宋兰芳两口子说：“请高天鹏老弟高抬贵手，先放开我，让我穿上衣裳，我要私了。”

高天鹏收回压在胡奇人脖子上的钢刀，缩回自己踩在胡奇人腹部的一只脚，说道：“你先穿衣服吧。”

胡奇人刚穿上衣服，便问：“高老弟，你说怎么私了？”

宋兰芳把早已准备好的一张十六开的白纸递给胡奇人，然后说：“我已写好条文了，你只要在上边签个字就行。”

胡奇人接过白纸，仔细一看，上面写道：“从即日起，宋兰芳和胡奇人之间的所有欠账将一笔勾销，如胡奇人再向宋兰芳算旧账，必将遭到宋兰芳夫妇的起诉或者惩罚。甲方宋兰芳　乙方胡奇人。”白纸最下面还写上了日期。

胡奇人看完，倒吸了一口凉气，于是喊道：“这太狠了吧！今天你刚从我家拿走五公斤冬虫夏草，按目前安国药市市场价，每公斤三万，五公斤就是十五万呀；还有前些天你给冯有良赊下的鹿茸，按目前市场价每公斤五千元，十公斤就是五万，两种药加起来足足二十万啊！求求你们，能不能把五公斤虫草还给我，将十公斤鹿茸一笔勾销？”

高天鹏说：“老家伙，希望你能做出明智的选择，你没有讨价还价的余地，倘若你选择私了，就立即在条款上签名，如果你选择公了，咱就马上去公安局。”高天鹏一边说一边拉着胡奇人的胳膊，跃跃欲试地要往外走。

此时的胡奇人，在对方的威逼下，终于败下阵来，无可奈何地用颤颤巍巍的手拿起笔，在条约的右下角签上自己的名字。宋兰芳还是有些不放心，又拿出昨天在文具店买来的一盒印台，打开盖子，抓着胡奇人的手，在他自己名字上用大拇指深深地按上了手印。

在宋兰芳家出事的第二天，胡奇人找到冯有良，问道：“宋兰芳给你拿的鹿茸，你是怎么处理的？账付清了吗？”

冯有良说：“这事儿得从头说起，宋兰芳是给我上了十公斤鹿茸，起初我不知道她是从哪儿拿的货，我说我要一等梅花鹿茸二杠，然而她给我上的却是三等货。当时我也不识货，就与我堂弟一人拿着五公斤鹿茸去南方交货，我堂弟的五公斤在石家庄火车站被骗走，我独自一人带着五公斤到了衡阳，结果人家公司说现货与合同不符，故此公司拒收。剩下的五公斤宋兰芳拿走了，她说要帮着我把这货退了。临走时宋兰芳说，鹿茸每公斤跌价一千元，我交货之间耽误了货主卖货，故此货主要求每公斤补一千元的损失费方可收货，所以我就给宋兰芳五千元，于是她就把钱和鹿茸一起拿着去了。”

听完冯有良的一番话，胡奇人说：“冯经理你真是个老好人，还给她倒搭钱！如果你直接退给我，我一分钱都不要，该退的就果断退货了；再说都是经常在祁州药市上混的人，低头不见抬头见，交了货就交，交不了就退了，有什么不好说的……”

冯有良说：“宋兰芳也没告诉我是从谁家拿的货。”

胡奇人说：“从今往后，冯经理若是订细货合同，就直接到胡氏三鞭行去拿，还免得让跑合人从中吃价。”

冯有良说：“好的，有机会一定到胡老板的胡氏三鞭行去拜访。”

胡奇人说：“冯经理，求一个事行不行?”

冯有良说：“只要我能办到的，一定会尽力。”

胡奇人把最近他和宋兰芳发生的事，一五一十地给冯有良说了一遍，说到关键之处，胡奇人竟老泪纵横，呜呜地哭起来：“宋兰芳这个女人，心也太黑了，太毒辣了，弄我个七八万的还不行吗?一狠心竟然弄了我二十多万。”随后，他一转话锋，说：“为了我少受损失，求冯大经理把五公斤鹿茸款直接给我结账吧。”

冯有良给胡奇人倒上一杯茶，递到他手里，说：“对不起胡老板，我不能把钱给你，因为货是宋兰芳给我上的，我给人家宋兰芳打了欠条。如果我把钱给了你，宋兰芳拿着欠条来向我要钱，我咋办?”

胡奇人说：“冯经理，要不这样吧，五公斤鹿茸钱咱们二一添作五分了，如果你怕得罪宋兰芳，我给你写个收到条，证明五公斤鹿茸钱我胡某人已经收下，倘若她非要逼你不可，到那时你可约我来给她交代。”

冯有良说："你们之间的瓜葛我不掺和，拿谁的东西就给谁，欠谁的账就给谁结。我绝不能因个人的私利做违背原则的事。"

听冯有良这样说，胡奇人只好竖起大拇指，说："冯经理真是正人君子，不为财动心，不为色而迷。"他又一转话题，说："说句大实话，我拿你也没当外人，更不怕你耻笑，我是从心里喜欢宋兰芳，不然，她弄我这二十万，我是不会轻易放手的，说句自夸的话，我儿子就在省公安厅任职，只要我给儿子去个信儿，很可能宋兰芳什么都得不到，我是这样想的，今天我帮助了她，她是不会忘掉我的，一旦我那病秧子老伴离世……我想请宋兰芳来伺候我，希望冯经理见了宋兰芳给传个口信儿……"

冯有良说："胡老板，你和宋兰芳之间的感情问题，我劝你还是自己表白，免得让人产生误解。"

胡奇人说："冯经理说得太有道理了，不过将来我有用着冯经理的时候，希望能给我帮帮忙。"

冯有良点头"嗯"了一声。

过了三天，冯有良把欠宋兰芳五公斤鹿茸的三万块钱一次性还给了她，当然，这三万元其实是替冯有志还的。宋兰芳把从胡奇人手中弄来的五公斤冬虫夏草和冯有良退还给胡奇人的五公斤鹿茸，在一个月内全部售出，然后用这笔钱在安国药市西三街买了三间门脸房。

第二十五章

冯有志从表哥家出来，像一个流浪汉一样，徘徊在十字路口，感觉十分无奈、十分迷茫。他心想：回家吧，可现在家徒四壁，拿什么还欠下的巨额债务？如何面对妻子失望的眼神？如何向乡亲们解释？如何向越来越衰老的父亲交代？如何面对孩子们？他们早就念叨着，爹去南方做药材生意回来时，就给他们买回好吃的来了，结果呢，自己行囊空空，血本无归！再说了，回去后如何生活？牛卖了，猪也卖了，如何种地养家？

正在踌躇之间，冯有志看到电线杆上有一则招工广告，原来是一个山西煤矿在招工，月工资八百。他心中疑虑：挖个煤怎么有这么高的薪水？不会是骗人的吧？不过，他又想：反正现在自己不名一文，还怕被骗钱？最多这一百几十斤交代了。交代了就交代了，这样活下去还有什么意思？活着回去还不是白白让乡亲们耻笑。想到这里，他记下电线杆上的地址，义无反顾地踏上了前往山西的道路。

过了一个多月，冯有志表哥来到茂营村，告诉冯有志媳妇案子破了。原来是石家庄辖下某县的一个诈骗团伙，现已被公安局捣毁，所有罪犯都被擒获，赃款大部分追回，更加幸运的是，冯有志的五公斤鹿茸也全部追回。

当表哥把五公斤鹿茸和五百元现金悉数交给原主时，冯有志的媳妇高兴得欢蹦乱跳，一边给表哥沏茶倒水一边说："哥就是咱们家的救命恩人啊！"

表哥说道："一家人不说两家话，老天有眼，不该咱家破财。"他见不到冯有志，便问道："有志呢？赶紧叫他回来，听到这个好消息，他一定会高兴坏了，不过以后出门，可一定要小心，现在社会上的骗子越来越多，咱可不能再上这样的当了。"

冯有志媳妇从抽屉里拿出一封信，递给表哥，说："哥呀，他自从受骗后就没有回家，说不混出个人样儿来就不回来了！等儿子放学回来，我让他给他爸写封信，把案子破了的消息告诉他，好让他早点放心……”

表哥接过信看了一遍，大概内容是冯有志受骗后没有回家，去山西当了挖煤工人，每月挣八百元，后来，他又干上了撤顶子木的活，每撤一根能挣五十块，一天能撤十根，可挣五百元。

表哥看完信，心中暗想，他这是赌命。因为他们办案去过山西小煤窑，老板黑心，买一根顶子木至少要花一百元。虽说隔一根撤一根，但也时常发生塌方事故，曾有多少工人被葬送在垮塌的矿井下啊！国家三令五申要小煤窑关停，可是，黑心的煤老板为了牟取暴利，还是一直偷偷地干着图财害命的勾当。

表哥知道表妹夫的处境十分危险，便正色对表妹说：“下井干活实在危险，尤其是私人开的小煤窑，各项设备都不完善！快想办法把他召回来。”

冯有志媳妇虽然听明白了表哥所说的话的意思，但是每月寄回来的一万元钱，又使她非常不舍。每当公公问起儿子的情况来，有志媳妇怕他担心，就谎称丈夫被骗后去北京打工了。自打改革开放后，村里去北京打工的很多，大部分是干建筑，一般没有什么危险，而且很多还能学个技术什么的。

表哥走后，冯有志媳妇出于对丈夫的关心与疼爱，还是让大儿子写信，让丈夫马上回来。

就这样，冯有志每月收到一封家里人来的信，他却一直敷衍着妻子。直到收到第六封信，他才回信说马上回家，至此，家里一共收到了近十万元。

转眼年关已到，冯有志老爹心里实在按捺不住了。有一天，他对正在吃饭的儿媳问道：“有志不是去北京打工了吗？怎么这么几百里路，连个家也不曾回来一趟？要是你娘在世的话，又该想得死去活来了。”

有志媳妇说：“爹说得对，儿行千里母担忧，天底下哪有当父母的不挂念自己儿女的，可他半月前刚来信，说月底回来，因为他们工地上太忙了。”

有志爹听说儿子年前能回家过年，一颗悬着的心终于落了下来，说道：“这孩子还是那个犟脾气，他想做的事八匹马都拉不回来。”

老人的话音刚落，村里传来一阵炮响——本地人一听就知道有人去世了。有志爹长叹一声道：“这是谁去那边了？”

这时，冯有志的二儿子冯利民放学回家了，一进大门就惊慌地喊道："爷爷，杰子叔死了。"

老人忙问道："他得了什么病？太可惜了！才三十多岁吧。"

冯利民回答道："杰子叔叔不是病死的，是到山西煤矿下井时遇到塌方，被埋在井里活活憋死的。"说着，小利民又走到妈妈身边，将嘴巴贴在她的耳边继续说道："娘，你说矿主黑不黑！杰子叔叔的尸体也不给挖出来，只给了一个骨灰盒，小盒子里没有骨灰，只是抓了一把井下的煤面来代替杰子叔叔的亡灵回来安葬，老板真是心黑。"

听着冯利民那滔滔不绝的讲述，有志媳妇慌了神，把锅里的菜都炒煳了，直到儿子喊道："娘，锅里冒烟了，你在想什么呢？"冯有志媳妇这才回过神来。是呀，冯利民哪里知道自己说的话就像刀子一样刺痛了他娘的神经。她是在担心远在千里之外的丈夫，担心他的安全。此时的她，急得心都提到了嗓子眼儿。打个电话吧，村里没有，那如何才能联系到处于危险境地的丈夫呢？犹豫一番，六神无主的女人终于向公公说出了实情，希望他能给拿个主意。

老人听了儿媳的话后，反而镇定了一些，说："是福不是祸，是祸躲不过，看他的造化吧。"他并没有特别埋怨儿媳。

冯利民毕竟是个孩子，口无遮拦，听了大人之间的话，说："娘，你说爹会不会已经出事了？"

冯利民话音刚落，"啪啪啪"三个响亮的耳光就落在了他的脸上。"你给我闭上你的乌鸦嘴！"母亲骂道。冯利民万分委屈，一头扎进爷爷怀里哭了起来。爷爷伸出满是老茧的双手抚摸着孙子的脸颊，替他抹去泪水，说道："不要怪孩子，他还小，知道什么！"此时，冯有志媳妇见孩子哭得委屈，也暗自责怪自己下手太狠，只见她眼里的泪水一颗颗顺着脸颊淌了下来。

老人见母子二人哭得伤心，岔开话题道："晚上等大孙子回来后，咱们一家人合计合计，我的意思是你们明天动身去山西一趟，把有志给找回来，一家人过个团圆年吧，钱挣多少算个够？一家人平平安安在一起过日子才是幸福。"

第二天凌晨不到五点钟，冯有志媳妇和大儿子冯伟民就踏上了去山西的道路，母子用了八九个小时，二人几经辗转，终于来到了山西太原，从太原客运中心坐车直奔矿区，到达矿区已经是下午五点多钟。

母子二人刚进入矿区的大门，就听见几个操着四川口音的男子喊道："下面又塌方了，还有五六个人没出来呢。"虽说四川口音听得模糊，但母子二人也知道下面出事了。

于是，有志媳妇朝那个四川口音的汉子喊道："有个叫冯有志的人在下面吗?"

那人答道："不知道出来了没有。"

听了男子的回答，有志媳妇一阵急火攻心，一下子晕了过去。冯伟民连忙将娘抱住，大声哭喊起来："娘，您醒醒，娘，您醒醒！人家说不晓得我爹是不是出来了，不代表我爹一定还在井下啊，也许已经出来了呢……"

这时，周围的几个热心人明白晕倒的妇女是矿工家属，也赶紧上前帮忙，掐人中的掐人中，灌水的灌水，过了一会儿，有志媳妇终于醒了过来，但她嘴里还是不停地絮叨着："你走了，留下我们孤儿寡母一家老小可怎么活呀，当家的，你太狠心了……"

正在冯伟民为母亲的状态和爹的生死心焦时，只听得后面传来一声："孩他妈，你怎么来了?"只见一个粗壮的大汉，头戴一顶乌黑的安全帽，全身上下是一片乌黑，只在说话时，显得牙齿白厉厉的，看了令人感觉有些可怕。母子两人只是凭他说话的声音才能确定这人是冯有志。

冯有志媳妇将信将疑地问道："当家的，真的是你吗?"

"是我！是我!"冯有志一边回答一边蹲下来，抱住了媳妇和儿子，热泪从眼眶里簌簌地掉了下来。他边擦眼泪边说："上午我的脚不小心砸伤了，下午休息，这不我刚买药回来，所以我没有下井，也算是万幸，可是有几个工友却困在了下面，不知能不能活着出来。唉！他们每个人家里也都是有妻儿老小的……"

妻子可不管人家的事，只要自己家里人能够平平安安就好，听丈夫这样说，媳妇双手抱住冯有志的脸，看了好半天，不由又放声大哭起来，"他爹，真的是你了，你可把我吓坏了，要是没了你，咱一家人可怎么活啊！”一边说一边使劲地捶打丈夫的后背。

天色早已经暗下来了，冯有志回工棚换了件衣服，脸都没顾得洗一把，就带着媳妇儿子去吃饭。一家人路过好几个饭店都没舍得进去，最后来到一家面馆，各要了一碗刀削面。冯伟民开玩笑地说：“爹，你太抠啦，连个排骨汤都舍不得点一个。”

冯有志回答道：“革命尚未成功，同志仍需努力！”

当晚一家三口在矿区外的一个小旅店住了下来，夜里，冯有志同媳妇商量，想再做半个月，但一听媳妇说家里老人病了，马上打消了这个念头。

归心似箭，第二天，讨要了工钱，一家人便直奔车站，一路上，冯有志都在为老爹的身体担忧着，不停地问妻子老爹的病情，而媳妇只是支支吾吾，含糊不清地说些什么。这可把冯有志急坏了，他觉得，一定是父亲病危了，否则有什么话不能明说呢，于是他便问儿子，一听父亲问起爷爷的病情来，他就扎下头，一言不发了。

“唉，一定是爹不行了，否则他们怎么会跑这么远，硬催着我回去呢。”冯有志想。

直到上了班车，车开动了，缓缓向东方驶去时，媳妇才坦言相告：“爹的身体并无大碍，只是干活累着了，腰酸腿疼，我们只是想让你早点回家，这份工作太危险了。”

“我多半年没在家，让老人吃了不少苦，受了不少累，是我对不起他老人家。”说着，冯有志的眼中又不知不觉地流下了热泪。

听说家里一切平安，冯有志便把心放到了肚里，与老婆说起了对以后生活的规划，他说：“看来咱不是当药人的料，第一次做生意就赔了，以后就老老实实靠力气挣钱吧，等过了十五，实在不行咱还回矿上干，来钱比当药人也不慢。”

女人说：“我与爹商量好了，以后再也不让你做煤矿的营生了，你可能还不知道吧……实在太危险了。”

“那干什么呢？继续在家里种地，粮食倒是能打下，就是挣不来钱。”冯有志说。

“钱钱钱，你光知道钱，命要是没了，要钱还有什么用？你还不知道吧，咱们村杰子死了，就是在煤矿上挖煤时，因为塌方被埋在了里面，尸首都没有找到。”女人说。

“哦，杰子死了？唉，的确是可怕，我们井上也死过几个人，实在是太可怕了。”有志说。

“那你还想回矿上干呢，反正你也挣了不少钱了，给孩子盖两处房也够了，何必还要去矿上卖命呢？他爹，你看这样行不行？等明年开了春，咱买两头牛，再买一辆三轮车，多种一些庄稼，咱村李达思、张万财家的地已经不种了，专门到县城搞药材呢，咱们把他们家的地也种上，多种些玉米，再买几头猪养起来，也不用专门买饲料，这样一年下来，连种庄稼带养猪，一年收入也不少呢。咱就守着家，守着土地，一家人平平安安地过日子就行了。你挣的钱存到银行里，每年挣的利息，也差不多够供孩子读书了，咱还何必拼着命去赚钱呢。”

“二亩地，一头牛，老婆孩子热炕头！好吧，听媳妇的话，咱还是过咱农民的小日子吧。”冯有志不由笑了起来。

第二十六章

冯有志回到家的第二天，便来到安国县城，看望堂哥冯有良。

冯有良看到冯有志，不由又惊又喜，冯有志更是非常激动，猛扑上来，抱住冯有良，痛哭失声，过了好一会儿，他的情绪才平稳了下来。

此时，冯有良早已知道冯有志自从在石家庄被骗后，便跑到山西挖煤去了，便说道："有志，别再去挖煤了，咱村的杰子在山西煤矿上遭遇塌方砸死了，才三十几岁啊！现在的煤窑老板，只是为了挣钱，对矿上的安全问题不肯多投入，隐患太多，万一……既然回来了，就不要再去了，还是跟着我继续当药人吧。"

冯有志的脸一红，说："唉！俺没上过什么学，又拙嘴笨舌的，不是做买卖的料儿，我已经与媳妇商量好了，还是在家老老实实地种地吧。"说完，他从包里取出一叠钱，数了数，塞给冯有良，说："哥，这是五千元，你收下吧，据说，当时你替我付了三万元给供货方，让你一公斤赔了一千，这钱不能让你贴。"说完后，他又把一个包递给冯有良，说："这是那五公斤鹿茸，你也还给人家，石家庄的表哥将这鹿茸给追回来了，否则可就赔大了，我可是再也不敢做生意了。"

冯有良收下五公斤鹿茸，却把那五千元钱退还给冯有志，说："将这五公斤鹿茸完璧归赵就好了，五千元你还是拿起来，你家的日子也不好过……"

"大哥，我在煤窑上干了近一年，尽管这活很危险，但我好歹攒下了一些钱，既然我有了还钱的能力，就不能让你为我贴钱。"冯有志一边说一边将钱又推向了冯有良。

冯有良说："不是，事情是这样的，近来这段时间，鹿茸的行情涨了一些，三等茸一公斤已经过了六千，好像还有继续上涨的趋势，我把这些茸给宋兰芳送过去，她肯定会痛快收下的，然后她就会把那三万元退还给我的。"

说完，冯有良将这五千元又塞给冯有志。

听冯有良这样说，冯有志的媳妇忙说：“既然这样，有志，那你就赶紧把钱拿起来吧。”

冯有志看了看媳妇，又看了看冯有良，“呵呵”笑了笑，便有些不好意思地将钱拿了起来。

有志媳妇把这五千元从丈夫手里拿过来，装进了随身带的包里，拉紧了拉链。

看到冯有良挺忙，又说了几句闲话，冯有志两口子便告辞回家。他们走到门口的时候，冯有良犹豫了一下，把他们喊住了，说：“回来，有个事儿，想与你们好好说一说。”

两口子掉过头。冯有志问：“哥，有什么话，您尽管直说。”

冯有良看了看冯有志，又看了看有志的媳妇，说：“你们真的决定哪儿都不去了，就在家里安安生生地种地?”

“嗯，哪儿都不去了，更不去下煤窑了，种地、养猪，有吃有喝的就行了。”有志媳妇说。

“那……那既然就在家里种地，种什么都是种，为什么不试着种些药材呢？守家在地儿的，又不用像下煤窑担心有危险。”

“种药材？我们不会种，听说很麻烦的，弄不好也会赔了的，种庄稼咱种熟了，种药材咱怕弄不了。”有志说。

“先少种上点试试，怎么样？赔也赔不大，如果赶对了行情，那收入可比种庄稼强好多倍了，咱村已经有种的，外村种药材的更多，大部分都能挣钱，考虑一下吧?”冯有良劝道。

“种子从哪儿买？技术呢？谁肯教咱?”冯有志媳妇问道。听说能挣钱，她有些心动了。

“种子的事放心，玉梅娘家的一位叔就是种药材的行家，这两年将家里承包的地全部种了药材，听说发财了。如种对了行情好的品种，一亩一年能卖六七千，他让我和玉梅也种，种子、技术他都可以帮忙。到时候，我让玉梅给你们向他叔多要点种子，你们先种上点试试，如果不成功，改年就不种了。

船小好掉头嘛。”冯有良说。

“那咱试试吧，家里有十多亩地，咱先种上一亩试试？不行咱以后就不种了。”有志媳妇问有志。

“种下了药材，谁来收呢？听说种药材的人都有固定的客户，否则种下了卖不出去，到时候烂在自己手里，就成一件很恼心的事了。”有志说。

冯有良说：“收购的事你放心，到时候交给我就好了，咱按市场行情价收你的，讲个公道，不敢说比别人收购价高，但咱肯定也不会比别的贩子给的价格低。”

“我们相信你，大哥！有志，那就这么定了，一开春，咱们就整出二亩地，种上药材。”有志媳妇说。

“行，那就种上二亩药材。”冯有志犹犹豫豫地答应了下来。

冰雪融化，春回大地的时候，冯有良与玉梅回到老家，并将玉梅的叔叔请来，每顿好酒好肉地招待着，让他指导自己与冯有志种药材。

按照计划，冯有良想将家里的十来亩地全部种上药材，但他爹死活不同意，冯有良只好种了大约一半——根据家里的土壤状况，种了二亩山药、一亩沙参、一亩射干、一亩荆芥，还有二亩天花粉。这些药材都适合沙性土壤，而冯家——其实整个村庄的土地，都距离沙河边不远，都是比较典型的沙性土壤，这几种药材，在这里能够适应。另外，山药是药食共用的品种，万一药材滞销，还可以当作蔬菜卖出，这样做，保险系数较高，不至于在行情跌落的年头烂在手中。

天花粉的行情最近一两年很是看涨，这种药材的果实和根都可以入药。果实名叫瓜蒌，也写作栝楼，村里人俗称为葛蒌瓜，现在市场上这种药越来越紧俏。

天花粉指的是这种药物的根，可以生津止渴，是一味中药。改革开放后，人们能吃饱饭了，患糖尿病的人却骤然多了起来，对这中药的需求也就大了。

因而，冯有良吃准种天花粉是赔不了的。所以，尽管玉梅和他爹都有些反对，他还是决定种了两亩。

冯有志的二亩地，全都种上了山药，也是为了稳妥。“这东西，药厂不收还可以当菜卖，实在不行也可以自己吃，再不行还可以喂自己家的猪，总不会瞎了的。”冯有志说。

另外，对于种山药，安国农民不是很陌生，很多人或多或少种过一些，没种过的也见过别人是怎么种的——这也是冯有志首先选择种山药的原因。

“五一”前后，正是农历的谷雨节气，是种植山药的最佳时节。种得太早了，气温太低，土壤的温度上不来，将山药种到土里后，芽出得太慢、出得少，甚至会冻烂在土里；有时候，尽管苗出得还可以，但等苗出来后，突然来一场倒春寒，会将出来的苗冻死，出现这些情况，都会严重影响收成，甚至造成绝收。种得太晚了，过了山药生长的节令，入秋后，天气已经冷下来了，土里的山药块根还没来得及长大，收成也不会太好。

恰好这年“五一”前下了一场透雨，山药种到土里，水分充足，不用担心苗出不来。

种山药这天，冯有良和冯有志各自把一家老小发动起来，恰好两家的地挨着，一群人一起种，分工合作，又热闹，效率又高。

冯有良拉耠子，冯有志扶着，兄弟俩在已经整好的土地上耠起沟来。这里在古代是大沙河或滹沱河的古河道，土壤是沙性的，比较松散，所以，耠起来并不费什么事，兄弟两个又说又笑的，不一会儿就耠了一亩多地。看到兄弟俩将负责下种、施肥、掩埋的老人、妇女、孩子等一大群人远远落在了后面，站在地中间指挥的玉梅叔叔便喊兄弟俩停一停，先休息一会儿再干——把沟全耠开了，在太阳的照射下，土壤内的水分会加快蒸发，不利于保护土壤墒情。

于是，兄弟俩坐到地头的阴凉里休息了，顺便抽支烟。冯有良给玉梅叔叔敬了一支烟，请他也坐下来歇一会儿。冯有志乘机问道：“我说叔啊，咱这土这么贫瘠，种的药材能长得好吗？”

“放心，山药种在这样的地里才能长得好，如果种在距离河道太远的、过于肥沃的地方，那才长不好呢！山药这东西，命贱，种到太肥的土里不行，就像咱们土老百姓，没有受不了的罪，却有享不了的福。”老人回答。

“这么说，山药这东西，如同花生、红薯、芝麻、谷子一样，不能种在太肥的地里?”

“对，就是这么回事。”

“这么说我就理解了。”

“这两年，博野、蠡县、清苑那边，开始大量种山药了，比咱们安国种的还要多，都是种在这种沙性土壤上，长得都不错。咱们安国这几年以药用为目的才开始大规模种植山药，安国号称药都，在这方面还不如人家呢，被落下了。”

冯有良看了看自己的妻子，她正在往垄沟里撒复合肥——美国二铵，不由皱了皱眉头，冲玉梅叔叔说：“种药材用化肥，总感觉不太好，是吧？尽管不是碳酸氢铵之类的一闻就让人不舒服的臭肥，但也是化肥啊，人吃了这种药材，总不太好吧。”

玉梅叔叔说：“谁说不是呢，可是现在种草药都是这么种，否则山药块根长得又短又细，不仅产量低，卖相也不好，你们赔了，或者挣不了多少钱，怕你们骂我啊!”

“药材还是野生的好吧?”冯有志问道。

“当然是野生的好，价格也高。可是随着人口的增长、人们生活水平的提高和寿命的延长，对药材的需求量越来越大，绝大部分中药材依靠野生远远无法满足需求，有的野生药材品种已经濒临灭绝，大量的药材需要人工种植才能满足市场需求。动物类药呢，当然也越来越依靠人工饲养了，比如全虫、土鳖虫，人工饲养得越来越多。另外，有不少的中药目前已经没有野生品种了，或者说很难找到，只能靠人工种植，比如山药就是如此，你从哪里见到过野生山药？不用说山药了，连艾草都不容易找到野生的了，以后，野生药材将越来越稀有，当然也会越来越珍贵，价格也会越来越高，比如在安国的药材市场上，野黄芩就比人工种植的黄芩价格高很多。再比如，东北野生的长白山人参，好多年才能长成，价格高得很，而人工种植的被称为园参，生长得快，价格也低得多了，现在，市场上野生人参很少了，大都是用园参代替，甚至用党参代替人参。”冯有良说。

“其实，人工种植药材也不是什么稀罕事儿，古代就已经出现。据说，李时珍还在自家院里种过药材呢，区别是，那时候种药材不用化肥，与野生药材区别不是很大。”玉梅叔叔说。

“以后种药材，我觉得咱用农家肥做底肥，施足一些，就不要用化肥了，您说行不行？这样，种出来的药材应该就更安全一些，对人的不良影响更小，也更接近纯天然的野生药材吧？”冯有良说。

“说得有一定道理，可也不全对，因为，施再多的农家肥，也很难完全替代化肥。一开始我想的也和你一样，我跟你们兄弟玉杰这样做过——他有点儿文化，喜欢钻研这些，然而产量与卖相都赶不上施了化肥的，所以啊，化肥还是不能不施——尽量少施一些吧！”玉梅叔叔说。

再吸完一支烟，眼看老人、妇女们追上来了，冯有志向掌心“啪啪”地吐了两口唾沫，说：“哥，咱们继续耩吧。”边说边站了起来。

冯有良拉着耠子，卖力地向前走着，忽然看到老爹正蹲在垄沟上，弯下腰，低着头，将作为种子的切成一段段儿的山药块根放到沟里，弄得整整齐齐的。看到爹这种认真的样子，冯有良不由鼻子一酸，险些掉下泪来。尽管现在自己在县城买了房，也有了一些钱，老人却一直坚持住在村里，只在冬季在城里住一段时间。老人在茂营村住了一辈子，到老都不愿离开这里，尽管已经年近七旬，家里的地却一分都没有扔下。现在，儿子要种药材——尽管一开始他是有些反对的，担心这是瞎胡闹，担心不种粮以后饿了肚子怎么办，但是，当种药材的事决定下来后，他就不再说什么，而是一门心思地帮儿子种药材。冯有良知道，如果不是老父亲在茂营村的土地上坚守着，自己的十多亩承包地恐怕早已经荒了，说不定到处都是一人来高的野草了，还种什么药材！想到这里，他特别感激父亲对自己的支持。

当把山药全部种完，埋上土，冯有良、冯有志和妇女、孩子们，觉得已经大功告成，心中觉得一阵轻松，都坐到地头的阴凉里休息去了。

然而，老人们却没有闲下来，他们倒背着手，弯着腰，身体摇摇摆摆地在垄沟里踏步走着，尽管缓慢悠然，然而劲道十足。这是在将垄沟踩实，一有利于保墒，增强抗旱能力，二为防止飞鸟以及兔子、狗獾之类动物将刚刚种到土里的种子刨食糟蹋掉。

玉梅叔叔毕竟岁数大了，腿脚不是很利落，不能经常来，指导过几次，将地全部整好，施好底肥，冯家兄弟药材园再有了什么技术问题需要解决，他就让自己的儿子玉杰前来指导——老人经常向大家夸赞自己的儿子，说他种药材比自己种得还要好，让大家放心。

玉杰才三十出头，高中毕业后没考上大学，只好务了农，跟着父亲种起了药材。开始家里也是种一半庄稼种一半药材，后来在玉杰的坚持下，除留下一块二分地的菜园，剩下的土地全部种上了药材，一共种了十六亩药材。祁州八药，不偏不倚，每种药材种了两亩。

“嘴上没毛，办事不牢。你叔叔让这么个小毛孩子来指导咱们种药材，行吗?”冯有志问嫂子玉梅。冯有良也有些担心。

然而，玉杰给指导过几次以后，兄弟俩就心服口服了。他们觉得，这年轻人比他老爹并不差，还特别留心采用新技术，对药材品种的改良也很上心，而且每次来，都带着厚厚的一本种药材的书，有空了就用心地读。

冯有良很快就对这位远门的小舅子刮目相看了，热心地同他攀谈，向他请教。不久，两个成了很好的朋友。看到冯有良对种药材挺感兴趣，玉杰便邀请这位姐夫有空了到自己家的药材种植园去看一看。冯有良非常高兴地接受了邀请，说等有机会去看丈人时，一定到他的药材种植园去参观。

第二十七章

时间渐长，邸伍安对华一朵也逐渐产生了厌倦之心。

第二年，才过了正月初六，邸伍安就在家里待不住了，他同华一朵说："今年行情好，要乘机备些货，多挣些钱，等钱多了，带领你们娘儿仨去俄罗斯旅游一趟。"华一朵听了非常高兴。于是，准备了几天，过了正月初十，邸伍安便告别母子三人，又一次踏上了做生意的路。与以往相同，这次他也是前往亳州的中药集散市场，找自己的合作伙伴黄枝子，购好药，弄回哈尔滨，再卖给老关系户第六中药厂。华一朵因为家里有两个孩子需要照顾，所以不能随同前往。

黄枝子看到邸伍安没带华一朵，在一次酒足饭饱之后，提议道："老兄，既然这次没有带嫂子来，我带你去一个地方放松一下吧。"

都是生意场上的"老油条"了，邸伍安自然明白"放松一下"是什么意思，便不客气地问道："那就来个'一条龙'服务？"

黄枝子非常爽快地回答："没问题，走！"

"那就让老弟破费了！"邸伍安说。

"说什么呢，邸老板，大正月里，您远道而来，我要不把您招待好了，对得起您吗？走吧！"黄枝子豪爽地说道。

二人轻车熟路，来到亳州市一家洗浴中心，先洗过澡，然后是按摩。按摩完毕，邸伍安与按摩女睡在了一起。

……

半夜时分，突然响起一阵急促的敲门声，正搂抱着按摩女酣睡的邸伍安被惊醒，忽地从床上坐了起来，思忖道：可别是公安局来查房！

这时，只听到门外喊道："赶紧开门！开门！我们是公安局的，例行检查！"

果然是公安局的，邸伍安吓得魂飞魄散，情急之下，想把衣服穿上，但他惊慌得双腿哆嗦着，试了几次，都不能成功地将腿伸进裤腿。就在这时，门外响起了撞门声，邸伍安便顾不得穿衣服，从床上滚了下来，爬进了卫生间。

那位三陪小姐倒是没有太过惊慌，她迅疾穿起衣服来。她刚穿好衣服，几名民警破门而入。

民警看到只有三陪小姐一个人在床上静静地坐着，便立即对房间进行搜查，很快，提着衣服、挡着下身、浑身哆嗦的邸伍安就被一个民警从卫生间里拖了出来，随即，他便“扑通”跪在了地上，软得如一摊烂泥。

“哎哟喂，这是怎么了？咱一个大男人，跪下来干什么？”一个警察嘲弄道，“有结婚证吗？拿出来。有结婚证就立即把你们放了。有没有？”

“我错了，我改！警察叔叔，饶了我吧……”邸伍安央求道。

三陪女此时脸上的表情痛苦极了，哇的一声哭了起来。随即身子一软，与邸伍安一样，她也跪了下来，一边哭一边冲警察叩头告饶。

警察不理二人，随后大喊一声：“铐起来，带走！”

一周后，邸伍安要被押解回安国了，黄枝子又来探视，也算是为邸伍安送行。那天晚上，黄枝子在另一个按摩室，也被撞门而入的警察逮了个正着，押回派出所后，他正好与审问他的所长认识，所以在里面没有受什么苦，交了些罚款，第二天就被放出来了。

可是，邸伍安就没有这么幸运了，他毕竟是外地人，人生地不熟的，进去之后，免不了受些皮肉之苦。况且邸伍安是个十足的软蛋，一番审问之下，他便如竹筒倒豆子一般，将自己做的所有违法的事都说了出来。这一来倒好，本来是罚点款，顶多拘留十几天的事，变成了一个正儿八经的刑事案件：经济诈骗、行贿、重婚，这可都是能够判刑的。于是，罚款之后，亳州警方便通知安国公安局，请他们尽快派人前来亳州派出所将人押解回原籍，进行审判。

更不走运的是，正好赶上当时在严厉打击经济犯罪，邸伍安撞到了枪口上。最后，数罪并罚，邸伍安被判有期徒刑十八年。安国的老婆与他离了婚。

东北的华一朵觉得等他出来是遥遥无期的事，况且又没有办理结婚手续，于是也不再搭理他。精明一世的邸伍安，最后弄了个众叛亲离、人财两空的下场，而且还要在铁窗内度过漫长的时光。

第二十八章

就在邸伍安被抓的这一年，还没出正月十五，冯有良就打算去做药材生意了。现在不仅自己一大家子的人要养，姐姐一家人也需要他来照顾。姐姐的两个孩子要读大学，需要学费、生活费，将来还要给孩子买房结婚……冯有良也不能看着不管啊！姐姐目前只有冯有良这个弟弟可以依靠，孩子们也只能依靠他们的亲舅舅，因而，冯有良觉得自己肩上的担子更加沉重了。

不过，经过几年在药材市场上的摸爬滚打，冯有良此时已经是一个有着比较丰富经验的药材商人了，手里目前也有了一些积蓄，有了这些基础，他能够大干一场了。

机会总是留给有准备的人。就在这年春天，他遇到了自己人生中的一个很大的转折。从此，他的人生如同开了挂，生意做得越来越大。

事情是这样的，这年春天，安国药交会又一次召开。在这次药交会上，冯有良认识了两个业务员，这两个业务员可不是一般人——一个是北京同仁堂派来的，一个是天津天士力公司的，这两人之后成了冯有良在药材生意场上的贵人。

其实与这两个人相识，与邸伍安有一定的关系。

今年，在药交会的一次生意人聚餐上，同仁堂的那位业务员不经意地问了一句："安国药材市场上，有一个叫邸伍安的，曾经为我们单位送过货，怎么这两年不见他了？以往，每次我来安国，他都会好好地请我几次，强拉硬拽的，不去他就恼了，感觉这人特别热情。看得出，他是一个做药材生意的好手，很多药材都懂，说起来头头是道的，出门儿总带着一部精简版的《本草纲目》，几乎书不离手，经常翻阅，为人处事也很精明……这两年他到哪里去了？"

他这一问，桌上安国本地的药商都笑了，大家指着冯有良，说："你问他，这事儿他最清楚。”

冯有良的脸微微一红，忙端起桌上的一杯茶，专注地喝了起来，装作没听到的样子。

想不到，天士力的那位业务员也插话道：“我也想知道邸老板去哪儿了，他之前在安国药材市场上很活跃的，怎么这几年不见他了？难道他喝酒喝死了？还是人间蒸发了？他到现在还欠我们公司一笔款子呢，当然数额不大，所以我一直没有向他追讨过——与这样的人计较，真的值不得。为了并不大的一笔欠款，就不敢在安国药市露头了，至于吗?”

听了这位业务员的一番话，冯有良的脸唰一下红了，他看了看众人，忽地站了起来，猛地一拍桌子，问那位天士力公司的业务员：“他欠你们多少钱？我来还！就是砸锅卖铁我也还你，咱安国人不能让外地人看不起……”

这位业务员一惊，以前他从未见过冯有良，更不知道他为何如此激动，而且要替邸伍安还钱。他心想：难道是邸伍安的儿子？俗话说，“父债子还”，倒也不是不行，问题是看岁数他们二人差不了太多呀，怎么也不可能是父子关系。是朋友？邸伍安那样精明油滑的商人，不可能结交到如此慷慨仗义的朋友的……再说了，朋友再仗义，也不用替对方还债啊！

安国本地与冯有良熟悉的两位做药的同行，急忙将激动得快要跳起来的冯有良按回椅子上。随后，在大家七嘴八舌的解释中，两位外地来的业务员才明白了事情的原委，也知道了在邸伍安逃走后冯有良将他一家老小养了起来的事。

聚餐结束的时候，这两位外地业务员记下了冯有良的联系方式。不久，他们便找上门来，说他们代表各自的公司，想与冯有良签订一份合作协议。原来，随着业务的扩大，他们想从安国招个代理商，专门为他们公司供货，他们一直在寻找合适的人选，现在终于找到了。

这可是天上掉下来的馅饼，冯有良做梦都想不到，这样的好事居然落到了自己的头上——有多少人将脑袋削尖了，请客送礼，投机钻营，使出浑身解数，想获得大药厂代理商的资格却求之不得，而自己并没有刻意去争取，或者说根本不敢有那种奢望，人家却主动找上门来了。要知道，这两家制药厂可是全国闻名的大公司啊，一年需要多少中药啊，这可是非常大的买卖，而且这两家厂子全国闻名，实力非常雄厚，与他们做买卖，根本不用担心货款回不来，是注定只赚不赔的。

与北京同仁堂和天津天士力药厂的合同签订以后，冯有良带着玉梅回了一趟老家。这次回来，是专门为在村里种药材的事而来的。他想把自己家的地全部种上药材，下一步，看能不能动员村里所有的乡亲，把整个村子的承包地都种上药材，使茂营村成为一个种植中药材的专业村。

冯有良的老爹，像往年那样，在城里刚过了正月十五不久，就回到了茂营村。自从冯有良在城里买房后，他都是在立冬以后，才在冯有良的一再催促下到城里过冬，过了正月十五便急着回村里种地。尽管老汉身体不太好，却一直坚持在地里劳作，可能正是因为一直坚持劳动，他的身体不但没有垮，这两年，看起来似乎更加健康了，对于一个快要七十岁的老人，这真的是一个奇迹，看来，“生命在于运动”真的很有道理。

正是因为老人在村里的坚守，冯有良家的十二亩地一直没有荒。当然，农忙的时候，玉梅也会回到老家，与公公一起在地里忙活，冯有良也会抽空回来搭一把手。好在村里的农活，机械化程度越来越高，耕地、播种、收获等逐渐都改成了机器来完成，否则，仅靠一个年近七旬的老人，采用最原始的耕作手段，是无论如何都无法完成十多亩的耕种的。

在此之前，冯有良家的这十二亩地，已经一半种上了药材，因为父亲坚持，另一半还是种着庄稼。目前村里很多人家都是这样——种一些药材，同时种一些庄稼。思想开放的人家，种的药材多一些；思想比较保守的，种的庄稼多一些。比如，冯有志只种了两亩药材，其余的地仍然种的粮食；而李达思家，只种了两亩粮食，其余的十来亩地都种上了药材。冯有良家，按着冯老爷子的意思，是想学冯有志那样，也种上两亩药材，其余仍然种粮食，只是在玉梅与冯有良的一再坚持下，一半种了药材，剩下的仍然种粮食。老农们怕全种了药材，万一闹起了粮荒会饿肚子。

“可不是闹着玩的事儿，当年，‘大跃进’的时候，有多少人挨饿啊，药材可以治病不假，但不能当饭吃啊，万一闹起了粮荒怎么办?”很多老人这样说。

因而，想将整个茂营村改造成一个种药材的专业村，目前看来难度不小，冯有良只能一步步来，能做到哪一步就先做到哪一步，等村民们看到种药材的都挣了大钱，相信他们不会再墨守成规，一直守着只种粮食的习俗而不改变的。优化农村的种植结构，带领大家走上发家致富的道路，振兴乡村，必须有一个过程，性子太急是不行的。

冯有良与玉梅回到家，看到爹用一辆独轮车推着一袋化肥，从院里向外走去，冯有良忙问："爹，这是去干什么?"

"小麦返青了，该上头水了，把化肥撒上，再浇了水，好将苗催起来啊……"老人回答道。

"不是！……爹！您先回来吧!"冯有良抓住独轮车，拦住了父亲。

"怎么？你们又……"老人看了儿子一眼，问道。

冯有良望着父亲，说："嗯……回来吧，与您商量一下，想听听您的意见，我们想……"

"不用商量，你是想将剩下的地全种了药材，是吧？这两年，你但凡回村里，都是为了种药材——莳弄地里的药材，或者看你的药材长得怎么样。不用商量，自从当了药人，你就迷上这一窍了，爹不反对，干什么吆喝什么嘛，这没错。再说了，咱安国是药都，现在报纸上、电视上都在宣传这些呢，咱得大力配合，不能扯了咱药都的后腿是不是？问题是，再有三几个月麦子就熟了，等把这季麦子收了，咱再种药材，行不行？爹一定全力支持你，跟你一起去地里种药材。现在，麦苗已经返了青，施了肥，上了头水，就会见风地长，再有三个月，就成熟了，就能收割了，咱种药材，再急也不差这三个月吧!"冯老爹说。

"爹，我最近刚与天津天士力和北京同仁堂签了供货合同，现在咱们不缺单子了，缺的是药材——缺可靠的药材。您老也知道，自打我当药人后，受过好多次骗，上过很多次当，有时是人家把三等货作为一等货卖给咱，有时是货物里面给掺和进杂质，甚至混入土和沙子，令人防不胜防，进货时，咱不可能一袋子一袋子地倒出来翻看——那样太低效了。您说，我要是把这样的药材供给对方，人家不说咱被人骗了，人家没准儿会怀疑是咱自己掺了假，会怀疑咱的人品，说咱不是实诚人，很多时候你根本解释不清，有时甚至越抹越黑。您说咱们家，一代代人都老老实实本本分分的，咱的名誉不能因此被毁了吧，您经常说，‘人过留名儿，雁过留声儿’……如果咱自己种了药，就不怕了，咱保证把最优质的药材提供给人家……”冯有良说。

“好，我理解你的难处，答应你，把全家的承包地都种了药材，不过，你总得给我留下两三分地的菜园吧？粮食买着吃，但菜总不能也都买吧——城里的菜那么贵，而且你说过，市场上的菜，化肥、农药往往都超标，吃了不安全。留下两三分地的菜园，我就能保证全家人吃菜不用买，你在城里当你的药人，我在乡下替你经管你种的草药，顺便弄一弄菜园，隔三岔五地给你们往城里送些菜，这样不挺好？”冯老汉说。

“行！这个我答应您！不过，咱家的庭院那么大，没有半亩，也足有四分多，还不够您种菜用吗？把院里的石头瓦块的扔了，整掇整掇，再把地翻暄和了，用来种菜，最适合不过了；再说，在院子里种菜，运送肥料几乎不费什么力气，管理起来方便，也不怕人偷。”冯有良一边思索一边说，尽一切可能地说服老人。

“那好吧！你打算什么时候种药材？真的一天都不想耽误了？”冯老汉又一次问儿子。

“既然爹答应了，那今天就开始，铲除麦苗，平整土地，再施好底肥，一系列的工作，也不是三五天就能完成的，先期工作做完后，也就距离播种的时间差不多了。”冯有良说。

“还是让玉梅叔叔来帮你？”

“玉梅叔叔上岁数了，这么远来去不方便，我请玉梅那位堂弟玉杰来指导我们。”

“玉杰那么年轻，我有些不放心啊。俗话说，‘嘴上没毛，办事不牢’，家里的十二亩承包地全交到他手里，我不太放心。”老人又有些担忧了。

冯有良看了玉梅一眼，与冯老汉说：“爹，您放心吧，玉杰虽然年轻，但有文化，读书多，我去他家里看过，他的书柜里有很多种药材的书，他在他爹指导下学会了种药材的技艺，又从书上博采各种种药材的知识，理论与实际相结合。我觉得，他种药的经验虽然与我那位丈叔相比还欠缺点儿，但在理论知识和视野方面，已经远远超过了他父亲，不久后，他定会青出于蓝的。另外，这位小伙子很有‘野心’，想把他们村的土地全部承包下来，建立一个中药材种植基地。他的这些想法，与我不谋而合。我觉得，他的未来不可限量，一定会成为咱安国中药行业的一位重量级人物，我非常看好他……我出发以前，已经给他打了电话，估计一会儿他就来了。让他先替咱们规划一下，下来再平整土地，正式运作。”

冯老汉瞪了儿子一眼，说：“那好，这样我就放心了。毛主席怎么说，世界是我们的，也是你们的，但归根结底是你们的。广阔天地，大有作为。你放手干吧，我支持你。我也希望你能成为咱安国数一数二的药人，那样的话，我的脸上也有光……对了，有志这次也同你一起种吗？他的地与咱家的挨着，如果一起种也方便！”冯老汉问道。

“一起种，前几天他到安国城里，去找我说闲话，我已经做通了他的工作，他不但与我一起种，而且，我还要让他替我经管着这一片药材园——两家的药材园加起来二十几亩呐，没有专人来经管怎么行？”冯有良说。

“你让他替你经管，不能白让人家干吧？”老人问。

“当然不能让人家白干了，就相当于我雇用了他，一个月给他发五百元工资。”

“工资不低啊，一个老师一个月才二百来块钱，你却给他开那么高的工资！你不如雇下我，我替你管着不更可靠吗？又不要你的工资。就不要雇有志了吧，我腿脚还行。”老人有些眼红地说。

“您一个人不行，二十几亩药材园啊，您也知道，种药材比种庄稼还麻烦，您一个老人怎么弄得过来？你和有志两个人一起弄吧！对了，爹，我也不让您白弄，也给您开上点工资吧。有志一个月五百，您看一个月给您多少合适？”冯有良问。

“呸！”老人看了儿媳一眼，向儿子啐了口唾沫，骂道：“老子稀罕你的钱？老子养你这么大，要过你一分钱的工资吗？这么多年，你在城里当药人，老子在家里替你种地，要过你一分钱吗？你别恶心你爹了，只要你把药种好，把你的药人当好了，你不用给老子一分钱，老子心里都高兴得很。”骂完笑了起来。

老人的几句话，把冯有良两口子都逗乐了，他们也与老人一起大笑起来。

就在这时，一阵摩托车的马达声由远而近。不一会儿，摩托车向三人驶来，冯有良一望，高兴地喊道：“爹，玉梅，你们看，玉杰来了！”

第二十九章

二十世纪九十年代初，三角债问题给社会经济的正常运行带来很大的负面影响。因而，很多地区国营药材公司和药厂的日子十分难过，不少被拖垮了，东北三省尤为突出。公司给药厂的药材换不来钱，制药厂用成品药抵债。医药公司、药材公司接手了药厂一车又一车的中成药，在本地销不了多少，不得不拉到安国药市来销。来的人多了，安国市东方药城中心交易大厅及南边的药王大厦，自然形成了一个初具规模的中成药市场，全国各地同人都来这里做交易。

冯有良上半年发往吉林省东丰县医药药材公司的货，一分钱也没有回账，全部拿回中成药，有人参蜂王浆、天麻丸、六味地黄丸、麝香接骨丹、花茸维雄、金匮肾气丸等几十个品种。

冯有良从东北接过来三百箱中成药，仅一个月就卖完了。

那时，一般商人已经有了座机电话，于是他给东丰药材公司的康副经理打直拨电话，汇报了一下情况。康副经理听了非常高兴，笑着说："冯经理你干得非常好，我库存里还有两千多箱中成药，马上给你分批发过去吧！我公司的库存销完了，可以从东丰制药厂提货，目前药厂欠我们八九百万的货款，都要以中成药抵账，所以啊，我手里的中成药有的是！冯经理，我和我公司的张总经理都支持你，你放开手脚大胆干吧，不仅东丰药厂的产品咱有货，就是四平的、辽源的、吉林的、长春的、梅河口的，各种中成药咱都能搞到，我们张总经理说，按你销售额的百分之五给你提成……"

冯有良得到康副经理的鼓励和支持，底气更足了，立刻在药王大厦成药交易中心租了十间门脸房，成立了一个中成药购销公司，公司名为安国祁隆药品中成药有限公司。公司成立后，除会计、大堂经理、大堂店员外，还培养了几十名青年销售业务员，他们分别在北京、天津、张家口、沧州、邢台、邯郸、衡水、德州、安阳等地开拓销售市场，推销公司产品。冯有良还制定了一系列激励政策，总的来说就是业绩越好挣得越多，多劳多得，凭能力吃饭。这一系列政策把大家的积极性充分调动了起来，仅上半年，公司销售额就达到八九千万元，光拿东北药厂的奖金就几百万元。

有一天，玉梅对冯有良说："咱们有了自己的公司，开拓了不少销售中成药的渠道，也有了一定的流动资金，但是只给人家东北药厂卖货，当人家的'销售员'，我看也不是长久之计！估计早晚有一天，国家会整顿制药厂，人家的产品必将建立自己的销售渠道，到那时，咱们的公司就会被淘汰出局。所以，咱们得想办法建一个自己的制药厂，这样才会使咱们的企业立于不败之地，只有与时俱进，才能赶上时代发展的步伐。"

冯有良听了贤妻一番发自肺腑的话，感到非常有道理，也很受鼓舞。于是，建立一个自己的制药厂被冯有良列入事业规划之中。就在冯有良将建立中药制药厂的蓝图拟订之后不久，玉梅听到有个在县政府上班的邻居说安国制药厂向外承包，广告发出去一个多月了，也没人应包。因为当时大部分的药人只看眼前利益，从产地鼓捣些药材运到祁州药市一卖，倒手就可以挣到现钱，所以没人愿意接这个历史遗留下来的烂摊子。

于是，冯有良两口子经过反复商量后，决定将这个药厂承包下来。不久，他们与县政府签订了一个三十年的承包合同，给县政府解决了一千名下岗职工的就业问题。

当时药厂的拳头产品有安宫牛黄丸、丹参片、六味地黄丸等十几个品种，第一年销售额七八百万，第二年销售额两三千万。

那一段时间，妻子玉梅经常听到丈夫在睡梦中喊一个女人，不由心生疑窦。她觉得一定是丈夫现在有钱了，事业做大了，变了心。她心想：这个叫小红的人，不用说是个年轻漂亮的女人，一定是丈夫在外边寻的相好，也说不定是公司里的职员，自己可要小心防备一些，俗话说，"男人有钱就变坏"，现在丈夫已经是位手中运作着上亿资金的企业家，事业蒸蒸日上，而自己由于多年辛劳，已经人老珠黄，哪个男人不喜欢年轻貌美的女人？保不准他哪一天突然和自己离婚，自己这半辈子为他的付出可就付诸东流了。即使不离婚，他把哪个姑娘的肚子搞大了，人家找上门来，也是无穷无尽的麻烦事。想到这里，女人暗暗咬了咬牙，心说：先不要声张，待我明察暗访一番，把事情搞清楚了再说，先从公司里他的秘书、助理以及财会部入手，听说很多经理老板把自己的情人安排在这些部门。冯有良，你如果也像邸无安一样，背着我做下了不地道的事，看我怎么收拾你！我可不像大姐那样软弱可欺！

然而，经过很长时间的明察暗访，玉梅没有发现有关丈夫婚外情的蛛丝马迹，可是，丈夫仍然在睡梦中喊“小红”，而且这种现象越来越严重。玉梅百思不得其解，于是，有一天晚上，便郑重地把这个问题向丈夫提了出来，她说：“今天你要是不把这事儿给我说明白，咱就不过了！不行我死给你看。”说着，便去厨房将菜刀拎了过来。

冯有良大惊，忙劝妻子道：“玉梅，你不要胡思乱想，根本不是你所想的那样。”

“那是怎么回事？今天你必须给我说清楚。”

冯有良苦笑了一下，便把事情的前因后果，给妻子详细说了一遍。

玉梅听说是这么一回事，有些不好意思地说：“那咱可不能白花了人家的钱，不能白要了人家的烟，得设法还了才是。另外，咱现在有钱了，再适当表示个感谢才是。”

“我也是这样想的，可是，刚才不是说了嘛，小红现在可能还在监狱，说不定已经……”冯有良话说了半截，赶紧止住了。

“唉，那就没办法了！睡觉吧……”玉梅沉吟着说。

“我想有空了去四平跑一趟，看一看她……”

“你去看她干什么？你老婆、孩子都有，再说……”

“我是说，去调查一下，如果她还在世，我就把钱还了人家，即使她在监狱，有了钱也能买些东西，在里面能吃得好一些，也是对生活的改善；如果不在了……”

“哦，你自己的事自己决定吧，我不干涉！”妻子瞪了丈夫一眼，便躺了下来，闭上了眼睛。

冯有良忙伸出手臂，将妻子揽入怀里，安慰道：“玉梅，不要想多了，我只是觉得现在好过一些了，想报答一下人家对咱的救助之恩，如果没有当时人家对咱的救助，如果做不成第一笔生意，我很可能还是在茂营村土里刨食的一个泥腿子，你也不可能成为安国市中药厂厂长的夫人，俗话说，‘滴水之恩，当涌泉相报’，况且人家对咱的帮助这么大。”

“那你看着办吧，我不会干涉你的。不过，我想与你一起去，怎么样？我也想见一见对我们家帮了这么大忙的这个大恩人呢！现在咱过上了好日子，我怎能不去向人家当面致谢呢？”黑暗中，玉梅狡黠地笑着说。

“行！没问题，到时候带上你一起去，顺便也让你看一看东北的风光，吃一吃东北的特色菜。那里的酸菜猪肉粉条，才真叫好吃呢。”冯有良爽朗地回答。

“那……你打算哪天动身？我明天就开始做准备……给人家带上一些什么礼品呢？咱安国也没什么特产，就是有药，要不，明儿我去安国的细药行买上些藏红花、灵芝带上，再买些人参养荣丸之类的……”玉梅说。

“先别，这段时间我还有些业务要谈，暂时离不开身，等再过一段时间，咱的药厂稳定一些了再去。”冯有良说。

“你可不要一个人偷偷地跑去，让我知道了，回来打断你的腿！”玉梅警告道。

“放心，我哪里敢呢，去的时候我肯定会带上你，我向你发毒誓……”冯有良说。

玉梅忙捂住丈夫的嘴巴，说：“别发毒誓了，多少年了，你的话我还不相信嘛，时间不早了，早点睡吧，明天一早你还要起来忙活呢。”说完，幸福地闭上了眼睛，不一会儿就安详地睡着了。

第三十章

正当冯有良事业风生水起、药厂生意兴隆之际，他的家里出了点闹心事儿。正所谓“天有不测风云，人有旦夕祸福”。冯有良的贤妻玉梅，忽然得了一种名叫小脑萎缩的病，记忆力骤降。她有时清楚有时糊涂，清楚时和正常人一样，糊涂时连自己孩子的名字都叫不出来。衣服也不会洗，饭更不会做，所有家务一点都干不成了。冯有良带着她，今天去保定市医院，明天到省人民医院，后天又去北京天坛医院，四处寻医问药，却未能找到灵方妙药，只好回家养着，听天由命。

没办法，冯有良只好请大姐不要再干别的，专门替玉梅干家务活，照顾老爹和两个正在读书的孩子，伺候玉梅。这位大姐不是别人，正是被邸伍安抛弃的冯有勤。自从丈夫离开家远走东北不归后，冯有勤一人操持着家务，养着两个孩子，还要伺候邸伍安的爹娘。虽然公婆的年龄并不是很大，只有七十多岁，而且身体还算结实，但因老人都是农民，一没退休金，二没积蓄，三没有其他经济来源。邸伍安离家后，不仅没有给家里汇过一分钱，连人在何方家人都一无所知。邸伍安这个不孝之子从未给家里来过一封信，也没有打过一个电报、打过一次电话。

当年邸伍安走后，他的表弟吴见能因还不起被邸伍安带走的五十万贷款被银行起诉后，万般无奈起诉了邸伍安。因邸伍安逃遁，法院只好没收了邸伍安在祁州药市的门脸房抵债。冯有良慷慨解囊，从自己的腰包里拿出五十万元还了邸伍安欠下的外债，保住了邸家在药市的房产。虽然房产保住了，但邸家五口人的柴米油盐及两个孩子上学的费用从哪里来？光凭邸伍安留下的六千元能维持多久？从此，邸伍安家的一切生活开支，基本都由冯有良负担。

冯有勤担心弟弟养活两个家庭压力太大，因而白天去药厂上班，晚上蹬三轮车到外边捡废品卖，天天晚上从垃圾堆里刨半宿，累得她面色苍白，皮肤黝黑，身体消瘦。

冯有良看到姐姐如此辛苦，和媳妇商量了一下，便决定让邸家五口搬到自己家来，一个锅里搅马勺；然后把邸家在药市的门脸房租出去，房租可以让邸伍安父母养老备用。玉梅是个通情达理的好女人，她非常理解丈夫的良苦用心，同情大姑姐的艰难生活，特别支持丈夫的合理安排。从此，两家合为一家，玉梅和大姑姐二人互相关心，互相支持，饭抢着做，衣服抢着洗，相处得十分和谐，没犯过一次脸红。

玉梅得病后，十来口人的家务活，都落在冯有勤一个人肩上，冯有良担心姐姐的身体被累垮，干脆不让她去药厂上班了，好腾出时间来全力以赴照顾玉梅及全家老幼。

人常说，“福无双至，祸不单行”。就在冯有良带玉梅去保定复查回来的路上，刚进安国，在一交叉路口，药厂会计沙冰梅开车撞伤了一个二十多岁的姑娘。送到安国医院一检查，右腿粉碎性骨折。为什么冯有良没有开车呢?因为去保定时是冯有良开的车，返回时，沙冰梅见冯有良为玉梅的严重的病情忧虑过度，出于对他的关心，要求替冯有良驾车返回。

当时，冯有良担心沙会计驾车技术不够娴熟，不敢让她替自己开。

沙冰梅说自己考下驾照已经三年多，驾车去过大同、青岛、沈阳等地，让冯有良不用担心。冯有良这时心里很乱，再听她这样一说，便答应让她开车。沙冰梅一路上开得稳稳当当的，没料到马上到家了，却出了车祸。

将受伤姑娘宏文玲送到安国市医院后，冯有良和宏文玲的父母协商如何解决。冯有良说：“姑娘所有的治疗费由药厂承担，至于对她的赔偿，等病人出院后，根据姑娘的伤残状况再做商议。”

出人意料的是，在医院住了几天后，姑娘的伤腿无法保留，于是乘安国医院的救护车，去石家庄的河北省人民医院接受了截肢手术。宏文玲在石家庄住院期间，冯有良曾经多次前去看望，他问宏文玲的父亲：“姑娘在哪儿读书?”

宏文玲父亲说：“在吉林省医科大学药学系刚刚毕业，这不回家才三天，骑自行车去安国的路上，就……唉，这孩子真倒霉，这辈子毁了！唉！……”说着，老人老泪纵横。

冯有良又问：“宏文玲毕业后分配在了什么地方？”

老人回答：“分配在长春白求恩医科大学第一附属医院，可是恐怕情况会有变化，孩子成了拄拐的残疾人，人家单位接不接受她还得两说。”接着，老人又说：“如果单位真的不接收她了，谁知道俺这孩子会落个什么结果啊！……”话未说完，老人失声痛哭了起来。

冯有良沉吟片刻，安慰道：“姑娘的学历这么高，尽力留在大城市，如果……我们安国中药厂的大门永远为宏姑娘敞开着。”

老人说：“那就等她出院后再商量吧，关键还得听她本人的意见。”

宏文玲从石家庄回到距离安国四公里的宋营庄村的那一天，冯有良和沙冰梅带了些补品来家看望宏文玲，此次前来，一是看望慰问，二是磋商善后的事宜。

听到有人进了院子，宏文玲的母亲走出来迎接客人，看到是冯有良和沙冰梅，老人阴郁的脸上现出怨愤之色。她瞪了沙冰梅一眼，又看了看冯有良，勉强挤出一丝笑容，说：“来了，进屋里说话吧。”说话间，泪水已经掉了下来。

冯有良看了看宏文玲的母亲，又瞅了沙冰梅一眼，向她使了一个眼色。沙冰梅紧走两步，来到宏文玲母亲面前，冲老人深深地弯下腰去，沉痛地说：“姨，对不起，实在是太对不起了，都是我的错，是我害了文玲妹妹，您惩罚我吧，什么样的惩罚我都接受……”

老人看了沙冰梅一眼，没有说话，径直向屋里走去。冯有良与沙冰梅对视了一下，只好跟在老人后面进了屋。

进屋后，宏文玲母亲仍然一声不响，默默地去给客人倒茶。宏文玲父亲朝冯有良笑了笑，道：“坐，坐下来喝茶。”

沙冰梅局促不安地站着，愧疚感使她不知道该说什么好。

“你也坐下吧！”宏文玲父亲看了沙冰梅一眼，面无表情地说。

冯有良示意沙冰梅坐下，她才惴惴不安地坐了下来。

寒暄过后，冯有良问道："宏叔，文玲在哪儿？"

宏文玲父亲说："在西头屋里休息。"

"带我去看看她吧。"

此时，宏文玲听到有客人来访，在里面答话道："是冯厂长来了啊？请进来吧。"

冯有良走到西屋门口，发现宏文玲拄着双拐正要往外走，忙说："快别动了，坐下吧。"此时，他乘机仔细瞅了宏姑娘一眼，发现她长得非常漂亮，是个出众的美女——身材苗条，一头垂肩的青丝，瓜子形的脸膛微显上宽下窄，高鼻梁，长下巴，樱桃小嘴两旁有一对小酒窝，一双炯炯有神的大眼睛镶嵌在两道细长的柳叶眉下，只是眼睛有些红肿，眼角有泪痕，眼神有些哀怨，不过这不但不影响她的美，反而更加显得她楚楚动人。

为什么以往冯有良没有认真看过宏文玲的相貌？因为第一次见面是在车轮下的血泊中，后几次是在医院——姑娘正遭遇截肢痛苦的折磨，冯有良哪有心思欣赏姑娘的面容，因而，只有今天，在姑娘病情稳定后，他才得以一睹姑娘的容颜。冯有良不由特别惋惜地叹了一口气，心里说：这么美丽的姑娘，这么高的学历，可惜遭到这场车祸！唉，我们害了人家姑娘！都怪这个沙冰梅，非要开车不可，结果出了这么大的事，害了人家姑娘一生！不过也不能怪她，她也是为我好……唉，一切都怪我！冯有良心里犹如一团乱麻。

此时，宏文玲的父亲搬了一把椅子进来，请冯有良坐下说话。宏文玲见冯有良坐下了，自己便坐在冯有良对面的床上。

冯有良问宏姑娘伤口愈合得怎么样了，现在还疼不疼。

宏文玲说："虽然还有点疼痛感，吃了些药，伤口愈合得很好。"接着，她说道："谢谢冯经理多次探望，您很忙，不用老来看我。"

冯有良说："我们来探望是应该的，倘若不是我们药厂的车撞伤了你，你还是很好的一个人，可现在……为此，我和我的会计沙冰梅感到太痛心了，无论怎么做，都不能补偿你的损失啊！"

宏文玲说："冯厂长，说句良心话，这次车祸的发生，也不能全怪你们药厂一方，我也应该承担一半的责任。那一天，我要去安国办户籍迁移手续，还要给学校打长途电话，心里特别急，我在路上骑着自行车，前面有位老人，他骑得太慢，我想超过他，结果我的自行车不小心越过机动车线，进入了机动车道……”

冯有良说：“这些事就不用说了，终归受到伤害的是你，我们还是为以后的事考虑考虑吧。”冯有良一转话题，问道：“你今后是去长春上班还是别有打算？”

听冯有良这样问，姑娘低下了头，眼泪扑簌簌地掉了下来。

此时，宏文玲的父亲看到女儿低头不语，只是一个劲儿地哭，叹了一口气，从书桌的一个抽屉里拿出学校发来的电报，递给了冯有良。

冯有良接过电报，仔细一看，上面写着：“宏文玲同学，由于你的身体状况出现异常，难以胜任医院工作，故长春白求恩医科大学附属医院暂不能接收您，请你原谅，您另作安排吧。”

看完电报，冯有良心想：现在的人们怎么这么短视呀，也太无情无义了！人家身体好、有才学就抢着用，一旦身体出了点问题就拒人于千里之外，真是人情薄如纸啊！

“唉，这孩子读了五年大学，刚刚毕业，眼看要到大医院工作了，却弄了这么一出，唉，闺女的一生，就这么毁了！”宏文玲的父亲不由潸然泪下。

冯有良说：“大叔您不要着急，文玲也请放心，如果能去其他大医院更好……如果不嫌弃我安国中药厂地儿小，我们制药厂的大门随时为宏姑娘敞开着。宏姑娘，我代表药厂全体员工，热烈欢迎你。”

宏文玲听完冯有良的话，挣扎着站了起来，冯有良赶紧握住她的手，将她扶住。姑娘说：“安国制药厂能接纳我，我非常感激，我愿意去药厂上班，谢谢您冯厂长，谢谢您能为我想这么多。”

就在此时，外边屋里传来沙冰梅和宏文玲母亲的争吵声：“你向药厂索赔几百万，我们整个药厂的家底儿也不过千儿八百万，这不是在要冯厂长的命吗？本来肇事司机是我，应由我拿这笔赔偿费，可冯厂长知道我家底薄，拿不出多少钱来，就主动提出由药厂替我承担全部责任，可你也别一见是药厂出钱就张开嘴没了下巴，什么都有个价，不是你想要多少就可以要多少。去年，我一个邻居被大卡车撞死了，才四十来岁，上有老下有小的，人家车主才赔了他五六万。”

宏文玲母亲听完沙冰梅的一番话，辩解道：“别说我要得多，若被撞伤的是你，二十多岁的妙龄芳华，失去一条腿，肯定要得更多。”

沙冰梅反驳道：“宏大婶你不要小看人行吗？不要拿自己的心去衡量别人好吗？如果你现在给我三十万，我就马上把一条腿锯下来，安在宏文玲身上。”

宏文玲母亲说：“不要光吹大话，你马上锯下来给我看看。”

沙冰梅说：“你先给三十万，我就马上去医院做手术。”

宏文玲母亲怒怼道：“看这人多么不讲理，明明是你驾车把我女儿撞伤残了，还这种态度，如果协商不成咱就经公。”

沙冰梅说：“经公就经公，反正也给不了你几十万，顶多给你个十万八万的——再说事故责任方也没在我一人身上，当时你姑娘骑自行车，跨越了白线，从非机动车道闯入了机动车道。”

宏文玲母亲打断道：“你这人真不说理儿，明明是你开车撞伤了人，你不但不认错，不仅不赔礼道歉，还东找葫芦西找瓢……”

这时冯有良和宏文玲的父亲听到那头的吵嚷声，先后来到东头屋，冯有良对宏文玲的母亲和颜悦色地说：“婶子，有事咱好商量，我看咱们自己在家能解决的事，就不必兴师动众了，倘若经公就伤了双方的和气了——大叔大婶，下来你们先商量商量，我们药厂正在做几笔大业务，这几天资金也很紧，我们回去想想办法，先从银行借些钱，给你们二三十万，你们先用着，用完了我们再想办法。”

沙冰梅打断冯有良的话，说：“冯厂长，这笔钱不能让药厂出，驾车肇事的是我，当然应该由我承担才对，我明天先给她一万元，等我攒够一万了再给她下一笔，一笔一笔地最终也就还完了。”

宏文玲的母亲说：“那还不知等到驴年马月呢！”

冯有良说：“大婶别急，沙会计是给你说句玩笑话，我回去后马上想办法筹钱，三五天就送过来。

沙冰梅一拉冯有良的手，说："厂里工人早下班了，咱们快回厂里去吧。"

宏文玲望着沙冰梅和冯有良的背影，不由心生羡慕之情，此时她想：沙会计多有福气，整天在一个美男子身边晃来晃去，可惜自己这辈子是不可能了，成年累月地瘸着一只脚，怎么能博得优秀男人们的芳心？自己真是一个命苦人！想到这里，泪水不由又落了下来。

第三十一章

在回药厂的路上，冯有良问沙冰梅：“咱药厂账面上还有多少钱?”

沙冰梅说：“只有几千块，这一段时间，为那女的付医药费，已经花了好几万了，另外，咱们厂上半年生产的药都销出去了，可就是不见回头钱，最近又购入了大批药材，也占用了大量资金。现在医药公司的人做买卖，越来越奸，越来越滑，明明把药销给医院了，就是不愿还账，他们利用药厂的钱当流动资金，有人说，这叫借鸡下蛋。”

冯有良说：“谁让咱们是生产厂家呢？吃了大亏自己扛着，有困难自己解决，回厂后，咱给推销员定个优惠政策，谁要回的钱快就给他奖励。”

沙冰梅说：“即使出台了这样的政策，也得有一个过程，俗话说“远水解不了近渴，远水救不了近火……”另外，原计划咱们一起到亳州参加中药交流会的事，你打算什么时候动身呢，我好提前去订车票。”

冯有良说：“我正为宏文玲的事发愁呢，咱除了给人家拿了医药费外，赔偿的钱还分文没有兑现呢，去参加药交会还需要糟耗钱，算了，明年再去吧。”

沙冰梅有些失望，只好说道：“宏家的事先放在一边吧，晾她一阵再说！宏文玲的老妈也太黑了吧，想借姑娘受伤的机会大捞一笔，想捞个锅满盆满碗也满。我想咱们这么办：再见到宏家人的面，你就说本次事故与药厂无关，把责任推到我一人身上，让她老妈来向我要钱。我一个人独当一面，我就说我没有钱，给她打持久战，慢慢就杀了宏家人的锐气，她妈妈的狮子大张口慢慢地就变得越来越小，一直拖得宏家人认屃为止，一直拖得她精疲力尽，到那时，她就不要几百万了，就是十万咱也不给，依我之见，给她个三万五万就不少了。”

冯有良一边听沙会计说话一边在想：宏文玲的母亲是个农村妇女，没文化，不懂行情，张的口是大些，然而，咱作为肇事的一方，不仅不给人家按时赔偿，对受伤的一方当事人冷漠以对，实在是错误的。娘生前经常说，做人首先要有良心。”想到这里，他对沙冰梅说：“毕竟宏家是受害方，毕竟宏文玲失去了一条腿，毕竟人家所遭受的痛苦与咱们有直接关系，所以咱们必须筹集资金，将宏家这笔补偿款兑现了。”

“问题钱从哪里来，二三十万可不是一个小数！”沙冰梅双手一摊，瞪了冯有良一眼。

“明天咱们去银行申请一笔贷款吧。”

沙冰梅说：“昨天我和出纳跑了几家银行，都无济于事，因为安国的药企太多，各个银行放贷已经超过指标，都停办贷款业务了。”

“这可怎么办？”

正当冯有良急得抓耳挠腮之际，沙冰梅说：“我有位男同学，在高阳县工商银行任副行长，主管贷款业务，去年我们同学聚会时，他说如有贷款业务可以找他办理，他尤其希望给大企业办大额度业务——申办人只要拿企业的资质去就行。”

冯有良非常高兴地说：“真想不到沙会计还有这么优秀的同学！今后咱少不了麻烦人家。你同学平时有什么嗜好？比如抽烟呀，喝酒呀。”

沙冰梅说：“他不抽烟，但有喝酒的爱好，去年我们同学聚会时，他喝了一斤白酒，又喝了几瓶啤酒，照样开车回家不误。”

冯有良说：“那咱就给人家买两箱好酒带去，弄个见面礼，下次办事就更痛快了。”

事不宜迟，冯有良和沙冰梅从街边的烟酒专卖店买了两箱五粮液，开车朝高阳方向驶去。由于用钱心切，冯有良忘记了上午还是下午，他非常专心地驾驶着桑塔纳轿车，往东北方向行驶着。路过博野县地域时，沙冰梅望着窗外公路两旁一片片白茫茫的菊花，说：“一晃已经进入农历九月了，白菊花都开了，我们天天在厂里窝着，对外边的世界一无所知，你看，博野、蠡县也跟着咱们安国人学着种药材了，看白菊花的面积有多大！”面对此情此景，冯有良心生感慨，不由赋打油诗一首：

忽如一夜金风来，
苍茫大地白皑皑。
祁州八药遍地种，
共奔小康幸福来。

然后他说道："人们种这么多菊花，那咱们厂生产杞菊地黄丸可方便了，不用愁购入菊花太贵了。"

沙冰梅话锋一转，问道："这几天我光为宏文玲的事瞎忙活，也没腾出时间去看看玉梅姐，她这几天身体怎么样?"

冯有良一边开车一边回答："记忆力更加退化，连儿子的名字都叫不上来了，还不如三岁的孩子，自己连饭都吃不到嘴里了，还得让大姐喂……"

此时沙冰梅陷入了沉思：玉梅真是没福分，嫁了个美男子，丈夫德才兼备，又是大老板，好日子刚刚开始，人却要不行了——如果玉梅走了，由谁来顶替玉梅，成为与冯有良同床共枕的那个人呢?此时，她恨自己的丈夫不仅人长得矮，身高不到一米四，算是个大侏儒吧，倘若与冯有良站在一起，相差半截；矮就矮吧，长得还丑——大脑袋，北瓜脸，秤砣鼻子，大板牙，要多难看有多难看……她心想：如果我接了玉梅姐的班，嘿，我家那个小丈夫肯定是一片绿茵千里的拖腿田，嘿，人生就是这样的阴差阳错，好汉没好妻，赖汉娶仙女。

接着，她又想到：人一旦有了理想，就得为了理想而努力，为了理想而奋斗！自己的理想就是玉梅离世后，一年之内争取成为冯有良的另一半，争取成为冯家的贤妻良母。现在自己只是剃头挑子一头热，不知冯有良对自己是什么态度，倘若他对我像我对他那么热的话，我就下狠心把那个小丈夫踢到九霄云外……

此时冯有良在专心致志地开车，坐在旁边的沙冰梅一直窥视着他，她越看越觉得冯有良好看，越看越待见。冯有良只顾全神贯注地开车，根本不知道坐在身旁的沙冰梅在想什么。

下午五点钟，冯有良、沙冰梅二人来到高阳县工商银行，正巧沙冰梅的同学下班，从银行大门走了出来，见了沙冰梅，先是一声嗔怪：“大美女呀，怎么来之前不提前联系一下？这让我有点措手不及。”

沙冰梅微微一笑，说：“人家不是有急事突然要找我们的大行长吗？所以就没能提前联系。”

“那……有什么急事呢？”那同学问道。

沙冰梅说：“当然是借款喽，若是销药还用跑到银行里来吗？”随后他介绍道：“这是我们的老板，姓冯名有良，是我们安国中药制药厂的厂长。”接着她又给冯有良介绍道：“这是我大学同学，姓魏名程远。”

冯有良立刻走上前来，和魏程远握手。

魏程远说：“今天银行下班了，肯定办不成业务了，明天上午咱们办。”

冯有良说：“今晚魏行长有时间吗？我们想和你聚一聚。”

魏程远说：“当然有时间了，老同学带大厂长来了，我把别的事辞掉，必须陪你们喝几杯。”

于是，魏程远带着沙冰梅和冯有良，来到银行附近的一家饭店。宾主落座之后，点了几个菜，沙冰梅从车后备箱里拿出一箱五粮液，一边放到桌子上一边说：“这是我们冯老总给魏行长带来的见面礼。开席之前先谈正事，我立个说法，如果魏行长能答应给我们一批大额借款，我就马上开瓶；倘若……”

魏程远未等沙冰梅把话说完便插话道：“一定办，明天必须办，只要不超过一千万，都好办。”

沙冰梅吃了魏程远一颗定心丸，瞅了一眼身边的冯有良，会意地笑了笑，说：“既然老同学有言在先，那我必须陪你喝个一醉方休。”

沙冰梅和冯有良坐在魏程远对面，一场幸福的晚宴开始了。沙冰梅以主人的姿态，先给魏程远倒满一杯酒，然后给冯有良倒满，最后给自己斟满，举起酒杯，激情地说：“为了安国制药厂兴旺发达，为了有幸得到魏行长的鼎力相助，为了我们的友谊天长地久，我们共同干杯。”就这样，大家一连干了三杯。

不到一小时的时间，两瓶酒就喝了个底朝天。冯有良想：自己不能再喝了。一会儿就让沙会计陪她同学慢慢喝吧。”于是他借故去厕所，在卫生间洗了把脸，然后在厕所外边吸了一支烟，大约在外边待了二十多分钟，他才回到餐桌上，冯有良发现，此时，桌上的第三瓶酒又要干了。

魏程远见冯有良回来了，而冯有良那杯酒还满满地摆在那儿，忙劝道：“冯老总马上喝了，然后准备进行下一个。”

冯有良推辞道：“对不起魏行长，我今天感冒了，头有点晕，不敢再喝了。”

魏程远诙谐地说：“听人家说五粮液治感冒，效果最好，马上喝吧，一会儿就会全身轻松加愉快。”

冯有良感到盛情难却，于是端起杯酒。然而，他刚把酒杯举起，正往嘴边送时，沙冰梅迅速从冯有良手中夺过他的酒杯，说：“你感冒了，还逞什么强?”一边说一边举杯和魏程远碰了一下，一饮而尽。

沙冰梅知道魏程远有二斤多的酒量，知道自己不是他的对手，可她为了药厂的事业，为了替冯有良应对社交场面，为了陪着魏行长喝好，不得不舍命陪君子了。

她虽知道老同学有酒量，但不知道他有个小毛病：平时文质彬彬，落落大方，可是，一旦一斤多酒下肚，说话就没准了，不知什么时候嘴里就冒出不合时宜的话来了。此时，魏程远一伸大拇指，对着冯有良说：“冯总有魄力，是干大事业的料，将来一定能成一个大老板、大企业家——而且人长得也非常帅，是我见过的美男子中最美的男子。”

接着，他又伸出另一个大拇指，指着沙冰梅说：“你是我们学校百花园里最鲜艳夺目的那一朵，故此你们两个坐在我面前，让我浮想联翩，想起了电视上的明星，是当之无愧的金童玉女……又让我想起《红楼梦》中的贾宝玉和林黛玉的情切切意绵绵……”

沙冰梅一举双手，做了个暂停的动作，打断了魏程远的“夸奖”，喊道：“打住！打住！我再陪你喝几杯，堵住你的乌鸦嘴。”说着，她拿起瓶子又要斟酒，可第三个瓶子也已经空空如也，于是，她让冯有良再去拿酒。

冯有良说：“为了不耽误明天的大事，今天就到此为止吧，改日请魏行长到安国去，我陪你好好喝。”

魏程远家就住在工商银行后面的家属楼，走不了几步就到家了。分别之际，他对冯有良和沙冰梅说：“今晚喝了不少酒，就不要回安国了，银行旁边就有个宾馆，你们就先住下吧，明天上午八点我就给你们办业务。”

沙冰梅说：“老同学想得真细，好，听你的，我们今晚就住下。”

冯有良说：“沙会计，你先去宾馆登记，我把这一箱酒给魏行长搬上去。”

第三十二章

冯有良从魏行长家回到宾馆，沙冰梅早已准备好一盆温水，见冯有良回来了，说："冯哥你今天开车累了吧，先洗洗脚，解解乏。"

冯有良有点不好意思，说："我不累，还是你先洗吧。"

沙冰梅说："我特意向服务员要了个大盆，咱们两个一块儿洗吧。"

冯有良支支吾吾地说："你先洗，我后洗。"

沙冰梅因喝得有八九成醉了，此时见到冯有良就心潮澎湃热血沸腾了起来，呢喃道："一个男子汉，不知为什么那么没出息，怕什么呀！今天只有咱们两个，这里就是咱们两个的天下，你不脱我给你脱。"一边说，她一边将冯有良按下，立刻把冯有良的两只皮鞋扒掉，把里面的袜子也随手拽了下来。这时，她发现冯有良的袜子让大脚指头顶破了两个大窟窿，便"哈哈哈"地一阵放声大笑，然后说："真没想到，一个堂堂美男子，一个领导上千人的大厂长，竟穿着露脚指头的破袜子——也难怪，玉梅姐被病魔缠身，丈夫的生活无人照料。不过你也别担心，我替玉梅姐来照料你，明天我就去商场给你买几双袜子。"

冯有良正色道："你还有家——不仅有孩子，你丈夫肖三娃更需要人照料。"

沙冰梅说："别提咱家那个小瘪三了，我伺候他已经快十年了，他够幸福的啦。今后玉梅姐走了，我想伺候你后半辈子。"沙冰梅一边说一边将自己的鞋袜也脱下，甩手扔在地板上，立刻把自己一双又白又嫩的小脚浸入水中，正好对贴在冯有良那一双一尺长的大脚丫子上。两人的脚浸泡在一起，沙冰梅就像充电一样，感到十分温存幸福。此时，她又伸出鲜嫩的双手，没有去搓自己的脚，而是用细长的指甲挠冯有良脚后跟上的皴。

"冯哥哥，我给你搓脚，你觉得解乏吗？"沙冰梅娇声问道。

冯有良说："我喝多了，有点儿晕。"一边说一边把脚从浴盆里抽出来。此时，沙冰梅见冯有良自己擦脚，想过去帮忙，结果因酒精捣乱，双腿发麻，一不小心将下半身蹲在浴盆里，顿时把自己的牛仔裤弄得湿透了，她挣扎了几次，都没能从浴盆中爬出来。冯有良穿上拖鞋，立刻把沙冰梅从浴盆中抱起来，放在椅子上，然后用毛巾替她擦腿上弄湿了的部位。

沙冰梅气呼呼地说："你真是个笨锤子，你给我把裤子脱下来，搭在外边的晾衣架上，晾一宿不就干了？还擦什么擦?！衣服擦就能擦干吗?！你们男人真是笨!"

冯有良说："我不能给你脱，自己的事自己办。"

沙冰梅生气地说："只让你帮忙脱一下裤子，又不是让你干别的，看吓得你那个怂样儿，你不肯帮忙我自己脱。"一边说她一边想把自己湿漉漉的裤子脱下来。可实在因为喝得太多了，手脚不听大脑支配，不仅裤子没脱下来，身子一侧歪，从椅子上滑落到了地板上。

冯有良万般无奈，立刻把沙冰梅的牛仔裤褪了下来，然后把她抱到床上。

沙冰梅哼哼唧唧地说："我的内裤也湿透了，给我一起脱下来晾到晾衣绳上去。"

冯有良说："还是你自己脱吧，我困了，我要睡觉了。"接着冯有良问沙冰梅："你给我开的房间是几号?"

沙冰梅喃喃地说："傻小子呀，你还想开几个呀，姑奶奶就开了一个，一是为了省钱，现在咱厂里不是资金正紧张吗，白白地多开一个房间，不是浪费钱吗？二是咱们喝多了，互相有个照应。"

冯有良驳道："咱们都是有家室的人，住在一起即使一清二白，传出去也是好说不好听。"

沙冰梅说："出门在外的，在这异地他乡，谁认识咱们是谁?"

冯有良说："你的同学……"

沙冰梅未等冯有良说完，便喊道："既然你那么洁身自好，你就再开一个吧，姑奶奶绝不强人所难。"

冯有良说："必须再开一间，你不避嫌我避嫌。"冯有良一边说一边到登记室去办开房手续了。

然而，值班服务员说已经满房了，无奈，冯有良只好回到房间。他沏上一壶茶，想多喝点茶水，也让沙冰梅解解酒，然后自己再找个地方过夜。就在这时，床上的沙冰梅发出“哇哇”的恶心得想吐酒的声音。冯有良立刻从门外的过道旁边拿来个痰盂，放在沙冰梅床前，说：“冰梅，想吐就吐到痰盂里，小心给人家弄脏了床。”

沙冰梅强忍着肚里就要溢出来的酒，呻吟道：“我动弹不了了，还是你把我鼓捣到床边吧。”

冯有良立刻把沙冰梅抱到床边，将她的头探出床外。由于沙冰梅喝了一斤多白酒，加之刚才和冯有良拌了几句嘴，心里着实窝火，因而，不一会儿就“哇哇”地吐了起来，晚上吃的东西，混合着酒精，“哗啦哗啦”一股脑儿地吐了出来。

她呕吐一停，冯有良忙问道：“还想吐吗？不吐了我把痰盂端外边去倒了。”

沙冰梅呻吟着说：“还是觉得恶心，你给我捶捶背，好把肚里的害人精都吐出来。”

于是，冯有良只好轻轻地给她捶背，随着轻轻的捶背声，沙冰梅吐了一股又一股，一直吐得她胸腔震裂般撕痛之后，才把肚里东西吐完了。

冯有良又等了二十多分钟，看她再也不吐了，忙把茶水递给她，说：“先漱漱口吧。”

沙冰梅漱完口，又喝了一杯茶，有气无力地睡着了。

冯有良给她盖上毛毯，把沙冰梅吐的脏东西倒到厕所后，又回到房间。听到沙冰梅“呼噜呼噜”的鼾声，他长叹了一口气，说：“唉，不该喝这么多呀，这个傻女人！”可他仔细一想：沙冰梅这样做是为了陪客户，让同学吃好喝好，办起事来才得心应手，而且她还替自己挡了几杯，她是在帮自己，她是不得已而为之呀。

冯有良想着想着，慢慢地喝了一杯茶，最后一屁股坐在沙发上，迷迷糊糊得快要睡过去了，忽然间，他的头像被蜂蜇了一样锐疼了一下，惊醒了——自己不能这样睡着了，更不能做对不起玉梅的事。因而，他把沙发拖到门外的走廊里，把门关好了，和衣躺在沙发上睡着了。

凌晨四点多钟，沙冰梅一觉醒来，想去厕所方便，一开门，正见门口走廊的沙发上有个人和衣而卧，并且睡得正香，还发出轻微均匀的鼾声。她去完厕所回来，借着走廊里微弱的灯光仔细一看，此人不是别人，正是冯有良。此时沙冰梅见天色将亮，忙去晾衣架上拿回自己昨天弄湿的衣服，见已八九成干，立刻穿上。走到冯有良身边，她发现正在沉沉入睡的冯有良除了身着一套灰色西服外，身上没有盖其他东西，于是，从里屋里拿出一件毛毯，盖到冯有良身上。沙冰梅瞅了冯有良良久，犹豫片刻，趁冯有良睡得正沉的机会，俯下身来，一边亲昵地吻着冯有良的脸，一边想：我是行走在黑夜里的陌生人，你就是马路上一盏闪亮的路灯！我是一棵小小的向日葵，你就是那灿烂的太阳！冯有良呀冯有良，你真是个傻小子，你何苦睡在外边呢？灭了灯，在咱两个人的二人世界里，做了什么事又有谁知道？再一说，玉梅那病恹恹的身体，能给你带来身心上的愉悦吗？能给你带来夫妻生活中的幸福吗？可是，你冯有良为什么还为一个被黄土埋到下巴的人守着那份忠贞？坚持着这份不渝的爱情呢？若换作别的男人，早去开新荒了，谁还守着这块拖腿田不知疲倦地耕耘呀！可见冯有良你是个大好人，是天底下第一正人君子，真让人敬佩。

此时，沙冰梅对冯有良所产生的暗恋之情更加浓烈，更加根深蒂固。她又想到了自己的丈夫肖三娃，同眼前的冯有良相比，真是一只凤凰一只鸡。沙冰梅心想：“唉，我只有与冯有良配作鸳鸯，才是天生的一对，地设的一双，给肖三娃做妻子，真是鲜花插在了牛粪上。

然而，沙冰梅与肖三娃的婚姻绝非偶然。

沙冰梅的父亲是个中学老师，因而只能要一个孩子——那年代，计划生育抓得特别紧，国家公职人员只适用独生子女政策。有一年，沙冰梅正读大二，父亲突然去世，留下她与母亲相依为命，然而母亲又有风湿性关节炎。沙冰梅很清楚，母亲已经自顾不暇，光靠她养活一个大学生，是根本不可能的，于是自己做主，辍学回家，帮着母亲料理家务。

就在此时，邻居肖三娃伸出了大爱之手，不仅承包了沙家地里所有的农活，连家务活也抢着干，包括给沙冰梅妈妈洗衣服、请医生买药，还拿钱让沙冰梅回校继续读书，最后供她读完了大学。就这样，肖三娃一直伺候了沙妈妈三年多。沙妈妈把肖三娃当成自己的儿子，从此产生了让他做自己上门女婿的想法。

母亲之命难违，救难之情难报。于是，沙冰梅大学毕业之后，不得不与一个相貌不匹、文化程度更是相差悬殊的肖三娃违心地结了婚。刚结婚时，每天晚上，沙冰梅都有度日如年的感觉，每当与肖三娃同床共枕，沙冰梅心中就涌起无限的委屈悲凉之情。尤其是对于每一个新婚男女都应该是无限美好的新婚之夜，却给她留下了永远难以抹去的痛苦的记忆。她是个大学生，将自己的处女之身，交给这样一个自己不爱的人，真的比死了都难受。那段时间她经常背着丈夫偷偷抹眼泪。

去年，自从她被招到安国制药厂做了总会计，并与冯有良结识以后，她的情绪才渐渐稳定了下来，同时内心深处产生了对新生活的向往和对人生的美好憧憬，她早就想将自己的身体交给自己暗恋已久的冯总了。所以，今天晚上，她看到冯有良对自己不卑不亢，矜持有度，她自然心潮起伏，委屈的泪水像断了线的珠子落在冯有良熟睡的脸上。

第三十三章

第二天，冯有良和沙冰梅办完贷款，直接从高阳县工商银行提了五十万现金，剩下的转到了安国制药厂的账户上。返回安国后，两人没有回药厂，直接带着现金来到宏文玲家。

路上，沙冰梅问冯有良：“你打算给宏文玲多少钱?”

冯有良说：“先给她四十万，留下十万给工人开工资。”

沙冰梅愤愤地说：“大老板就是大手大脚，一出手就是几十万，我看此事即使公了也不过十万二十万的，况且事故的责任并不全在咱们，至少宏文玲也要负一半责任的，当时她如果不骑着自行车闯到机动车线上来，我怎么会撞了她？打起官司来，谁赢谁输还不一定呢。”

冯有良说：“古人常说，要舍得！我们今天舍去四十万，明天老天爷会给我们四百万。善有善报，恶有恶报。”

沙冰梅说：“但愿如此吧。”

上午宏文玲收到冯有良送上门的四十万现金，下午她原封不动地带上那四大捆钞票，让老爹骑三轮车拉着她来到安国制药厂的厂长办公室。此时，冯有良正在伏案研读李时珍的《本草纲目》，见宏文玲拄着拐杖吃力地走了进来，旁边是搀扶着她胳膊的父亲，老父亲手里还拎着一个黑色的皮革手提包，包里沉甸甸的不知是何物。冯有良立刻放下手中的书，忙扶着宏文玲坐在沙发上，然后朝她的父亲说：“宏叔请坐吧!”

招呼父女二人坐下后，冯有良赶紧去沏了一壶热茶，先给宏文玲的父亲倒上一杯，又给宏文玲递上一杯。

宏文玲一边接过冯有良递过来的茶，一边说：“冯厂长，今天我是来报到的，明天我就想上班。”

冯有良非常高兴地说：“欢迎！欢迎！你能来厂里上班，我非常高兴，只是，你的身体恢复得……”

宏文玲说：“伤口完全愈合了，也不咋疼了，我在家待着也是闷得慌，不如到厂来和职工们在一起，再说了，我读了那么多的书，也该为家乡的经济发展贡献自己的一份力量……”

冯有良说：“好，非常好，你暂时在会计科上班吧。过一段时间，咱厂准备成立一个技术攻关部，专门研制开发新产品，到时候，你就到技术攻关部上班，你学的知识也好有用武之地。”

宏文玲听到冯有良的一番话，非常高兴地说：“谢谢冯厂长对我的认可，我一定好好努力工作。”

宏文玲父亲接着说：“以后文玲到药厂上了班，身边没有父母照顾，一定会给厂里带来不少麻烦，希望冯厂长多多包涵。”

冯有良说：“请宏叔放心，药厂就是宏文玲的家，药厂的人就是她的亲人，我一定照顾好宏姑娘的生活。”

宏文玲的父亲一边致谢，一边将包里的四十万现金放在桌上。冯有良问为什么把钱送回来了。宏文玲说：“我们家暂时花不了这么多钱，先存放在药厂账户上，我们什么时候需要花钱了，就到药厂来拿。再说药厂也一定缺乏周转资金，这笔钱倘若放在我家就是死钱，放在药厂，钱才能流动起来，才能发挥最大的效果。”

冯有良听了宏文玲这一番发自肺腑的话，觉得宏文玲尽管刚走出校门，但说出来的话显得远比同龄人有思想、有水平，也更有眼光。更重要的是，这显示出她是一个道德情操非常高尚的人，假设类似的事发生在别人身上，得到这么一大笔钱，一定早放进银行，存成三年或五年定期了。在那个经济飞速发展的年代，存款利率是很高的，一万元存三年，能得七八千元的利息，这四十万若存三年，就能得到一笔非常可观的利息收入。宏文玲深明大义、极有见识的表现，不仅令冯有良十分钦佩和感动，而且使他对这位姑娘产生了一种说不上来的感觉——说不上是崇拜、喜欢还是爱慕。

光阴荏苒，一晃宏文玲在药厂上班已经一个多月了，在这段时间里，冯有良天天早晨开车从宏家接宏文玲上班，晚上下班送她回家，中午还给她打饭吃，对宏文玲照顾得十分周到。药厂的职工们对冯厂长的举动多数持赞同的态度，可也有个别人，一看到冯有良对宏文玲这么关心，从内心感到不平衡，产生羡慕嫉妒恨——其中有一个人最为明显，这个人自然是沙冰梅。

有一天，冯有良去石家庄开会，出发前他还惦记着宏文玲——自己一走，她没人接送，这可怎么办呢？于是，他来到沙冰梅办公室，让她替自己干这份活。沙冰梅表面上应了下来，但内心却十分不悦，一努嘴儿，自言自语道："那我就天天接送她吧，可有伺候的奶奶了。"

虽然沙冰梅内心有一百个不情愿，但一有冯有良的委托，二受良心的谴责，她找不到拒绝的理由——毕竟宏文玲的伤残，自己有不可推卸的责任。沙冰梅对宏文玲为什么持冷漠态度呢？不为别的，只因为这段时间，冯有良把关爱之心，基本上投放在宏文玲姑娘的身上了。本应该属于沙冰梅独享的来自冯有良的热量，让宏文玲剥夺了一大半，而她所剩无几，这份怨恨，怎么能消散得了？

有一次，在送宏文玲回家的路上，沙冰梅说："冯厂长最近忙得不可开交，光药厂的这些事就够他呛啦，他家属玉梅又病恹恹的，差不多是趴在棺材上打盹儿呢，你不见冯厂长最近累得人瘦了一圈儿，眼也凹陷下去了吗？我们应该多体谅他，最好别给他添麻烦了。"稍微停顿了一下，沙冰梅继续说道："我说宏妹妹呀，往后你就别再让冯厂长天天接来送去了，我建议你，马上、立刻、迅速抓紧时间买一辆三轮车，自己骑着三轮车上下班多好，既不连累别人，又能锻炼身体。"

宏文玲说："沙会计，您说得很对，真和我想到一起了，我早就有这个想法了，只是父母对我蹬三轮车上下班很担心，怕我在路上不安全……再说了，我想用自己挣的钱买三轮车，不想再花父母的钱，因为父母供我上了十几年学，为我付出得够多了，等攒够了钱，我一定买一辆。"

沙冰梅说："咱们到了药厂，我先给你预支工资，一千不够就给你两千，等你的工资下来了再扣下不就行了。"

宏文玲说："厂里给开多少工资就给我开多少，不够了我另想办法，一定要遵守厂里的规章制度，我一分也不多拿厂里的钱。"

沙冰梅说："那怎么叫厂里的钱，冯厂长给你的四十万，不是在厂里的账户上存着吗?"

宏文玲说："那个钱我也不能随便花，留着给厂里扩大再生产用，我早已给父母打保证了，我要用自己的双手来挣钱。"

沙冰梅赞道："宏妹妹真是一个有理想、有志气、有骨气的姑娘，我从内心佩服你!"

宏文玲谦虚地说："我刚刚走出学校大门，步入社会，应该向沙姐多学习，希望沙姐往后在业务方面多指导，在生活方面多关照。"

沙冰梅说："应该的，应该的。"

宏文玲已六天不见冯有良来上班了，她问沙冰梅为什么冯厂长这几天没有来上班。沙冰梅说："冯厂长家属玉梅姐病情加重，已生命垂危，正在奄奄一息之中。"

宏文玲非常诚恳地说："请沙姐开车拉我去冯厂长家，我想去看看玉梅姐。"

沙冰梅说："我昨天已经去看望了。"

宏文玲说："为什么没带我去，我也应该去看一看的。"

沙冰梅说："怕你一个姑娘家，见到一个快死的人害怕。"

宏文玲说："生离死别，是人之常情，只要能够正确理解，也就没有什么可怕之处了，我恳求冰梅姐再辛苦一趟，而且我也不知道冯厂长家住哪里啊，无论如何都需要姐帮忙。"

沙冰梅在宏文玲的一再请求下，无法推辞，于是开着车来到了冯家。

冯有良一看宏文玲姑娘拄着拐杖来看自己的女人，而且还买了一箱牛奶、一袋蛋糕，心情十分激动，立刻上前，搀着宏文玲坐下。宏文玲深情地对玉梅说了几句安慰的话。

冯有良给玉梅做了介绍，说她是药厂的新职工，名叫宏文玲，特意来看你了。

玉梅听丈夫说到宏文玲的名字，内心顿时十分不愉快，因为前些日子，她常听丈夫夸赞宏文玲人品多好多好，当时，玉梅不以为然地说："宏文玲人品再好，也照顾不了别人，还得让别人照顾她，希望你往后还是跟沙冰梅走近点，因为沙冰梅四肢健全，能助你一臂之力，当然，你最好能从厂里寻一个知书达礼、能力比较强的姑娘……”

今天，玉梅亲眼看到宏文玲拄着拐杖的样子，对冯有良的介绍装作没有听见，此时，玉梅伸出颤抖的手，握住沙冰梅的手，含着热泪，气息微弱地说：“我……我……我走后，你照顾好有良，希望寄托在妹妹身上了。”沙冰梅紧紧握住玉梅的手，非常郑重地说：“请玉梅姐放心，我一定不辜负姐的期望，我必须……”

就在宏文玲和沙冰梅来看望玉梅的第二天，玉梅走了——踏进那永恒的黑暗中去了。玉梅出殡后的当天晚上，冯有良心情十分悲痛，他没吃饭，早早和衣而卧。姐姐给他做了一大碗挂面，打上两个鸡蛋送进去，冯有良吃了两口就再也咽不下去了。人常说，“一日夫妻百日恩”，何况冯有良和玉梅已经是十几年的夫妻了。玉梅是个贤妻良母，自从嫁到冯家以后，勤勤恳恳，任劳任怨，对公婆非常孝顺，对儿女也是非常关心，还注意加强教育，对丈夫，在生活方面照顾得无微不至，在事业方面同心同德、鼎力相助——不像有的两口子，刚结婚时甜言蜜语，时间一长，涉及柴米油盐的家常事，就会磕磕碰碰，有的为个鸡毛蒜皮的事就会大打出手，甚至彼此钩心斗角，最终搞得两败俱伤，以离婚而告终，白白给自己和孩子带来痛苦和伤害。玉梅和冯有良婚后十几年，两人始终恩恩爱爱，曾多次被安国市政府授予“模范夫妻”和“五好家庭”的荣誉称号并颁发了奖状。因而，冯有良对玉梅的感情很深，一时之间，难以从对爱妻的思念中解脱出来。

第三十四章

第二天上午，冯有良没去上班，中午药厂下班后，沙冰梅急不可待地从张家鸡店买了一只卤煮鸡，又从水果店买了几斤苹果，携带礼品来到冯家，看望冯有良。

冯有良大姐一边接过沙冰梅的礼品一边说："来就来吧，带什么东西呢，让你破费了。"

沙冰梅说："冯厂长今天没去药厂上班，我不放心，来看看他。"

冯大姐说："有良感冒了，发烧，体温三十八度，早晨吃了感冒药，睡了一上午，还没吃午饭。"

沙冰梅一惊，就向屋里走去——心爱的人病了，她怎么能不着急。她急于要见到他。

冯大姐把沙冰梅带进冯有良的卧室，此时，他已经起床，穿好了衣服，正准备洗脸。大姐说："有良，沙会计看你来了。"然后就退了出去。

沙冰梅几步走到冯有良面前，一边摸着冯有良的头一边说："你发烧了也不告诉我，叫人心里好难受，我开车拉你去医院打个吊瓶吧。"

冯有良说："烧已经退下去了，再说，我长这么大，没打过什么针，我从小就晕针。"

沙冰梅说："那你有个头疼脑热的就干扛着？"

冯有良说："一般小毛病我连药都不吃，扛几天就过去了。"

沙冰梅说："我看病魔也是欺软怕硬，一见硬茬它就软了，立刻向你投降，遇到软茬它便会缠着你不放……还是你们大男人有阳刚之体魄，我每次感冒发烧，不去医院输几瓶液就过不了，倘若不去输液，病魔就赖在身上，死死缠着不肯走。"

冯有良说："照你这么说，病魔也是喜欢美女的，见了美女就不想离去。"

沙冰梅一噘小嘴，说："恐怕不仅仅是病魔喜欢美女吧，就是咱药厂的小伙子们，也纷纷朝我投来暧昧的目光呢，找个理由，就跑我办公室与我唠闲嗑。可是，他们个个长得歪瓜裂枣的，和我一点儿都不匹配，我仿佛一棵鲜花生在杂草丛中，是不是让你心里不平衡？"

冯有良一边沏茶一边说："我都是四十出头儿的人啦，咱们都有家有室，还是把心收回来，为儿女，为公婆，为家的兴旺和谐多费心思，把家经营好才是，这才是咱们这些有家室、有老有小的人的处世原则。"

沙冰梅一边削苹果一边说："那个家我早就待够了，一旦走进去，看到那个小侏儒丈夫，我的心就像一壶热水倒进了冰雪一样瞬间就凉了。"接着，她说道："咱别提我那个已经令我厌烦透顶的家了吧，咱们想想未来。"她把一片削好了的苹果向冯有良的嘴里送去。

冯有良没有像公园里的小情人那样，伸出脖子，张开嘴，让沙冰梅喂自己，而是伸出手，推开沙冰梅就要送到自己嘴里的苹果，正色道："谢谢你，沙会计！"

沙冰梅说："咱俩谁跟谁啊，还这么见外。往后你就别叫我沙会计了——当然在药厂众人面前可这样称呼，一旦只有咱们两人在一起时，你就叫我沙妹妹，不对，我比你大一岁，你就叫我沙姐姐。倘若觉得叫姐不好意思，你就干脆直呼其名，叫我沙冰梅算了。"

冯有良说："以前叫惯了沙会计，恐怕难以马上改口。"

沙冰梅说："一时改不了，今后必须改，我们不能辜负玉梅姐的遗愿……"

就在这时，冯大姐用托盘端进两碗用大米、薏米、莲子、枸杞、芡实、百合等熬的粥，另有一盘鸡蛋炒蒜薹、两个馒头。她一边放到桌上一边说："沙会计，还没吃午饭吧？你和有良一块儿吃吧。"

沙冰梅说："嗯，一下班我就急急忙忙地来了，哪里顾得着吃饭。"

二人吃完饭，沙冰梅执意开车拉冯有良去医院，冯有良坚决不去。沙冰梅说："你这么任性，你若再发烧怎么办？"

冯有良说："我早晨吃了退烧药了，肯定不会发烧了。"

沙冰梅说："你不去医院，我给你做做头疗，然后给你开开背，你身体会立刻轻松很多的。"

冯有良说："我不喜欢开背，也不喜欢按摩，这你是知道的。"

沙冰梅一努嘴儿说："你呀，真是个不会享福的人，你是没做过按摩，做一次就尝到甜头儿了。"

其实，冯有良又不是愚人，他怎么不知道身体不舒服，肌肉酸痛时，让按摩师按摩后，症状就会缓解，身体会异常轻松和舒适呢？只是他不想这样孤男寡女在一起肢体接触，怕让外人知道说闲话。

此时冯大姐进来收拾碗筷，听见二人为做与不做按摩而争论，劝道："有良你就让沙会计给你做做吧，做做头马上就不疼了，全身就都感觉舒服了。"

还没等冯有良同意，沙冰梅立刻向冯有良靠近，一手将他按在床上，伸出又细又长的手指，开始给他做头疗。做了不到十五分钟，冯有良睡着了，此时，从他的鼻孔里发出了"嗨哈……嗨哈……"的鼾声。沙冰梅想：这几天冯有良为操办玉梅的丧事，身体过度劳累，觉也睡不好，因此，让人一按摩就困了。

此时，冯大姐也出去做家务了，沙冰梅那双机灵的大眼睛，扫了一下屋里，看没有旁人在，于是将自己那张美丽的脸柔情地贴在冯有良的脸上，同时浮想联翩：现在玉梅走了，冯有良身边适合替代她的人选，唯有我沙冰梅了，药厂里尽管有那么多大姑娘、小媳妇，但是，无论论身材、论颜值，还是论学历、论能力，没有一人能超过自己。唯有宏文玲学历比自己高，但她已经成了一条腿走路的拐子，冯有良肯定不会找这样的一个残疾人做老婆的，所以，自己就是玉梅唯一的接班人。

此时，她的脑海里又出现了昨天晚上梦中的美妙情景：她和冯有良结婚了，婚礼仪式上，冯有良穿了一身崭新的新郎希努尔蓝色西服，胸前系一条玫瑰红色的领带，脚上穿一双半高跟黑色皮鞋，鞋已打过德国进口的洋鞋油，黑得发亮；新娘，也就是自己，穿一身白色婚纱，右手戴着红色钻戒，左手腕上戴着金光闪闪的玉镯，脖颈围一串黄金项链，耳朵下垂一双鹅蛋般大的白色耳环，耳环在婚宴殿堂的灯光下闪闪发亮，光彩夺目。当她挽着冯有良的胳膊，走进人们的视线中时，全场立刻爆发出雷鸣般的掌声，药厂上百名来参加庆贺的职工都为冯有良和沙冰梅的婚礼兴高采烈。

冯有良睡意蒙眬中，觉得有人在吻自己的脸，有一双温柔的手在抚摸自己的胸膛，误认为是自己的爱妻玉梅回到了自己的身边，于是伸出双臂，去拥抱心上人。当他醒来之后，发现和自己同床共枕的不是玉梅，而是沙会计，他像雷击一样，立刻从床上滚到地上，压低声音喊道："你马上滚开，我不要你……我要去药厂上班，我去接宏文玲上班。"

沙冰梅听到冯有良语无伦次的叫唤声，以为他又发烧了，甚至烧得胡言乱语，便解释道："我在给你做理疗呢，你叫喊什么呀，你惊什么?"

过了片刻，冯有良彻底清醒过来，他定了定神，一边穿鞋一边说："我全好了，我身体感到特别轻松，谢谢沙会计……"

沙冰梅说："从今后，你冯有良的身体若有个头疼脑热的，就马上找我，我全包下来了。"

冯有良说："今后你还是要多关心肖三娃，我不用你操心。"他接着说："我们去药厂看看吧，我有几天不去药厂了……"

冯有良来到药厂，先往各生产车间转了一圈，看到一切都很正常，便稍稍放了些心。他来到会计科办公室，看到宏文玲不在，便问科室其他员工："宏文玲几天不上班了?"

工作人员回答道："两三天不上班了。"

冯有良问："为什么呢?"然而大家都不得而知。

于是，冯有良马上开车来到宏家。此时，宏文玲正骑着一辆三轮车，在自家门前的那条小路上来回地跑，后面还有她的爸妈跟着，只听她妈妈喊道："咱姑娘可真灵巧，两天就学会蹬三轮车了，从此就不用你爸送你上班了，也不用劳驾冯厂长天天送你回家了。"

宏文玲掏出手帕，擦了擦汗，说："我要做一个自食其力的人，从今后，我不仅要学会骑三轮车，我还要学会洗衣做饭，还要学会炒各种各样的菜，还要学会……"

此时，冯有良将车停在路边，只见宏文玲蹬三轮车的姿势十分难看，他想，如果是正常蹬三轮，右脚蹬下去，左脚提上来，然后左脚踩下去，右脚提上来，而宏文玲只能用一只脚蹬，只好踩下去后，用脚尖将车镫子勾上来。所以一条腿蹬三轮的人，要比正常人艰难得多。看了好一会儿，冯有良走了过来，听到宏文玲母女的对话，顿时全明白过来了，他一边走近宏文玲一边说：“恭喜文玲学会骑三轮车了，别累着了，先休息一会儿吧。”

宏文玲见是冯有良来了，惊喜地喊道：“冯厂长来了，快，快到家里喝杯茶水。”

冯有良立刻把宏文玲抱上三轮车，说：“你坐车上休息一会儿，我蹬车送你回家。”他对宏文玲妈妈说：“姨你也坐三轮车吧。”

文玲妈妈一笑，说：“我和你宏叔走着吧，正好锻炼锻炼我们的老胳膊老腿儿。”

冯有良一边蹬着三轮车，一边与车上的宏文玲侃侃而谈。宏文玲的妈妈在后面仔细瞅了冯有良几眼，对老伴说：“冯厂长是个标准的男子汉，大高个儿，长方脸，高鼻梁，一对双眼皮下镶嵌着一双有神的大眼睛，一笑两腮现出两个小酒窝，显得既有男子汉的气概又标致可爱，我家文玲将来找一个这样的美男子做女婿该多好——可惜文玲已成残疾人了，人家冯厂长肯定不愿意……”宏文玲的父亲一路听着老伴的叨叨咕咕，一直保持着沉默，一句话都没有说。

回到宏家后，冯有良见宏文玲自己下车不方便，忙说：“我背你进屋。”

宏文玲有点不好意思，说：“我自己能下来。”

冯有良说：“你学蹬三轮车已经累得够呛了，还是让我背你吧。”一边说一边把宏文玲从三轮车上背进了屋里。

宏文玲要给冯有良沏茶，冯有良却抢先替她沏了一壶茶，并为一家三人各倒了一杯，分别端到三人面前。

宏文玲坐在椅子上，用湿毛巾揩了一把脸，说：“咱们药厂总是生产原来那几个产品，和其他许多药厂的品种雷同，这样不会有太大的竞争力——再说人家大药厂名气大，实力雄厚，所以咱的产品在北京、天津、石家庄的市场空间很小。”

冯有良说：“我也正在为咱药厂的前景忧心忡忡，正想倡议大家群策群力，开发几个属于自己首创的拳头产品，哪怕只有一两个属于自己的自创产品也好。咱药厂虽然年轻人不少，但没有几个专业人才，咱厂开发研制新产品的希望，就寄托在你身上了。”

宏文玲若有所思地说：“我倒有一条朝这方向走的路，就是不知道咱们能不能走通。”她一边说一边从抽屉里拿出一封信，递给冯有良。

冯有良认真地看了一遍，十分高兴地说：“北京中药研究院白教授给你回的信，信上说有一个新产品正在临床试验，这个消息真让人鼓舞，你是怎么和白教授取得联系的?”

宏文玲说：“白教授不是别人，他是我大舅，他本来不愿意透露那个新产品的任何情况，我给他写了好几封信恳求他，并把我们安国制药厂的发展规划给他汇报了一下，他这才告诉我他们研制的新产品的名称叫泻白糖浆。新产品的配方由十几种中药材品种合在一起，为了保密，他对配方的具体内容一字未提。大舅说，这个新产品若想顺利研究出来，大约需要花费几百万元的经费，如果哪个药厂想生产这个品种，得先把这笔经费垫付了。”

冯有良问：“泻白糖浆主治什么病?”

宏文玲答：“用于伤风咳嗽，痰多胸满，口渴舌干，鼻塞不通等。”

冯有良拿过宏文玲面前的杯子，为她续上茶，然后递给她，说：“嗯，治疗感冒咳嗽的中成药并不少，然而疗效可靠的并不多，我想泻白糖浆投放市场后应该是个很受消费者欢迎的品种，倘若能在全省甚至全国打开销路，咱安国制药厂马上就大有起色了。”

宏文玲说：“若拿下这个新产品，需要先花几百万，至少也要二三百万，这么大的资金……”

冯有良说：“别说二三百万，就是七八百万咱也舍得呀。俗话说，‘舍不得千顷地，打不下万石粮’……”他略一思考，接着说：“我建议咱们明天去北京一趟，咱药厂争取拿下这个新产品，一旦公开招标，恐怕会让大厂把这个机会给抢了。”

说话间，宏文玲的老妈端着两碗饺子进来了，说：“女儿这几天光顾着学骑三轮车，挺累的，中午我包了三鲜馅饺子，文玲只吃了几个，这回终于学会骑三轮车了，大功告成，可以饱餐一顿了。冯厂长，你也一起吃……”

冯有良说：“不不不，我不吃了，我吃过了……”

宏妈妈对冯有良说：“锅里还煮着呢，够你们吃的，放心地吃吧，你们先吃，我马上再去捞。”说完转身走了出去。

“我还是回家吃吧。”冯有良不好意思地说——他平时就是一个不愿意打扰别人的人。

宏文玲一边拿起一双筷子递给冯有良，一边说：“既然妈妈……既然我妈诚心诚意地让你吃，你就甭客气了。”

就在这时，宏妈妈又端着两碗香喷喷的饺子进来了，放到冯有良面前，说：“看，这么多饺子，还不够咱一家吃吗？对了，我忘了拿醋碟了，我马上去拿。”说完又走了出去。

宏文玲说：“冯哥你今天必须吃，你看我妈包了这么多，你不吃如何打发，下一顿再吃就不好了，你不吃，今天我也不吃了。”宏文玲装作生气的样子。

此时，宏妈妈端来两碟醋，先给冯有良放一碟，再给女儿放一碟，然后神情悲痛地说：“听文玲说，前几天，你那个贤妻走了，你才四十岁，身边怎能没个女人照顾……可惜文玲腿脚不方便，也照顾不了你……唉!”

冯有良马上接过宏母的话题，说：“谢谢姨——其实，其实文玲在事业上一直在帮我，我现在最希望能有一个有共同语言和共同理想的人为伴侣，至于身体方面不是问题，今后我俩在一起可以互补，事业上她帮助我，生活方面我帮助她，我们互敬互爱。”

宏妈妈说：“冯厂长说得对，看一个人好不好，主要看她的内心——俺文玲姑娘可是个诚实善良的女孩儿，你们药厂给的钱，他爹说起码自己留下十万，文玲坚决反对，父女争得面红耳赤，最后她老爹还是遂了女儿的心愿。”

宏文玲的脸红了，她打断母亲的话，说：“妈妈你还让人家冯哥吃饭不了？有话吃完了再说不好吗？”

宏妈妈说：“不说了，我给你爸煮饺子去。”

宏妈妈走后，冯有良故意逗宏文玲道："怎么不叫冯厂长，改口叫冯哥啦?"

宏文玲一听此言，脸立刻红到了耳根，她羞涩地说："因为你处处爱护我，所以我就把你当哥哥叫。"

冯有良一边吃饺子一边说："请把那个'护'字去掉。"

宏文玲说："我不明白你的意思。"

冯有良明白宏姑娘是在抛砖引玉，于是来了个借坡下驴："你处处爱我这回没'护'了吧？言简意赅了吧？听明白了吧?"

宏文玲说："冯哥你说反了，是我处处爱你。"一边说，一边把自己碗里的饺子给冯有良夹上几个，说："多吃几个，我妈包的饺子好吃吧?"

冯有良说："好吃。"

宏文玲说："既然好吃，往后你想吃饺子，就来我家吃咱妈包的饺子。对不起，我说错了，不是咱妈是我妈。"

冯有良微微一笑，说："宏妹妹，你没说错，你妈在不久的将来，就成我岳母啦。"

宏文玲含羞地说："冯哥你这人真坏。"

然而，冯有良心中很是明白，宏文玲口头上骂自己坏，实质上是恨他"坏"得不够淋漓尽致。

第三十五章

第二天，冯有良到药厂后，先到财会室找沙会计开了个一百万的现金支票，决定和宏文玲一起去北京洽谈新产品的项目。那边要求，申请人必须先交一百万的押金。沙冰梅问冯有良带谁去北京，当冯有良说带宏文玲去时，沙冰梅一百个不高兴，质问道："你为什么带她而不带我去？"

冯有良解释道："因为这项目是宏文玲倡议提出的，此新品种出自北京中药研究院，宏文玲的大舅是这个院的教授；再说了，这是咱药厂的新品种，宏文玲是开发部主任，这是她义不容辞的责任。你的本职工作是财会，你走了，会计科怎么办？再说你就是去了也是白搭，你对新产品开发的业务不熟。"

沙冰梅一听冯有良说自己是"白搭"，立刻怒了，说："我没用，我白搭，你忘了玉梅姐临终前拉着我的手，一再叮嘱让我照顾你，咋玉梅姐走了才十天半月，你就把她的话忘得一干二净了？"

冯有良辩解道："希望你不要把玉梅的话做过多的解读，更不要把她说的话奉为真理，毕竟当时她只是一个脑袋瓜子出了大毛病的人。"

沙冰梅怼道："就算玉梅姐脑子有毛病，说话不中用了，可我真心想和你后半生走到一起，和你一个锅里抡马勺，和你同甘共苦，和你同心同德，和你同床共枕，帮你把中药厂经营好……"

冯有良问道："你那个家呢，怎么办？你的丈夫没了女人照顾怎么办？你的儿子才几岁，没妈关心，如何长大？"

沙冰梅说："只要后半生能与心爱之人走到一起，我什么都可以抛下，我马上和肖三娃离婚。至于儿子嘛，推给他爷爷奶奶抚养不也挺好吗？老人们还能亏待了他？"

冯有良说："我反对你这种不负责任、不切实际的想法，希望你从今往后把心里的错误理念彻底清除掉。”

沙冰梅说：“我反对你的赐教。”她愤愤地用食指指着冯有良的鼻子，骂道：“你冯有良根本就不是什么正人君子，你为什么不把你心爱的人从水深火热中解救出来，反而落井下石，让我跟着那个武大郎式的丈夫过后半生？你真心狠！”

冯有良打断沙冰梅的话，说：“你的意思是让我冯有良，为成全自己，去拆散另一个家？今天我郑重地告诉你，我冯有良决不干违背原则的事，决不干损人利己的事，希望你从此以后，把心回归到自己的家中，把身体回归到丈夫、儿女身边，把心回归到原来的位置。”

沙冰梅怼道：“今天我也郑重向你发誓，我的后半生，一定要和冯有良走到一起，我是老牛吃秤砣——铁心了，谁敢反对我，我就和她做殊死搏斗，甚至不惜牺牲生命，她若敢跟我争夺，我就敢砸断她的另一条腿——冯有良，后半生我注定要和你走到一起，我活着是你的人，我死了是你冯家的鬼！”

冯有良叹了一口气，说：“我没空与你多说，希望你好自为之！”说完从会计室走了出去。

沙冰梅中午下班回到家，刚想躺到床上休息一会儿——因为冯有良不带她去北京，她胸中憋着一团火无处发泄。正在独自生闷气的当，老婆婆把五岁的儿子带了进来，说：“孩子想妈妈了，已经半月不见妈妈的面了。”说完，婆婆把孩子留下，独自回家去了。

沙冰梅看到婆婆给自己扔下个毛孩子，心里更烦了，骂道：“这个老不死的东西，真不会看火候，早也不来，晚也不来，偏在我睡觉的时候把孩子送来了。”

沙冰梅正在骂婆婆，这时孩子说饿了，趴在妈妈腿上哭哭啼啼要面包吃。

沙冰梅心烦意乱地从口袋里摸出两元钱，递给孩子，说：“给你钱，你自己去街上的小卖部买吧。”

孩子去食品店买了一块大面包，一边啃一边往家走。对面跑来一只流浪狗，来到孩子身边，突然蹿起来，将孩子的面包叼走了，小孩蹲在地上吓哭了。此时，小孩的爸爸肖三娃蹬着三轮车，正好回家，看到儿子蹲在地上号啕大哭，忙把孩子抱起来，问他为什么哭。听完儿子的话，肖三娃全明白了，于是他把孩子放在车上，说："爸马上拉上你再去买。"

肖三娃买了面包，带着孩子回到家，看到沙冰梅躺在床上睡大觉，愤愤地说："光知道自己舒服，不做午饭，还不管孩子的死活——孩子差点让狗给吃掉，多亏遇上我才把孩子抱回家来。"

听了肖三娃的话，沙冰梅"嗖"的一声从床上爬起来，怒吼道："肖三娃，你个小瘪三，你说我光知道自己舒服，我今天把实话告诉你，自从我嫁到肖家，我一天也没觉得舒服过，我一看见你就心烦，我一听见你说话耳朵就刺痛，我一闻到你身上的味道就恶心，我一进到这个家就觉得像是进了牢笼一样。所以，我从即日起，要让自己冲破牢笼，去寻觅自己心爱的人，去寻找自己向往的生活，去追求自己幸福的人生。"

肖三娃问："你想干什么……"

没等肖三娃把话说完，沙冰梅便直截了当地说："我想和你离婚。"

肖三娃听到女人说出如此令人寒心的话，顿时觉得如同五雷轰顶，身体一软，赔着笑脸说："看在咱们孩子的分上，看在咱们夫妻十年的分上，你可千万别说这种伤人心的话，我给你道歉。千错万错，都是我的错，我刚才说你是怕你身体不舒服，你别理解错了，今后你只要不再提'离婚'二字，孩子我让咱妈天天看着，决不让她送回家来了，一日三顿饭我也包了，不让你做，你想吃什么我就给你做什么，你想穿什么样的衣服就给你买什么样的，你想戴什么样的首饰就给你买什么样的，我们全家把你像皇宫里的娘娘一样伺候得周周到到，我们全家为你当牛做马，还不行吗？"

沙冰梅打断肖三娃的话，说："你们就是把我当王母娘娘一样伺候也不行，肖三娃，咱们的缘分到头了，我读书时你帮我家又种地又劈柴，帮了不少忙，感动了我老妈。为了报答你的这些恩情，我不仅嫁给了你，还给肖家生了孩子，够意思了吧？我让你过了十年幸福生活，可你也得为我想一想呀。我和你在一起过日子，感觉就是人生的一大劫难，我和你同床共枕就好像在水深火热之中受煎熬。因此，后半生我必须从这种生活中跳出来，我必须离婚，没有其他任何办法。"

肖三娃问："为什么你以前从来没有提过这伤心的话题，自从你去药厂上班后心就变了，是不是你在外边遇上情人啦？"

沙冰梅毫不隐讳地说："你说得真准——你真是个小小的聪明人，我是遇上意中人啦。"

肖三娃说："请告诉我那个人是谁。"

沙冰梅说："我们马上就成两家人了，你还打听那么多闲事干什么？"

肖三娃说："你不告诉我那个人是谁，我就坚决不与你离婚。"

沙冰梅觉得肖三娃的话有了些活口儿，心中一阵兴奋，便说道："那个人不是别人，就是冯有良。"

肖三娃说："你若说是别人我还相信，你说是冯有良，我可是半点都不信。"

沙冰梅问："为什么？"

肖三娃说："谁不知道冯有良是安国药市最有名的模范丈夫？谁不晓得冯大厂长是正人君子？除了他的贤妻玉梅外，任何人都不会走进他的心里。听说他在东北遇到过朝鲜美女小红，听说他在江西遇到过美女大学生，才二十多岁，都被他拒之门外。而你呢，已经是四十多的老娘儿们啦，人家冯厂长能为你动心？你别癞蛤蟆想吃天鹅肉了。"

沙冰梅说："此一时彼一时嘛，人心都是会变的，虽说他过去是正人君子，的确对他的女人玉梅忠贞不渝，可是现在玉梅撇下他自己走了，冯有良现在已经成了自由身——再说人都是有七情六欲的，冯有良才四十岁左右，身边没有女人，他能耐得住寂寞吗？前些日子，我们去高阳办贷款业务，我俩只开了一个房间，你认真想一想，孤男寡女在一个床上过夜，能干什么？"沙冰梅故意用刺激性的语言激怒肖三娃，目的就是让丈夫恨自己，然后由发自内心的恨转化成一种行为，那就是离婚，这样自己的目的就达到了。

然而，肖三娃别看人个头儿长得小，心眼儿却不少，他已经从妻子的一番话中听出了她的目的，便对女人说："我不相信你说的话，有机会我去找冯有良问个究竟，如果他承认你两个在外边'鼓捣'过，我就成全你们——我就与你离婚，俗话说‘烂货离眼’，我眼不见为净。倘若你们没有发生过关系，我誓死捍卫我们的家庭，坚决不离婚。”

沙冰梅说：“我不管你离不离，反正我必须与你离婚。”

第三十六章

第二天，肖三娃便来到药厂找冯有良，药厂的人说冯有良去北京出差了。第三天，他又来到药厂，这次，冯有良回来了，但没有在厂长办公室。肖三娃一打听，厂里人说他和宏文玲开车去了安国市残联办手续去了。肖三娃只好蹬着三轮车到药材市场揽活去了，心里说：既然你回来了就好说，下午我再去找你也不迟。

冯有良和宏文玲这次去北京收获颇丰，白教授给他们出了个两全其美的好主意："只要你们药厂是残联直属药厂，拿这样的药厂企业资质来申请新科研项目，国家不收任何费用——国家有这方面的优惠政策。"因而，冯有良从北京回来后，便和宏文玲一心跑安国残联。安国市残联邓主席说："要我们出手续不难，只要冯厂长答应我们一个条件。"

冯有良问："什么条件?"

邓主席说："就是将我手里的一百多个残疾人安排在药厂上班。"

冯有良非常爽快地答应了邓主席的条件，他对邓主席慷慨地说："我冯有良办企业，就是为了服务全市的老百姓！让我们残疾的兄弟姐妹有一个生存的空间，给残疾人提供一个创造财富的机会和基地，是我非常乐意做的。"

在这期间，冯有良带着宏文玲又跑了几次北京，把一个最新的、全国首创的中成药新品种——泻白糖浆的秘方和国家卫生部颁发的独家生产证书都拿到了手。

一天下午，冯有良正召集药厂各科室主任开会，肖三娃又来到药厂找冯有良了。他一进药厂，门卫说让他在外边等着，他只好呆呆地站在门外，等冯有良开完会出来。

会场里，只听冯有良兴高采烈地说："咱们药厂最近办成了一件大事，申请成功了一个新品的生产项目。现在，由咱药厂新产品研发部主任宏文玲介绍详细情况。”接着，宏文玲以洪亮的声音讲道：“这个新产品名叫泻白糖浆，本品成分有石膏、桑白皮、瓜蒌籽、葶苈籽、麻黄、甘草、前胡、紫菀、款冬花、川贝母、苦杏仁、紫苏叶油、薄荷脑等十几种中药；辅料有蔗糖、苯甲酸钠等；功能主治……”

宏文玲宣布完毕，全场响起一阵热烈的掌声，最后，冯厂长做了总结发言，他激情满怀地说：“以前人们吃的感冒止咳药，绝大部分是西药，西药对一部分人来说可能副作用比较大，服药后可能会出现恶心、头晕、嗜睡等不良反应，而这个中药方子不仅副作用小，而且药效在人体内持续时间长，所以，一旦咱们的这个新产品投放市场，一定会得到消费者青睐，也一定会为药厂带来一笔可观的经济收入。”接着，他话锋一转，说：“咱们厂申请到的这个新项目，节省了几百万的支出，这项辉煌的业绩应归功于宏文玲姑娘。她为拿到这个新项目，曾多次与北京中医研究所联系，曾给白教授打过无数次电话、写过几十封信，“有志者事竟成”，这个项目终于敲定了，真是可喜可贺啊！在此，我代表药厂全体职工，对宏文玲姑娘表示衷心的感谢！”

此时，全场又一次爆发出热烈的掌声，厂里职工都为宏文玲为安国药厂节约了几百万的费用又引进了新品种而感动。因为大家明白，这个项目为药厂的发展带来了新的希望，所以他们非常高兴，一些职工甚至欢呼雀跃了起来。

唯有一个人与众不同，她不仅不像其他职工一样兴高采烈，反而独处一隅，郁郁寡欢——这个人不是别人，正是沙冰梅。每当她听到冯有良在药厂众人面前夸赞宏文玲，她就立即心如刀绞，内心深处剧烈地疼痛。她顿时心生嫉妒，并转化成一种巨大的痛恨，这种恨不是一般的恨，它是一种咬牙切齿的恨，甚至是一种不共戴天的恨。她心想：宏文玲这个该死的小瘸子，居然敢与我争风吃醋，那次车祸只撞折她一条腿，倘若将她两条腿都撞折了，让她变成一个“肉冬瓜”，她就老实了，冯有良就是再想喜欢她也喜欢不起来了……

药厂散会后，肖三娃想去厂长办公室找冯有良，又怕让沙冰梅看见同自己不依不饶地闹，便继续在门口等着。过了一会儿，冯有良开车从药厂门口驶出的一瞬间，肖三娃将他拦住了。

冯有良问肖三娃有什么事，肖三娃吞吞吐吐地说不出个所以然来。冯有良说：“我家里还有事要去办，你若没有什么事，我先走了。”

肖三娃这才支支吾吾地说：“冯厂长，我想给你说说俺的家务事——人常说‘家丑不可外扬’，能不能让我坐到你的车里说？”

冯有良立即明白是怎么回事了，目光向周围扫了一眼，说：“当然可以，你上来吧。”

肖三娃上了冯有良的车，回头望望车里没有旁人，便说道：“这几天沙冰梅和我分居了，还口口声声说要和我离婚，我问她为什么要和我离婚，听她话音，好像与你有千丝万缕的联系，她说你们两个最近处的关系非同一般。”说到这里，肖三娃说不下去了，嗓子有点哽咽了。

冯有良鼓励道：“接着往下说，放心大胆地往下说，不要吞吞吐吐，更不必拐弯抹角，有什么隐情，有什么委屈，你全部向我倾诉出来，憋在心里会生病的。”

听了冯有良这番话，肖三娃用又粗又皴的手背抹去脸上的泪水，说：“冯厂长你是一个大美男子，又是赫赫有名的药厂老总，玉梅走了，你可以找一个更年轻更漂亮更有文化的大学生为伴侣，同时作为孩子的继母，这样，无论是对你的事业发展还是对孩子的教育，都是非常有利的，你何必找一个四十多岁的老娘儿们呢？而且她还有家有室有丈夫有儿女，你这样做不仅委屈了你的身价，也显得不够体面，不够光明磊落，你这样的行为与你的身份和人品格格不入。你这种不良行为会特别有损你在药厂职工，甚至在整个安国市人们心中的形象的。本来你在人们心中的口碑非常好，可是，你做了破坏别人家庭的事，人们都会说你是个伪君子……”

冯有良说：“看来，你除了蹬三轮车之外，一定还读过一些书，学了不少知识，掌握了不少词语，可惜今天你用得不恰当，你完全用错了地方，你对我的人格有歪曲和侮辱的成分。”

肖三娃反驳道：“恰恰相反，我觉得我用的词汇还不够准确，对你那些龌龊行为的攻击力度还不够狠，打击力度不够猛，我应当用更准确的语言去予以你迎头痛击。”

冯有良听完肖三娃的这些带有刺激性的语言，继续和颜悦色地说：“请问肖先生，你为什么这样恨我？人常说，世界上没有无缘无故的爱，也没有无缘无故的恨，你这种恨来自何方，源自何地？”冯有良早已经想到，问题肯定是出在沙冰梅身上，他们两口子肯定是在家里闹得不可开交，牵扯到自己了，然而他仍然装作不知道的样子。

肖三娃说：“好！我本不愿意把这张不太光明磊落的底牌亮出来，可今天逼到了这个份儿上，我不得不说了。”肖三娃话虽如此，却欲言又止，此时他又怕万一说错了，对冯有良和沙冰梅的人格是一种伤害。

正在肖三娃犹豫徘徊之际，只听冯有良说：“今天你必须对我说出来，问题不解决，将来对沙会计、对你们整个家庭、对我本人，都会产生负面影响。”

肖三娃被冯有良逼到了墙角，于是只好说：“沙冰梅对我说，前些日子，你和她去高阳银行贷款，当天没办妥，便在当地住了一宿，可是你两个竟然……”极为羞愤难堪的情绪，使他无法再说下去了，肖三娃的脸憋得又红又紫。

冯有良见肖三娃说到了关键之处，突然又止住了，急得一把揪住他的耳朵，骂道：“说，赶紧说，沙冰梅说我们两个竟然怎么了？快说！你若不把话说清楚，我把你的耳朵揪下来当下酒菜。”

肖三娃被逼无奈，只好忍着羞辱，说：“她说你俩开了一间房，还说你们加了半个夜班。我问沙冰梅加什么夜班了，她不肯告诉我，她让我自己猜。可我想来想去，孤男寡女住在一个屋里，除了男欢女爱，还能干什么事？那天夜里你们八九不离十‘鼓捣’了……既然有了一夜之欢，就会有第二次、第三次，一旦女人出了轨，就再也守不住了……”

肖三娃话尚未说完，冯有良扬起胳膊，打了肖三娃一个耳光，骂道：“肖三娃你个混账王八蛋，别人不说你老婆的这类坏话，你本人倒说起来了，你觉得这样说光彩是不是？端起屎盆子往自己女人身上扣、往自己头上扣？你是唯恐天下不乱、唯恐她不与你离婚？”随后，冯有良说：“肖三娃，我今天郑重告诉你，我以自己的人格向你担保，我没有动过沙会计一手指头，我们之间的关系始终是清清白白的，是同事加姐弟的关系，而绝非像你想的那么阴暗、那么龌龊、那么卑鄙……”

肖三娃打断冯有良的话，说道：“冯厂长，我相信你说的，但我也相信沙冰梅的话，她曾几次对我说，她和你的关系已经不是姐弟加同事的关系了，而升华到情侣的范畴了。尤其是玉梅走后，沙冰梅曾几次夜里梦呓叫冯哥——这该如何解释？”

面对肖三娃的质问，冯有良一时之间也无法对这么复杂的问题做出清楚的解释。这里面涉及了不少弯弯绕，越解释越绕，越绕越说不清楚。他想，如果告诉肖三娃，他根本就不爱沙冰梅，沙冰梅完全是一厢情愿，完全是单相思，尽管这都是事实，但那样回答的话，显得太高傲，对沙冰梅的人格也是一种贬低，传出去对她非常不好，是对她的极为不尊重，也显得自己太刻薄太不近人情。冯有良思忖一番，说：“我和沙会计的关系方面，处理得是很有分寸的，每个人都有自己的想法，至于她是怎么想的，我就不得而知了，我又不能像孙悟空一样，变成一只小虫子，钻到人家肚里去看看。这么给你打个比方吧，大明星刘德华有成千上万的粉丝追随，据说有的姑娘追了他十几年，追得倾家荡产，至今未婚，难道他对每一个追求者都有同等的热情吗？有的粉丝一辈子连偶像的面都没见到。”思考了一番，他又说道：“做丈夫的要想家庭和睦，首先对自己要端正态度，无论妻子是思想上还是身体上生了病，你应当耐心地给她治病，而不是往外推她，更不要指责她、惩罚她，那样更会事与愿违……”

尽管冯有良的这番话语重心长，细致入微，并且意思表达得也很明确了，然而，肖三娃听了以后，依然不以为然地说：“冯大厂长，今天我来的目的，不是听你老人家指指点点，更不是请你来为我的家务事评头论足。”

冯有良问：“那你今天找我到底干什么？”

肖三娃说：“我希望你给我做个保证。”

冯有良问：“什么保证？”

肖三娃说：“从今往后，你和沙冰梅之间，必须保持一定的距离，更不要踏破那条底线。”

冯有良问：“什么底线？”

肖三娃说：“你一个赫赫有名的大厂长，难道还不理解我话里的意思吗？恐怕有点揣着明白装糊涂吧。”

冯有良说：“对你莫名其妙的讲述，我根本就不知所云。”

肖三娃怒怼道：“好，冯大厂长，如果你真的听不懂，我就打开天窗说亮话。我警告你冯厂长，你死了媳妇成了单身汉，忍不住一时的孤独寂寞，不要朝身边的女人下手，希望你不要做别人家庭和谐的破坏者。说白了，就是不要夺我的爱妻，再说了，你一个大帅哥，又家大业大名声大的，什么样的女人找不到？何必和我一个身高不到四尺的半残争女人呢？请冯老总高抬贵手，可怜可怜我吧。”肖三娃好像受了天大的委屈，在诉说时，眼中的泪水像青草上的露珠被风吹过一样，沙沙地落下来。

冯有良拿起驾驶室的毛巾，给肖三娃擦了擦脸上的泪水，以非常理解的口吻说：“肖老弟，请你直接告诉我，我究竟怎么做才能达到你的满意，请你马上给我指条明路。”

肖三娃见冯有良态度出现了缓和，思考了一番，像下定了决心地说：“你给我写个保证书吧，一式三份——给沙冰梅一份，我一份，你自己留一份，你最好把它天天揣在兜里，一旦你控制不住自己的情欲，就拿出来念一遍。”

冯有良问：“光听你说让我写保证书，我还不知道保证书上写什么内容呢。”

肖三娃说：“当然是你和沙冰梅的肢体不能有近距离的接触，当然是你的心中不能对沙冰梅产生暗恋之情……”

冯有良立刻打断了肖三娃幼稚而可笑的话，说：“肖老弟，我认为你这一招不算高明，不如我给你指一招，保证让你从此后无忧无虑，保证让你们夫妻和睦，幸福美好。”

肖三娃兴奋地说：“冯大厂长，我的老大哥，我的亲哥哥，你快快告诉我。”

此时，冯有良把车发动着，一边往前开一边说：“一会儿你就知道了。”

冯有良拉着肖三娃来到祁州金店，买了个金戒指，然后返回药厂，带着肖三娃来到宏文玲的办公室。冯有良当着肖三娃的面，单腿下跪，向宏文玲求婚，把金戒指戴在宏文玲的手上，然后对肖三娃说："我和宏文玲正式订婚了，你肖三娃就是我们的证婚人，你就是我和宏姑娘的红娘。"

肖三娃看到眼前的这一幕，情不自禁地一阵哈哈大笑，笑得如此开心、如此爽朗，笑毕，他说："我不仅要自己当红娘，我还想和沙冰梅——我们夫妻一起当红娘，我和沙冰梅一定找个吉日，请你们吃一个大餐，热烈祝贺冯大厂长与宏文玲姑娘正式订婚。"

冯有良拉着宏文玲，将她的手吻了个遍，然后说："我想选个吉日，在不久的将来，我们把证领了，把婚结了，二人彼此有个照应。"

宏文玲笑容满面地说："一切听冯哥哥安排，你办事，我放心。"

此时的肖三娃比当事人还高兴，简直是心花怒放，心想：等他们结了婚，我和沙冰梅就高枕无忧了。

肖三娃好像吃了一颗定心丸，心里别提有多高兴多愉快了！他从药厂出来，激动得要手舞足蹈。他骑着三轮车，一边往家里走，一边哼着小曲："亲爱的人呀，携手前进！携手前进！我们的生活充满阳光，充满阳光……"他唱着歌，来到菜市场，路上有几次，客人要乘三轮，他都把活儿给推掉了。他对客人说得很委婉，说他的爱妻要过生日，自己得马上买菜回家，帮媳妇做饭炒菜。

他从菜市场买了西红柿、茄子、黄瓜、豆角、蒜薹，又从熟食店买了一只卤煮鸡和两斤香肠，又去水产店买了一条大鲤鱼，去肉食店买了两斤猪肉。肖三娃准备今晚大显身手，做一桌丰盛的大餐，做媳妇最爱吃的地三鲜、红烧鲤鱼，他想献献殷勤，趁女人下班之前先把一桌子菜做好，给爱妻一个天大的惊喜。

肖三娃万万没想到的是，自己的一片诚心，却被沙冰梅当成了驴肝肺。沙冰梅从药厂回到家，刚进屋见餐桌上摆满了各色美食，感到十分的惊讶，十分的莫名其妙，心里说：又不年又不节的，又不是家里谁的生日，他今天做这么一大桌子菜干什么？此时，她没吱声，阴着脸往自己卧室走去。这时，肖三娃喜气洋洋地来到沙冰梅房间，说：“美娘子，你马上去咱爹娘家接咱孩子回家，咱们一家人吃一顿大餐。”

沙冰梅问：“为什么今晚弄这么一大桌菜？你必须先告诉我，倘若不然，我不会去接孩子们回家的。”

肖三娃兴高采烈地说：“今天中午，冯有良来咱家请我，非让我当他们的红娘。”

沙冰梅十分惊讶地问：“‘他们’指的是谁?”

肖三娃回答道：“你立刻接回孩子来，我马上就告诉你。”

沙冰梅一努嘴儿，骂道：“放屁，你不先告诉我，我肯定不去接的。”

肖三娃嬉皮笑脸地说：“我的姑奶奶哟，你发什么火，你骂什么娘呀，我告诉你不就是了嘛。”此时，沙冰梅侧耳倾听，可肖三娃磨磨叽叽故意地拖延时间不肯说——他在为刚才沙冰梅的出言不逊而做无声的还击。

看到丈夫吞吞吐吐的样子，沙冰梅一步上前，来到肖三娃面前，伸出双手，猛然掐住了肖三娃的脖子，怒不可遏地说：“你个小瘪三，快告诉我，冯有良和谁订婚了？不然我立刻掐死你。”

肖三娃被掐得先是一阵咳嗽，然后喃喃地说：“我说！今天冯有良当着我的面，亲手给宏文玲戴上了金戒指。”

沙冰梅一听此言，像泄了气的皮球，身体瘫软了下来，掐着肖三娃的两只手也立即松开了，此时沙冰梅百爪挠心。她难受了一阵之后，仍然对肖三娃的话半信半疑，心想这个小丈夫是不是为了让我“归位”，故意说瞎话欺骗自己。想到这儿，沙冰梅对肖三娃说：“你刚才说的话，我没有听清楚，你若能实话实说，我马上去他奶奶家把两个孩子接回来，一家人团团圆圆吃大餐。”

肖三娃摸了摸脖子，抚了抚被沙冰梅掐在脖子上的伤痕，站起来，抻了抻褂子下围的褶子，端端正正地站在沙冰梅面前，理直气壮地说：“我再次告诉你，你可听好了，下不为例，冯有良，冯大厂长的女友、情侣、情人，是……对不起，刚才用词都不当，应该叫未婚妻，他的未婚妻是……”

此时，沙冰梅的眼睛像两把闪闪发亮的刀子，直射着肖三娃，问道：“快说那个贱货是谁！”

肖三娃大声说道：“就是你们药厂新产品开发部主任宏文玲！冯厂长今天要我做证，他和宏文玲正式订婚了，并当着我的面向宏姑娘表了白，他说他是多么多么爱她，非她莫娶。冯厂长还说，要在不久的将来择选吉日与宏文玲举办婚礼……看样子，宏文玲从心里也非常爱冯有良，不然怎么会当着我的面，伸出长长的脖子，凸起两片红红的嘴唇，去狠狠地吻冯有良的脸？吻了大约有二十多分钟。就是这样，仿佛那股劲儿还没有完全发泄出来，于是她又伸出手臂，拥抱冯有良宽阔的胸膛——你说，现在的女人脸皮那么厚，居然比男人还大方，当着我的面，和大男人一会儿亲吻，一会儿搂搂抱抱，一点儿也不脸红，显得特别的落落大方，特别的心花怒放，特别的风情万种，整个过程，看得我都热血沸腾，怦然心动……”

听到肖三娃声情并茂而且不无夸张的演讲，沙冰梅勃然大怒，骂道：“真不是东西，我让你告诉我那个女人是谁，你就说是宏瘸子不就完了，还他妈的添油加醋，啰啵啰啵地没完没了，成心想气死老娘呀！”

肖三娃看到女人脸上山雨欲来风满楼的样子，于是抱歉地说：“怪我这张乌鸦嘴，希望美女别和我一般见识，不要再生气了，为了惩罚自己，我自愿去接孩子们，请夫人上坐，准备一会儿就餐。”

然而，沙冰梅并不吃这一套，只听她突然发出一声狂笑，笑过之后，一下子把餐桌掀了个底朝天，一边骂道：“我叫你给人家当红娘，我叫你给人家牵线搭桥……”此时的沙冰梅，身心受到莫大的刺激，精神立刻要崩溃了。

肖三娃呢，看到女人像疯子一样，举手之间就将自己忙碌了一下午准备的一桌子菜给翻到地上，弄得一片狼藉，心疼得连哭带叫：“我的红烧大鲤鱼呦，我的卤煮鸡呀，我的红焖猪蹄呀，我的蘑菇炖小鸡呀……”

从此以后，沙冰梅就像患了精神分裂症一样，整天嘴里絮絮叨叨地说着：“我的冯哥，我要见冯哥，我要打死同我抢冯哥的那个瘸子，我要报仇……”

第三十七章

冯有良当着肖三娃的面，给宏文玲戴上了订婚戒指，肖三娃走后，宏文玲深情地瞪了冯有良一眼，娇嗔道："今天的事，你也不事先告诉我一声儿，好让我有个思想准备，你这也来得太突然了吧，也没容我同父母商量一下。"

冯有良说："你说得很对，是有点突然，可是我也没想到……"然后，冯有良把肖三娃拦车诉怨的事，给宏文玲一五一十地说了一遍。

宏文玲听完冯有良的陈述，会意地点了点头，说："的确这样做更容易把问题解释明白。"

冯有良说："肖三娃虽口头上明白了，但还心存疑虑，故此我们俩必须做好准备。"

宏文玲问："准备什么？"

冯有良说："如果我们一天不结婚，沙冰梅就会一天不隔地纠缠我——她正在和肖三娃闹离婚；如果我们不结婚，我和沙冰梅的事定会有人传闲话，闹得厂里沸沸扬扬的，到那时，厂里人就分不清哪个是李逵哪个是李鬼了——我就有可能被旁人在背后指责为插足别人家庭的第三者，在众人眼里背上不三不四、不安分不自律的黑锅。"

宏文玲说："冯哥说得对，不过我有几个问题，想问问你。"

冯有良说："有什么问题尽管直言。"

宏文玲说："首先我是一个缺胳膊少腿的人，今后咱们在一起过日子，我帮不上你的什么忙，孩子老人都照顾不了。不仅帮不了你，还得让你照顾，倘若你是一时冲动与我结了婚，照顾我一天两天或者十天半月的还可以，可一旦日复一日年复一年的……"

冯有良未等宏文玲说完，插言道："不用你操这份儿心，我早想好了，我就是想照顾你一辈子。我是这样想的，人和人走到一起，尤其是能成为夫妻的人，应当互相理解，互相尊重，互相包容，理解对方的信仰，理解对方的理念，尊重对方的人格。互相包容，首先包容对方身体上的缺陷，更要包容对方心底里的短板。古人说，‘金无足赤，人无完人’，所以若想夫妻和谐、家庭和睦，必须建立在互相包容的基础之上。”

宏文玲听完冯有良这番非常通情达理的话，心中十分激动，说：“谢谢冯哥的理解和包容。”宏文玲接着说：“我还有一个问题需要请教你一下。”

冯有良说：“请讲。”

宏文玲说：“这个问题不好意思当面直说，是感情方面的。”

冯有良问：“谁和谁的感情问题？如果是别人的，我解释不清，倘若是我自己的，我直言不讳。”

宏文玲说：“沙会计对你一往情深，思之切爱之深，不然肖三娃也不会这样忧心忡忡，亲自找上门来倾诉他的苦衷，因而，我不知你对她是什么态度。”

冯有良回答：“沙冰梅心中是怎么想的，我不得而知，所以也不想做过多的解释。我的底线是这样，一不和她谈，二不和她恋，因为人家是孩子的妈，是有夫之妇。我冯有良是有原则的人，决不做破坏别人家庭的事。我重申，我冯有良是有道德底线的人。”

宏文玲说：“可就怕有人想干拆掉自己家的东墙去补别人家西墙的蠢事。”

冯有良问：“此话从何说起？”

宏文玲说：“前些日子，沙会计到我办公室来，给我讲了一段故事，她讲的是自己的亲身经历。她读小学五年级时，有一天中午，在放学的路上，她发现前边路上有五毛钱，她马上跑过去想拾起来，有一个男孩也同时发现了，他跑得快，于是捷足先登，把五毛钱抢走了。沙冰梅立刻跑到男同学跟前说是她先看到的，非要男孩把钱给她不可。男孩说是自己先看到的，男孩还质问她，既然是你先看到的，你为什么没先拾到呢？沙冰梅说是因为自己脚崴了跑不快。两人相争，互不相让，最后竟打了起来。当年学校设施简陋，都让学生自带马扎，沙冰梅见男同学不肯把钱交出来，急得抡起马扎，朝男同学的头上砸去，顷刻间，男同学被砸得头破血流。男同学捂着伤口，一边往家跑一边哭，沙冰梅还不依不饶，猛跑过去，将男同学手中被鲜血染红的五毛钱夺过来，朝自己家跑去。”

喘了一口气儿，宏文玲继续说：“听明白了吗？沙冰梅自小就是一个自私自利、独断专行之人，为了自己的一点私利，不惜牺牲别人的利益。”

冯有良问：“这是沙冰梅亲口对你说的？”

宏文玲说：“何止是这些，还有更过分的事情。”

冯有良说：“她还对你说了什么，继续讲。”

宏文玲接着又陈述了沙冰梅对自己说过的另一件事：“有一年冬天，她见到肖三娃的三轮车上有一只带盒的德州扒鸡，她误认为是给自己买的，到吃饭时，便要吃那只扒鸡。肖三娃说他娘生病了，好几天没吃什么东西了，于是便把扒鸡给他娘送去了。沙冰梅一听肖三娃把扒鸡给婆婆吃了，立刻火冒三丈，便端起一盆泔水，往肖三娃头上浇去，一瞬间，泔水从丈夫脖子里流到了肚皮上，又顺着肚皮流到了大腿根，从屁股蛋流到了鞋壳篓里。你想想，数九寒天，把一盆泔水浇在头上，甭说是体格矮小瘦弱的肖三娃，换作谁也够呛啊……”

冯有良问：“给肖三娃往头上浇泔水的事，真的是沙冰梅干的？”

宏文玲说：“那天她找到我办公室，亲口对我说的。她说她这样做，就是故意折磨丈夫，蹂躏他，等他被折磨得遍体鳞伤的时候，就会主动提出离婚的。”

冯有良说：“为什么沙冰梅几次给你讲她自己发横的事，讲自己作恶的事？你认真想一想，一个正常人，谁愿意在别人面前讲自己的龌龊事？而她却故意当着别人的面大讲特讲，我想她是别有用心。好像她在暗示甚至威胁你，以后你要多注意，说话别妨碍她，少和她打交道，最好对她敬而远之。人常说，宁可得罪几个君子，也不得罪一个小人。”

宏文玲说：“咱不做亏心事，不怕半夜鬼叫门，我行得端坐得正……”

冯有良说：“沙冰梅一旦知道咱们订婚的事，她一定会嫉妒得发了疯的，我了解她……”

那天冯有良回到家，大姐立即把他叫住，告诉他爹来了，有话要对他说。

冯有良一怔，不由问道："爹怎么这时候来了？有什么要紧事要对我说呢？"

冯有勤说："你自己去问他吧，爹在他自己的屋里等你呢。"

进了爹的卧室，冯有良一见爹便说："爹有何事找我？"

冯老汉一边用废报纸卷着烟丝一边说："有良你先坐下，爹有几句话要对你说，玉梅走后，你单身甭说，两个孩子也没个妈照顾，这哪像个过日子的样儿呀……我看沙会计这个人挺好的。"

大姐接着冯老爹的话茬说："有良呀，咱爹说得非常对，沙会计这人真的很好。"

冯有良说："大姐，看人不能光看表面，还要看她的内心。"

大姐说："我看人家沙会计不仅人长得好看，心眼更好。自从玉梅走后，我看人家沙会计对你非常关心、非常体贴，三天两头儿来咱家。你生病了，人家给你又是掐头又是按摩，还三天两头给你买好东西吃。这不，今天上午又给你两个宝贝儿子每人买了套名牌运动服。通过这些行动，说明人家沙会计对你、对你的两个宝贝儿子、对咱冯家是一片赤诚之心。"

冯有良问："今天沙会计又来咱家啦？她买的运动服呢？拿来我看看。"

大姐说："我马上去拿。"

这时，冯老爹对冯有良说："人家沙会计还经常跑到咱茂营村去看我，几十里地呢，人家也不嫌远。每次去都给我带好多好吃的东西，对我是嘘寒问暖。一看人家长相，一听人家说话，我从内心觉得人家不赖，是个通情达理、温柔贤惠的好女人，如果当了我两个孙子的继母，我的两个孙子一定有享不完的福……"

冯有良打断老爹的话道："爹，希望从今往后不要提沙会计了，希望您老人家多提宏文玲的名字，我已经和宏文玲订婚了。"

冯老爹惊讶地说："你说的那个宏文玲，是不是让车撞断一条腿的那个姑娘？是不是只有拄着拐杖才能走路的那个姑娘？"

冯有良说："对，就是她。"

冯老爹一听儿子的话，非常失望地长叹一声，说："有良啊有良，你真是个糊涂孩子！有赶上门的十全十美的好女人你不要，却偏偏找一个缺了胳膊少了腿的残疾人。你也不好好想一想，你找个健全人，她能伺候你，能洗衣服做饭，能料理家务，你头疼时她给你掐头，脚脏了给你洗脚。可你找个瘸女子，不仅自己行动不方便，很多时候还得让你伺候着，哪头轻哪头重，你可要好好掂量掂量。”

冯有良说：“爹，我明白你的意思，只是你不了解沙会计的背景……”

这时，大姐又走进屋，一边把两身运动服放在冯有良手上一边说：“有良，咱爹说得对，你放着健全人不要，却偏偏选一个瘸子，我看你后半辈子怎么过!”

冯有良说：“姐，咱爹可能不知道沙会计是个有夫之妇，难道你还不知道吗?”

大姐说：“沙冰梅一次也没给我提过，我还以为她是单身呢。”

冯有良说：“她不仅有丈夫，还有一儿一女两个未成年的孩子。”

大姐说：“人家沙会计长得既漂亮，打扮得又年轻，你不说我真看不出她已是两个孩子的妈妈了。”接着，大姐话锋一转，问道：“那为什么她明明知道自己是有夫之妇，还总想接玉梅的班儿呢?”

冯有良说：“个人有个人的想法，至于沙冰梅是怎么想的，我不知道，反正我是绝不会找一个有夫之妇做妻子，去破坏别人的家庭的，这是我做人的原则。”

大姐说：“如此说来，沙会计是在做一件不安分守己的事。”

冯有良说：“大姐你给爹好好解释一下，我把衣服还给沙冰梅。”

这天，宏文玲刚上班，拄着拐杖，一瘸一拐地走进办公室，沙冰梅随之而来。宏文玲很客气地说：“沙会计来得早，快请坐吧。”

沙冰梅说：“不用坐了，有几句话想给宏妹妹说，说完就回我办公室。”

宏文玲说：“沙会计有什么指示，尽管吩咐。”

沙冰梅煞有介事地说：“冯有良昨天晚上请我吃了顿饭，去一家最豪华的大饭店，我们两个酒足饭饱之后，他还送我两个孩子一人一身名牌运动服，他请我吃饭的目的主要是给我解释内心的悔恨……”

宏文玲问：“冯厂长为什么而忏悔?”

沙冰梅说：“冯哥说他和你订婚，遭到了冯爸爸、冯大姐等家人的强烈反对，现在他早已幡然悔悟，他在自己老爹面前做了保证，从此他痛改前非，与你彻底分道扬镳。”

宏文玲说：“是吗？他要和我分道扬镳，那他为什么自己不来说，而是你来告诉我？”

沙冰梅说：“他自己办了龌龊事，感到特别内疚，没有脸来见你，故此他特意委托我来下最后通牒，从今以后，你和冯有良的婚约彻底废除。”

宏文玲说：“按你的说法来推论，他与我解除婚约，然后是想让你来接玉梅的班儿。”

沙冰梅说：“你回答得完全正确，你真聪明，给你一百分。”

宏文玲说：“沙会计，我问你一个问题，你从心灵深处究竟爱不爱冯有良？”

沙冰梅说：“我当然爱冯哥啦，非常爱，我们不是一般的爱，我是从骨子里爱他。实话告诉你吧，从第一次见到冯有良那天起，我就喜欢上他了，我发誓要陪他走完后半生。我爱他胜过爱任何人，我一日不见他就如隔三秋。我三天不吃饭行，可我一天不见冯哥哥，心里就像缺少了点什么东西。”

宏文玲说：“就算你真心爱他，爱得如痴如狂也好，爱得死去活来也罢，你只是嘴里说着爱他，却做着伤害他的事，你这是口是心非。”

沙冰梅说：“你说我是口是心非，说屈了我。他前几天发烧，我在药店给他买了退烧药；他不想吃饭，我就去张家鸡店给他买卤煮鸡吃；他头疼时，我就亲手给他做头疗，我还给他按摩肚子，晚上我天天给他去洗脚……”

宏文玲说：“你觉得你对他爱得一往情深，你觉得你把冯哥照顾得无微不至，可你却不知道，你的这种主动行为，对冯有良是一种打扰，甚至对他是无意的伤害。”

沙冰梅说：“你说的话是什么意思？给我解释一下，不然我不明白。”

宏文玲说：“我这么跟你说吧，我们把爱情比喻成一锅饭，你把肖三娃吃剩下的饭给冯有良吃，这公平吗？这文雅吗？这不是对冯有良的侮辱吗？”

沙冰梅说：“我马上就和肖三娃离婚了，虽说现在我们表面上是一家人，实质上，我们早已分居一年多了。分居之后，肖三娃没敢碰过我一次。”

宏文玲反驳道：“你说自己非常安分自律，特别的完美无瑕，也只不过是吹灯眨巴眼——没人见的事。”

沙冰梅故意要惹起宏文玲的妒意，便说：“我就是不安分守己，我就是一个喜欢风花雪月的人。前些日子，我和冯厂长开车去高阳借贷，那天晚上在外地过夜，我们俩只开了一个房间，你好好想一想，孤男寡女住在一起，同床共枕……”

宏文玲怒不可遏地打断道：“希望你不要侮辱冯有良的人格，冯有良绝对不是那样的人。”

沙冰梅说：“信不信由你，反正我和冯有良在一个被窝里睡得特别舒服，我们得到的幸福只有我们自己才能体会到。”

宏文玲再也忍不住了，不由骂道：“想不到你这么不要脸，作为一个女人，怎么能说出这样的话来！其实，你就是在欺骗自己而已，你是想同冯有良一起睡，可惜冯有良不睡你，你就白日做梦吧！”

沙冰梅气得脸色铁青，咬牙切齿地说：“今天我告诉你，我活着是冯有良的人，死了是冯有良的鬼，我和冯有良的后半生注定走在一起，谁敢破坏我们的幸福生活，我沙冰梅对她绝不客气、绝不手软！”沙冰梅撂下这句狠话，便气势汹汹地离开了。

第三十八章

这一天，早上八点，冯有良吃过早饭，要去上班，胡氏三鞭行的老板胡奇人风风火火地来到冯有良家，对他说经纪人宋兰芳的丈夫出车祸去世了，事情已经过去两个多月，另外，他的老伴也于一个月前走了。他一再乞求冯有良马上和他去宋兰芳家，为自己做媒，从而娶了她。

对于别人的求助，只要合情合理，冯有良从来不会拒绝，于是他开车拉着胡奇人来到了宋兰芳家。车在宋兰芳家门口停下来时，胡奇人说："我先在车里等你，我去了你们说话不方便。"

宋兰芳见到冯有良登门，感觉又狐疑又吃惊，问道："冯厂长，哪阵风把您吹来了！快，快请进屋！冯大厂长，您现在可是闹大了，我早想去看一看您，可又怕您忙，没时间搭理我们这小老百姓……"

冯有良说："好长时间没见面了，特意来看看你。"

宋兰芳沏了一壶茉莉花茶，一边给冯有良往杯里倒一边问："冯大厂长是大忙人，今天来家肯定有事?"她微笑着看着冯有良，心里揣摩着，然后双手端着杯子，送到冯有良手里。

冯有良接过茶杯，放到面前的茶几上，笑了笑，然后郑重地说："我今天是来当红娘的。"

"哦……"宋兰芳沉吟一番，问："那……男方是谁?"说完，双眼仍然紧紧地盯着冯有良。

冯有良略微停顿了一下，好像有些犹豫，最终还是说了出来："胡氏三鞭行的老板。"

宋兰芳一听说是胡奇人，连连摇头道："不行不行不行，使不得，我们……我们是仇人，难道你忘了我们之间发生过的不愉快的往事?"

冯有良说："胡老板当时就是想暗中帮你买房，倘若不然，人家儿子是省公安厅的干部，还能让你占到那么大的便宜?”接着，冯有良话锋一转，说：“过去的事咱就不提了，胡奇人既然托我为他说媒，肯定也不会再提。咱们只说往后的事，现在你单身了，胡老板的老伴也病故了，从此以后，你俩走到一起，组成一个家庭，我看也是挺合适的。”

宋兰芳听了冯有良一番话，深有感触地说：“我倒是没什么，只怕胡老板有解不开的结，那次我给人家伤得太深了。”

冯有良说：“我向你保证，胡老板不咎既往，只要你愿与胡老板后半生走到一起，我保证他来给你求婚。”

宋兰芳思虑一番，终于答应下来，说：“好，就听你冯大厂长的，我愿意嫁给他，但必须让他来向我求婚，由你冯厂长当场做证人……你找个日子吧——反正我现在不忙，哪天都有空。”

冯有良说：“好，咱一言为定！咱也不用选什么其他日子了，现在就挺好，请你稍等片刻。”说完，冯有良转身出门，返回车里，去叫坐在车里的正在焦急等待消息的胡奇人。

胡奇人看到冯有良出来了，忙问道：“事情怎么样?”

冯有良笑着回答道：“宋兰芳非常愿意嫁给你，但有一个条件。”

胡奇人问：“什么条件？快说？她要多少钱?”

冯有良回答道：“她没说要多少钱，她只是要求你当我的面向她求婚。”

胡奇人听冯有良这样说，笑了一声，说：“这叫什么条件！我还以为她要百万的彩礼呢，原来问题这么简单。至于求婚，我早就做好了准备。”于是，他从口袋里摸出一个小红盒子，说：“‘武器’就在其中。”冯有良当然明白，胡奇人所谓的“武器”，肯定是一枚又美丽又大方的戒指。

胡奇人随冯有良向屋里走去，此时，宋兰芳正好满面春风地迎了出来，看到胡奇人，眉飞色舞地叫了一声：“胡哥你好!”

胡奇人听到宋兰芳爽朗的笑声，又这样亲热地与自己打招呼，激动得不知说什么好，只见他模仿电影镜头里的样子，单腿跪在宋兰芳面前，双手把那一枚盛着钻戒的盒子举过头顶，高声喊道：“我胡奇人，今天正式向宋兰芳妹妹求婚。”

宋兰芳是受宠若惊，激动得一时说不出话来，只是眯着一双眼睛，伸出右手，让胡奇人给自己戴上那颗红宝石钻戒，然后一边将跪着的胡奇人拉起来一边说："非常感谢冯有良老弟给我们牵线搭桥，当我们的红娘。"

与此同时，胡奇人举起双手，向冯有良作了个揖，喊道："谢谢冯有良老弟，下来我和宋兰芳择选吉日订婚，一定请冯大厂长去吃大餐。"

冯有良说："别在我身上费脑筋了，你们好好安排你们结婚的大喜事吧。"

冯有良就是一个热心肠的人，无论自己多忙，厂里家里有多少事，一旦有人求他办事，他就会立刻扔下自己的事，在百忙之中去给别人帮忙。他为别人办了好事心里感到特别愉悦，这不是，今天他给胡奇人和宋兰芳搭上了桥，成全了一桩婚事，自然心中十分高兴。

可是，他万万没想到，自己家后院"起火"了。昨天沙冰梅和宏文玲发生了一次肢体冲突，宏文玲那一条健康的腿，被沙冰梅用砖头砸碎了波棱盖，已住进了医院。

自从沙冰梅从肖三娃口中得知冯有良与宏文玲订婚后，沙冰梅变得郁郁寡欢，情绪日趋消沉，精神也变得越来越恍惚：一会儿恨自己命运不好，嫁了个小侏儒丈夫，一会儿恨冯有良不接受自己送去的深深的爱，一会儿又恨宏文玲不仅在药厂成了红人，还与自己争夺梦中情人。正当她在爱的歧路上迷失方向的时候，正当她在为争取和冯有良结成姻缘煞费苦心的时候，那天，她的一个朋友邀她去参加生日宴会，她喝了两杯白酒，又喝了一瓶啤酒，就醉醺醺的了。其实，平时她有一斤的酒量，可是现在心情压抑，沾酒就醉。

宴会后，她骑着自行车，晃晃悠悠地行驶在上班的路上，拐过一个弯，忽然和对面的一辆三轮车撞了个满怀。一瞬间，沙冰梅连人带自行车倒在地上。骑三轮车的不是别人，正是自己的情敌宏文玲——真是冤家路窄，狭路相逢。此时，宏文玲也发现倒在地上的是沙冰梅，她一边惊慌失措地从三轮车上下来，一边喊道："是沙会计呀，摔得怎么样？快快起来吧。"宏文玲拄着拐杖，一瘸一拐地来到沙冰梅近前，伸出手，想把沙冰梅拉起来。

迷迷糊糊之中，沙冰梅听见宏文玲的声音，顷刻间，心中的怒火借着体内的酒力，熊熊燃烧了起来。只见她猛地从地上爬起来，先是"哈哈"几声大笑，然后怒吼道："宏文玲，真是冤家路窄，你不仅夺走了我的梦中情人，今天还撞了我个半死，你是不想让人活了……"

宏文玲见沙冰梅脸色通红，双眼充满血丝，嘴里还喷着呛人的酒气，知道她喝多了，于是赶紧抱歉地说："沙姐对不起，我不是故意的，请原谅!"

沙冰梅喷着满口的酒气，指着宏文玲的鼻子说："我……我不管你撞我是不是故意，但你和冯有良订婚肯定是故意的吧，你今天必须对我做个保证，我就放你走，倘若不然……"

宏文玲问："保证什么?"

沙冰梅说："你要保证和冯有良退掉婚约，然后从药厂滚出去，我一天也不想再看到你。"

宏文玲也有点怒了，回答道："我就是不退婚，也不离开药厂，你威胁我与冯哥退婚，没门儿!"

沙冰梅说："我再问你一遍，你究竟给我做不做保证?"

宏文玲说："我就是不做，你想怎样?"

沙冰梅说："你如果不保证跟冯哥一刀两断，我立刻砸断你另一条腿，让你变成一个大冬瓜。"

宏文玲岂能示弱，冷冰冰地吐出两个字："你敢!"

顿时，沙冰梅暴跳如雷，飞起一脚，将宏文玲踢倒在地，然后从路旁捡起一块砖，狠狠地朝宏文玲那条健康的腿猛击数次，直砸得宏文玲疼得死去活来……

冯有良因昨天去给胡奇人和宋兰芳牵线，并不知道沙冰梅和宏文玲斗殴的事，今天一上班他才从门卫口中得知宏文玲受伤的消息，便立刻开车去了医院。此时，宏文玲正在骨科接受治疗，家属都被拒之门外。

宏文玲的妈妈见冯有良来了，眼含泪花地说："俺家文玲和沙会计真是上辈子结下的冤家，俺文玲在大学毕业那一年，要不是那次车祸——被沙会计撞折了腿，早到长春大医院上班去了。这么好的机会丧失倒也罢了，到你的药厂上班后，不知怎么又得罪了沙会计这只母老虎……闺女这条好腿如果再保不住，这孩子的后半辈子该怎么过?!"

宏文玲的父亲怒气冲天地说："文玲的左腿若再残了，我一定要到法院起诉沙冰梅，告她故意伤害罪！"

正在这时，医院骨外科李主任进来了，说："哪位是宏文玲的家属？"

宏文玲老爸回答道："我就是。"

李主任说："请你到结算窗口去交三万元押金。"

宏文玲老爸挠了挠快要掉光头发的头皮，说："家里手头儿只有三千块钱了。"

宏文玲妈妈说："这笔住院费甭说是咱没有，就是有也不该咱交，应该让打人凶手交。"

宏文玲爸爸说："昨天已经报了警，沙冰梅已经被公安局拘留了。"

宏文玲母亲说："她被拘留了不是还有她那个小丈夫吗？你马上去向肖三娃要钱。要不你在这里照看闺女，我去向他要钱，他要是敢说不给钱，看我不放一把火，把他们的窝烧了……"

冯有良赶紧阻止了两位老人，说："宏叔叔宏阿姨，你们就安心在这里照顾文玲吧，钱的事不用你们操心。"

宏文玲妈妈说："冯有良我告诉你，这次文玲的住院费再也不能由药厂来出了，必须由沙冰梅交，这笔账必须算在这个烂女人身上。"

冯有良安慰道："请二老放心，这次我必须让沙会计出钱，我以前对她太仁慈了。上次车祸不是出于故意，可这次不同了，这次她做得太过分了，不让她付出代价，她以后会更加胆大妄为。"

冯有良从医院出来，开车直奔药厂去取钱，他来到财会室，告诉出纳小孟，让他去银行支出三万块钱，先给宏家交住院费。然而小孟说："必须让沙会计盖财务章，否则无法取钱。"

冯有良说："沙会计不在，暂时就由你代替财务室主任一职。"

然而小孟说："办公桌的钥匙还在沙会计手里。"

冯有良愣了一下，说："我马上去公安局找沙会计要钥匙。"

冯有良来到公安局，门卫不让进门，冯有良不得不去找公安局的董副局长——董副局长不仅是冯有良的老乡，还是同班同学。冯有良给老同学说明来意后，董副局长亲自带冯有良来到拘留室，然后就离开忙自己的工作去了。

沙冰梅见冯有良来了，再也按捺不住自己激动的情绪，立刻扑到冯有良怀里，双手搂着他的腰，失声痛哭。

冯有良掏出手帕，给沙冰梅擦了擦眼里的泪水，说："你又不是什么小孩子，你已经是四十多岁的中年人了，应该明白做人的常识。一个人活在世界上，不能任何事都以自我为中心，让周围的人都为你低头，想让地球围着你转。以错误的观点看世界，不仅不会给自己带来幸福，反而会招来灾祸。"突然，冯有良话锋一转，问道："你为什么用砖头砸宏文玲的波棱盖？请你马上告诉我。"

沙冰梅面对冯有良的质问，躲开他严厉的目光，哭哭啼啼地说："我，我，我想让她断了双腿，这样你就不会娶她了。"

冯有良叹了一口气，说："你真糊涂，你知道你这么做的后果吗？你能打断人家的腿，能打断人家的心吗？"

沙冰梅说："我不是想打断宏文玲的心，我是想打断你冯有良的心。"

冯有良说："你以为这样的结果就能打断我的心了？"

沙冰梅说："难道你还想娶一个失去双腿的'木头轱辘'当媳妇吗？"

冯有良说："我向来就讨厌强势的人，讨厌独断专行的人，更讨厌把自己的幸福建立在别人的痛苦之上的人。"

沙冰梅说："那你喜欢什么样的人？"

冯有良说："我喜欢温文尔雅、温柔善良的人，我更同情经常遭人凌辱的弱小的人。"

沙冰梅又一次将冯有良紧紧搂在怀里，央求道："冯哥，你不要抛弃我，我离开了你，活着就没意义了，我简直要崩溃了。"

冯有良说："事到如今，你还在为自己着想，你也不为别人想一想。文玲受伤的腿能不能保住还是个未知数呢！现在医院要三万元押金，人家宏文玲父母坚决要你家出这笔钱。"

沙冰梅说："你又不是不知道我的家底，我买房还欠人家五万元的外债呢。"

冯有良说："我如何不知！我在宏家一家人面前说了谎，向你来要钱，实际上，我想从药厂账户支三万，跟他们说就是从你家里拿的，如果我让肖三娃出这笔钱，他到哪去弄？这不是逼着他上吊吗？我连这一点怜悯之心都没有吗？不过，你一定要记住教训，否则，以后再捅出天大的篓子，我可帮不了你！你……你痛改前非吧！"

沙冰梅说："谢谢冯哥，我知道冯哥对我好，知道冯哥对我家好。"

冯有良说："你知道我对你好，你还总给我出难题，给我在前行的路上挖大坑，弄得我猪八戒照镜子——里外不是人。"接着，他话锋一转，说："这次你祸闯大了，与上次车祸不同，这一次你属于故意伤害，如果宏文玲的这条腿保不住，她父母很有可能到法院起诉你，一旦走了法律程序，你就有可能有七八年甚至更长时间的牢狱之灾，没准判十几年都是有可能的。"

沙冰梅听了冯有良的这番话，吓得胆战心惊，一边抹眼泪一边央求道："冯哥，冯哥，你一定在宏文玲父母面前给我求求情，千万别让他们起诉我，我现在万分后悔，我不想坐大牢，我只想天天能见到你，我爱你，我从骨子里喜欢你，我爱你爱得快要发疯了。"

冯有良说："今后你要听我的话，绝不要再伤害宏文玲，我就在宏文玲父母面前替你求情，不让他们起诉你。"

沙冰梅说："我保证听冯哥的话，绝对不再伤害宏妹妹了。"

最后，冯有良说："马上把财务室的钥匙给我，我去银行支钱，给宏文玲交医药费。"

沙冰梅从贴身衣兜里取出一串钥匙，递给冯有良。冯有良从沙冰梅手里接过钥匙，又看了她一眼，叹了一口气，没再说什么，就转过身一声不响地向外走了。

此时，沙冰梅像疯了一样，朝冯有良的背后扑去，然而，她立刻被两个年轻的女警一人撸住一只胳膊，给拎了回来。沙冰梅望着冯有良远去的背影，号啕大哭道："冯哥，你别走，我想你，我想你。"

冯有良听到沙冰梅发自内心的哭喊，心里不由泛起一阵酸楚，此时，他不由地回忆起玉梅病故后，沙冰梅三天两头到自己家来，一会儿给自己洗脚，一会儿给自己掐头，还给老人买牛奶，给两个儿子买名牌运动服，对自己确实是非常关心，真像俗话所说的，恨不得把一颗心掏出来让自己吃了，而自己对人家的这份情、这份爱，回馈的从来都不是玫瑰，而是蒺藜。想到这里，自责、纠结、怜悯……各种各样的感情不由一齐涌上心头，泪水也不由地涌了出来，他回到车内，用手绢将泪擦干，开车向药厂驶去。

第三十九章

上午十一点钟左右，冯有良正在办公室与亳州来的两名药商谈业务，办公桌上的电话机骤然“丁零零——丁零零——”地响了起来，冯有良拿起听筒，问道：“哪位?”

突然，冯有良忽地从皮椅上站了起来，惊叫道：“什么？有志死了？不可能！前两天他还来厂里了，我们还聊了一会儿，他身体壮得像一头牛，怎么可能……”

听了对方的解释，冯有良脸色惨白地跌坐在皮椅上，喃喃地说道：“真是想不到，会发生这样的事！我其实是替他想办法让他多挣些钱，居然使他送了命！唉！我这……这可怎么办啊！……”

稍顷，他意识到自己的失态，缓了一口气，看着两位客户，说：“对不起，王老板，张经理，我家里出了点事儿，我得赶紧去处理一下，不能陪你们了，抱歉啊！咱们之间业务上的事，一切按合同上的约定办，你们先在这儿坐一会儿，我去把办公室小刘叫过来，先让他陪你们喝会儿茶，中午让他带你们到饺子王吃顿饭——尝尝我们安国的饺子吧，然后你们再离开。”说完，冯有良擦了一把汗，向客人抱了抱拳，就快步离开了。

那天，冯有志从安国的中药厂回到家，就犯开了思量：有良说，槐米行情今年涨得厉害，目前已经五元多一斤了，照这势头儿，说不定能涨到七八块呢，即使按五块钱一斤，弄一千斤槐米就是五千元，这钱来得可是太容易了。如果按有良说的，涨到了七八元一斤，那一千斤槐米就是七八千啊！除了费些力气，流些汗水，几乎用不着其他本钱！简直比下煤窑挣钱还快，而且没有一点儿危险。干这活，不就是需要上树嘛！自己还怕上树？自小上树掏鸟窝、撸榆钱、钩杨叶，上树对于自己来说简直如同闹着玩……干！就按有良交代的，先把自己和有良家的几棵槐米钩下来，弄到房上晒干卖了换成钱，再找找看谁家的槐米自己不弄，咱也钩下来给他卖掉……

槐米是一种中药材，其实就是国槐的花蕾，以含苞待放时采摘最佳，因为长得像高粱米，因而当地老百姓将其称作槐米。

现在已经到了采集槐米的最佳季节——时间不等人，说干就干。当天下午，冯有志就将冯有良和自己家的槐米钩了下来，弄到了房上。冯有良做生意很忙，孩子老婆也都在城里，尽管老爹平时在家，但岁数大了，上不去树，因而，这两年冯有良都是让有志把自己家的槐米钩了，让他晒干了去卖钱，算是帮助他一下。

第二天一大早，冯有志骑上他那辆靠下煤窑挣的钱买的摩托车，带上几个蛇皮袋子，把那个钩槐米用的木杆紧紧地绑在摩托车上，到周围的村里去转悠，看谁家的槐米没有钩，他便钩下来卖掉。

每到一个村庄，冯有志就打听哪里有笨槐树，然后找过去，问这笨槐树是谁家的，槐米能不能让他钩。

但他处处碰壁，得到的答复不是人家过几天也要钩，就是人家固然不钩，但是别人要钩的话，却不能白钩，得付钱，而且开出的价格往往比较高。冯有志合计合计，觉得付给人家钱后再钩下来，弄到家里晒干，最后弄到药厂去卖，怕是挣不了什么钱，甚至还会赔了呢。

“这种贴钱赚头晕的事，咱可不干，自己天生就不是个买卖人，缺乏眼力见儿，肯定会赔。”冯有志失望地想。

转了整整一个早晨，冯有志扫兴而归，然而他仍然不死心，吃过早饭，骑上摩托车，过了沙河和滹沱河大桥，来到石家庄地区的深泽县境内，想在这里碰碰运气。

在深泽县，冯有志的遭遇与在安国相似，正在他打算返回安国，彻底打消这个计划时，他遇到了一个收药材的小贩。冯有志一看这是个收药材的，顿时有些感兴趣，便与他攀谈了起来。在攀谈过程中，小贩听冯有志想钩槐米，却一直不能如愿，便对他说：“有个地方，距离这里并不很远，那里的槐树多得数不清，树上的槐米结得密密麻麻，而且树都不很高，站在地上就能很轻松地将槐米钩下来。”

“哪儿？有这种事？那全扒下来得卖多少钱啊，可就发大财了！”冯有志睁大眼睛，惊喜地问道。

“距离这里不远，骑上摩托车，一两个小时就到了，路也非常好走……”

“别卖关子了，到底是哪儿，快告诉我吧老哥，我今天就去。”冯有志急切地问。

“石家庄！石家庄市区！石家庄的槐树太多了，很多大街两旁，都长着一棵挨一棵的槐树，现在，每棵槐树上都已经长满含苞待放的槐米，前两天我还去石家庄了，亲眼所见。”小贩说。

“那……我要是去扒槐米，没人管吗？如果没人管，我不信就没人扒，今年槐米的行情那么旺。”冯有志说。

“唉，问题就出在这里，有人管，而且被抓住了可能还会挨打，车辆也会被没收，还会罚款，罪名是破坏市区的园林植被，所以长得那么好的槐米，基本没人敢去弄。当然，也有敢冒险的人，但都是见好就收。附近村里的农民，家里实在困难，会趁晚上的时间偷偷去弄一些，卖俩钱，给孩子交学费，或者给家里的老人抓药治病。”小贩说。

“那我也晚上去，天明就返回安国。”冯有志说。

“那你可要小心一些，被弄住了，单单是挨顿打，如果打不坏，倒也无所谓，咱们老百姓皮糙肉厚的，吃点皮肉之苦，对咱们来说也算不了什么，怕的是把你的摩托车没收了，可就是一个不小的损失了；如果将你关起来，让家属去交罚款，那更就亏大了。所以呀，你要真的想去石家庄扒槐米，可要考虑周全了，得机敏点，遇到了城管大队和园林公安，要赶紧跑，被抓住了，肯定是要吃亏的，他们可都不是善茬儿。”小贩说。

冯有志略略思忖一番，大大咧咧地说：“没事，咱不怕，老哥你不用替我担心。”

“我劝你还是不要太大意了，城管大队和园林公安都开着车呢，你的摩托车可跑不过他们，再说他们一来就是一群人，你一个人可惹不起人家，会吃大亏的。”

冯有志冲小贩神秘地笑了笑，说：“告诉你吧老哥，别看咱是村里一个小小农民，穿得也不强儿，没人把咱当回事，但咱在石家庄有人。不出事便罢——我机灵点儿，轻易不让他们抓住，万一被弄住了，咱也有人帮咱摆平，他们怎么抓住的我，还得怎么乖乖地把我放出来。他们要是敢动咱一根毫毛，咱跟他们没完，我跟你说一件事儿吧……”冯有志正要把前几年被小乞丐骗去鹿茸，后来在石家庄市某公安分局当副局长的表哥的帮助下，顺利将鹿茸追回的事说出来，但忽一想，这事毕竟有些丢人，话到嘴边，还是咽了回去。

“那……那你在市里有什么大靠山?”小贩被冯有志唬住了，不由崇敬地问道。

“实话跟你说吧，石家庄市公安局的局长是咱的亲戚，城管大队再厉害，能厉害得过公安局吗?”冯有志说。其实，冯有志的这位亲戚只是一个分局的副局长。

“什么亲戚?”小贩问。

“是我表哥——亲表哥。”冯有志回答。其实，这位亲戚只是冯有志妻子的表哥，而且也不是亲表哥。

“哦，是你亲表哥!”小贩机械地重复了一遍。

“对，是我亲表哥，如果真出了事，他要是不管，我舅舅也不饶他呀!对，他爸是我亲舅舅，我妈是他亲姑姑。”

“哦，那还怕什么?该你发笔财了，赶紧去弄吧，现在槐米快要开花了。等花都开了，就没人收了，就一文不值了。”小贩说。

与小贩交谈结束，冯有志决定不再等到天黑，跨上摩托车，立即向石家庄市区进发了。

一进石家庄市区，果然看到街道两旁都是一棵棵的整整齐齐的国槐，树上的槐米，一枝枝结得颗粒饱满，颜色绿中泛白，少数槐米已经开花，还有的正含苞待放。再过个十天八天的，大量槐米就会绽放，槐米开了花，尽管颜色洁白，散发出的芳香沁人心脾，然而已经是中看不中用了——药厂收的只是槐米。槐米开了花后，只能在过了几天盛开期后，逐渐萎缩干枯，然后落到地上，被清洁工扫入垃圾桶，最后由垃圾清运车运到市外的垃圾场。

“这么好的槐米，竟然没人钩，最后被当作垃圾扫走，实在是太可惜了。”

冯有志一边惊叹，一边将摩托车推到一棵槐树下，支好车梯，将钩槐米的木杆从摩托车上解下来，就开始钩起槐米来。

真的如那位小贩所说，石家庄市区街道两旁的槐树，都不大不小，不高不矮，长得整整齐齐的。人站在树下，就能将树上几乎所有的槐米嫩枝轻轻地钩住，扒断，树身稍微高一点儿的，踮起脚尖，一般也就够着了。因而冯有志钩起槐米来非常快，不一会儿，这棵槐树上的槐米就被他钩了个干干净净。

钩完后，冯有志将钩杆靠在槐树的树身上，将被钩到树下的结满了槐米的嫩枝归拢到一起，一边喘气一边捋起槐米来。将这棵树的槐米捋完，就已经装了多半袋子了。

不用上树，就能将槐树上的槐米全部钩下来，这实在是令冯有志做梦都想不到的事。另外，还有一个问题，他也弄不明白——市里槐树上结的槐米为什么这么稠密？颗粒为何如此晶莹饱满？质量为什么这么好？而且几乎每一棵树都是这样，他百思不得其解。老天爷偏爱城里人，可能也偏爱城里的槐树吧！否则这怎么解释？城里人，一个个都是那样光鲜亮丽，那城里的槐米为什么就不能长得晶莹剔透、特别饱满？唉，有些乡下人甚至不如城里的一条狗啊！城里的狗都穿着花衣服，病了有专门的宠物医院治疗，吃着鸡鸭鱼肉，这可是他亲眼所见——表哥家的那条哈巴狗就是这样的待遇。乡下的一些百姓，有这么好的生活吗？

第四十章

将这棵槐树的槐米捋完，冯有志抹了一把汗，坐到马路牙子上，点着一支烟，一边休息一边看着大街上车水马龙的景象和匆匆而过的人流，心想：哪有小贩说得那样邪乎，哪里看到城管大队和园林公安来干涉了？他吓唬我呢！

在冯有志钩槐米捋槐米期间，倒是有不少的路人对他产生了兴趣，不断地向他张望，有的甚至走过来与他说了不少话，却没有一个人干涉他，更没人阻止他。

第一个对他产生浓厚兴趣并过来与他说话的是一个背着书包、一脸清纯的小姑娘，大约是个小学生。从冯有志身边经过时，她先是驻足观察了一会儿，然后走到他的身边，问道："伯伯，您弄这些东西做什么呢？弄回去吃吗？你们乡下缺吃的，弄回去煮了当饭吃？"小姑娘一边问一边忽闪着眼睫毛，显得很是单纯可爱。

冯有志瞅了小姑娘一眼，他不想告诉他钩槐米的真实目的，便顺着小姑娘的话，狡黠地回答道："就是啊，乡下人穷啊，孩子又多，吃了上顿没下顿的，只好来你们城里钩些槐米，带回去当米煮了吃，给孩子们充饥。"

小姑娘听了，惊得瞪大了眼睛，丰富的同情心使她的眼里几乎溢出了泪水，她弯下腰，抓起一个长满了槐米的嫩枝，一边看着一边说："乡下人真是可怜，居然吃这些东西，这些东西怎么能吃呢？"说着她将几粒槐米揪下来，塞到嘴里，然后嚼了几下，瞬间满嘴苦涩，不由皱紧了眉头，并赶紧将嘴里的槐米吐了出来，说："乡下孩子就吃这东西，太可怜了。"说完，从兜里掏出自己的钱包，将里面的零钱取出来。这些零钱有五块的、两块的、一块的，也有几个角票和硬币。姑娘将这些钱递给冯有志，说："伯伯，这些钱您收下，买些大米，给你孩子蒸米饭吃吧。这些东西，孩子们怎么吃得下，太可怜了。”

一霎时，冯有志感动得几乎掉下泪来，语无伦次地说：“孩子，可别，你赶紧把钱收起来，俺家里尽管……可是……俺绝对不能收你的钱，赶紧收起来吧，你爹你娘要是知道你把钱随便送了人，还不打死你啊，孩子，你的心意俺领了，钱却不能要！”

冯有志想向孩子解释一下，现在村里的农民绝大部分尽管仍然很缺钱，但粮食却早已经够吃了，自从实行了包产到户，早就不再饿肚子了。但是，既然刚才自己说钩这些槐米是用来当饭吃的，现在马上又改口，觉得不太好，于是冯有志就支吾着，坚决不收小女孩的钱。

然而，小姑娘仍然执意将手里的钱往冯有志手里塞，双方就这样争执了起来，一时之间，没个了断。冯有志突然火了，双手颤抖着，将姑娘的钱塞回她的兜里，喊道：“俺忙着呢，你别同俺这样闹了，你耽误俺干活了，你知道不？走走走，你赶紧走！”

看到冯有志真的火了，姑娘吓得小脸苍白，不知所措。她不明白，自己的一番好意，为何使这位伯伯如此大动肝火呢！女孩委屈得哭了，一边抹眼泪，一边离开了。

冯有志呆呆地看着受伤的小姑娘离去的背影，不由叹了一口气，然后抹了一把汗，才又举起钩杆，继续干起活来。突然，他觉得自己的嘴角咸咸的，同时鼻子发酸，脸上早已挂满了不知是汗水还是泪水。

在钩第二棵槐树上的槐米时，一个清洁工走了过来，冲他喊道：“哎哎哎，老乡，你停下，听我同你说！”

冯有志一惊，应声停了下来，将举着的钩杆戳到地上，转过身，看着清洁工，紧张地问：“怎么了，大姐？您说吧。”

清洁工说：“你钩槐米我不管，我没吃着河水，管不了那么宽，但你钩完槐米，得把这些槐米嫩枝收拢起来扔到那边的垃圾桶里，还要把落在地上的槐米、槐花之类的打扫干净！”

听清洁工这样说，冯有志如鸡啄米似的一边点头一边说：“行，没问题，大姐你就放心吧，我保证干完后把这里打扫得干干净净。”

清洁工把一个扫帚和一个簸箕放到树下，说："把打扫的家什都给你放下了，你钩完了可不要忘了打扫。"说完就走到一个卖西瓜的三轮车跟前，与卖瓜的小贩闲聊了起来。

当冯有志将第二棵槐树上的槐米钩下一大半儿时，一个大约六十多岁的矮胖的老者，摇着一把折扇，迈着方步，来到冯有志面前，高声喊道："老乡，哪里人啊？怎么到我们'国际庄'钩槐米来了？你一个乡下人，凭什么突然闯进我们'国际庄'？我们'国际庄'，是你这乡下钩槐米的随便来胡闹的地方？"

冯有志一惊，钩杆差点儿从手里滑脱。他擦了一把汗，定了定神，回答道："大叔，俺是安国的。"说完，手握着钩杆，冲老者作了一个揖，乞求地说："俺是乡下人，初到你们大城市，什么都不懂，哪儿做的有什么不对的，还望多担待。"

"不用猜就知道你是安国的！"老者故作高深地回答，略一停顿，他右手一晃，同时左手向扇子上"啪"地拍了一下，折扇瞬间被合上了，弧形的扇面马上成了条状。他用这个条状的扇子指着冯有志的鼻子，问道："谁让你来钩槐米的？得到市里有关部门的批准了吗？"

冯有志一惊，钩杆从手里不由地滑脱，"咚"的一声戳到了地上。他赶紧用手扶住，杆子才没有倾倒。尽管是大热的天，冷汗还是不由地冒了出来，背部像是有无数虫子在爬，但他却顾不上腾出手去抓。他将杆子靠在树上，向老人作了个揖，同时鞠躬问道："大叔，俺是乡下来的，不知道钩槐米还需要部门批准……"

老者继续用折扇指着冯有志的鼻子，以警告的语气说："你在破坏城市园林，破坏'国际庄'的蓝天绿地工程，你知道吗？你这是在违法犯罪，你知道吗？今个儿被我逮住了，我将你送到园林公安局，没你的好过！罚款、拘留还算轻的呢，严重的话判你刑，将你关进监狱改造，没个三年五载的，你别想出来。"

冯有志汗下如雨，一边向老者躬身作揖，一边央求："大叔，您饶了俺吧，俺家里有三个孩子要养，老父老母身体又不好……"

老人看冯有志慌成了这样，严厉的表情缓和了一些，问道："你弄这些，做什么用呢?"

"卖……卖了……"冯有志仍然惊魂未定。

"卖到哪里？人家买你这些做什么用?"

"卖给药厂，药厂用来制药。"

"这就对了嘛，槐米能作药用，可这，这……"老人用折扇向周围指了指，继续说："这里的人们，都不知道槐米能用来做药，我说能做药，他们还笑话我胡说八道!"突然，他又面对冯有志，用折扇指着他的鼻子，问道："那你说，槐米能用来做什么药？你是安国的，一定知道!"

"我……我也不是太清楚，我只知道，槐米能做药，各处的槐米，被小贩们收上来，都是送到了药厂!"

老者冷笑一声，说："还是我讲给你听吧！槐米是一味中药，味苦，归肝、大肠经，具有凉血止血，清肝火等功效，知道中药槐角丸吧，它的主要成分就是槐米……"

听老人如此滔滔不绝地讲述槐米的用途和功能，冯有志佩服得五体投地，不由竖起大拇指，夸赞道："大叔，您的知识真渊博，比我们安国的老药人知道得还要多，您如果当药人，一定会非常成功……"

老人听了不由眉开眼笑，猛地将胳膊一甩，只听"啪"的一声，折扇被打开了。他一面神闲气定地扇着风，一边冷笑了一声，非常自负地说："当药人？省中医院聘请我去坐堂我都不去，我嫌不自由！实话告诉你吧，我一年只需看几个病人，比在省中医院坐堂一年挣的工资还要多，我当什么药人?笑话!"

冯有志惊得瞠目结舌，极为崇敬地望着老人，一时之间不知说什么好。

老者看冯有志被自己唬成了这个样子，不由笑了，态度也瞬间变得极为温和，说："好了，不跟你侃了，耽误你干活了，你赶紧忙吧。"说完，摇着折扇，准备离开。

冯有志如蒙大赦，惊喜地问道："大叔，这么说，您不逮我去园林公安局了?"

老者继续摇着扇子，朗声回答："我吃饱了撑的还是怎么了？这么说吧，你就是将整个石家庄所有的槐米都钩了，甚至将整个石家庄市的槐树都砍了，我都不管，又不是我家的槐树。"

"那我就继续钩?"

"钩吧，尽管钩，庄里的槐树海着呢，就是累死你，你也钩不完万分之一，石家庄的马路上，最不缺的就是槐树。石家庄有好几条大马路，名字里面都带'槐'字，什么槐安路，槐中路……还有一个槐底村！你说，石家庄能缺槐树吗？能缺槐米吗?"

听了老者的话，惊得冯有志一愣一愣的，不由说道："今天，我在深泽县，听一个收药材的小贩说，石家庄的槐树很多，想不到居然这么多……"

老者停止了摇扇子，定定地站在树下，自言自语般地说："昆明叫春城，重庆叫山城，呼和浩特叫青城，济南叫泉城，广州叫花城……各有各的雅号，如果让我给咱石家庄起个雅号的话，就叫槐城！为啥？槐树多嘛……"

"槐城……槐城……"冯有志念叨着，一句话也插不上。

"算了，槐城这雅号不算雅，所以啊，石家庄还是叫'国际庄'吧。"说完，老者叹了一口气，看了冯有志一眼，问："老乡，你怎么不干了，干吧，耽误了你半天!"口气中有些歉意。

"那我就开始干了!"冯有志又提了钩杆。

"干吧，不过你要多留心园林公安和城管大队，被他们逮住，可就不会像我这样好说话了。最好晚上干，两个人一起来——一个人钩，一个人望风，看到园林公安或城管大队来了，就赶紧跑，被逮住了可就没好结果了。听说这段时间正在集中打击这类行为呢！小伙子，可要记住我的话，被逮住了，可别说我没提醒你。"说完，老人一边摇着扇子一边离开了。

第四十一章

冯有志只钩了三棵槐树，捋下来的槐米就将带来的两个蛇皮袋子装了个满满当当。他将遗留下的嫩枝以及落到树下的槐花打扫干净，又将扫帚和簸箕还给清洁工，然后把两袋槐米放到摩托车后座上捆好，再将钩槐米的杆子绑到车上，便跨上车，满载而归了。

一路上，冯有志一边开着摩托车飞驰，一边想：这满满两袋子槐米，晒干了，交到有良的厂里，怎么也得卖个七八百块；如果这样跑上十趟，就是七八千，哎呀，可了不得！不用付出多少劳动，也不用像下煤窑那样有时刻被砸死的危险，就能发这样一笔财，真是太好了！摩托车一遭带上两袋就差不多了，撑死带上三袋，安国距石家庄这么远，这样来回地跑，太低效了，路上还容易打累。对，就开上家里的农用三轮车，三轮车装个十几袋也是轻轻松松，跑一趟抵骑摩托车跑好多趟，这叫老和尚跑小道子——一遭儿是一遭儿的，哈哈哈哈……

然而，想起石家庄市那位老人的嘱咐，冯有志心中又隐隐有些担忧，暗忖道：市里的槐米长得这么好，却没人来钩，肯定是国家不允许，自己这次没被逮住，是自己幸运，下次再来，恐怕就不会这样走运了……对，就按老人所说的，下次来，叫上一个伙伴，互相有个照应。但是，约谁来呢？来钱这么容易的事，一般人咱可不告诉他，必须是最最知己的，可是，村里哪个人与自己最最知己呢？——当然是冯有良，然而冯有良现在是安国制药厂的厂长，是大老板，早已不再是当年“尿泡和泥、放屁崩坑”的发小了，人家怎么可能与自己一起跑到石家庄钩槐米，干这些鸡鸣狗盗的下三烂勾当……

直到过了深泽，进入安国，冯有志都没想出一个合适的人选。

当天半下午的时候，冯有志与大儿子吃饱喝足，有志媳妇将吃剩的几个白面饼用笼布包住，还准备了一壶凉白开，一起放进一个兜子里，让儿子提上。冯有志拿出十几个蛇皮袋子，放到三轮车的车上，再把钩杆让儿子拿上。一切准备停当，父子二人上了车，冯有志打着火，挂上挡，加大油门，驶出村庄，不一会儿，便过了滹沱河大桥，进入石家庄地界。

有志大儿子，今年十五岁，半大小子，已经能帮着父母干很多活了，这段时间他正好放暑假在家。当天中午，冯有志骑着摩托车，带着满满两袋槐米，一进家门，便立即确定了晚上与自己一起钩槐米的最佳人选——俗话说“肥水不流外人田”，就让儿子与自己一起去！

人常说：“打架亲弟兄，上阵父子兵。”照市里那位老人所说的，到石家庄钩槐米，必须防着城管大队和园林公安，这可不是闹着玩儿的，必须找最贴心的人，才能相互照应。儿子尽管才十几岁，但自小就跟着自己干活，能吃得起苦，也很机敏，再说，他也非常乐于跟着父亲到市里冒险挣钱。

太阳快落山的时候，父子两个已经进入市区，再行驶二三十分钟，天刚擦黑，冯有志将车开到了上次钩槐米的地方。冯有志将三轮车停靠在路旁，父子二人顾不上喘一口气儿，就干了起来。

父子二人配合，效率果然提高了很多：父亲举着杆子钩，儿子蹲在树下，将父亲钩下来的槐米嫩枝归拢到一起，然后一把把地将槐米捋到蛇皮袋子里。尽管是晚上，但街上的路灯明晃晃的，一点儿都不影响干活，况且晚上凉快，不像白天干一会儿就热得满头大汗了。因而，只用了一个多小时，二人已经弄满了两个袋子。

“照这样干下去，到天明的时候，弄个十几袋子槐米，肯定不成问题。把这些拉回家晒干，再交到有良的药厂，卖个两三千块钱，绝对是十拿九稳的事儿。一晚上能挣两三千，这钱来得快得简直同搂杨叶差不多！”想到这里，冯有志心花怒放，警惕心已经彻底放下来了，不但自己一门心思地干活，还不断地催促儿子：“快点儿干，咱挣大钱了，给你买一双耐克运动鞋——你要了好多次了，我和你妈都不舍得给你买，这次老子答应你，但你要好好干，不要偷懒耍滑，到天明时咱们一定要弄满一车。”

干着干着，父子二人已经忘记了时间，在毫无察觉间，一辆警车，还有两辆城管大队的车，已经在他们后面停了下来，三四个园林公安，还有七八个城管队员，已经逼近了他们。突然，其中一人大喊道："还不赶紧住手，当着我们的面，竟然敢旁若无人地钩槐米，肆无忌惮地破坏市区的林木植被，你们好大的胆子。"

冯有志的身体猛然哆嗦了一下，然而，他仍然习惯性地举着杆子继续钩着。孩子倒是立即反应过来了，站起身，抓住父亲的钩杆，带着颤抖的声音劝道："爹，快住手吧，警察来了，让咱们立即停止钩槐米呢。"

冯有志这才停住手，机械地转过身来，看到这一大群穿制服的，想说什么，却惊得说不出话来了。就在这时，只听其中一个城管队员厉声喝道："今天白天，这里有三棵树被人弄了个一塌糊涂，一定也是你干的？是不是？说！"

冯有志本想抵赖，但在一群人严厉的逼视下，只好点头承认，但仍然没有说出话来。

"白天被你毁了三棵，晚上又让你给毁了五六棵，每毁一棵树判你一年，八九棵树判你八九年，抓起来，带走。"为首的一个警察喊道。

冯有志好像没有听明白警察在说什么，他木讷地伸出双手，等着警察将他铐起来。他的这一反应倒是使大家突然愣了一下，可能他们想不到，这位偷着钩槐米的乡下人真是太过老实了。发了两三秒钟的呆，几个人冲上来，把冯有志控制住，然后给他戴上了手铐。

"爹！——"儿子喊着扑上来，抓住爹的衣角，死也不肯松手。

穿制服的人们见是一个孩子，撕扯着不让把他的父亲带走，起初并没有太为难他，但他一直纠缠着不放手，终于把其中一个穿制服的惹恼了。他飞起一脚，踹到孩子的胸脯上，一下子把他踹倒在地，孩子的手也松开了。

乘此机会，警察和城管人员把冯有志押上一辆车，然后开走了，开向闪烁着无穷的灯光的前方，然而在灯光之中，却仿佛是无尽的幽深的黑暗。另外一个穿制服的，将冯有志的三轮车发动着，跟在后面，向同一个方向驶去。

这时孩子更加慌了，一边哭喊着，一边向车追去。

直到这时，冯有志憋了许久的一句话才喊了出来："快去找你大表舅，他会救我的。"

押着冯有志的车，飞一样地开向前方，不一会儿就不见了，儿子望着空旷而深邃的大街，扑倒在地，大哭起来。

在冯有志妻子的表哥的帮助下，三天后，家属才在市中心医院的太平间里见到了冯有志。当然，此时冯有志只剩下一具冰冷的尸体，躺在这个恐怖的屋子里。

接到电话后，冯有良立即开上车，来到石家庄市中心医院。看到冯有志的遗体，听着旁边冯有志的妻儿呼天抢地的哭喊声，他感到五内俱焚，心如刀绞，但他也无可奈何，唯有深深地自责："都怪我，我只想着槐米今年行情大涨，钩些槐米能卖很多钱，能让有志一家人过得更好一些，可我想不到他会跑到石家庄的市区来钩大街上的槐米……都怪我！……"此时，冯有良只有自怨自艾，絮絮叨叨地如同祥林嫂。尽管他已经是安国中药厂的厂长，但在省城这样的大城市里，处理起这类事来，却感到非常的无助。除了给冯有志妻儿一些钱，他帮不了任何忙——与园林公安和城管大队的交涉，只能交给冯有志妻子的那位表哥了。

然而，被冯有良，更是被冯有志一家视作救星的表哥，也没能帮上太多忙。最后交涉的结果，只是对方支付了一万多元的赔偿费，其他一概没有。甚至冯有志是怎么死的，致使其死亡的责任人是谁，都一概不知。

冯有良及冯有志的家属一次次质问，对方单位领导的回答一直是冯有志跳车，掉到马路上摔死的，他的死亡，任何人没有责任。

然而，大家从冯有志身上看不到任何外伤，只在他的脚心发现了几个红点。

冯有志的妻子不肯就此罢休，但她表哥说："我已经退居二线了，没什么权力了，但对方还是看着我的一点面子，赔了一些钱，否则，这点钱也得不到。唉，认命吧！拿上钱回家，安安生生过日子吧！教育孩子，以后可不要像他们的爹这样，出来干这种违法的事了。这件事，是你们有错在先，人家就是一分不赔，咱也没办法，好歹人家还算给了我一点面子。你们如果还想闹，你们就自己去闹，我是没能力再管了。"

听表哥这样说，冯有志妻子心里即使有天大的委屈，也是一点辙都没有了，除了号啕大哭，她还能做什么！如果没有这位表哥，在人海茫茫、高楼林立的石家庄市，怕连冯有志尸首也难以找到。

第二天，冯有志的遗体在石家庄火化，然后，有志的妻子抱着骨灰盒，坐着冯有良的车，回到了安国。

下葬那天，初秋的雨淅淅沥沥地下着，细雨像密集的针一样，向送葬人们的脖子里钻去，不一会儿，雨水就将脖子湿透，并沿着脖颈向胸背，然后向腰部漫延下来。此时，人们的衣服、头发都已经湿透，连眼睛、鼻子、耳朵似乎都满是雨水，变得湿漉漉的了。

尽管天气这么不好，但是下葬的时刻是事先看好了的，所以不能延误，送葬队伍只能冒着雨继续前进。

冯有志的大儿子，披麻戴孝，打着纸幡，走在队伍的最前面。刚出村不久，纸幡就已经被雨水湿透，贴在木头棍子上，又过了一会儿，纸幡断裂，开始逐渐地下落，时间再一长，木棍上只留下一些浸透了雨水的纸屑，粘贴在光秃秃的棍子上，显得有些滑稽而荒诞。

紧跟在大儿子后面的是冯有志的媳妇，她抱着丈夫的骨灰盒，在村里两名妇女的搀扶下，步履蹒跚地向前挪动着两腿。每一个人都知道，如果不是有人搀扶，她随时都会仆倒在地，再也爬不起来。然而她没有哭，这段时间极度的悲痛，她的泪水早已经流完，她的嗓子也已经嘶哑，她已经无法再哭出声来，只是偶尔发出一阵干呕，同时出现一两声干咳。她的咽喉处、她的嗓子里，似乎有什么东西卡在那里，咽不下，吐不出，使她感到有种窒息般的难受。

送葬队伍的目的地，就在冯有志家的责任田，现在，田里全部种上了药材。在田地的尽头，一个新的墓穴已经挖好。从坑内新挖出的泥土，弥漫着植物根须的清新香气，这是种在这里的药材的根散发出来的。泥土已经被雨水浸透，隐隐有雨水从土里暗暗地渗出，向墓穴内漫去。

这个新挖成的墓穴，便是冯有志永远的家了。他的骨灰，马上就要被埋在这里，随着岁月的流逝，逐渐融入泥土，然后被种在这里的药材吸收，成为药材的一部分。

墓穴前的药材，正是冯有志亲手种下的山药，稍远的地方，则是天花粉，再往远，依次是黄芪、当归、沙参等药材。山药距离成熟的日子已经不远，由于底肥施得足，根茎很是粗大，将土地拱得出现了一道道裂缝。这一片药材，现在丰收在即，其他的再有一个两月也该收获了。根据今年的行情，效益一定会好得很，有志的这十几亩药材，交到药厂，获得十几万元，应该不在话下。然而，这片药材的主人，在这片药材园里挥洒下无数汗水的冯有志，却没能活着等到那一天。现在，他被装在一个一尺见方的盒子里，被自己的妻子抱着来到了这里，即将被埋到那个已经挖好的墓穴中。他亲手种下的药材，只能由他的妻儿来收获了，如果他地下有知，到了那一天，不知他会痛苦还是欣慰。

大约一个小时后，冯有志的骨灰盒埋进墓穴中了，村里攒忙的人赶忙填土，不一会儿，一个新的坟头形成了。众亲友晚辈等哭完，送葬队伍就要离开了，然而，这时有志媳妇死活不起来了，任凭村里的好几个妇女一起拉，她的屁股就像生了根，动也不动。于是大家便劝，有的说："有志媳妇，保重好身体吧，为孩子想一想，你也要好好活着呀。"有的说："你不能这样，老人还要依靠你啊！"……

然而，大家的劝慰不但没能让她站起来，跟着大家一起回去，相反，却将她的眼泪劝了下来，突然，她哭出了声，逐渐地，哭声越来越高，最后变成了哭嚎，一边哭一边倾诉起来："他爹啊，你好好地在家种地，也不会落这么个下场啊！可你偏不，你想当个药人，结果呢，你到衡阳贩鹿茸，却被骗子把鹿茸骗走了，一分钱没挣到，白白地贴了几百路费。你没脸回家，只好跑到山西下煤窑，差点儿被砸死在矿井里，我和一家人担惊受怕，差点被吓死。好不容易把你找了回来，回来后，你又想当药人，你听了别人的话，种药材，种药材就种吧，却又被人指使着去弄什么槐米。这次好，彻底把自己的命弄丢了。他爹啊，说来说去，你都是吃了想当药人的亏了啊！他爹啊，你这拍拍屁股走了，可让我怎么过啊……"

大家把目光一齐投向了冯有良。

听了有志媳妇的痛哭与倾诉，冯有良非常的悲痛与愤懑，他走到有志媳妇面前，劝道："你不要担心！等过了五七，你就到药厂上班，孩子的学费和生活费我会替你想办法，这一片药材园子，我也会派人帮你收、帮你种。有志尽管走了，大家都会帮你的……"

好说歹说，有志媳妇终于站起来，在大家的搀扶下，离开了墓地，向村里走去了。

突然，雨下大了。大家惊慌失措地向村内跑去，临进村的时候，冯有良向有志的墓地回望了一眼，他只看到一片片药材，药材开出的五颜六色的花朵，在暴雨中仍然是那么姹紫嫣红，引人注目，迎风开放着，而冯有志的墓穴，却怎么都看不到了，估计它已经隐身在药材的花丛中了吧！

第四十二章

宏文玲的左腿在本市医院做了手术，然而，术后伤口感染十分厉害。本来术后输几天液伤口就愈合了，然而，不知是因为手术时无菌操作不严格的缘故，还是宏文玲身体瘦弱、抵抗力太差，抑或不走运遭到了耐药菌株的侵袭，总之，最后又去了石家庄河北省人民医院做了截肢手术。冯有良见宏文玲失去了双腿，忙给她在石家庄买了一台残疾人手摇三轮车。

宏文玲从河北省人民医院回到家后，父母见唯一的女儿失去了双腿，成为一个重度残疾人，心中非常悲伤，老两口一气之下，决定到法院起诉沙冰梅。冯有良非常理解两个老人的做法，但他想到，如果沙冰梅被起诉，肯定会在监狱里度过漫长的时光，她的两个孩子无人照料，又该是多么凄惨，因而，起初他曾经屡屡去劝慰两个老人，想让他们放弃这种做法，然而，二人执意不答应，到了后来，甚至同冯有良大闹起来。无奈之下，冯有良只好放弃了自己的努力。

“唉，深爱自己的两个女人，一个失去双腿，一个面临牢狱之灾，这一切都是因自己而起啊，自己太对不起她们了，自己是上辈子造了什么孽，才造成了如此的后果啊!”冯有良捶胸顿足地想。

为了打这场官司，肖三娃将家里的老宅卖了，从石家庄请了一个著名律师，为妻子辩护。这个消息传到了沙冰梅耳中，她既感动，又觉得太对不起丈夫。开庭那天，夫妻两个终于相见，看到丈夫憔悴的面容，沙冰梅不由扑通一声跪在丈夫面前，哭喊道：“他爹，我对不起你，都是我的错，我要痛改前非，我再也不胡思乱想了，也不这样胡闹了。如果哪一天出去了，我一定一心一意地与你过日子……”

然而，法律是无情的。对沙冰梅的判决下来了——因为故意伤害造成了被伤害人重度残疾，沙冰梅被判处有期徒刑十二年。沙冰梅因情生妒，犯下了不可饶恕的罪行，她只好在漫长的服刑过程中赎罪了。

案子判决结束后，宏文玲又到药厂上班了。按常理说，宏文玲的父母应该安安生生地过日子了，然而，老两口这几天心中总是忐忑不安，挂念着一件十分棘手的事。有一天晚上，文玲妈对老伴说："原先咱姑娘还有一条好腿，虽然不太方便，但起码能拄着拐自己活动活动，能自己上厕所，也能骑着三轮车上下班什么的，如今失去了双腿，以后只能给别人添堵添累了，谁知道冯有良变不变心啊，谁知道他还要不要咱闺女啊!"

听老伴如此说，宏爸爸赶紧说些宽慰话为老伴解心宽："冯有良这孩子，生得五官端正，眉清目秀，善良又慈祥，一看就是个好人，估计他是不会变心的，你不见他天天开车来接文玲上下班吗？上班时冯有良把姑娘抱上车，下班时又把姑娘抱进屋，你看人家见面时那股亲热劲儿。"

老伴伸出右手食指，往老头儿脸上戳了一下，说："这是你这当爹的说的话吗？目前他们看着关系倒是挺好，可是，年轻人性情不稳定，像这样的日子，三日两早晨的没问题，多说三五个月，可年复一年地坚持下去，恐怕谁也受不了。"

文玲爸又安慰道："放心吧老伴，冯有良变不了心，他的心早已被咱家闺女给吸住了，就跟喝了迷魂汤一样。当年，我不是也喝过你的迷魂汤吗？无论我娘如何不同意，我都非你不娶。"

这一次，老伴却陡然严肃了起来，说："不管心变了变不了，咱们必须催他们尽早把婚事办了，趁着冯有良对咱闺女的这股热乎劲儿。等他哪一天厌烦了，或者热度下降了，再催婚的话，就怕他会磨磨叽叽不往前赶了。老人们那句话怎么说的？夜长梦多！他们两人现在总是腻在一起，干柴遇到烈火，不知哪一天把持不住，冯有良把咱闺女给睡了，然后再来个始乱终弃，咱闺女可就别想活了。男人和女人不同，男人们常犯喜新厌旧的毛病。"

"你说的这些都很有道理，的确得催他们早点把证领了，把酒请了，让他冯有良将咱闺女光明正大地娶进他冯家的门，到了那一天，他再想反悔就晚了……对了，当年，咱们两个交往的时候，你一直总说只爱我一个人，非我不嫁，可你却一直把裤腰带攥得紧紧的，不到新婚之夜，就是不让我破你的身，看来就是怕我对你始乱终弃吧。”说着说着，老汉又说起了不上趟儿的话。

老太婆推了丈夫一把，骂道：“去你的，老不正经！天不早了，赶紧睡吧，等明儿药厂下了班，冯有良再送咱们闺女到家时，咱就把他们的婚事正式向他提起！我明天下午准备一桌菜，晚上好好招待一下咱这未来的女婿。”

正好第二天下班时，药厂来了个重要客户，冯有良去陪客人吃饭，便派货车司机小王送宏文玲回家——这下可让宏文玲的老妈起了疑心。司机走后，宏妈妈像审犯人一样，对女儿盘问起来。

“为什么今天冯有良没有送你？是不是对你厌烦了？”文玲妈问道。

宏文玲笑了笑，回答道：“他陪北京医药公司的刘经理吃饭去了，看把你急的。”

文玲妈妈仍然心存疑虑地问道：“你们，你们……你们没有……你们没有那个吧？你告诉娘实话，娘是过来人，娘不能让自己的闺女吃亏！”

文玲脸一红，说道：“妈，您胡说什么呀！”

老婆子从头到脚地瞅了女儿一个遍，欲言又止。

宏文玲被妈妈瞅得脸红到了耳根，说：“妈妈，您看什么呀！您……您这是什么意思？”

老太婆叹了一口气，说：“娘这是担心啊，担心时间长了，冯有良占了你的便宜，然后对你厌倦了，就会扔下你。”

宏文玲说：“请爹妈二老放心，我敢向你们保证，冯有良后半生一定会和我在一起的，他不会扔下我不管的，他不会变心。”接着，她从挎包里取出一个日记本，说：“这是冯有良写给我的诗，我读给你们听。”

文玲姑娘
无论你走到哪里
都有一个人在默默地牵挂着你
文玲姑娘
无论你失去一条腿

还是一只臂
有一个人
准备把一切都交给你
……

还没等女儿把诗读完，宏妈妈就打断了她，说：“妈不想听他的漂亮话，我和你爸想看他的实际行动，男人就会甜言蜜语地欺骗小姑娘。”

第四十三章

光阴似箭，一晃已进入腊月，宏文玲爹妈一直没有等到女儿结婚的消息，也没得到冯有良立即结婚的承诺。每当宏文玲的父母问他时，他的回答总是："再等一等，这段时间厂里非常忙，等过了这一阵儿再办，同时我需要再攒些钱，为文玲买一套花园别墅，让她体体面面地当新娘。"

听冯有良这样回答，两个老人也就无话可说。再说冯有良依然如故，只要没有特别的事，天天早上八点接宏文玲上班，并且把她背到二楼办公室，下午下班还得开车把她送到家，背进屋。

看到这一幕，药厂的职工们不由窃窃私语："冯厂长这人命就是不好，中年丧偶还倒罢了，这个接玉梅班儿的人却是失去双腿的，不但不能照顾日理万机的冯厂长，反过来还要让冯厂长天天伺候她；通常的伺候还就罢了，还要每天背来背去的。人家沙会计不缺胳膊不少腿，一心想离婚嫁给他，去伺候他，可冯厂长千推百脱，坚决回绝了。"

另一个人说："沙会计不是有夫之妇吗？冯厂长才不干夺人妻的恶事蠢事呢，冯有良是安国药市有名的大好人……"

不光外人议论，冯有良的老爸有空来到安国城里，每当看到儿子的背影，也是一边哀叹一边唠叨："可千万不要把一个'肉轱辘'娶回家，她不仅帮不上家里的忙，还得让家人伺候她……"

父亲的这些话，冯有良实在不爱听，因此，每当他爸在城里住时，到了晚上，他常常在宏家吃饭，怕老爸为自己的婚事与自己磨叨——好在家里有大姐料理得妥妥当当的，冯有良不用过于担心。有时候，在宏家吃过饭，天太晚了，或者因为高兴喝了些酒，或者是遇上了闹天气，风雪阻了路，他就干脆不走了，在宏家过夜。每当这时候，他会在宏文玲屋里与她聊上半夜，直到屋外听到文玲妈妈不断的咳嗽声，提示他该离开女儿，回到宏家为他准备的屋里休息了，两人才再一次深深地热吻，恋恋不舍地分开。

有一天，冯有良把宏文玲送到家，刚把她放到床上，转身要走。宏文玲的妈说："有良你等一等，我有话要同你说。"

冯有良说："石家庄医药公司的王经理来了，我得马上回去陪他吃晚饭。"

宏文玲妈说："我知道冯大厂长很忙，我只耽误你五分钟时间，难道不行吗?"

冯有良一听宏妈妈话头儿不对，赶紧赔着笑脸，说："当然可以了，您说吧。"

宏文玲妈妈说："马上要过年了，我一见人家左邻右舍的孩子们结婚的结婚，没结婚的也杀猪宰羊，准备得十分热闹，个个都忙活得手脚不失闲儿，我就想啊，我和文玲爹怎么就这么清闲呢。说句不该说的话，我昨天晚上做了一个梦，梦见我抱上外孙子啦，我的大外孙一生下来就是九斤八两，一生下来就朝我笑，一生下来就叫我姥姥。醒来后，我发现原来只是做了一个黄粱美梦。请问冯大厂长，这样的梦，你要我们老两口做到多久才能成真呢?"

冯有良想："听话听声儿，听锣听音儿"，不用说，这是老人又在催着让我与文玲结婚呢。于是他便不假思索地回答："我想在年前把药厂生产的泻白糖浆、冠心宁、安宫牛黄丸等全卖了，给药厂创一大笔业绩，然后再考虑结婚的事。"

宏文玲的父亲此时也在旁边，他本来不打算说话——自己是当准岳父的，催人家娶自己的闺女，实在有些说不出口，然而，听了冯有良同以前大同小异的回答，顿时有些恼了，便不由地插话道："我们年轻时，有个口号是'一手抓革命，一手促生产'，两手都要抓，厂里家里两不误——厂里的生产要抓紧，结婚的事也不能耽误。钱挣到什么时候都挣不完。总不能因为厂里忙，连婚都不结了吧!"宏文玲爸爸通过道听途说的方式知道一些历史知识，情急之下，不管是否恰当，就把这些内容当作了自己劝说冯有良结婚的理由一股脑儿地说了出来。

尽管宏老汉的这些话不是很恰当，但也不无道理。因此，情急之下，冯有良顿时语塞，不知如何回答未来岳父的话。

坐在床上的宏文玲听到两位老人像审判官一样逼冯有良，忙插言为未婚夫解围道：“爹，妈，人家冯哥早就有安排，不是现在厂里忙吗！”

宏妈妈说：“我们当老人的，说话是啰唆一点儿，但我们也不是差心眼儿，我是说冯厂长天天来回地接送你，不耽误时间吗？如果你们结婚了，住在一起，不就方便多了吗？”

冯有良看了看表，觉得再这样说下去，不用说五分钟，就怕是五十分钟也没个了，于是他赶紧向两位老人表了个态：“年前一定与文玲结婚，请二老放心吧。”

宏妈妈又追问道：“给我个准日子，你们在厂里忙，我们得为你们做些准备，闺女结婚，天大的事，潦草不得。”

冯有良说：“腊月二十八，二十八，发发发，正好那天厂里也放假了。”说完，冯有良就上了车，奔厂里去了。

然而，腊月二十八之前，冯有良一直在为企业的发展忙碌着，除了进车间、抓生产、跑原料、销产品之外，临近年底了，四处讨各地的客户欠下厂里的款项，更是成了当务之急。总之，厂里的大事小事，令他忙得不可开交，居然把自己的婚事忘了个一干二净，一没买烟酒，二没买结婚要穿的西服，三没到酒店订宴席，四没有给亲朋好友下请柬。

腊月二十七，冯有良出差回来，宏文玲终于见到了自己的未婚夫，说起了结婚的事。听说他还没有做任何准备，她问道：“明天就要结婚了，你什么都没准备，怎么办？连个结婚照都没拍一张，这婚还怎么结？”

冯有良说：“我有办法。”

宏文玲问：“你有什么好办法？”

冯有良说：“咱们来个旅行结婚，我开车拉你到北京天安门广场去看看，向人民英雄纪念碑献个大礼，然后瞻仰一下毛主席遗容——吃水不忘挖井人嘛，然后住宾馆，第二天看看升国旗，再到故宫转一转。”

到了腊月二十八，宏家的左邻右舍都认为宏文玲嫁了个大厂长，结婚的场面一定很壮观，婚礼一定会搞得轰轰烈烈、热闹非凡。可是到了现场一看，平凡得不能再平凡了——冯有良连身新郎西服都没穿，只穿着平时穿的那身灰色西服；脚上还是那双半旧的黑色皮鞋，只是打了两遍鞋油，显得非常亮。他将宏文玲抱上了车，然后对围观的乡邻们说：“乡亲们，兄弟姐妹们，我和宏文玲今天先去北京旅行结婚，回来后再大摆婚宴，邀请大家来捧场……”

冯有良开车来到北京，先把车开到距离天安门广场百十来米的一个空闲处，将车停好，然后从后备箱里取出轮椅，再把文玲从车里抱到轮椅上，推着她来到人民英雄纪念碑前，先向革命先烈祭拜之后，又来到毛主席纪念堂，瞻仰了伟人的遗容。

中午，两人到附近一家面馆，每人吃了一碗牛肉拉面，然后打算找个宾馆先安顿好，休息一会儿，下午再去故宫参观。可找了好几家宾馆，有的因过年而停业，有的已满员，没能找到住的地方，他们下午只走马观花地在故宫转了一会儿，不得不开车飞驰在返程的路上。晚上七点多钟，二人赶回了安国，此时，大姐正好包了三鲜馅饺子，一见弟弟带着新媳妇回来了，高兴地给他们煮饺子去了。

冯有良把宏文玲抱到餐桌前坐下，刚休息了一会儿，大姐已经把煮熟的饺子端上来了，冯有良刚夹起一个饺子往嘴里送，想不到就在这时，肖三娃来了，一进门就大喊大叫：“冯厂长在吗？”——真是人矬声高。

第四十四章

冯有良一听是肖三娃来了，不由一惊，他知道，肖三娃是无事不登三宝殿——他家里一定又发生了什么事。于是，他放下筷子，站了起来，向外迎去，一边走一边喊："三娃老弟啊，有什么事……快进屋里来，一起吃饺子，三鲜馅的。"

肖三娃说："别说三鲜馅的饺子了，就是六鲜馅的，我也吃不下去呀。"

冯有良问："为什么？究竟出什么事了？"

肖三娃说："前两天去监狱看望沙冰梅，人家监狱的负责人说，沙冰梅得了精神分裂症，经法医鉴定，病情还十分严重。她已经五天不吃东西了，嘴里光是喊：'我想冯哥，我要见冯有良！'就这么一句话，她一分钟能反复十几遍。故此监狱让我办了保外就医手续，把她带回了家，让我先为她治了病，再说服刑的事。经多方打听，有人说辛集有一个老中医，治疗这一类病有几把刷子，所以，我带着沙冰梅去辛集跑了一趟，让那个老中医给瞧了瞧。老中医说病人得的是阴疯。我问老中医什么是'阴疯'。老中医说就是思虑过度引发的疾病，俗称相思病，也叫相思疯。我问老中医如何才能治好，你听老中医怎么说?"

冯有良问："怎么说?"

肖三娃回答道："老中医说，'解铃还须系铃人'。我不懂老中医卖的是什么关子，于是便让他给开方，我按方抓药就是了，管他什么解铃啊系铃人的。"

"开的是什么方子？都需要什么药？尽管到我药厂来抓。"冯有良赶紧说。

"你听我说完啊！老中医在处方上写了一段话，递给我。我定神一看，写的是：让她日思夜想的人陪她过一个月夫妻生活，让他白天陪病人同餐同饮，晚上陪她同床共枕，尽力满足病人的生理需求，如果男女配合得好，男人对女人百依百顺，过一个月，病人就会渐渐恢复正常。换言之，如果她思恋的人儿不见其面，或不好好地对待她，过一个月，病人可能就会转为不治之症，甚至导致更严重的后果……”

冯有良惊得瞪大了眼睛，一时不知说什么好，当他听肖三娃说到“甚至导致更加严重的后果”时，才突然反应了过来，忙问道：“会导致什么更加严重的后果呢?”

肖三娃看了冯有良一眼，停顿了一下，继续说道：“我问老中医会导致什么严重后果，老中医说，因思虑过度，导致不吃不喝，把身上那点精气消磨殆尽之后，生命就此结束!”

肖三娃的这一番话，不仅冯有良两口子听得真真切切，冯有良大姐在一旁也听得清清楚楚，于是，冯大姐对肖三娃说：“那个老中医开的是什么浑蛋偏方，岂不是让俺家有良给你们家沙冰梅当三陪吗?”然后，冯大姐指着肖三娃的鼻子，说：“你肖三娃也不替别人想一想，有良今天刚刚和文玲旅行结了婚，今天晚上又是蜜月的第一夜，有良怎么能丢下文玲独守空房，去陪沙冰梅度蜜月呢？你肖三娃也不摸着胸脯想一想，天底下哪有这样的混账逻辑?”

肖三娃知道冯大姐说得也有道理，此时，他只好把期待的目光投向冯有良。

冯有良踌躇不安地望着宏文玲，默默无言。宏文玲当然不愿意自己的丈夫在新婚之夜去陪别的女人——爱情是自私的，在女人一生中最为珍贵最为美好的夜晚，她当然要让自己的丈夫陪在自己的身边。况且，沙冰梅是将自己害得最惨的仇人啊，她几乎将自己毁了，此时怎么能让丈夫离开自己，去陪自己的这个不共戴天的仇人呢。因而，沉默了片刻，宏文玲对冯有良说：“我觉得大姐说得对，咱们应该听大姐的话。”

冯有良身不由己，从牙缝里挤出了个“嗯”字。

肖三娃仿佛从这个“嗯”字中体会到了冯有良此时内心的纠结与无奈，甚至嗅到了冯有良灵魂深处发出的一种对沙冰梅的深切同情与怜悯的味道。于是，肖三娃急中生智，立刻伏身跪下，对着冯有良“咚咚咚”地磕起头来，一边磕头一边哀求：“冯厂长，你是好人，你是天下最好最好的大善人，你一定会救沙冰梅的，你怎么忍心看着一个年轻的生命在你的视野里渐渐离去？你怎么忍心看着你的同事加兄妹愈走愈远，甚至走到生命的终点！”

肖三娃说到这里，声泪俱下，一边哭一边说：“冯大姐，宏文玲妹妹，请你们为我想一想，我还有个八岁的女儿，还有个六岁的娃子，孩子们不能没有妈呀。我才三十八九岁，也不能没有女人呀，大哥大姐们呀，我求求你们了，请你们伸出友爱的手，救救我的家吧。”

男人平时不哭，可一旦哭起来，更令人觉得伤心，冯有良本来就是一个心慈面善之人，怎么禁得起肖三娃一把鼻涕一把泪的央求？冯有良一边把跪在地上的肖三娃拉起来，一边掏出手帕，给他擦了擦眼泪，说：“我去，我去还不行吗？你不要哭了。”

冯大姐见弟弟心软的毛病又犯了，于是“唉”了一声，忿忿不平地说：“你走了，丢下文玲一个独守空房？”

冯有良对大姐说：“大姐，只好麻烦你一下了，晚上你去陪着文玲一起睡吧。”

想不到，平素很少发脾气的大姐“呸”地啐了冯有良一口，脸涨得通红地骂道：“亏你开得了口，新婚之夜，新娘子需要的是你来陪，我一个女人，能代替得了你这个新郎官吗？”

冯有良的脸也微微红了，沉思一番，对大姐说：“大姐，你带肖三娃先去里屋坐坐，我有话想对文玲单独说。”

冯大姐和肖三娃走后，冯有良紧紧抱住宏文玲，又是亲又是吻的，然后说：“文玲妹妹，请你放心，我的心永远和你在一起，我可以对天发誓，如果我做了对不起你的事，天打五雷轰，走在路上让车撞……”

冯有良的这句话还未说完，宏文玲早已伸出又白又嫩的手，一把将冯有良的嘴捂住，哭喊道：“我不准你作践自己，我相信你，你的心与我永远在一起，你是男子汉大丈夫，一定不会言而无信的。”随后，她一转话题，说：“只要能救沙冰梅一条命，哪怕你把我最为珍视的东西献给她，我也……我也认了，只要你的心永远在我身上。说句大白话，就是你和沙冰梅同床共枕了，哪怕你与她阴错阳差，我也不会埋怨你，俗话说，‘救人一命，胜造七级浮屠’……”

话虽这么说，然而此时的宏文玲，泪水像断了线的珍珠一样，纷纷落在冯有良充满矛盾的心上……

事不宜迟，安顿好宏文玲后，肖三娃就把冯有良带到了自己家，才走进肖家的院子，冯有良就听到沙冰梅呻吟般的叫声：“我想冯有良……我的冯哥你在哪里？……冯哥，你在哪里？你在哪里？你在哪里啊在哪里？我对着大地喊，大地无声！我对着天空喊，天空无言！苍天啊，大地啊，你告诉我吧，我亲爱的冯哥哥究竟在哪里？……冯哥哥，你在哪里啊，你在哪里？我想把我献给你，献给你呀献给你……”

肖三娃停了一下步子，脸色羞得通红，非常难堪地看了冯有良一眼，才又迈开步，向屋里走去。

进了卧室，肖三娃大声地对沙冰梅说：“肖太太，沙祖宗，你看，我把你冯哥哥给请来了!”说完，他从沙冰梅屋里退了出来。

沙冰梅听说她日思夜想的冯哥哥来了，立刻伸出满是污垢的手，用力擦了擦凹陷进眼眶的眼睛，又撩了撩散乱的头发，用力地睁开那双睡意惺忪的眼睛，仔细一瞧，眼前的这位英俊的壮汉，正是自己日思夜想的梦中情人。顿时，沙冰梅一头扑到冯有良怀里，敞开双臂，抱住他宽阔浑厚的胸膛，一会儿哭，一会儿笑，说道：“冯哥，最近你逃到哪里去了？我连你的影子都看不到，真让人想死啦！……”

二人拥抱了大约十几分钟，冯有良一边给沙冰梅擦眼泪一边说：“你的衣服太脏了，都有异味了，一会儿你先洗洗头，洗洗脚，然后咱们开车去祁州商场，给你买身新衣服，这不是要过年了嘛，咱得穿得干干净净的。”

听说冯有良要带自己去商场买衣服，沙冰梅高兴得又跳又笑，心情豁然开朗，仿佛缠在身上的病魔消失了一大半，她又一次紧紧地抱住冯有良，对他又亲又吻。忽然，她像突然想起来了什么似的，从冯有良怀里抽出身子，说：“我马上去洗头，洗脚，换上干净衣服，让冯哥哥带我去逛商场喽!”

肖三娃帮沙冰梅洗完头和脚，又帮她换上一身干净衣服，看到妻子的头发仍然有些凌乱，立刻拿出一把梳子，想给她梳理一下。沙冰梅一努嘴儿，说："你一个小东西！梳得一点都不好看，我坚决不让你给梳，我要让我心爱的冯哥哥给我梳。"

无奈，肖三娃只好说道："好，好，你冯哥哥梳得就是好，让他把你那四十岁的头发，梳成十八岁的模样。"一边说一边把梳子递给冯有良，同时向他使了一个眼色，示意他能够积极配合。

冯有良只好接过梳子，让沙冰梅坐在椅子上，自己坐在她对面，开始给她梳头。刚梳了两下，沙冰梅说："椅子没有坐垫，硌屁股。"一边说一边将屁股移到冯有良的大腿上。冯有良想推开她，又怕惹她生气导致病情加重，只好顺着她的意这样坐着。梳子每次从她头上滑过，沙冰梅就产生一种飘飘欲仙的感觉，不由嘻嘻笑着说道："还是冯哥哥梳得让人舒服，让人愉悦，让人陶醉……"

此时，肖三娃就站在二人的背后，眼睁睁地看着自己的女人温柔地坐在另一个男人的怀里，还扬扬得意，还风情万种，还说着钩魂摄魄的情话，顷刻间，他心中酸楚得如同喝了一罐子老陈醋，酸得他腹中一阵阵恶心，不得已偷偷地跑到卫生间。他干呕几声，嘴里没能吐出什么东西，却吐出几句话来："沙冰梅，你个不要脸的浪娘们儿，居然当着我的面和梦中情人搂搂抱抱，又亲又吻，柔情缠绵，窃窃私语，倘若不是为了治好你的'阴疯病'，我才不会引狼入室呢，等你病好了，看我怎么收拾你……"

梳着梳着，冯有良忽然觉得肚子疼，于是对沙冰梅说："我忽然肚子疼了起来，先要回家吃点药，明天早晨八点，我一定带你去商场。"

沙冰梅问道："冯哥哥，你吃什么了，怎么突然肚子疼起来了？"

冯有良说："可能中午在北京吃的牛肉拉面太咸了，回来的路上，喝了一瓶车上备的矿泉水，水很凉，也可能水放时间长生菌了，所以闹起了肚子吧。"

沙冰梅对肖三娃说："咱家治肠炎的药有吗？"

肖三娃看了看疼得直皱眉头的冯有良，回答道："早就让我吃完了，要不我马上去药店买。"

冯有良说："我家有药。"一边说一边捂着肚子往外走。

沙冰梅望着冯有良远去的背影，说：“冯哥，吃完药可要马上回来。”

冯有良开车回到家，跑了一趟厕所，进了屋，看到宏文玲正在读李时珍的《本草纲目》。宏文玲发现冯有良捂着肚子，面色苍白地回来了，不由问道：“你肚子怎么了？怎么突然回来了？”

冯有良回答道：“可能从北京回家的路上凉水喝多了，闹急性肠炎呢。”

宏文玲说：“家里有治疗肠炎的药吗？”

冯有良说：“有。”说着，他从一个抽屉里拿出一板药，抠出两粒，服了下去。

晚上，因为正在闹肚子，冯有良怕上厕所来不及，于是没脱衣服就躺了下来。跑了整整一天，他实在太困了，不一会儿就入睡了。夜里，又跑了几趟厕所，大约到凌晨两点的时候，冯有良才感觉肚子不疼了。然而，他此时已经很累，没有精力与新婚妻子说悄悄话，也顾不得与她亲热了。

宏文玲见丈夫没有脱衣服，自己也没好意思脱，只好和衣躺下，蒙着被子睡下了。

第四十五章

第二天早晨，冯有良八点钟才起床，吃过大姐送来的一碗小米山药粥，又匆匆忙忙赶往肖三娃家了。

上午，冯有良带着沙冰梅去逛祁州商场，二人刚走到商场门前，正见一男一女拿着麦克风唱歌，刚唱完一曲《敖包相会》，又接上一曲《夫妻双双把家还》。冯有良明白，这是商场老板通过聘歌手来唱歌，吸引顾客，营造人气兴旺的景象，从而促进销售。

沙冰梅没等人家唱完《夫妻双双把家还》，便飞身上前，将女歌手的麦克风夺过来自已用，然后又把那个男歌手的麦克风夺过来递给冯有良，说："你们唱得一点也不动情，还是听我和冯哥哥唱一首《心雨》吧。"

两个歌手见有人上前捧场互动，当然举双手欢迎，并热情鼓励着。这样一来，沙冰梅的劲头儿更足了，只见她像久经沙场的老歌手那样，左手握着麦克风，右手强拉着冯有良，落落大方地走向舞台中央，深情地唱道：

我的思念，
是不可触摸的网。
我的思念，
不再是决堤的海。
为什么总在那些飘雨的日子，
深深地把你想起。
……
因为明天我将成为别人的新娘，
让我最后一次想你。
……

其实冯有良在读中学时就是一个多才多艺的人，尤其爱唱歌，只不过后来为了生活而奔波，把这项才艺放下了，现在，出乎意料地被沙冰梅拉上了舞台，便也随着沙冰梅唱了起来：

为什么总在那些飘雨的日子，
深深地把你想起。
……

冯有良唱着唱着，忽然想起洞房里孤独寂寞中的宏文玲，激动的泪水不由夺眶而出。观众聆听着冯有良颤抖的歌声，观看他真挚的表情，加之沙冰梅深情的配合，顷刻之间都被感动了，全场爆发出一阵又一阵热烈的掌声。一曲歌罢，只见那个女歌手拉着沙冰梅的手，面向全体观众，高声赞扬道："这位大姐和她老公的深情演唱，胜过了原唱。"

……

冯有良和沙冰梅走进祁州商场，冯有良本想先给沙冰梅买一身新衣服，讨她开心。然而沙冰梅执意不肯，她带着冯有良来到新郎衣服专卖柜前，试穿一身蓝色西服。冯有良不敢违令，只好进入试衣间。

冯有良从试衣间出来的一瞬间，仿佛国际服装展的男模登场一样，立刻惊艳全商场——只见冯有良一米八八的高挑身材，白衬衣，红领带，配一身蓝色西服，简直帅极了。有个女导购员夸奖道："这位帅哥好像一个电影明星，真是太帅了！"

又有一位女售货员问道："请问帅哥你是安国本地人吗？"

还未等冯有良开口，沙冰梅抢先回答道："当然是安国的，他叫冯有良，现任安国制药厂的老总。"沙冰梅一边说一边拉着冯有良的手去柜台付款。

冯有良在祁州商场给沙冰梅买了两身新衣服，从商场出来后，路过一个婚纱影楼，沙冰梅非拉冯有良进去看看不可。冯有良不敢不从，只好随她进去了。影楼里的女服务员热情地说："美女帅哥，你们要拍结婚照呀？"

沙冰梅斜了服务员一眼，说："当然要拍，不拍我们来这里干什么？"

服务员说："好，美女先随我到更衣室化妆更衣。"

沙冰梅经化妆师精心化妆后，再穿上一身洁白的婚纱，头顶扎一朵鲜艳的红牡丹花，长长的脖颈上挂一条珍珠项链，两耳下垂一对金光闪闪的鸭蛋般大的银耳环，脚穿一双十厘米高的高跟红皮鞋，飘飘然来到冯有良面前，柔声说道："冯哥，你看看，我穿上婚纱好看呗？像不像你的新娘子？"

冯有良定睛一瞧，面前的沙冰梅果然十分漂亮，一米七零的身高，颀长窈窕，弯弯的柳叶眉下镶嵌着一双乌黑发亮的大眼睛，樱桃小嘴涂了口红，更显鲜艳动人；胸前一对隆起的双峰，在细腰的反衬下，显得更加丰满硕大。此时，冯有良想：怪不得沙冰梅一心要离开肖三娃，这样一个大美人，嫁给肖三娃这个两块豆腐摞起来似的矮子，也着实可惜了。唉，沙冰梅呀沙冰梅，你也是个苦命的人啊！"唉——！"冯有良不由长长地发出一声喟叹。

此时冯有良也十分自责与宏文玲的婚事办得太过草率了——一没穿婚纱拍结婚照，二没举行婚礼仪式，三没举办婚宴，旅行结婚也搞了个半途而废，实在是太简单、太寒酸了，太对不起宏文玲姑娘了，也对不起生她养她的岳父母。此时，他心中暗暗决定，等过了年，沙冰梅的病治好了，药厂新产品大量投放市场，生意越来越好，完全走出低谷后，再和宏文玲补办婚礼……

冯有良正在走神，沙冰梅像下凡的仙女一样，飘然来到冯有良面前，拉着他的手，说："你还愣着干什么，快陪我去拍结婚照啊！"

拍照时，冯有良和沙冰梅被摄影师摆布得手脚不失闲——面对面，嘴对嘴地拍一张；男女二人手拉手拍一张；女在前男在后拍一张；新郎单腿跪在新娘面前，吻着新娘娇嫩的手背拍一张……摄影师左拍一张，右拍一张，拍起来没完没了，折腾得冯有良实在不耐烦了，问道："怎么拍个没完没了呀！我们可不要这么多相片。"

摄影师说："我们不收你们的钱，我们白给你们拍，拍出来白送给你们。"

冯有良问："为什么？"

摄影师回答："因为你们是安国的金童玉女，你们是我们影楼开业十年来遇到的最美的一对鸳鸯，故此我们想把你们的结婚照片长期摆放在展示台和橱窗里——你们就是本影楼的形象大使，更是安国四十万人民的形象大使。"

冯有良听了一惊，连忙说："你们先不要操之过急，等我们商量商量再给你们答复。"其实，冯有良是怕他和沙冰梅的合影摆在影楼当样板，让旁人看到了无足轻重，如果让肖三娃和宏文玲看见了，还不像喝了一坛子老陈醋，酸得他们恶心呕吐？

正当冯有良犹豫徘徊左右为难之际，沙冰梅撒娇地说："我要，我要，我就要，我不仅要一张，我想把所有的相片都拿回家去，挂在客厅里，挂在洞房里。至于影楼想把咱们的婚纱照在橱窗里陈列出来，我也觉得不错，让安国的人民都看到咱们这么漂亮、这么幸福，该是多么美好的事啊！"

听到沙冰梅这一番话，冯有良仿佛听到了领导的指示一样，根本不敢"抗令不遵"，此时，冯有良非常尴尬，简直欲哭无泪……

拍完婚纱照，将沙冰梅送回去，冯有良就要回家，沙冰梅坚决不同意，她说："既然今天已拍了婚纱照，标志着我们已经走向了婚姻的殿堂。"

肖三娃看到女人的神智恢复得挺快，于是试探着说："今天是腊月二十九，让冯厂长回家准备过年的东西吧，毕竟人家家里有老有小，他不去准备，人家一家子的年该怎么过啊！"

沙冰梅怒斥道："我早和你肖三娃离婚了，希望今后你不要再干涉我的生活，我马上要和冯哥哥入洞房了，请你马上滚出去，像个皮球一样，能滚多远就滚多远。"

肖三娃怕女人生气，只好低三下四地说："我滚，我滚，我马上滚！"

沙冰梅见肖三娃退出去了，便从柜里拿出一套新鲜的被褥，舒舒坦坦地铺在床上，然后将自己脱了个精光，钻进了被窝里，并对冯有良说："冯哥哥马上脱了衣服钻进被窝来，今天是咱们结婚第一天，又是蜜月的第一天，我们终于熬到这一天了，快来享受幸福的夫妻生活吧。"

冯有良略一沉思，说："我前几天算了一卦，算命先生说，结婚的当天晚上，男人必须先洗澡净身，否则将会给女人带来晦气；屋里的灯也要全部关闭，不得有一丝亮光，窗帘也必须拉严实，连月亮的光也必须要遮蔽住。必须遵循算命先生的嘱咐，往后的日子才能越过越好，一家人的身体才会更健康。"

沙冰梅听完冯有良的这番话，不以为然地说："想不到你冯大厂长还有点迷信观念，好，就按算命先生说的办吧！你把灯都关闭，把窗帘拉好，就去洗澡吧。洗完澡，马上钻热被窝，我用自己的身子给你把身体暖干。"

冯有良把沙冰梅卧室的灯都关闭后，来到西房间去找肖三娃。其实，他对沙冰梅说的找算命先生的话纯属子虚乌有，就是在故意拖延时间，寻找脱身的办法。

冯有良来到肖三娃的房间，低声说："我把沙冰梅那屋里的灯都关闭了，我给她说我出来洗完澡再回去，我想这么办，咱们演一台小戏献给沙冰梅，你扮真'宋江'，我扮假'宋江'，咱给她来个偷梁换柱……"

肖三娃心存疑虑地说："我是担心万一被她发现钻进被窝里的不是你而是我，她不更生气吗？她一旦生气，病还能治好吗？为了救她的命，为了彻底治愈她的病，我豁出去了，我不怕吃酸的，我更不怕喝辣的，只要能给她幸福，给她愉悦。说句实话，沙冰梅跟我做一辈子夫妻，真是有点窝囊，好像一朵鲜花插在了牛粪上。所以，为了弥补对她的亏欠，让沙冰梅体验到她所渴望的美好的夫妻生活，我想只有那样做，她才会得到心理平衡；只有她心理平衡了，她的心情才会愉悦，她的病就会不治自愈。"

冯有良听完肖三娃的话，轻轻地在他背后给了他一拳头，骂道："肖三娃你个混账王八蛋，你刚才说的是人话吗？你把我冯有良看成什么人啦？我冯有良是有原则有底线的人。给你说句实话，这辈子我只有两个女人：一个是走了的玉梅，一个就是现在的宏文玲。如今我心里只有宏文玲，除了她，我不会碰任何其他女人，当然也包括沙冰梅。这就是我做人的底线。"

肖三娃听完冯有良发自内心的表白，说："好！好！算我说错了，你大人不记小人过，我诚心向你老人家赔礼道歉。"

冯有良说："都什么时候了，还要贫嘴，咱们说定了，就按我说的办，假'宋江'离开，真'宋江'马上出场。"

和肖三娃策划好之后，冯有良来到沙冰梅黑黢黢的屋里，冯有良说："我洗得非常干净了，稍等，我擦过后晾干就来。"

沙冰梅急不可待地说："你过来，让我给你擦吧。"

冯有良说："我怕冰着你。你最近身体太虚了。"

沙冰梅说："我得病全是因为你，只要天天能见到你，只要能与你朝夕相处，我的病马上就会好的。冯哥哥，说句心里话，这辈子我就相中你了，你就是我追逐的偶像，今生今世我若不能与你结成鸳鸯，我会气死闷死，冯哥哥，我渴望你能快点过来，好好温存温存我。"

冯有良说："稍等片刻。"

此时的肖三娃听到自己的女人当着自己的面，对另一个男人说这些暧昧之极的话，羞恼得恨不得照脸打自己几个响亮的耳光。

此时沙冰梅又一次央求冯有良："冯哥哥快来吧，钻进热被窝吧。"

随着冯有良一声"我来了!"，肖三娃冒充冯有良，立刻钻进了沙冰梅的被窝……

第四十六章

冯有良把肖三娃两口子安顿好之后，趁他们正在激情燃烧之际，悄悄地离开了肖家。此时，他忽然想起正在家中独守空房的宏文玲，恨不得生出双翅，立刻飞回家，好好地陪陪文玲姑娘。

然而，当他回到家中，发现屋里空空如也。他不由一惊，便喊道："文玲！宏文玲你在哪里？我回来陪你了。"

冯大姐听到弟弟的呼唤，立即走了出来，情绪十分低落地对冯有良说："今天上午，文玲的父母骑三轮车来看自己的姑娘，听说你去陪沙冰梅了，竟然把文玲一个人丢在家里独守空房，非常生气，泪水不由夺眶而出，人家不愿让自己家闺女受这样的委屈，就把文玲接走了。"

正在这时，冯老爹拄着拐杖，一瘸一拐地走了进来，他径直来到儿子面前，二话没说，劈头盖脸地打了他几个耳光，然后说："从小爹没动过你一指头，今天我不得不这样做。我不打你，你还一直犯着糊涂，永远清醒不过来。你说！你对得起人家文玲姑娘吗？你已把她娶到咱家了，就不应该与媳妇以外的女人勾扯不断。可你呢？大年二十九晚上去陪一个让文玲失去两腿的女恶人。难怪人家父母把自己的女儿接走，如果是我，我也会这样做的。人家不但骂你，连我也跟着受了人家不少的埋怨，挨了很多骂，说我教子无方。但我不敢还嘴，因为自己的儿子做下了不占理的事，人家骂什么，我只好老老实实地听着。你老子一辈子堂堂正正做人，什么时候受过别人这种窝囊气？如果不是沙冰梅开车把宏文玲的腿撞折了，人家早去长春大医院上班了！沙冰梅还不罢休，还砸坏人家的另一条腿，你说沙冰梅是个什么样的女人？纯粹是个恶魔。她被关进监狱，她得了疯病，这都是罪有应得，这是老天爷对她的惩罚，是她作恶的报应，你却听不得肖三娃几句求情的好话……"

冯大姐劝道："爹，不要说了，说一千道一万，不怪别的，都怨俺弟弟心太软，心太好了。爹，有良是你的儿子，你还不知道他的为人吗？不用说是沙冰梅这样的对他一往情深的女人，就是他的仇人，如果掉进了水里，危在旦夕，他也绝不会袖手旁观的。”冯大姐一边说一边把冯老爹往他自个卧室里推。

冯有良边擦眼泪边给他爹道歉：“爹，孩儿不孝，惹你老人家生气啦！希望你不要生儿的气，一定要保重身体。”

冯大姐扶着老爹，一边往外屋里走一边说：“弟弟，你要记住，心软也是病，也该治一治了。”

然而，还未治掉心软的“病”，冯有良又被新病缠身了。当天晚上，冯有良就开始发低烧，他感到浑身发酸、肌肉疼痛，独自去医院打了几个吊瓶也无济于事。

沙冰梅一天没见冯有良的面，病情又加重了，不仅不吃不喝，嘴里还不停地喊：“冯哥哥，你跑哪里去了？我要见冯哥哥。”

肖三娃万般无奈，只好准备蹬三轮车拉着沙冰梅去见冯有良。他劝道：“姑奶奶，你别闹了，我拉你去见冯有良，还不行吗？”

沙冰梅一听肖三娃说要拉她去见冯有良，高兴得立刻从床上跳了下来，“哈哈”地一阵狂笑，说：“必须见冯哥哥，马上见冯哥哥。”

肖三娃说：“我蹬三轮车，拉姑奶奶去见冯有良。”他心里却恶狠狠地说：“臭娘儿们，等你好了，也把老子折磨死了。”但表面上他是敢怒不敢言。

冯大姐看到肖三娃蹬着三轮车，拉着沙冰梅登门拜访，看了看愁眉苦脸的肖三娃，又瞅了沙冰梅一眼，说：“有良发烧了，会传染人的，请你们务必不要进他屋。”

肖三娃十分理解主人的良苦用心，于是“嗯”了一声，准备向沙冰梅解释一番，然后拉着她离开。然而沙冰梅终究是精神病患者，她没有听出冯家大姐的真实意思，以为冯有良真的病得厉害，顿时急得丢了魂似的，伤心的泪水扑簌簌地落了下来，急切地说：“冯哥哥怎么了？昨天还好好的，今天突然就病倒了，是不是有谁惹他生气啦？我要见冯哥哥，我要伺候冯哥哥，我也不怕他有什么病传上我。我宁愿与他一起死，还怕被他传染上病吗？”

冯大姐明白自己的借口不管用了，便站到门口，强力阻拦沙冰梅进入。沙冰梅杏眼圆睁，冲冯大姐怒目而视，同时大喊道："我要进去看冯哥哥，我要伺候冯哥哥，我看谁敢拦阻我!"一边喊一边伸出双臂，一推一搡，将冯大姐搡出一米多远，而且骂道："滚一边去！谁也别想阻止我见到冯哥哥。"接着，她又冲上一步，抓住冯大姐，将她摔倒在地，然后不管三七二十一，径直闯进了冯有良的房间。

肖三娃赶紧将冯大姐扶起来，充满歉意地说："大姐请多包涵，千万别和这个疯女人一般见识。"

就这样，冯有良生了一个月的病，沙冰梅和肖三娃在冯家又吃又住了一个月。当然，沙冰梅也伺候冯有良。其间冯有良低烧不退，是肖三娃请来安国最著名的老中医给冯有良把病治好了。当时，老中医给冯有良把过脉，说："冯有良这病，是心火太旺引发全身五脏六腑的火旺，由于本身带燥，偶遇风寒，寒火郁结，形成了中医上所说的'伤寒症'，又叫温病。得了温病，光靠输点液是不能根除的，不过不用怕，我开八副中药，只要按时吃了，十天之内就会痊愈。"果然，冯有良按时吃了这八副中药，身体很快就恢复了健康。

沙冰梅由于在冯家待了一个月，她对冯有良的思念之情得到了充分的释放。人只要心态一好，潜藏在心里的疾病就会被驱逐出去。从此，沙冰梅的身体彻底恢复到原来的健康状态了。

肖三娃觉得总不能一辈子在冯有良家稀里糊涂地过日子吧，况且媳妇的病已经痊愈，便谋划起日后的打算了。一天，他私下里对冯有良说："我姑姑在石家庄市卫生局任副局长。前几天，我给姑姑打过电话了，我对她说我想和冰梅去石家庄开个中药材批发部，姑姑欣然同意，并答应帮着办手续。等我做成了，我可以代卖咱安国制药厂的产品，帮助你们制药厂在石家庄扩大销路。"

冯有良听了肖三娃的话，非常高兴，说："你们想干事业，我全力支持，租店面的钱由药厂出。有机会就把店买下来，归你们家所有。如果愿意的话，你们的店干脆就叫安国制药厂驻石家庄办事处，你们可以既经营中药生药也出售成药，这不是一举两得吗?"

肖三娃说："谢谢冯厂长鼎力相助！"

冯有良说："你和沙冰梅在石家庄推销咱们药厂的产品，给咱们安国制药厂扩大销售业务，我应该先代表药厂感谢你。"

肖三娃说："我们是为了一个'革命'目标共同努力。"

第二天，肖三娃的姑姑从石家庄回到安国，找肖三娃、沙冰梅谈在石家庄开药店的事。姑姑的回乡之旅，当然是肖三娃背着沙冰梅有意为之，他担心如果沙冰梅继续在药厂上班，万一旧病死灰复燃，后半生怎么办。

沙冰梅回家招待三娃的姑姑去了，其实这是肖三娃故意将她打发走的，因为他想留下来，帮助冯有良办件好事。他对冯有良说："我们在你家住了一个多月，给你和冯大姐添了不少麻烦，沙冰梅的病也彻底好了，咱们也该把宏文玲接回家来了。"因而，肖三娃让冯有良开车来到宏文玲家接她。

宏文玲父母余怒未息，不同意让女儿回冯家。肖三娃便又双膝跪在宏文玲父母面前，一把鼻涕一把泪地说："宏大叔，宏大婶，俺冯哥是天底下最好最好人。他早就对我说过，除了宏文玲，任何女人都走不到他心里去。"

文玲妈说："别的女人走不到他心里？那他怎么大过年的扔下文玲去陪沙冰梅了，而让文玲独守空房？"

肖三娃说："都怪我该死，拖累冯哥和文玲妹子了。"随后，他详细地解释道："沙冰梅病重期间，我带她去看老中医，老中医说只有有良哥才能治好她的病，所以……"肖三娃把整个过程一五一十地说了一遍。

文玲妈说："听你这样一说，就知道是胡编乱造——老中医知道谁叫冯有良啊？"

肖三娃解释道："老中医是听沙冰梅说的。老中医问她最想谁，她说想冯有良。人家医生看病，自然是要详细地问病史的，尤其是我老婆这种病，更是要把得病的缘由问得清清楚楚，才能决定如何治疗啊。"

宏文玲的母亲指着肖三娃的鼻子，说："一个堂堂的男子汉，管不住自己的老婆。明明她自己有丈夫，却还想着别的男人，占着锅里的吃着碗里的，好像一条满街跑的流浪狗，我劝你马上买一条铁链子，将那个女人拴住。"

本来行动很不方便的宏文玲，听妈妈骂得实在太难听了，便用力摇着轮椅，来到肖三娃面前，一边伸手把还在跪着的肖三娃往起拉一边说："快站起来吧，三娃哥，我理解你，更同情你所处的环境。你赶紧回去吧，不要再在这里听我妈骂了……"

冯有良看到宏文玲的态度很是温和，觉得可以大胆地为自己辩解，于是说："我若不帮肖三娃给沙会计治病，三娃说他妻子的病就好不了，甚至因此而丧命……"

冯有良的话才开了个头儿，宏文玲妈妈便说："为了别人家里的事，把洞房里的媳妇晾在一旁，你就不想想文玲是不是难过?"

冯有良听着丈母娘的指责，也深感心中有愧，于是他也跪了下来，面对宏文玲，道："我错了！我对不起你，文玲。"

宏文玲赶紧又去拉冯有良，说："冯哥你没错，都是因为你太好，太善良，太在乎别人的感受，事事处处为别人着想，这样一来，才导致你身边的女人误以为你爱她，并且她内心萌生一种情，这种情渐渐转化成了心中的爱情，你却还浑然不觉。"

冯有良说："没有没有，你一定是误解我了。"

宏文玲说："流水无情，落花有意，你和沙冰梅不正是如此吗？不然她怎么会日思夜想，从而导致精神分裂呢?"

宏文玲妈妈说："心软是病，该治，必须治。如果你不把心软的病治好，俺姑娘是不会跟你回冯家的。你长得那么帅的一个大男人，事业又成功，以后难免还会被不知多少的女人追，如果每一个都像沙冰梅这样与你纠缠，而你也不忍心看她不好过，尽力去帮她，那你往后的日子可就麻烦事不断了，你就是有孙猴子七十二变的本事，也应付不过来啊……我哪里敢让自己的闺女跟着你!"

"妈，我哪里有那么大的魅力！再说了，现在我与文玲结了婚，天天与她在一起，就是有女人想找我，也没有可乘之机啊！妈，您就放心好了。"

肖三娃说："宏婶，你的话我全听明白了，别难为冯哥了，谁也不容易，他刚发低烧半个多月，输液打针都无济于事，最后吃了老中医开的八副中药才把烧退了。"

文玲妈说：“这事我看怪不得别人，都怪你肖三娃没出息，你的女人得了病，你自己不给她设法去治，还厚颜无耻地请冯有良去治，冯有良的病都是让你家沙冰梅拖累造成的。”

肖三娃说：“大婶请放心，今后俺再也不让冰梅拖累冯哥啦，从明天开始，俺就和沙冰梅搬到石家庄了。”

宏文玲问：“你们搬到石家庄干什么？”

“冯厂长在石家庄租了个门面，作为安国制药厂在石家庄的一个办事处，或者叫销售中心，沙冰梅是销售部总经理，我自然是安国制药厂驻石家庄办事处的副总了。”肖三娃从上衣口袋里摸出两张扑克牌一般大的名片，在宏文玲妈妈面前晃了晃，说：“这不，连名片都准备好了。”

经肖三娃这一白活，宏文玲妈妈才长出了一口气，脸上的阴云仿佛被春风吹过一般，顷刻间现出了灿烂的笑容。

就在这时，沙冰梅开着肖三娃姑姑的轿车来到宏文玲家，一来是和冯有良、宏文玲告别，二来是接肖三娃回家做搬迁的准备工作。

沙冰梅把肖三娃接回去后，冯有良把宏文玲抱上车，二人有说有笑地回冯家去了。

第四十七章

冯良有发达之后，他属下的几家企业已经成为安国市纳税第一大户。那年，他用自己药厂挣的钱，给家乡茂营村修了一条三公里长的柏油马路——从县城到茂营村。路再也不像以前那样难走了，如果村民开着三轮车，在大雨天自县城回茂营村，再也不至于像自己当年，搞得人仰车翻，弄得狼狈不堪了。

之后，冯有良承包了村里五百亩荒滩，成立了安国市中药材种植试验基地，聘请玉梅的那位本家弟弟王玉杰做基地的技术指导员。冯有良拿出五百万元，作为这个基地的启动资金，赔了钱自己撑着，哪个新品种一旦试验成功，便立即向全县农村大力推广。另外，他的制药厂还跟种药的农民签订回收合同，更加鼓舞了全县药农种植药材的积极性。

此外，冯有良又被茂营村的全体党员推选为村支部书记。面对党的重托和全体乡亲的期待，他自觉地对自己的角色进行了一定程度的调整——他觉得，自己不仅是一个药人，更应该是一个带领全体乡亲走向富裕生活，带领村子走向振兴的领头人。在他的感召引领下，全村村民以土地入股，以村里的中药材种植试验基地为样板，成立了安国市第一个中药材种植合作社——他自己任社长，王玉杰任副社长和技术指导员。

此时，安国市政府规划建设一个药博园，作为药都安国的标志性工程，一时找不到合适的地方，听说茂营村的中药材种植合作社建得非常好，便来参观。参观完，市政府当即决定以这个合作社为基础，改造扩建成规模达两千亩的药博园，由市里派干部领导。同时，茂营村药材试验基地与茂营村中药材种植合作社相对独立，仍归村里管理。

一年后，药博园正式挂牌，这是安国第一个药博园，也是当时全国最大的药博园。药博园里，风光旖旎，美不胜收，到了夏天，各种中药的花儿争奇斗艳，姹紫嫣红，并散发出浓郁的花香，吸引了无数游人和中药学者前来游览和参观。安国药博园成为安国市一道亮丽的风景线。

药博园是在茂营村中药材种植合作社的基础上建立的，冯有良以及合作社副社长王玉杰为这个药博园的建成立下了汗马功劳。

冯有良由于县城的企业脱不开身，便委托王玉杰具体管理试验基地和合作社。尽管如此，每到星期天，他都会尽力抽出半天的时间，回到茂营村，旁听技术指导员王玉杰给学种植药材的药农讲课，讲祁州八药的种植技术以及田间管理、病虫害的预防治理等。

有时候，也会在王玉杰的鼓励下，冯有良亲自上台给药农讲课。当了多年的药人，冯有良不断地学习，家里的那部《本草纲目》也已经被他翻烂了。现在，冯有良不仅是一位经营中药材的商人，也差不多是一位具有丰富药学知识的学者了。更让人感到欣喜的是，冯有良的儿子冯志学考上了北京中医药大学。为了让儿子理论联系实际，避免出现眼高手低的情况，每当暑假或五一、国庆等节假日，冯有良都要带着儿子回到茂营，督促他下田辨别中草药，学习如何种植中草药。在自身的努力与父亲的督导下，冯志学毕业时已经是一名具有高深的理论水平和较为丰富的实践经验的中医药学者了。多年后，冯志学成为安国市一代名医，此乃后话，这里按下不表。

王玉杰和冯有良经常给药农们讲关于祁州八药的种植知识：

祁菊花，每年春天谷雨时节插秧种植。先把土壤深耕，施足底肥，如鸡粪等有机肥，有的也施复合肥。一丈宽起一个畦埂，先用井水灌溉一遍，不等土地全干便可插秧，大约行距一尺半，株距一尺左右。这种药物病虫害不多，主要注意防治火龙珠。祁白菊是旱作药材，不宜灌水太多次，其采摘季节大约在农历的九月底十月初。

祁白芷，每年春天清明节后种植。籽种类，土地深耕时施足底肥，一丈宽隆起一个畦埂，然后用井水灌溉一遍，等土壤表面全干，即可下种。可用独角耧播种子，也可人工下种。由于过去种田的机械不发达，有的人怕用独角耧播种太费种子，便人工下种，下种前在畦里用小镐人工挖下五厘米深的一道沟，每道沟的距离一尺左右，人工下籽，然后用锄头将沟里的白芷籽刮平，盖上大约三四厘米蒙头土。为了幼苗容易出土，沟不宜耩得太深，蒙的土不宜太厚，等小苗长出十厘米高，可人工间苗，留单苗，株距在十厘米左右。祁白芷适宜多浇几次水，每年秋天霜降节之前采挖，挖下的白芷晾晒干即可切片，或直接作调料用。

祁紫菀，插秧类，将上一年秋天的紫菀秧储存在地窖，或埋在一米深以下的土里，以防秧苗被冻伤。每年清明节前后点秧种植，土地深耕施足底肥，一丈宽隆起一个畦埂，灌溉后五六天即可种植下秧。行距大约三十厘米，株距十厘米左右，用脚在畦中间画上若干条直线，用铁锨在直线上挖坑，坑深在五到八厘米之间，然后把紫菀二三节芽棒埋在坑里，最后用土埋好即可。采挖时间在霜降节，挖出的紫菀晾几天后可辫起来，挂在墙上或晾衣绳上晾干。其目的是使药材更容易干燥，故当地药农称此药为“小辫”。

祁薏米，种子类植物，土地深耕时施足底肥，用井水灌溉后五六天内即可点籽下种。每畦埂距一丈宽左右，行距一尺宽间隔，株距半尺左右。可用独角耧，也可人工用铁锨挖坑下种，每坑内三四粒种子为宜，深度大约在五厘米。采收时节在白露之后。采下的果实去皮后可药食两用。

祁沙参，又名北沙参，籽种类种植。它的种子第一年采收后，冬天和沙子、水掺和在一起，冷冻起来，第二年谷雨前后播种。播种时，以种子的芽刚刚露出小白点为宜。行距十五厘米左右，株距二三厘米左右，可用独角耧播种，也可用以上种白芷的方法下种。每年秋分节采挖。因为沙参是剥皮类药材，倘若采挖太晚，就不容易剥皮了。剥皮方法：将采下的沙参枝条放在大口锅里用开水煮，煮到沙参皮用手一剥就容易剥下为止。剥完皮的白条参立刻在太阳底下曝晒，以防霉变。晒得又白又干净的北沙参即可切片药用。

祁山药，可种山药豆，也可种山药芽。豆就是第一年山药藤上结下的山药豆，可食用，也可种植。北方人常用山药豆和红小豆熬在一起制作糗豆馅，包豆包食用。一般药农常用第一年从山药棒上掰下的山药芽当种秧，因为用秧种出来的山药，比用豆种出来的又粗又长。每年春季清明节后种植，土地深耕施足底肥，行距在一尺左右，株距在五厘米左右。用镐挖沟，把山药芽埋在沟里，深度五六厘米即可。山药芽长出十厘米后，必须用竹竿或柳条，编成一道道篱笆墙，让山药的藤在篱笆架上缠绕，方可正常生长。采挖季节大约在霜降后。立冬前，挖出的山药棒，粗的搓光条，剩下的，用刀子将山药皮剥去，装在编织袋里，用大石头压起来，压一天一夜，把山药中的水分排出后再晾晒。干了的叫毛山药，也叫毛条，即可切片制药，药厂可投料。

祁荆芥，全草类药材，清明节后播种，因籽粒较小，可用耧播种。土地深耕时施足底肥，然后畦间距一丈远起埂，行距三十厘米左右，株距一二厘米。每年秋季的霜降节前采割，割下的全草可以先把穗剪下单独药用，这就是药典上所说的芥穗。荆芥秸杆可切成段节药用。

祁花粉，清明节后种植，此品种既可下秧种植也可播籽种植。与山药相似，一般种秧长得根茎比较发达，每畦的埂间隔一丈宽，行距一尺左右，株距十五厘米。霜降后采挖，挖出的药棒剥去外皮，晾晒后即可药用，也可切片药用。

第四十八章

一九九一年五月六日国务院批准安国撤县设市，与此同时安国市政府对安国旧城区进行改建。政府在滨河小桥北边建了一座占地几百亩的药都公园，在安国市区和八五村交界处建了一座占地两千多亩的中药材市场，起名东方药城。中心交易大厅坐落在东方药城的中心地段，大厅占地上万平方米，分上下两层：第一层有上千个摊位，经营普通中草药；第二层也有上千个摊位，经营细药和半细药，如冬虫夏草、麝香、人参、西洋参、石斛、天麻等。中心交易大厅对面是药王大厦。药王邳彤的塑像就坐落在大厦前，塑像高五米，重三吨，据说由全铜塑成，是由香港药商张宝珂捐赠，由中国航天部铸造。药王大厦里边是中成药展销中心，冯有良药厂的展厅当然也位列其中……

有一年夏天，北京市医药药材公司的肖文化副经理来到安国制药厂洽谈业务。谈完业务，冯有良带客人到药博园玩，一进大门，客人便被大石墙上书法大师镌刻的安国当代诗人李强写的“祁州八药诗”所吸引。

祁薏米

太液瑶池养仙姝，丹心久教贮冰壶。
若非王母盘中药，定是骊龙颔下珠。
玉食早知天下少，金莼先奉帝都无。
倩人拾取花间露，雪乳烹香共一炉。

祁白芷

荒野萧疏掩行藏，攒花袖带一痕霜。
清癯爱看风前影，葳蕤难遮叶底香。
怯病活络驱病灶，性温口苦禅人伤。

更将南岭春回信，塞满先生小药囊。

祁紫菀

谪居仙种远帝畿，怕因春秽客来稀。
根垂秀发矜新辫，叶衬夕阳浣紫衣。
偶学餐英堪不老，时亲玉泽也疗饥。
移来可共东篱菊，霜叶微风动翠旂。

祁白菊

僻地萝门未厌贫，竹篱茅舍暂栖身。
何妨瘦骨常眠月，未必芳华久负春。
淡影近闻新裛露，疏枝且喜不沾尘。
频传人以花济世，此是花中济世人。

祁沙参

浦薭丛生野径深，鹿台仙迹更难寻。
可堪洞府回春药，得以侯门救命参。
每履汤锅甘浸骨，怕闻民产拟刳心。
何心物外求知己，且共清吟佐酒斟。

祁山药

隐在琼崖最底层，纤枝常御暑炎蒸。
嶙峋未堕乘风志，辗转犹存向上藤。
嘉种已传河右壤，清心自贮玉壶冰。
须知济世囊中药，赈饿能当米一升。

祁荆芥

篱畔携锄和一畦，移来栽向驿桥西。

待伤紫蕊沾春袖，更惜清香染碧泥。
阆苑芳名传药圃，杏林遗爱赖名医。
谁言高品输桃李，看取荆花月下蹊。

祁花粉

疏离莎草隐芊芊，不入红尘若许年。
为了虔心朝碧落，始甘孤寂饮黄泉。
几经烹煮同谁苦，一度研磨佐御筵。
委地依人非本性，平生禅我是痴缠。

北京客人读完这些诗，感触颇多，一边用相机拍下收藏，一边赞不绝口："好诗！好诗！"

从药博园正门沿绿茵小径向前走去，只见一片波光潋滟的湖水呈现在眼前。湖两岸的垂柳倒映水中，湖畔有供游人乘划的小船。孩子们乘船嬉戏玩耍时，湖水中五颜六色的金鱼也想跃上小舟和孩子们一块玩耍。冯有良留诗为证：

西风飒飒天蔚蓝，博陵墨客游药园。
池潭金鱼跃三尺，纷纷跳上游客船。
马鞭薰衣草吐芳，浓郁馥馨沁心田。
宾主相机争景地，拍下友谊传万年。

冯有良陪客人来到园中心的一个游人休闲厅，厅正门两边的墙上，有安国书法家用楷书写的几位安国诗人的诗。其中有郭振山老师写的七律：

薰衣草紫马鞭黄，秋色正浓果正香。
潋滟清波留倩影，晴和日丽映湖光。
连绵碧草接天远，掠面金风入梦凉。

主客同欢心共悦，敲盘草就韵入行。

更有安国市著名诗人吴建永的几首古风诗：

（一）

旌旗猎猎战狼烟，武帝封侯在此间。
万载风云曾蔽日，家国颐治邑长安。

（二）

唐朝盛世一金瓯，灵地云深九世秋。
香透春霄皆药味，无极治所在祁州。

（三）

州县从来治不同，民国始正古城名。
山西自有原祁县，复改安国盛世隆。

（四）

药苑新开药圃香，药都焕彩聚八方。
层楼更上安国市，踵事增华业未央。

北京客人用相机边拍照边赞道：“安国这块风水宝地，不仅盛产地道的中药材，还有崭露头角的诗人，以及他们写的美好诗篇！”

尾　　声

已经成为安国首富的冯有良，心中却一直想着一件事，惦记着一个人，有时睡到半夜，会突然惊醒，口中念叨着她的名字——这个人就是他走上药人道路第一步时，送给他二百元路费和几包中华烟的小红。他深深地明白，如果没有当年小红的帮助，自己不可能做成第一笔生意，也不可能有今天的成就。随着岁月的流逝，年龄的增长，他对她的思念越来越深了——人嘛，总是年岁越大越怀旧，这是再正常不过的。

小红被抓走后，冯有良尽管去了一趟看守所，却没能够见到面，后来，因为生意上的事特别繁杂，便再也没有去看过她，也不知道她后来怎么样了。不过用安眠药毒死了公安局的詹局长，还能有好结果？肯定会被判刑的，是无期还是死刑？她仍然在服刑还是已经成了命丧外乡的孤魂野鬼？这个问题一天比一天痛苦地折磨着冯有良。

终于，冯有良决定再去一趟四平，打听一下小红到底怎么样了。然而，由于单位太忙，自己作为董事长，实在脱不开身，他只好委托自己的助理和公司的法律顾问前去跑一趟了。

“小刘，你跑一趟东北，吉林四平，给我打听一个人，查清她的下落。你带上公司的法律顾问一起去，查清了立即向我汇报。”一边说，冯有良一边从抽屉里拿出一沓钱，交给小刘，嘱咐道：“不要怕花钱，去了四平，多找一找关系，该请人吃饭就请一请，该给人买些礼品尽管买，只要能将事办妥就行。明天你们就出发，我在家静等你们的消息。”

一周后，小刘打回了电话，告诉冯有良，小红开始被判了死缓，后来改为无期，目前在长春监狱服刑。

冯有良问：“见到她本人了吗?”

小刘说：“见到了。”

“那她情况怎么样？身体还好吧？”

“身体倒是还好，就是情绪非常低落。您想啊，无期徒刑，一辈子就在监狱度过了，情绪还能好到哪里。”

“哦，你让咱们的法律顾问张律师接一下电话！”

……

听了冯董事长的嘱托，张律师有些为难地答道：“这事不是那么容易办的，我与刘助理回到安国后，向您详细汇报完情况，咱们再慢慢商议吧。”

冯有良停顿了片刻，只好说：“那好吧，你们先回来，只要人还活着就有希望，回来后，咱们再慢慢想办法。”

回到安国三天后，张律师就奉命去了北京，他是政法大学法律专业毕业的，自然有很多同学在司法部门工作。他从北京一个律师事务所请到了一位著名律师，帮着小红打官司。

半年后，官司终于打赢，小红为詹局长服安眠药致其死亡，并非故意杀人，所以原判量刑过重，改判有期徒刑十二年。因为自从小红被控制算起已经十三年了，早已过了应服的刑期，法庭宣布对小红当庭释放。

小红从法院出来，在门口再次见到前来接她的刘助理，感动得无法自控，不由跪在了他面前，向他叩头表示感谢。小刘赶紧将她扶起来，说：“可不要这样，不敢当！”

小红说：“我与您非亲非故，您却如此帮我，我无论怎样向您致谢都是应该的。为了把我救出来，几个月来，您一次次从几千里之外的安国跑到四平来，又去北京请著名律师为我辩护，不知跑了多少路，花了多少钱呢，我此生如何回报呢？……”

小刘有些不好意思地说：“帮你的不是我，而是另有其人。你不用感谢我，我是奉他之命前来帮你的。”

“那……那这个人是谁呢？您赶紧告诉我，我好向他表示谢意。”

“他是我们的董事长。不过，他说你不必向他致谢。他还说，应该他向你致谢才对。”小刘说。

“他向我致谢？人家是董事长，我帮过人家什么，人家要向我致谢？这十几年，我是在监狱里度过的，我也不可能去帮别人什么啊!”小红感到非常困惑。

“想一想，您入狱以前，在四平帮过谁?”小刘笑着说。

“入狱以前，入狱以前我只是……我不记得帮过谁，我也没有能力去帮别人。”小红说，她越发感觉莫名其妙了。

“我们董事长说，尽管您的地位不高，但您是一个非常善良的人——您帮了人，却丝毫不记在心里，甚至忘了个一干二净，恰好证明了他对您的评价是恰如其分的。”小刘说。

听了小刘的话，小红更感觉云里雾里了，待了片刻，她非常肯定地说：“你们一定是认错人了！但不管怎么说，我是非常感激你们的，非常感激你们的董事长，既然你们帮了我，那你无论如何都要带我去见他一下。我必须向他表示谢意。”

“他说暂时不必相见了，来日方长。以后有机会，他会去看望您，并向您当面致谢的。他怕现在您见到他后，不好意思接受他的帮助。”说到这里，小刘话锋一转，突然问道：“小红女士，您现在重获自由了，打算干什么工作呢?”

“我……我在监狱里待了十几年，对社会已经非常陌生，我还没有想好可以干什么呢? 我……”

没等小红把话说完，小刘问道：“听我们董事长说，您曾经说过想开办一个幼儿园。有没有这回事?”

小红惊得张大了嘴巴，她愣了片刻，说：“你们董事长是谁，他怎么知道我? ……他……”

这时，小刘从衣兜里掏出一张银行卡，交到小红手里，说：“这是我们董事长让我交给您的，请您务必收下。具体里面有多少钱，我也不清楚，但我们董事长说了，应该足够您开一个幼儿园的。好了，我们也该回去了，这几天一直在四平，公司里还有很多事待我回去做呢，这银行卡的密码是……请一定记好了，可千万不要随便告诉别人!”说完，他就向停在不远处的轿车走去，准备上车。

“刘先生，请您稍等！为了帮助我，耽误了您的工作，真的太不好意思了，另外，这张银行卡，我连谁给的都不知道，我实在不能收，您说是不是这个理？这样，您告诉我你们董事长是谁，我才能收下。如何？”小红说。

小刘有些为难，回答道：“小红女士，您说的不是没有道理，毫无来由地接受别人巨款相赠，任何一个具备正常认知的人都不会坦然接受的，也不敢接受。可是，我们董事长一再叮嘱我交给您，他说这是他资助您开办幼儿园的，这是对您当年帮助他的回报，我当助理的，只好无条件地执行了。这样吧，您就把我们董事长的这番心意转到对孩子们的爱上来，不就好了吗？”

“年轻的时候，我是有这个理想。我喜欢孩子的纯真，开办一个幼儿园，整天与一群率真可爱、无忧无虑的小天使在一起，我觉得自己才能生活在一个纯净的世界里。唉，一晃多少年过去了，我真的想不到，我的理想还能够实现……”小红又看了看手里的银行卡，接着说：“不过，接受一个素昧平生的人的巨款相赠，我真的无法做到心安理得，我起码要知道这个人是谁吧，哪怕见上一面，知道他长什么样呢，以后我好去偿还这笔款项……”

小刘沉吟一番，笑着说：“果真如您所言，只要能见上一面，您就将银行卡收下了？”

“我觉得这是最起码的吧，人都没见过，就收人家的钱，无论如何都说不过去吧。您说呢？”小红说。

小刘笑了笑，说：“那好吧，我就斗胆违反一次命令，让您见一见赠您钱的人是谁，就是不知道你是否还认识——毕竟过去十几年了。”

“那好的，你们董事长在哪里？您现在就带我去见他吧。”小红急切地说。

“远在天边，近在眼前。他就在不远处看着你呢。”小刘说。

“他在哪里？”小红转着圈地四处观望。

“我说过，十几年过去了，不一定能认得出来了。要知道，人到中年，变化都是很大的，就是对面相逢，也可能已经无法相认了。”小刘一边说一边向大约一百米开外的一个人指了指。

小红顺着小刘所指的方向望去，只见一位身材颀长、容貌消瘦的中年人，站在一辆崭新的黑色奥迪车边，正在凝神向自己看来。小红觉得这人的确有些眼熟，可一时之间无法断定是谁——况且相隔一百来米。于是，她迈开步子，向这位中年人走去……越来越近了，小红也觉得这个中年男人越来越面熟了，突然，一个画面猛地出现在她的面前——十几年前，在四平，她将一个高挑清瘦的旅客接到了自己所在的店里，然后……顿时，她想喊，却完全不记得他叫什么名字了，况且，此时自己的嗓子突然发干，根本喊不出来。她不由伸出双手，捂住了嘴巴，一边凝视着他，一边向他跑过来，她真的想不到，十几年过去了，现在还能与他相见……

突然，这位中年人意识到小红注意到了自己，并向自己跑了过来，于是，他一边看着她，一边倒退着走到自己的车跟前，然后转过身，打开车门，上了车，随后，中年人打着了火，轿车缓缓启动了。

就在轿车驶离的那一刻，车窗摇开了，中年人又看了她一眼，并伸出一只手，向她轻轻挥了挥，轿车便突然加速了，迅速驶离了法院前的广场。只有路上枯黄的落叶，被轿车行驶时形成的风带动着，追随着轿车，迅疾向前飘动着，好像对轿车的离去有千万种不舍。轿车远去了，它们再也追赶不上，才无奈地放慢了步子，最后，轿车从它们的眼前消失，这些伤心欲绝的树叶才缓缓地停止了追赶的脚步，静静地停留在地面上，在秋风的吹拂下瑟瑟发抖，好像伤心的女孩因为恋人的远去而饮泣。

故乡的小河

仇福仁学习成绩一直很好，从小学到高中是本校甚至本县同年级的尖子生，高考时以优异成绩被一所名牌大学录取。现在已上大四了，眼看再过几个月就领毕业证书了，家中不幸降临——本来能下地劳动又能洗衣做饭的母亲，忽然得了脑血栓，躺在病床上。

当年父亲遵守国家计划生育政策，只生仇福仁一根独苗。如今母亲得病，父亲一边伺候着病床上的母亲，一边下地劳动。从家里到地里随父亲转的没有别人，只有他劳碌的身影。仇福仁回家一来是看望母亲，二来是跟父亲商量一下自己想辍学的事。他想帮父亲下地干农活，给父亲腾出时间专门伺候母亲，但父亲坚决不答应："如果现在退学，连个毕业证都拿不到，岂不前功尽弃了。"他觉得父亲说的也有道理，抱歉地说："那就劳爹再辛苦几个月，等我领到毕业证书，再回家帮爹。"

俗话说，"祸不单行"。仇福仁从家返校没几天忽然接到叔叔电话，说他爹出车祸了。他问叔叔："爹伤势怎样?"叔叔说："医院做 CT 检查，没有内伤，只是一条腿被一辆豪华轿车撞伤了，医生说伤腿恐怕保不住。"从此仇福仁离开学校回到家一直伺候父母，彻底肄业了。父亲的右腿截了肢，靠一条左腿和两根木拐杖，变成了三条"腿"走路的人。他觉得自己再也无法下地干农活，愁得老泪纵横。当娘的也心疼儿子——儿子不能像其他孩子一样上学读书，还得伺候着两个病残人，枕头时常被她的泪水浸湿。当儿子的也恨自己没挣到钱给父母治病，更觉得对不起一把屎一把尿将自己拉扯到大并用微薄的经济收入供养自己读书多年的爹娘。

一天，仇福仁忽然问他爹一个问题："爹，我的名字是谁起的，为什么叫仇福仁？我究竟哪个地方有福?"他爹答："你爷爷是个知书达礼的人，是他老人家给你起的名字，记得当年你刚出生后不过半个月，你爷爷欢喜得合不上嘴，非给大孙子起个大名，记得他说'仇'发'求'的音，求他家的大孙子是个有福之人、仁义之人。"仇福仁说："我的福在哪？老天连个念完大学的机会都不给，本想大学毕业挣了钱报答父母养育之恩，可惜我现在两手空空回家，别说给二老看病的钱没有，就连给爹娘买口好吃的钱也没有——真是穷得冒烟。我想把名字改了。"爹问："叫什么?"他说："叫仇富人。"爹问："为什么？"他说："因为那个开豪车的富贵人把你撞成残疾人，不仅不给点慰济，连句人话都不说一句就逃之夭夭了，这叫人吗？所以我恨那些高高在上的富人，是那个人毁了我的家，是他毁了我美好的前程。"从此在他心中播下了一颗仇富的种子，他要想方设法找到那个开豪车的人，他要报复他，让他加倍偿还他欠下仇家的这笔血债。可惜的是当时爹没记下车牌号，只记得傍晚自己骑自行车路过小桥时，被一辆又黑又长的豪车撞倒，当时车上下来一个五十岁左右的男人想送他去医院，这时又从车上下来一个花枝招展的女人拦住男人不让。他隐隐约约看见奔驰的标志。

仇福仁在日记中写道：×年×月×日傍晚发生一起车祸，受害者不是别人，正是仇为农——仇福仁的爹。当时傍晚没有其他路人，黑心司机和一个女人逃跑了，从此我天天在小桥上巡查三遍，一旦发现黑色奔驰车，我一定……

夏日的早晨，冀中平原的太阳显得格外殷勤，不到五点就从遥远的地平线上升起来了，像个大红气球悬挂在中阳村小河岸边的白杨树上。小河的水为了拥抱太阳，汩汩地向东流淌着。河槽两边的狗尾草，叶是那么的茂密那么的青翠，在霞光的照映下更显得郁郁葱葱。此时的狗尾巴草上已长出半尺长的狗尾巴花，花儿一团团一簇簇在晨风中摆动，借着朝阳把整条小河染得红彤彤的，青蛙躲在花丛中呱呱乱叫，小鸟站在岸边的白杨树上叽叽喳喳，勤劳的庄稼人带上农具迎着朝阳，听着鸟鸣，呼吸着清新的空气，顺着河边的林荫小路向田间走去。

人们过小桥时，看见一辆黑色豪华轿车停在桥上，两个中年人——一男一女在用豪华相机采拍。这一男一女是夫妻，男的是刘忠信，他是中阳村赫赫有名的第一富人，他从小失去父母，一直跟着爷爷奶奶长大。刘忠信学习成绩出类拔萃，数学竞赛三次全专区第一名，高中毕业后考入南开大学，大学毕业去深圳开了个化工厂，生产洗洁精、洗衣液之类，产品销遍全国，办厂三十多年来固定资产已达十几亿元。刘忠信专心为事业奔波劳碌，爷爷、奶奶去世时回过两次家，之后已有十年没有回家了。这次回家是去天津参加产品博览会，路过村口为过世的爹娘及爷爷奶奶上坟祭拜一下。虽然村里没有近嫡的亲人，但是看看村里的父老乡亲，与老同学聚一聚，贴近一下生他养他的故土，再看一看在流金岁月里陪伴他长大的那条故乡的小河，也倍感温暖。每当他来到这条小河边，望着徐徐东流的河水，听着欢快悦耳的水声，便浮想起少年时光——放学后背上小筐和同学仇为农去砍猪草，夏天在白杨树下摸知了、逮蝈蝈、捉青蛙。记忆中最难忘的是他九岁那年学游泳，仇为农在只有一米深的河边游，自己不小心游到河中心，仇为农发现他在深水中挣扎，一会儿水没了他的胳膊，一会儿水又淹没了他的头发，就在千钧一发之际，仇为农大喊："救人呀!"听到喊叫声的仇为农的爷爷，忙跳进深水中将他揽上岸边——如今仇为农的爷爷已过世，但救命之恩他时时铭刻在心。

让刘忠信难以预料的是正当他和爱人在小桥上兴致勃勃地采拍时，差点出了人命。忽然闯来一个毛手毛脚的小伙子。小伙子一来就火冒三丈，愣说刘忠信是去年在桥上撞伤老爹的逃逸司机。他冲上去劈手夺过刘忠信的相机，见刘忠信无动于衷，他更觉得此人不反抗一定是心虚，百分之百他就是伤害父亲的凶手，想到这他一边骂着一边抡起双手左右开弓，打了刘忠信几个耳光。此时，刘忠信的女人忙喊在轿车里睡觉的两个小伙子："快来呀，刘总遭歹徒袭击啦!"两个小伙子从车里下来，其中一人竭尽全力，猛地一蹬将仇福仁踢出两三米远，掉进了河里。（因为桥是民国时期修的砖桥，桥围栏只砌几层砖，当桥上人受冲击过大时，这几层老朽砖是根本无法阻拦的。）刘忠信对两个手下人骂道："谁让你两个小兔崽子下此狠手？他不是歹徒，看样子他有冤情。"就在这一瞬间，眼看落水的仇福仁挣扎不动，将要沉入水底，刘忠信说："他不会游泳!"他飞速找到车上备胎套在身上，猛地扑到河里，将奄奄一息的仇福仁拖上岸边。刘忠信一边将仇福仁肚子中的水用手压挤排出，一边给他做人工呼吸。经过十几分钟的抢救，仇福仁终于醒来。

刘忠信为惩罚刚刚踢人的两个青年人，命他们轮班背着溺水的仇福仁送他回仇家。当仇为农拄着双拐出来迎接时，刘忠信猛跨几步上去，紧紧和陪伴自己度过童年的小兄弟拥抱在一起，刘忠信的泪水簌簌地落在仇为农的肩膀上，仇为农也禁不住地两行热泪浸湿了刘忠信的衣领。刘忠信的泪水不仅仅是因久别重逢的激动，也不仅仅是发现老同学失去了一条腿，而是看到仇为农的老房子还是那座三四十年代的“老古董”，围墙下面的砖已碱得凹凸不平，再看仇为农的衣服——一身七八十年代的中山服，补得里三层外三层，他对故乡父老兄弟还过着贫寒、薄凉的日子而感到惊讶。

两人热情拥抱后，仇为农对仇福仁说：“你真是有眼不识泰山，你的救命恩人不是别人，正是我常给你提起的刘忠信叔叔，他是企业家，也是咱中阳村的首富，你刘叔已离家三十多年了，最近一次回家也是十多年前了，你怎误判他……真是个傻孩子。”刘忠信哈哈一笑说：“不打不相识嘛！”接下来仇为农让仇福仁当场给刘忠信道了歉，刘忠信吩咐两个小伙子给仇福仁道了歉。刘忠信和仇为农眼看着三个年轻人握手言和，脸上露出真挚的笑容。仇为农吩咐儿子去给客人们烧开水，刘忠信问：“大嫂呢?”仇为农答：“去年得了脑血栓，现在还躺在床上。”刘忠信说：“带我去看看。”当刘忠信来到房间时，仇妈妈眼含热泪说：“他刘叔呀，你这个仇娃命苦呀，还差几个月就拿到大学毕业证书了，就因家中……”仇福仁妈妈把去年仇福仁辍学的前因后果给刘忠信陈述一遍，最后恳求刘忠信把儿子带到南方。“他刘叔想法把他带走吧，要是在家混几年，媳妇都娶不来，变成老男人了。”刘忠信问：“为什么?”她说：“还不是穷困造的祸。咱中阳这个小村眼下就有几十个三十多岁的小伙子打着光棍，我可不愿看到我的儿子也加入他们的队列，求求你救救这苦命的孩子吧!”她一边说一边去拉刘忠信的手，激动的泪水纷纷地洒在刘忠信的手上。刘忠信感到这个女人流的泪是那么涩、那么酸、那么苦！这时刘忠信从口袋里掏出手帕，一边给女人擦眼泪一边说：“我们公司正缺乏像仇福仁这样有知识的人才。只是我带他走了，你们老两口的日子怎么过。让我想一想，明天回答你好吗?”说完他从口袋里掏出一张银行卡放在仇福仁妈妈的病床前：“嫂子你先治病，你的身体健康了，孩子才能专心去干其他的事，卡里有五十万，先拿去治病吧，孩子的事我一定想办法。”女人激动地眼含热泪说：“他刘叔这么大的恩情让我们如何报答。”刘忠信说：“我的钱不要还，若不够了再续，放心去治病吧!”这时仇福仁给刘忠信递上一杯热茶。仇为农对儿子说：“孩子，叔叔给咱的钱，你先拿去给娘看病，等你挣了钱一定还刘叔叔。”

仇福仁说："谢谢刘叔叔，叔叔的大恩大德晚辈将终生难忘。"

快中午了，仇为农对刘忠信说："今天你想吃什么农家饭?"刘忠信说："锅贴玉米饼子、干粉菜，用柴火做得更好。"仇为农说："咱家电器都没用过，一直是老祖宗传下来的，风箱吹灶，柴草当燃料。"仇家父子二人合作，一个拉风箱烧火，一个锅贴饼子。忙活了一个小时，一个个黄澄澄、香喷喷的饼子做熟了，干粉菜炖萝卜条也好了。刘忠信看见这桌饭早已垂涎三尺，说："嘿嘿，我已三十年没有吃过了。"一边说一边拿起个大饼子咬了一口，感到又脆又香。他刚想咬第二口却被女人夺去，一下掼在餐桌上，接着女人咕喽呱啦地说了些什么。仇家父子一句也听不懂，可刘忠信听得真真切切："那瘸大汉，黑不溜秋的大手不知洗没洗，就玩玉米面球球，再加上灶膛里冒出的灰尘一直往锅里飞，恶心死了……"刘忠信问："不吃这饭，你们吃什么?"女人说："我和两个小伙去县城吃。"刘忠信说："去吧，今晚我不回县城了，我要和同学们聚一聚，见见父老乡亲。"女人一撇嘴一瞪眼说："讨厌!和几个穷棒子有什么好玩的。"边说边离开中阳村，开车去了县城。

经刘忠信和仇为农商量，晚上把几个老同学都召集到仇家来次大聚会。仇为农和儿子忙忙活活做了一桌菜，因是夏季，各种菜都齐全——土豆丝炒尖椒、西红柿炒鸡蛋、大蒜茄子泥、干煸豆角等十几个菜，还算丰盛，可惜菜都是素的没有一点肉。可能是仇家一年一年的没吃肉的习惯，今天自然地忘记了买肉。仇福仁到村东小卖部买了一箱廉价白酒。

客人们到齐后，仇福仁把桌上的空杯都斟满后说："我是晚辈，我首先敬刘忠信叔叔一杯酒，为远道而来的刘叔叔接风洗尘。"接着又给刘忠信斟满一杯酒，把自己的杯同时倒满，举起杯说："叔叔伯伯们，我代表晚辈敬各位长辈一杯酒。"敬完两杯酒，仇福仁以烧开水为理由退出宴席。这时刘忠信举起杯说："我离开家三十多年了，与同学们相聚机会很少，我首先自罚一杯，然后和同学们共干三杯!"接下来同学们推杯换盏，你敬我我敬你，不到一个小时七八瓶酒已下肚。这时有个绰号叫"王快嘴"的同学已喝高了，"呜呜"地哭起来，刘忠信问他为什么哭，他说："我两个儿子都三十多岁了，因为在县城买不起房和车，娶不上媳妇，为赚钱快，去山西井下挖煤，今天听村里有人说，阳泉有个煤矿塌方了，井下的矿工吉凶未卜，不知有没有我儿子，如果……留一个也行，如果两个都……我王家不就断子绝孙了!”听到王快嘴的哭诉，同学们个个哑口无言，刚刚的热闹非凡一下变得寂寞冷清。接下来刘忠信的几句话驱散了雾霾和冰霜：“嘿！这些年我光顾在南方干事业，误认为故乡也早有起色，真没想到还是原来的老样子，真抱歉，我来得太迟了!”此时他把同学们的酒杯都斟满，一边举起杯一边胸有成竹地说：“同学们，我邀大伙同举一杯酒，在举杯之前我刘忠信有几句掏心窝子的话要说，同学们做证，我刘忠信向苍天发誓，三年内让咱中阳村来个翻天覆地的大变样。”这时仇福仁端壶热茶一边倒着一边说：“王伯伯放心吧，你家的我两个哥哥都回来了，刚才我去小卖部买茶叶正好遇见他们了。”王快嘴说：“你小崽子的情报真及时，把压在我心中的大石头给推开了。”刘忠信问：“同学们，咱村谁当书记和村主任?”仇为农答：“村主任病故了，村支书还是徐进科，已七十多岁了，想退没人接班，村委会懒懒散散就像瘫痪一样。”刘忠信说：“我有个想法想让同学们预知一下，我想在咱村建一座中药材加工厂，占地三百亩，需用工人三千名，先把咱村通县城的路修成柏油路，把旧桥翻修一下达到现代设计标准，我想给老徐书记推荐仇福仁任村委主任，带领大家开展修桥铺路、建厂的各项工作。”同学们听了刘忠信同学的一揽子计划，非常激动，异口同声地说：“坚决支持。”

第二天，刘忠信带同学们向老徐支书汇报了这个计划。老支书听了非常高兴，说：“咱中阳村有刘忠信这样慷慨、爱家的投资人，有仇富仁这样高水平的大学生带领中阳村脱贫致富，我一百个赞同、一千个支持。”

任何事情都不是一帆风顺的。在回深圳的路上，刘忠信满怀豪情地对女人说：“我想在三年内帮助中阳村摘掉贫困的帽子，计划先修桥铺路，然后建中药材加工厂。”女人问：“那得投进多少钱?”刘忠信说：“估计三个亿够了吧!”女人惊讶地说：“你真是个败家子，咱家老底才十几个数，你就拿出百分之三十的资金往外扔，我坚决反对……”刘忠信顿感阻力巨大——得好好做做女人的工作。“我想不到老家人生活还这么贫困，中阳村三千口人就有三十多个后生还单身，打着光棍，他们在县城买不起房，买不起车，就没有姑娘嫁给他们。”女人反驳道：“觉得你现在手里有几个子了就发起烧啦？别忘了当初是我爸的钱给你垫的底，可不记得你曾花过你村里那些穷棒子一分钱。”刘忠信说：“咱们自己发展起来了，人活着不能光为自己，要帮助别人……”女人没等丈夫把话说完就斩钉截铁地说：“要学雷锋你去学，我坚决不。如果你非要一意孤行的话，别怪我不客气。”刘忠信听到女人的威胁，虽没反应，但已感觉到要实现这个扶贫项目工程，可能要过五关：一是争论关；二是怄气关；三是分家关；四是公司停业关；五是离婚关。刘忠信从小就是一个不会让别人左右之人，骨子里就是一个不服输的人，既然主意已定，不管前进的道路上有多少艰难险阻，他都会义无反顾，勇往直前……

光阴荏苒，一晃三年过去，中阳村已发生了天翻地覆的变化。中阳村被县政府授予“模范美丽乡村”荣誉称号，仇福仁被县政府授予“全县劳动模范”和“优秀村主任”两项荣誉称号。在颁奖大会上，仇福仁面对台下的观众讲了一段获奖感言：“中阳村能有今天的大起色、大变样，每一个劳动者都要永远记住一个人——他叫刘忠信，如果没有刘忠信的巨资支持，就没有中阳村的今天……今天县政府授予刘总‘无私奉献’奖章一枚，可惜刘总没有亲自来受奖。我给刘总打电话邀请时，他的儿子在电话里说刘总在北京的医院做化疗，我问他刘总得的什么病，他儿子哭哭啼啼地说是肝癌晚期。”说到这，仇福仁满眼的热泪不禁夺眶而出。

颁奖回家的当天晚上，仇福仁辗转反侧、彻夜未眠，写了一首散文诗，名叫《故乡的小河》：

自从在故乡小河边遇见您，
您在我的记忆里永远也难忘记。
不远千里与您邂逅，
是您改变了我人生的轨迹。
是您将一只溺水的丑小鸭救起，并给他做人工呼吸，
是您用炽热的身躯，给丑小鸭烤干了湿漉漉的羽毛，

是您给丑小鸭插上翅膀，像雄鹰一样在蓝天下展翅翱翔。

是您资助老爸安上一条假肢，让他从此丢掉拐杖，蹒跚自立，

是您把我病恹恹的老妈从床上扶起，让她从此恢复了生活的能力。

自从在故乡小河边遇见您，

中阳村的父老乡亲从未忘记，

是谁把一条千百年来老祖宗走过的既坎坷又泥泞的偏僻小路，铺成一条宽阔平坦的柏油大路，中阳人们沿着这条路把农产品运到城里，再把城里的商品运送到家家户户；

是谁在中阳村东的三百亩沙荒地上建起了座座厂房，给中阳村及在这片土地上长大的知识青年创建了一个展示的平台，使他们“海阔任鱼跃，天高任鸟飞”；

是谁把中阳河上的百年危桥拆除，翻修成一座具有现代化标准的水泥钢梁大桥，每天清晨引来多少游人在桥上采拍，每天清晨又引来多少只小鸟在桥边的白杨树上欢蹦鸣吟。

自从在故乡小河边遇见了您，

中阳村的三十个 80 后从未忘记，

是谁让他们三年内在县城买了房买了轿车，

又是谁给他们引来三十个妙龄姑娘，让他们在中阳村的百姓大舞台上举行集体婚礼。

自从在故乡小河边遇见您，

您的光辉形象在中阳村的父老乡亲心中从此树立。

刘忠信——刘总呀！你在哪里？我和中阳村的父老乡亲一起呼唤您。

刘总您在哪里？我们对着大地喊，大地在呼唤。

刘总您在哪里？我们对着苍天喊，苍天在呼唤。

刘总您在哪里？我站在故乡的小河边在呼喊，小河在呼唤。

刘总呀，您在哪里？故乡的父老乡亲日日夜夜在思念您！

想入非非

一

刘单传老汉祖祖辈辈都是单传，无论哪辈人生个十胎八胎都只有一个男孩。刘单传的儿媳妇怀孕后第一胎就生了三个丫头片子，可把刘单传给气得够呛，还没等儿媳妇休整个三年两载，就一边给儿子吃补肾药，一边催儿子马上要二胎。儿子倒真听话，没等三个丫头过两岁，就又让老婆怀上了，年底儿就给刘家生了个八斤八两的胖小子。

刘单传眉开眼笑，忙给大胖孙子起名叫刘专心，意思是专心读书，将来上清华上北大，将来有出息，不种一辈子地。可刘专心并不像爷爷希望的那么专心。刘专心三岁刚会走路时，中秋节刘单传买回月饼忙给大胖孙子一块。刘专心啃了一口，见邻居小孩拿着馒头吃，他觉得月饼并不如馒头好吃，非要爷爷给人家换着吃；刚吃馒头又看见邻居家另一个小孩拿个玉米面饼子啃得津津有味，他又觉得馒头没有饼子好吃，于是又让爷爷用馒头换来人家的饼子吃；可咬一口饼子觉得酸溜溜、粗粒粒的玉米皮拉嗓子，气得他头顶上直冒火星子，立刻把饼子甩出八丈远："去你姥姥的吧!"这时候街上正好过来一个卖冰糖葫芦的，他又觉得挺好吃的，就让爷爷给他买了，可那冰糖葫芦一到嘴里酸得他瑟瑟发抖，觉得还不如月饼好吃，于是又用冰糖葫芦换回来爷爷的月饼。刘单传无可奈何地摇摇头，对儿子说："给你的宝贝儿子起名起错了，不应该叫刘专心，应该叫刘三心。"从此刘专心就改叫刘三心了。

二

时光荏苒，一晃刘三心读高中啦，小伙子已有了近似成年的头脑，便开始想入非非了。他暗笑那些认真刻苦学习的同学都是傻瓜，都是大笨蛋，为考大学累得头晕目眩，甚至有的把眼都累坏了，配上了近视镜，有的同学在课堂上没学会的东西，还花钱补课，还给人家老师每月交上千元的补课费——进一步说，就算考上大学，又浪费几年工夫和几万块钱，也不一定能找到一份好工作。于是他暗下决心当一名歌星，放弃考大学的机会。当歌星多牛啊！像刘德华一出场就百八十万，名利双收，到时候那些追星一族——无数的大美女，纷至沓来，任挑任选，还发愁娶不到媳妇？那时候自己的帽子必须戴得结结实实，不然会让美女抢掉的，想到山花烂漫之时他忽然大笑起来：“哈！哈！哈！”

高中毕业后，那些好好学习的同学都读大学了，刘三心天天在家练歌。早上练，晚上练，真扰民，搅得“和尚不得休、尼姑也不得安”。农忙时也不帮父母下地收庄稼。他爹叫他下地，他说：“我当不成歌星就怪你们捣乱！”当父母的只好听之任之。练了一年嗓子，第二年去参加唱歌比赛，初选第一关就没挺过去，被导演淘汰啦——明明自己是个大男人，他偏偏唱一首邓丽君小姐的《甜蜜蜜》。他唱“是你，是你，梦见的就是你”，别人一听却是“死你，死你，梦见的就死你”，导演老师说：“你还是先回去练练你的基本功吧，甭说音怎样，字就咬不准。如果邓丽君小姐在台上面对观众发错音，‘死你死你’的，那观众不得上台扒她的皮。”老师忠告道：“小伙子，你的舌头又宽又长，恐怕在歌唱这条路上走不通，趁年轻还是另择他途为妙。”刘三心高兴而来，败兴而归，回到家给自己娘发牢骚，责备道：“妈，你怀着我时为什么不多吃些西瓜霜、金嗓子、喉宝什么的？”他妈说：“那个年代厂家还没生产呢！”“真笨，厂家没生产，你就不会想办法买点胖大海、麦冬、金银花什么的煎汤喝，喝半年中药再生我，效果极佳！”咳，真是让当父母的追悔莫及。唱歌比赛的评委老师说他舌头又宽又长，他从北京回乡时正好去某大医院打听了一下，做个整舌手术费用要上百万，他爹妈种着十亩地，年年种谷子、高粱什么的，就算一年卖个万八千的也得积攒几十年才够整一把舌头钱，他觉得当歌星这条路上都是悬崖峭壁，今生是无法跨越了。

三

既然歌星梦已破灭，刘三心不得不另辟蹊径，他苦思冥想三天三夜，也没想出个好办法。忽然有一天，他在某刊物上看到一篇介绍郭沫若的文章，追逐者不下百人。刘三心看了这篇文章倍受启迪，下决心要当一名作家，心想当了大作家，捡着追逐者里最好最美的娶一个，跟自己一心一意地过日子就知足了。

用了不到一年半的时间，一部长篇小说《红楼梦演绎》就写作完毕。到某出版社准备出书一万册。出版社的老师不同意，说他不是自创，是抄的曹雪芹的，他还辩解说："我每一章都改了一百多个字，不然怎么叫演绎?"老师说："你改得还不如原创好，弄得似是而非。"他就回去学写原创的东西。写了半年，他也没写出原创的东西，觉得写长篇小说太难了，不得不放弃此计划。他又开始写古体诗，李白、杜甫不就写了几首诗就成名人啦？诗多简单，几十字就一首，省时又省力，不到一个月就写了两百首，急急忙忙地拿到某诗刊去发表。老师说："不是原创，都是抄古人的。"他辩解道："我一首起码改了五个字。"老师说："古人写的东西不能随便改，要写自己的原创。"

刘三心回到家半年也没写出一首像样的诗，心里非常憋气，抱怨妈妈说："你怀我几个月，怎舍不得喝几箱六个核桃?"妈妈说："那个年代连六个核桃厂家都没有，哪里去找六个核桃!""妈你真是个笨锤子，没有六个核桃，你就不会买个百八十斤的核桃，天天砸着吃几个。你那时的小小失误，造成我大脑迟钝，不仅写不出长篇小说，就连小小的诗句都写不来。"

四

刘三心觉得东方不亮西方亮，最近他看一篇报道，当影视演员收入可观，身价上百万千万，甚至上亿。我刘三心长得又不差，为何不去试试？于是蹬车去某电视剧制作中心报名，初选时导演让他读一段文字，他不是读错字就是发音不准，咬字不清，被拒千里之外。他回到家，由于连连受挫，躲在屋两三个月也不出门。妈妈怕儿子得上抑郁症，就设法让他参加社交活动。有一天，他在县农业银行当行长的舅舅给他外公做八十岁大寿，妈妈硬拉他去参加，十几个人一桌下来花了三千多元，舅舅说："开饭店利润挺大，像这样的大酒店一年得挣两三百万。"真没想到舅舅的这句话竟唤起了刘三心的灵感："对，我为什么不开个大饭店，别说一年挣三百万，挣三十万咱就知足。"可一打听开个大饭店房租一百万，装修一百万，雇大厨师和服务员一年一百万。他给他行长舅舅一说贷款五百万，可把他舅舅吓了一跳："你口气挺大，贷五百万款你拿什么做抵押。"刘三心说："拿我家的房子。"舅舅莞尔一笑说："你家那几间破房连五万都不值。"最后，舅舅给他抵押县城自己的商住楼，贷下五十万元。

在县城租了两间门脸，一装修加桌椅板凳、锅碗瓢盆那五十万早已折腾进去，再雇两个服务员，每人每月三千元，再雇一个大厨师每月六千块，刘三心的爸妈正在为钱而东借西借，被刘三心拦住："爸、妈，你们脑袋真笨，难道马勺长柳树上了？听我的，妈当服务员，爸当勤杂工加配菜工。"他妈问："那你干什么？""还用说，大厨呗！"他爸说："你一天没学过，也没做过一顿饭，能当好大厨？""当大厨还用去学？只要在菜里多放油盐一定成。"刘三心给饭店起个名字叫"好再来大酒店"。饭店刚开，红火半个月，每天收个一千多元，除了房租杂费净挣六七百元。刘三心的爷爷刘单传高兴得在村里逢人就夸他孙子有出息，在县城开个大饭店日进斗金。然而，饭店红火不到五个月就日渐萧条啦！吃完饭的客人边走边说："好再来，好再来，不好吃就甭来——炒的菜的味道还不如自己家的好吃！"没回头客，吃一次就拜拜。到第六个月，客人越来越少，到下半年一天天的也没个人进去，连房租都挣不出来了。刘三心非常着急，天天到了吃饭点就到大街上拉客，见了老头叫"大爷"，见了老婆婆叫"奶奶"，见了小伙子叫"哥哥"，见了大姑娘叫"大姐"，赔进去不少的甜言蜜语，也未拦住几个客人。拉不到客人他就急得一会儿哭一会儿笑，情绪有点失控，客人见他像疯子一样魔魔怔怔的，就躲得他更远了。

到年底银行贷款到期，信贷员来到好再来饭店门口一看，大门紧锁，门上挂着一个大木牌，木牌上清清楚楚地写着四个大字“出租转让”，信贷员向邻居打听：“好再来老板呢?”“听人说去保定精神病医院啦!”

信贷员摇摇头，迈着无可奈何的步子走了……

后　　记

2017年，我已年近六旬，开始业余写东西，当时儿女们在县城有房有车，有了自己的一片小天地。我心想，当父辈的我在生意场上摸爬滚打三十余载，虽未成名成家，但是在县城有了一栖之地，不仅不为吃穿发愁，就是养老问题也已成竹在胸，于是产生了饱食终日的想法。然而，这样碌碌无为地过日子，觉得百无聊赖，便又捡起了放手三十余载的那点嗜好——写点文字。

由于我做药人多年，自然有药人的生活经历，更有中药人的真情实感，因此便生了写一部长篇小说的想法，记录一下改革开放初期那拨药人的创业史，用文字描述那代人吃过的苦、受过的磨难，让后人知道，那些成功的中药厂厂长、饮片厂的董事长，或者称企业家也好，在他们成功之前所走的那段路程不是一帆风顺的，他们所走过的路是坎坷的路，是荆棘丛生的路，是筚路蓝缕的路。在这条路上既有成功者，也有半途而废者，更有失败者。要想成为一个成功人士，必须有商人的道德，必须有艰苦卓绝的精神，必须有百折不挠的勇气，必须有运筹帷幄的韬略。

用了一年多的时间，长篇小说《祁州药人》手稿完成。由于我没学好电脑打字，手写自然就慢一些，虽然二十万字不算多，但修改一遍抄写一遍再誊写一遍，加初稿共写了六十万字。每天上午，自己坐在写字台前写三个小时，虽然吃了点苦，熬了点寂寞时光，但心情非常愉悦，毕竟做了一件自己喜欢做的事。

手稿已定，想打听一下出版的事宜，又遇到了麻烦。有个文友说现在出版社不收纸稿，只收电子稿，便想找一个会打电子稿的熟人，那时想起了在保定作家协会参会时结识了一位文友——阜平作家苗卫芳老师。记得当时苗老师说他电脑打字非常快，一天能打上万字，于是我把打电子稿的活交给了苗卫芳老师。二十万字的书稿在苗老师娴熟的键盘敲击下，两个月就完成了。

因苗老师前几年出了一部三十七万字的长篇小说《二月兰》，当时才花了两万元。他说你的书稿才二十多万字，两万元出一千本肯定能，于是我让他给联系了给他出书的那家出版社，没想到现在出我这书竟要六七万元。花六七万也不是一笔很小开支，必须和家人商量一下，没想到老伴说：“如今是网络时代了，年轻人都看手机、看电脑，谁还会买书看？再说你花六七万元出一千多本书，在家搁着卖不掉，就是让小孩擦屁股，小孩都觉得太滑，不如卫生纸好使。”我觉得家人说得也不无道理，于是就把出书之事搁置起来。

去年安国市作家协会新当选一位主席，他姓解名伟松。在解主席的鼓励支持下，我又重燃起出书的希望。与此同时，有几个药业同人鼓励说：“你出书吧，书出来后我买几本看看！”药友们又在我心中刚刚燃起的火种上浇上几桶汽油，从此出书的火焰在我心中熊熊燃烧，势不可挡。

在《祁州药人》一书问世之前，我衷心感谢安国市作家协会主席解伟松、安国市振宇药业董事长墨保刚、新疆红花经营公司总经理孟英杰、安国诚信仓储公司董事长赵建义，以及一直以来支持我的保定市文联领导、保定市作家协会主席王淑彦老师，保定市作家协会副主席史春霞老师，保定市作家协会秘书长张梅老师，安国市文联主席吴建永老师，阜平县作家苗卫芳老师，安平县文联主席王彦博老师。

与此同时，对所有支持我的同事们、朋友们表示衷心的感谢！

马世昌

2024 年 3 月 18 日